A OUTRA

A OUTRA

MARY KUBICA

Tradução
Sandra Martha Dolinsky

Copyright © Mary Kyrychenko, 2019
Copyright © Editora Planeta do Brasil, 2022
Copyright da tradução © Sandra Martha Dolinsky
Todos os direitos reservados.
Título original: *The Other Mrs.*

Todos os direitos reservados, incluindo o direito de reprodução no todo ou em parte sob qualquer forma. Este livro foi publicado em acordo com Harlequin Books S.A.

Esta é uma obra de ficção. Nomes, personagens, lugares e incidentes são produto da imaginação do autor ou são usados de forma ficcional e qualquer semelhança com pessoas reais, vivas ou mortas, estabelecimentos comerciais, eventos ou lugares é mera coincidência.

Preparação: Elisa Martins
Revisão: Laura Folgueira e Tamiris Sene
Diagramação: Márcia Matos
Capa: Fernanda Mello
Imagem de capa: EricVega/iStock

Dados Internacionais de Catalogação na Publicação (CIP)
Angélica Ilacqua CRB-8/7057

Kubica, Mary
 A outra / Mary Kubica; tradução de Sandra Martha Dolinsky. - São Paulo: Planeta do Brasil, 2022.
 336 p.

ISBN 978-85-422-2028-5
Título original: The Other Mrs.

1. Ficção norte-americana I. Título II. Dolinsky, Sandra Martha

22-6692   CDD 813

Índice para catálogo sistemático:
1. Ficção norte-americana

Ao escolher este livro, você está apoiando o manejo responsável das florestas do mundo

2025
Todos os direitos desta edição reservados à
EDITORA PLANETA DO BRASIL LTDA.
Rua Bela Cintra, 986 – 4º andar
01415-002 – Consolação
São Paulo-SP
www.planetadelivros.com.br
faleconosco@editoraplaneta.com.br

A Michelle e Sara

SADIE

Há algo errado com a casa. Algo que me incomoda, que me deixa desconfortável, mas eu não sei o que é que faz com que eu me sinta desse jeito. Por fora, é perfeitamente idílica, cinza, com uma grande varanda coberta que percorre toda a largura da casa. É quadrada, grande, uma casa estilo Foursquare americano, com janelas alinhadas em fileiras, simétrica de um jeito que eu acho agradável. A rua em si é encantadora, íngreme e coberta de árvores, e cada casa nela é adorável e bem cuidada.

Superficialmente, não há nada para não se gostar. Mas eu sei que não devo julgar as coisas pela aparência. Também não ajuda o fato de o dia ser, como a casa, cinza. Se houvesse sol, talvez a sensação fosse outra.

— Aquela — digo a Will, apontando para ela porque é idêntica à da foto que o executor da propriedade lhe entregou.

Ele veio na semana passada para Portland para cuidar da documentação. Daí voltou, para que viéssemos de carro para cá, juntos. Ele não teve tempo de ver a casa antes. Will para, deixando o carro descansar na rua. Ele e eu nos inclinamos para a frente exatamente ao mesmo tempo, bem como os meninos no banco de trás. A princípio, ninguém fala; até que Tate solta que a casa é *gigantesca* – alternando seus Gs suaves e duros como tendem a fazer as crianças de sete anos –, e Will ri, feliz por alguém além dele ver a vantagem de nossa mudança para o Maine.

A casa não é gigantesca de verdade, mas, em comparação com um apartamento de cento e dez metros quadrados, é; especialmente por ter um quintal privado. Tate nunca teve um quintal privado antes.

Will pisa suavemente no acelerador, levando o carro para a entrada da garagem. Pondo o câmbio automático no *park*, saímos – uns mais depressa que outros, mas as cachorras são as mais rápidas – e esticamos as pernas, gratos, se não por mais nada, pelo menos pelo término da longa viagem. O ar é diferente daquele a que estou acostumada, impregnado do cheiro de terra úmida, oceano salgado e terreno arborizado. Não tem cheiro de lar. A rua é tranquila, de um jeito que não me agrada. Um silêncio assustador, inquietante e que, ao mesmo tempo, me faz recordar do conceito que diz que há segurança na quantidade. Que é menos provável que coisas ruins aconteçam entre as multidões. Existe um equívoco que diz que a vida rural é melhor, mais segura que a urbana, mas isso simplesmente não é verdade. Não quando se leva em conta o número desproporcional de pessoas que vivem nas cidades e o inadequado sistema de saúde nas áreas rurais.

Vejo Will se dirigindo aos degraus da varanda, com as cachorras correndo ao seu lado, ultrapassando-o. Ele não está relutante como eu. Anda todo pomposo, ansioso para entrar e ver tudo. Fico ressentida com isso, porque eu não queria vir.

Na base da escada, ele hesita, só então percebendo que não estou indo junto. Ele se volta para mim, parada ao lado do carro, e pergunta:

— Está tudo bem?

Não respondo porque não sei se está tudo bem.

Tate corre atrás de Will, mas Otto, de catorze anos, está parado como eu, também relutante. Sempre fomos muito parecidos.

— Sadie — diz Will, mudando a pergunta. — Você vem?

Ele me diz que está frio, o que não percebo por causa de meu foco em outras coisas, como o fato de as árvores ao redor da casa serem tão altas a ponto de bloquear a luz. E como deve ser perigosamente escorregadia a rua íngreme quando neva. Há um homem parado no alto da colina, em seu gramado, com um ancinho na mão. Ele parou de trabalhar e está ali empoleirado, olhando para mim, eu acho. Levanto a mão e aceno, é o que os vizinhos fazem. Ele não acena de volta; vira-se e começa a capinar de novo. Meu olhar volta para Will, que não diz nada sobre o homem. Certamente, ele o viu tão bem quanto eu.

— Vamos lá — diz Will. Ele se vira e sobe os degraus, com Tate ao seu lado. — Vamos entrar — decide.

Diante da porta, Will enfia a mão no bolso e pega as chaves da casa. Ele bate primeiro, mas não espera para entrar. Enquanto Will destranca a porta e a abre, Otto se afasta de mim, deixando-me para trás. Vou também, mas só porque não quero ficar sozinha do lado de fora.

Dentro, descobrimos que a casa é antiga, com coisas tipo painéis de mogno, cortinas pesadas, tetos de estanho, paredes marrons e verdes. Cheira a mofo. É escura, melancólica.

Ficamos amontoados na entrada e avaliamos o lugar, uma casa tradicional com os cômodos um ao lado do outro. A mobília é formal e nada acolhedora.

Minha atenção se perde nas pernas curvas da mesa da sala de jantar. No lustre manchado que fica acima dela. Nas almofadas amareladas das cadeiras. Mal a vejo parada no topo da escada. Se não fosse pelo mínimo movimento captado por minha visão periférica, eu nunca a teria visto. Mas ali está ela, uma figura sombria vestida de preto. Jeans preto, blusa preta, pés descalços. Cabelo preto, comprido, com uma franja de lado. Em seus olhos, uma faixa grossa de delineador preto. Tudo preto, menos as letras brancas em sua blusa, onde se lê: *Quero morrer*. Ela tem um furo no septo nasal. Sua pele, em contraste com todo o resto, é branca, pálida, como um fantasma. Ela é magra.

Tate a vê também. Então, ele se afasta de Will e vem em minha direção, escondendo-se atrás de mim e enterrando o rosto em minhas costas. Tate não é de ter medo. Eu não sou de ter medo, mas, mesmo assim, sinto os pelos de minha nuca se arrepiarem.

— Olá — digo com voz fraca.

Will a vê, então. Fita-a e diz o nome dela. Vai subindo os degraus, que rangem sob seus pés, protestando contra nossa chegada.

— Imogen — diz ele, com os braços abertos, esperando, acho, que ela se encaixe neles e se deixe abraçar.

Mas ela não faz isso, porque tem dezesseis anos e, diante dela, está um homem que mal conhece. Não posso culpá-la por isso. No entanto, a menina melancólica e taciturna não é o que eu imaginei quando descobrimos que havíamos herdado a tutela de uma criança.

Ela fala com voz ácida, baixa. Nunca levanta a voz. Não precisa; seu tom apagado é muito mais perturbador assim do que se ela gritasse.

— Fique longe de mim — diz ela com frieza.

Ela olha para baixo, para o corrimão da escada. Minhas mãos involuntariamente voam para trás e cobrem os ouvidos de Tate. Will para onde está. Abaixa os braços. Ele já a viu semana passada, quando veio se encontrar com o executor da propriedade. Foi quando ele assinou os documentos e tornou-se o tutor legal dela, apesar de terem sido feitos arranjos para ela ficar com um amigo enquanto Will, os meninos e eu vínhamos para cá.

A garota pergunta com raiva na voz:

— Por que você tinha que vir?

Will tenta lhe explicar. A resposta é fácil, pois, se não fosse por nós, ela provavelmente entraria no sistema de lares adotivos até os dezoito anos, a menos que recebesse a emancipação, o que parecia improvável na idade dela. Mas ela não quer uma resposta. Ela se afasta dele, desaparecendo em um dos quartos do andar de cima, onde a ouvimos mexer com as coisas, brava. Will ameaça segui-la, mas eu digo:

— Dê um tempo a ela.

E ele a deixa.

Essa garota não é a mesma menininha que Will nos mostrou na fotografia – uma morena sardenta, feliz e despreocupada de seis anos de idade. Essa garota é diferente, mudou muito. Os anos não foram gentis com ela. Ela veio com a casa – mais uma coisa que nos foi deixada em testamento, junto com a casa e a herança, cujos ativos permanecem no banco. Ela tem dezesseis anos, já é quase capaz de viver sozinha – um assunto que tentei discutir, pois com certeza ela deve ter uma amiga ou outro conhecido que poderia hospedá-la até os dezoito anos. Mas Will disse que não. Com Alice morta, nós éramos tudo que lhe restava, sua única família. Ela e eu estamos nos vendo agora pela primeira vez. *Ela precisa ficar com a família*, Will me disse há poucos dias, mas parece que foi há semanas. *Uma família que a amará e cuidará dela. Ela está sozinha, Sadie.* Meu instinto maternal surgiu, então, ao pensar nessa criança órfã sozinha no mundo, sem ninguém além de nós.

Eu não queria vir. Argumentei dizendo que ela deveria ir até nós. Mas havia muito mais coisas a levar em conta, por isso viemos, apesar de minhas reservas.

Fico imaginando agora, e não pela primeira vez nesta semana, qual será o efeito desastroso dessa mudança sobre nossa família. Não pode ser o recomeço que Will tão auspiciosamente acredita que seja.

SADIE

Sete semanas depois...

Em algum momento no meio da noite, acordamos com a sirene. Eu ouvi o barulho, vi as luzes cegantes que brilhavam na janela do quarto enquanto Will pegava os óculos na mesa de cabeceira e se sentava abruptamente na cama, colocando-os na ponta do nariz.

— O que é isso? — perguntou, prendendo a respiração, desorientado e confuso.

Eu disse que era uma sirene. Ficamos em silêncio por um minuto, ouvindo o lamento se afastar, diminuindo, mas não desaparecendo por completo. Ainda podíamos ouvi-lo, parado em algum lugar na rua de nossa casa.

— O que você acha que aconteceu? — perguntou Will.

Eu só pensei no casal de idosos que mora em nosso quarteirão, no homem que empurra a cadeira de rodas de sua esposa para cima e para baixo pela rua, mesmo ele mal podendo andar. Ambos são grisalhos, enrugados, têm as costas curvadas como o corcunda de Notre Dame. Ele sempre me parece cansado, como se fosse ela quem devesse o estar empurrando. E o fato de nossa rua ser íngreme não ajuda; é um declive rumo ao oceano lá embaixo.

— Os Nilsson — Will e eu dissemos ao mesmo tempo.

E se houve falta de empatia em nossa voz, foi porque é isso que se espera das pessoas velhas. Elas se machucam, adoecem e morrem.

— Que horas são? — perguntei.

Mas, a essa altura, Will já havia devolvido os óculos à mesa de cabeceira e disse:

— Não sei.

Quando ele se aproximou de mim e passou um braço em volta de minha cintura, senti meu inconsciente afastar meu corpo do dele.

Adormecemos assim, esquecendo por completo a sirene que nos arrebatara de nossos sonhos.

De manhã, tomo banho e me visto, ainda cansada de uma noite agitada. Os meninos estão na cozinha, tomando o café da manhã. Ouço o movimento no andar de baixo quando saio inquieta do quarto, como uma estranha em casa por causa de Imogen. Porque ela tem uma maneira de fazer que nos sintamos indesejados, mesmo depois de tanto tempo.

Saio pelo corredor. A porta do quarto de Imogen está aberta. Ela está dentro, o que me parece estranho, porque a porta dela nunca fica aberta quando ela está lá. Ela não sabe que está aberta, que estou no corredor observando-a. Ela está de costas para mim, inclinada para o espelho, passando o delineador preto acima dos olhos.

Olho pela fenda e vejo o interior do quarto de Imogen. As paredes são escuras, adornadas com imagens de artistas e bandas que se parecem muito com ela, de longos cabelos pretos, olhos pretos, roupas pretas. Há uma coisa de gaze preta sobre sua cama, uma espécie de dossel. A cama está desarrumada, o edredom de matelassê cinza escuro caído no chão. As cortinas blackout estão fechadas, mantendo a luz do lado de fora. Eu penso em vampiros.

Imogen termina com o delineador. Fecha-o, volta-se bem rápido e me vê antes que eu tenha a chance de recuar.

— Porra, o que você quer? — pergunta.

A raiva e a vulgaridade de sua pergunta me deixam sem fôlego, mas não sei por quê. Não é a primeira vez que ela fala comigo desse jeito. Eu já deveria estar acostumada. Imogen corre tão depressa para a porta que, a princípio, acho que vai me bater – o que ela nunca fez, mas a velocidade do movimento e a expressão em seu rosto me fazem pensar que sim. Involuntariamente, dou um passo para trás, e ela bate a porta em minha cara. Sou grata por isso, por ela ter batido a porta, e não em mim. A porta para a dois centímetros de meu nariz. Meu coração bate forte dentro do peito. Estou no corredor, prendendo a respiração. Pigarreio, tentando me recuperar do choque. Aproximo-me, bato com os nós dos dedos na madeira e digo:

— Estou indo para a balsa daqui a pouco. Se quiser uma carona...

Mas sei que ela não aceitará minha oferta. Há tumulto em minha voz, de um jeito que eu desprezo. Imogen não responde.

Dou meia-volta e sigo o cheiro do café da manhã que vem de baixo. Vejo Will ao fogão quando desço. Ele está ali, de avental, virando panquecas, enquanto canta uma dessas músicas animadas dos CDs que Tate gosta de ouvir; alguma alegre demais para as sete e quinze da manhã.

Ele para quando me vê.

— Tudo bem? — pergunta.

— Tudo — digo com voz tensa.

As cachorras circundam os pés de Will, na esperança de que ele deixe cair alguma coisa. São cachorras grandes, e a cozinha é pequena. Não há espaço suficiente para nós quatro, menos ainda para seis. Chamo as cachorras, e quando vêm, levo-as para brincar no quintal.

Will sorri para mim quando volto e me oferece um prato. Opto por café apenas, e digo a Otto para se apressar. Ele está sentado à mesa da cozinha, debruçado sobre as panquecas, com os ombros caídos para a frente para parecer pequeno. Sua falta de confiança me preocupa, mas digo a mim mesma que isso é normal aos catorze anos. Toda criança passa por isso, mas eu me pergunto se conseguem superar.

Imogen irrompe na cozinha. Seu jeans preto tem rasgos nas coxas e nos joelhos. Seus coturnos são de couro preto, com salto de quase cinco centímetros. Mesmo sem as botas, ela é mais alta que eu. Crânios de corvo pendem de suas orelhas. Sua camiseta diz: *Pessoas normais são um porre*. Tate, à mesa, tenta ler, assim como faz com todas as camisetas gráficas de Imogen. Ele lê bem, mas ela não fica parada tempo suficiente para ele ver direito. Imogen estende o braço para a maçaneta de um armário. Abre a porta, examinando o interior, antes de fechá-lo com força.

— O que você está procurando? — pergunta Will, sempre ansioso para agradar.

Mas Imogen encontra o que quer, uma barra de KitKat; rasga a embalagem com os dentes e morde o chocolate.

— Eu fiz café da manhã — diz Will.

Mas Imogen, passando seus olhos azuis por Otto e Tate sentados à mesa da cozinha e vendo o terceiro lugar vazio para ela, diz apenas:

— Legal.

Ela dá meia-volta e sai da cozinha. Ouvimos suas botas pisando no chão de madeira. Ouvimos a porta da frente se abrir e se fechar, e só quando ela sai volto a respirar.

Eu sirvo meu café, enchendo um copo para viagem. Faço um esforço para passar por Will para pegar minhas coisas: as chaves e uma bolsa, que estão na bancada, fora do meu alcance. Ele se inclina para me beijar antes de eu sair. Não é minha intenção, mas é instintivo; hesito, recuo do beijo dele.

— Você está bem? — ele pergunta de novo, olhando para mim com curiosidade.

Eu culpo um acesso de náusea por minha hesitação. Não é totalmente falso; passaram-se dez meses desde seu caso, e suas mãos ainda parecem uma lixa quando ele me toca, e não consigo deixar de me perguntar onde elas estiveram antes de encostarem em mim.

Um recomeço, disse ele, uma das muitas razões de nos transportarmos para esta casa no Maine, que pertencia à única irmã de Will, Alice, antes de ela morrer. Durante anos, Alice sofreu de fibromialgia, até que os sintomas a venceram e ela decidiu encerrar sua vida. A dor da fibromialgia é profunda, espalha-se por todo o corpo e em geral vem acompanhada de exaustão e fadiga incapacitantes. Pelo que ouvi e vi, a dor é intensa – às vezes como uma facada, às vezes latejante –, pior de manhã que mais tarde, mas nunca desaparece por completo. É uma doença silenciosa porque ninguém vê a dor. Mas é debilitante.

Só havia uma coisa que Alice poderia fazer para combater a dor e o cansaço: ir para o sótão da casa com uma corda e um banquinho. Mas não antes de se reunir com um advogado e de preparar um testamento, deixando sua casa e tudo dentro dela para Will. Deixando sua filha para Will.

Imogen, de dezesseis anos, passa os dias fazendo Deus sabe o quê. Presume-se que vai à escola, pelo menos em parte do tempo, porque só recebemos ligações por causa de faltas de vez em quando. Mas como ela passa o resto do dia eu não sei. Quando Will ou eu perguntamos, ela nos ignora ou diz algo inteligente: que está lutando contra o crime, promovendo a paz mundial, salvando a porra das baleias. *Porra* é uma de suas palavras favoritas; ela a usa com frequência, além de *caralho*.

O suicídio pode fazer que sobreviventes como Imogen sintam raiva e ressentimento, que se sintam rejeitados, abandonados, furiosos. Eu sempre tento entender, mas está ficando difícil.

Quando eram menores, Will e Alice eram próximos, mas foram se afastando ao longo dos anos. Ele ficou abalado com a morte dela, mas não exatamente triste. Na verdade, acho que ele se sentiu mais culpado que qualquer outra coisa, achando que foi negligente, que não manteve contato, que não participava da vida de Imogen e que nunca entendeu a gravidade da doença de Alice. Ele acha que decepcionou as duas.

No começo, quando soubemos de nossa herança, sugeri a Will que vendêssemos a casa e levássemos Imogen para Chicago para morar conosco. Mas, depois do que aconteceu em Chicago – não só o caso, mas tudo, *tudo* –, seria nossa chance de recomeçar. Foi o que Will disse.

Estamos aqui há menos de dois meses, de modo que ainda estamos reconhecendo o terreno. Mas arranjamos emprego logo, Will e eu. Ele é professor adjunto, dá aulas de ecologia humana duas vezes por semana no continente.

Sendo eu uma das duas únicas médicas da ilha, eles praticamente me pagaram para vir para cá.

Pressiono meus lábios na boca de Will desta vez – minha passagem para ir.

— Vejo vocês à noite — digo.

E peço de novo a Otto que se apresse, ou vamos nos atrasar. Pego minhas coisas na bancada e digo que estarei no carro esperando.

— Dois minutos — digo, sabendo que ele vai esticá-los até cinco ou seis, como sempre.

Dou um beijo de despedida no pequeno Tate antes de sair. Ele se estica na cadeira, envolve meu pescoço com seus braços grudentos e grita em meu ouvido:

— Eu te amo, mamãe.

E em algum lugar dentro de mim, meu coração dispara, porque sei que pelo menos um deles ainda me ama.

Meu carro está na entrada, ao lado do sedã de Will. Embora tenhamos uma garagem anexa à casa, está cheia de caixas que ainda precisamos abrir.

O carro está frio, coberto por uma fina camada de gelo que se instalou nas janelas durante a noite. Abro a porta com meu chaveiro. Os faróis piscam; uma luz se acende dentro. Vou pegar a maçaneta da porta, mas, antes que eu possa puxá-la, avisto algo na janela que me impede. Há uns traços riscados na geada do lado do motorista. Começaram a se desmanchar com o calor do sol da manhã, suavizando-se nas bordas. Mas, mesmo assim, estão ali. Eu me aproximo e vejo que as linhas são letras traçadas no gelo da janela, reunidas para formar uma única palavra: *Morra*. Levo a mão à boca. Não preciso pensar muito para saber quem deixou essa mensagem para que eu a encontrasse. Imogen não nos quer aqui. Ela quer que a gente vá embora.

Andei tentando entender, porque a situação deve ser horrível para ela. Sua vida virou de cabeça para baixo. Ela perdeu a mãe e agora tem que dividir sua casa com pessoas que não conhece. Mas isso não justifica me ameaçar. Porque Imogen não mede as palavras. Ela quer dizer exatamente o que disse. Ela quer que eu morra.

Subo os degraus da varanda e chamo Will pela porta da frente.

— Que foi? — pergunta ele, saindo da cozinha. — Esqueceu alguma coisa?

Ele inclina a cabeça para o lado e vê minhas chaves, minha bolsa, meu café. Não, não esqueci nada.

— Você tem que ver uma coisa — digo, sussurrando para que os meninos não ouçam.

Will sai descalço atrás de mim, mesmo com o concreto gelado. A um metro do carro, eu aponto para a palavra escrita no gelo da janela.

— Está vendo? — pergunto, voltando meus olhos para os de Will.

Ele vê. Eu sei por causa de sua expressão, que fica instantaneamente angustiada, refletindo a minha.

— Merda — diz, porque ele, assim como eu, sabe quem deixou isso ali. Ele esfrega a testa, pensando. — Vou falar com ela — diz ele.

— De que adianta? — pergunto, na defensiva.

Conversamos com Imogen várias vezes nas últimas semanas. Conversamos sobre a linguagem que ela usa, especialmente perto de Tate;

sobre a necessidade de um horário para voltar para casa e outras coisas. Se bem que *falar* seja um termo mais adequado que *conversar*, porque não foi uma conversa. Foi uma palestra. Ela fica parada enquanto Will ou eu falamos. Talvez ouça, mas raramente responde. Então, ignora tudo e sai.

Will diz em voz baixa:

— Não temos certeza de que foi ela que deixou isso aí — diz suavemente, sugerindo uma ideia que prefiro não levar em conta. — Não seria possível — pergunta Will — alguém ter deixado essa mensagem para Otto?

— Você acha que alguém deixou uma ameaça de morte na janela do meu carro para nosso filho de catorze anos? — digo, caso Will, de alguma maneira, tenha interpretado mal o significado da palavra *Morra*.

— É possível, não é?

Mesmo sabendo que é possível, digo:

— Não — falo com mais convicção do que sinto, porque não quero acreditar nisso. — Não — insisto. — Deixamos tudo isso para trás quando nos mudamos.

Mas deixamos mesmo? Não está totalmente fora do reino das possibilidades que alguém esteja sendo cruel com Otto. Que alguém o esteja intimidando. Isso já aconteceu antes e pode acontecer de novo.

— Talvez devêssemos chamar a polícia — digo.

Mas Will sacode a cabeça.

— Não enquanto não soubermos quem fez isso. Se for Imogen, seria realmente motivo para envolver a polícia? Ela é só uma garota com raiva, Sadie. Ela está sofrendo, por isso ataca. Ela nunca faria nada para machucar nenhum de nós.

— Será? — pergunto, com muito menos certeza que Will.

Imogen virou outro ponto de discórdia em nosso casamento. Ela e Will são parentes de sangue; há uma conexão entre eles que eu não tenho. Como Will não responde, continuo argumentando:

— Não importa quem seja o alvo, Will, isso é uma ameaça de *morte*. É uma coisa muito séria.

— Eu sei, eu sei — diz ele, olhando por cima do ombro para ter certeza de que Otto não saiu. — Mas se envolvermos a polícia, Sadie, isso chamará atenção para Otto. Uma atenção indesejada. As crianças olharão para ele diferente, se é que já não o fazem. Ele não teria chance. Deixe-me ligar para a escola primeiro, falar com o professor, o diretor, para ter certeza de que Otto não está tendo problemas com ninguém. Eu sei que você está preocupada — diz, suavizando a voz e passando a mão, reconfortante, pelo meu braço. — Eu também estou. Mas podemos fazer isso primeiro, antes de chamar a polícia? E posso pelo menos ter uma conversa com Imogen antes de concluirmos que foi ela?

Will é assim. Sempre a voz da razão em nosso casamento.

— Tudo bem — digo, cedendo, admitindo que ele pode estar certo.

Odeio pensar em Otto sendo um pária em uma nova escola, sofrendo bullying desse jeito. Mas também não suporto pensar na animosidade de Imogen em relação a nós. Temos que descobrir quem fez isso sem piorar as coisas.

— Mas se acontecer de novo... se algo assim acontecer de novo, iremos à polícia.

— Tudo bem — Will concorda e me dá um beijo na testa. — Vamos resolver isso, antes que tenha a chance de ir longe demais.

— Promete? — pergunto, desejando que Will pudesse estalar os dedos e melhorar tudo.

— Prometo — diz ele.

Fico olhando enquanto ele volta para a escada e entra em casa, desaparecendo atrás da porta. Esfrego a mão nas letras e a limpo na calça antes de entrar no carro frio. Ligo o motor e aciono o degelo, observando enquanto ele retira os últimos vestígios da mensagem. Mas ela vai me acompanhar o dia todo.

Os minutos passam no painel do carro, dois e depois três. Eu olho para a porta da frente, esperando que se abra de novo, dessa vez para Otto aparecer, ele virá até o carro com uma expressão ilegível no rosto, que não dará a menor indicação do que se passa em sua cabeça. Porque essa é a única cara que ele faz hoje em dia. Dizem que os pais devem saber o que seus filhos estão pensando, mas não sabemos. Nem sempre. Nunca podemos saber de verdade o que outra pessoa está pensando.

Ainda assim, quando as crianças fazem escolhas erradas, os pais são os primeiros a ser culpados.

Como eles não sabiam?, perguntam os críticos. *Como ignoraram os sinais de alerta?*

Por que não prestaram atenção ao que seus filhos estavam fazendo? – esse é o meu favorito, porque implica que não estávamos prestando atenção.

Mas eu estava.

Antes, Otto era calado e introvertido. Ele gostava de desenhar, principalmente *cartoons*, com uma predileção por animes, esses personagens modernos com seus cabelos selvagens e seus olhos enormes. Ele dava nome às imagens de seu bloco de desenho, e tinha o sonho de um dia criar uma *graphic novel* baseada nas aventuras de Asa e Ken.

Antes, Otto tinha poucos amigos – exatamente dois –, mas na frente deles me chamava de *senhora*. Quando jantavam em casa, eles levavam os pratos para a pia da cozinha. Deixavam os sapatos na entrada. Os amigos de Otto eram gentis, educados.

Otto ia bem na escola. Ele não tirava A direto, mas sua média era boa o suficiente para ele, para Will e para mim. Suas notas ficavam entre B e C. Ele fazia as lições de casa e as entregava no prazo. Nunca dormia durante as aulas. Seus professores gostavam dele e só tinham uma reclamação: queriam que Otto participasse mais.

Eu não ignorei os sinais de alerta, porque não havia nenhum para ignorar.

Fico olhando para a casa, esperando Otto aparecer. Depois de quatro minutos, meus olhos abandonam a porta da frente. Nesse momento, pela janela do carro, algo chama minha atenção. É o sr. Nilsson empurrando a cadeira de rodas da sra. Nilsson na rua. A ladeira é íngreme; é preciso um grande esforço para segurar os cabos de borracha da cadeira de rodas. Ele anda devagar, apoiando-se mais nos calcanhares, como se fossem freios de um carro que ele desce acionando.

Ainda não são sete e vinte da manhã e os dois estão totalmente arrumados, ele de calça de sarja e suéter, ela com um conjunto de tricô todo rosa claro. O cabelo está enrolado, firmemente penteado e sustentado com spray, e penso nele enrolando escrupulosamente cada mecha de cabelo em volta de um bobe e prendendo com um grampo. Poppy é o nome dela, eu acho. O dele pode ser Charles. Ou George.

Bem em frente a nossa casa, sr. Nilsson vira na diagonal, indo para o lado oposto da rua.

Enquanto isso, ele mantém os olhos na traseira de meu carro, de onde a fumaça do escapamento sobe para as nuvens.

De repente, recordo o som da sirene da noite passada, seu uivo minguante quando passou por nossa casa e desapareceu em algum lugar.

Sinto uma dor cega se formar na boca do estômago, mas não sei por quê.

SADIE

A viagem do cais da balsa até a clínica é curta, só alguns quarteirões. Levo menos de cinco minutos desde que deixo Otto até parar diante da humilde construção azul, baixa, que antes era uma casa.

De frente, ainda parece uma casa, mas a parte de trás se abre, é muito mais larga que qualquer casa, conectando-se a um centro de vida independente para idosos, de baixo custo, com fácil acesso a nossos serviços médicos. Há muito tempo, alguém doou essa casa para a clínica. Anos depois, o centro de vida independente foi acrescentado.

O estado do Maine possui cerca de quatro mil ilhas. Eu não sabia disso antes de chegarmos. Há uma escassez de médicos nas áreas mais rurais, como esta. Muitos médicos mais velhos estão se aposentando, deixando vagas difíceis de preencher.

O isolamento da vida na ilha não é para qualquer um, eu inclusive. É inquietante saber que quando a última balsa da noite sai, ficamos literalmente presos. Mesmo à luz do dia, a ilha é rochosa nas margens, dominada por pinheiros altos que a tornam sufocante e pequena. Quando o inverno chegar – em breve –, o clima severo fechará grande parte da ilha e a baía ao nosso redor poderá congelar, prendendo-nos aqui.

Will e eu conseguimos nossa casa de graça. Temos um crédito fiscal por eu trabalhar na clínica. Eu não gostei da ideia, mas Will sim, embora não fosse de dinheiro que precisássemos. Minha formação é em medicina de emergência. Não sou certificada em clínica geral, mas tenho uma licença temporária enquanto passo pelo processo de tirar a minha no Maine.

Por dentro, a construção azul não parece mais uma casa. Paredes foram erguidas e outras, derrubadas para criar uma recepção, salas de exames e um saguão. Há um cheiro ali, algo pesado e úmido, que gruda em mim mesmo depois que saio. Will também sente o cheiro. O fato de Emma, a recepcionista, ser fumante também não ajuda. Ela fuma quase um maço de cigarros por dia. Fuma do lado de fora, mas pendura seu casaco no mesmo cabideiro que eu, e o cheiro passa de um para o outro.

Will me olha com curiosidade certas noites quando chego em casa. Pergunta: *Você andou fumando?* Bem que poderia ser, pelo cheiro de nicotina e tabaco que me segue até em casa.

Claro que não, digo a ele. *Você sabe que eu não fumo*, e depois lhe conto sobre Emma.

Deixe seu casaco fora. Eu vou lavá-lo, Will me disse inúmeras vezes. Eu o deixo fora e ele o lava, mas não faz diferença, porque no dia seguinte acontece tudo de novo.

Entro na clínica e encontro Joyce, a enfermeira-chefe, e Emma esperando por mim.

— Você está atrasada — diz Joyce.

Mas, se estou, é só um minuto. Joyce deve ter sessenta e cinco anos, está perto da aposentadoria e é meio megera. Está aqui há muito mais tempo que Emma ou eu, o que faz dela a bambambã da clínica, pelo menos em sua cabeça.

— Não lhe ensinaram pontualidade lá de onde você veio? — pergunta.

Descobri que a mente das pessoas é tão pequena quanto a própria ilha. Passo por ela e começo meu dia.

Horas depois, estou com uma paciente quando vejo o rosto de Will em meu celular, a um metro e meio de distância. Está no silencioso, não ouço o toque do telefone, mas o nome de Will aparece em cima de sua foto: seu rosto atraente e cinzelado, seus brilhantes olhos castanhos. Ele é bonito, de tirar o fôlego, e acho que é por causa de seus olhos. Ou talvez pelo fato de que aos quarenta anos ele ainda parece ter vinte e cinco. Will usa seus cabelos escuros compridos, recolhidos em um coque baixo, em moda nos dias atuais, o que lhe dá uma vibe intelectual e *hipster* de que seus alunos parecem gostar.

Ignoro a imagem de Will no telefone e atendo minha paciente, uma mulher de quarenta e três anos com febre, dor no peito e tosse. Sem dúvida, bronquite. Mas, mesmo assim, pressiono meu estetoscópio em seus pulmões para ouvir.

Pratiquei medicina de emergência durante anos antes de vir para cá. Lá, em um hospital-escola de última geração, no coração de Chicago, entrava em cada turno sem ter ideia do que poderia ver; cada paciente que chegava estava em perigo. Vítimas de colisões entre vários veículos, mulheres com hemorragia excessiva após um parto em casa, homens de cento e quarenta quilos no meio de um surto psicótico. Era tenso e dramático. Lá, em constante estado de alerta, eu me sentia viva.

Aqui é diferente. Aqui, todos os dias eu sei o que vou ver, o mesmo rodízio de bronquite, diarreia e verrugas.

Quando por fim tenho uma oportunidade de ligar de volta para Will, noto sua voz tensa.

— Sadie — diz.

E pelo jeito que fala, eu sei que há algo errado. Ele para por aí, enquanto minha mente cria cenários para compensar o que ele não diz. Ela para em Otto e no jeito como o deixei no terminal da balsa hoje de manhã. Cheguei em cima da hora, um ou dois minutos antes da partida da balsa. Eu me despedi dele do carro, parado a trinta metros do barco que esperava, observando Otto se afastar rumo a mais um dia de aula.

Foi quando meus olhos avistaram Imogen, parada na beira do píer com seus amigos. Imogen é uma menina bonita, não há como negar. Sua pele é naturalmente clara; ela não precisa cobri-la com talco — como seus amigos devem fazer — para parecer branca. Levei um tempo para me acostumar ao piercing no nariz. Seus olhos, em contraste com a pele, são de um azul gélido, e seu cabelo antes moreno aparece em suas sobrancelhas despenteadas. Imogen evita o batom escuro e ousado que as outras garotas usam, e usa um bege rosado de bom gosto. É realmente adorável.

Otto nunca viveu tão perto de uma garota antes. Sua curiosidade o está matando. Os dois não conversam muito, não mais que Imogen e eu. Ela não vai de carona conosco até a balsa; não fala com ele na escola. Pelo que sei, lá ela finge que não o conhece. Suas interações são breves. Por exemplo, ontem à noite Otto estava à mesa da cozinha fazendo a lição de matemática e Imogen passou, olhou para o fichário dele, notou o nome do professor e comentou: *O sr. Jansen é um idiota do caralho.*

Otto apenas olhou para ela de olhos arregalados. A palavra *caralho* ainda não faz parte de seu vocabulário. Mas imagino que seja só uma questão de tempo. Hoje de manhã, Imogen e seus amigos estavam na beira do píer fumando. A fumaça circundava sua cabeça, pairando, branca, no ar gelado. Vi Imogen levar o cigarro à boca, aspirar profundamente com a experiência de quem já fez isso antes, que sabe o que está fazendo. Ela segurou a fumaça e depois a exalou lentamente, e, nesse momento, tive certeza de que ela olhou para mim.

Será que me viu sentada no carro olhando para ela?

Ou ela estava apenas olhando vagamente para o espaço?

Fiquei tão entretida observando Imogen que, pensando agora, não vi Otto embarcar na balsa. Apenas presumi que o faria.

— É Otto? — pergunto em voz alta, ao mesmo tempo que Will diz:

— Não foram os Nilsson.

A princípio, não sei do que ele está falando. O que Otto tem a ver com o casal de idosos que mora em nossa rua?

— O que tem os Nilsson? — pergunto.

Mas estou com dificuldade de raciocinar, porque, com a súbita constatação de que não vi Otto embarcar na balsa, só consigo pensar nele sentado na cadeira em frente à sala do diretor com algemas nos pulsos e um policial parado a um metro de distância observando-o. No canto da mesa do diretor, um saco de evidências, mas não consigo ver o que há dentro.

Sr. e sra. Foust, disse o diretor naquele dia, e, pela primeira vez na vida, tentei usar minha influência. *Doutora,* disse eu, impassível, parada com Will atrás de Otto. Will pousou a mão no ombro de Otto para que ele soubesse que, independentemente do que houvesse feito, estávamos ali com ele.

Não sei se foi minha imaginação, mas tenho certeza de que vi o policial sorrir.

— A sirene ontem à noite — explica Will ao telefone, trazendo-me de volta ao presente.

Aquilo foi antes, tento recordar, e isto é agora. O que aconteceu com Otto em Chicago está no passado. Acabou.

— Não foram os Nilsson. Eles estão perfeitamente bem. Foi Morgan.

— Morgan Baines? — pergunto, mas não sei por quê.

Não há outra Morgan em nosso quarteirão, pelo que sei. Morgan Baines é uma vizinha com quem nunca falei, mas Will já. Ela e sua família moram na mesma rua, em uma casa de campo também estilo Foursquare, não muito diferente da nossa. Morgan, seu marido e sua filhinha. Como eles moram no topo da colina, Will e eu frequentemente especulamos que sua vista do mar deve ser esplêndida, uma visão de trezentos e sessenta graus de nossa pequena ilha e do oceano que nos cerca.

E, então, um dia, em um lapso, Will me disse que era. Que a vista era esplêndida.

Tentei não me sentir insegura. Disse a mim mesma que Will não admitiria ter estado dentro da casa dela se houvesse algo acontecendo entre eles. Mas ele tem um passado com mulheres; ele tem uma história. Há um ano, eu diria que Will nunca me trairia. Mas, agora, espero tudo dele.

— Sim, Sadie — diz Will —, Morgan Baines.

E só então imagino o rosto dela, embora nunca a tenha visto de perto. Só de longe. Cabelos compridos cor de chocolate ao leite e franja, dessas compridas, que passam mais tempo atrás da orelha.

— O que aconteceu? — pergunto enquanto procuro um lugar para me sentar. — Está tudo bem?

Fico imaginando se Morgan é diabética, se é asmática, se tem uma doença autoimune que provocaria uma visita ao pronto-socorro no meio da noite. Só há dois médicos aqui, eu e minha colega dra. Sanders. Ontem à noite, ela estava de plantão, não eu.

Não há paramédicos na ilha, só policiais que sabem dirigir uma ambulância e são minimamente treinados em procedimentos para salvar vidas. Também não há hospitais, portanto um barco de resgate teria sido chamado do continente para encontrar a ambulância no cais e levar

Morgan para tratamento, enquanto outra esperaria em terra para a terceira parte do trajeto.

Penso na quantidade de tempo que isso levaria. Mas ouvi dizer que o sistema funciona como uma máquina bem lubrificada, embora fique a quase cinco quilômetros do continente. Esses barcos não são muito rápidos, e dependem da cooperação do mar.

Mas isso é só um pensamento catastrófico, minha mente pensando nos piores cenários.

— Ela está bem, Will? — pergunto de novo, porque, durante todo esse tempo, Will não disse nada.

— Não, Sadie — diz ele, como se eu devesse saber que não está tudo bem. Há algo seco em sua resposta. Uma brevidade; e, então, ele não diz mais nada.

— Bem, o que houve?

Ele respira fundo e diz:

— Ela está morta.

E se minha resposta é apática, é só porque a morte e o morrer fazem parte de minha rotina. Eu já vi todas as coisas indizíveis que há para se ver e não conhecia Morgan Baines. Nunca tivemos uma interação além de um único aceno pela janela do carro enquanto eu passava devagar por sua casa, e ela, levando a franja para trás da orelha, retribuiu o gesto. Fui pensar nisso muito tempo depois, analisando demais, como é minha tendência, e fiquei imaginando se aquele olhar em seu rosto era para mim ou se ela estava de cara feia por outra coisa.

— Morta? — pergunto. — Morta como?

Will começa a chorar do outro lado da linha e diz:

— Disseram que foi assassinada.

— Disseram? Quem disse? — pergunto.

— As pessoas, Sadie. Todo mundo. Só se fala disso na cidade.

E, quando abro a porta da sala de exames e saio ao corredor, vejo que é verdade. Os pacientes na sala de espera estão conversando sobre o assassinato e me olham com lágrimas nos olhos e me perguntam se ouvi as notícias.

— Um assassinato! Em nossa ilha! — suspira alguém.

Um silêncio cai sobre a sala, e, quando a porta se abre e entra um homem, uma idosa grita. É só um paciente, mas, com notícias como essa, é difícil não pensar o pior dos outros. É difícil não sucumbir ao medo.

CAMILLE

Não vou lhe contar tudo; só as coisas que acho que você deveria saber.

Eu o conheci na rua. Na esquina de alguma rua da cidade, no cruzamento sob os trilhos do metrô elevado. Era um lugar sujo. Os prédios e os trilhos não deixavam a luz entrar. Carros estacionados, vigas de aço, cones cor de laranja enchiam as ruas. Pessoas comuns de Chicago. Só sua mistura eclética cotidiana de *hipsters* e *steampunks*, *hobos*, *trixies*, a elite social.

Eu estava andando, sem saber para onde. A cidade toda zumbia. Aparelhos de ar condicionado pingavam de cima; um mendigo me pediu dinheiro. Havia um pregador parado no meio-fio, espumando pela boca, dizendo que vamos todos para o inferno.

Passei por um cara na rua. Eu estava indo para o outro lado. Não sabia quem ele era, mas conhecia seu tipo. O tipo de garoto rico que estudou em escola particular e que nunca confraternizou com crianças desprezíveis da escola pública como eu. Agora ele era adulto, trabalhava no distrito financeiro, fazia compras no Whole Foods. Ele é o que você chamaria de americano típico, seu nome provavelmente era algo tipo Luke, Miles, Brad. Algo presunçoso, tenso, batido. Mundano. Ele fez um aceno de cabeça e me deu um sorriso, que dava a entender que as mulheres se apaixonavam facilmente por seus encantos. Mas não eu.

Ignorei e continuei andando; não lhe dei a satisfação de retribuir o sorriso.

Eu senti seus olhos me seguindo.

Espiei meu reflexo na vitrine de uma loja. Meu cabelo comprido, liso, com franja. Cor de ferrugem, chegando ao meio das costas, sobre os ombros de uma camiseta azul-ártico que combinava com meus olhos.

Vi o que aquele americano típico estava olhando.

Passei a mão pelo cabelo. Eu não estava nada mal.

Em cima, o metrô trovejou. Foi alto, mas não o suficiente para calar o pregador de rua. Adúlteros, prostitutas, blasfemos, glutões... estávamos todos condenados.

O dia estava quente. Não era só verão; eram os piores dias de verão. Uns trinta graus. Tudo cheirava a ranço, a esgoto. O cheiro de lixo me sufocou quando passei por um beco. O ar quente segurava o fedor, de modo que não havia como escapar, assim como não havia como escapar do calor.

Eu estava olhando para cima, vendo o metrô e me orientando. Estava imaginando que horas seriam. Eu conhecia todos os relógios da cidade; Peacock, Father Time, Marshall Field's. Quatro relógios no Wrigley Building, para que independentemente de sua procedência, você pudesse ver um relógio. Mas não havia relógios na esquina onde eu estava.

Não vi o semáforo ficar vermelho. Não vi o táxi vindo depressa, correndo atrás de outro táxi para pegar um passageiro no fim da rua. Entrei na rua com os dois pés.

Primeiro eu o senti. Senti sua mão apertar meu pulso como uma chave-inglesa, e não pude me mexer.

Em um instante, eu me apaixonei por essa mão – quente, capaz, decisiva. Protetora. Seus dedos eram grossos; as mãos grandes, com unhas limpas e curtas. Tinha uma tatuagem pequena, um glifo na pele entre os dedos. Algo pequeno e pontudo, como um pico de montanha. Por um minuto, foi tudo que vi. Aquele pico de montanha.

Seu aperto foi poderoso e rápido. Em um só golpe, ele me deteve. Um segundo depois, o táxi passou correndo a menos de quinze centímetros dos meus pés. Senti o calor tomar meu rosto. O vento do carro me afastou e depois me sugou de volta enquanto eu passava. Só vi um flash de cores. Senti a brisa, mas não vi o táxi passar antes de seguir em disparada pela rua. Só então eu soube como estive perto de ser atropelada.

No alto, o metrô guinchou até parar sobre os trilhos.

Olhei para baixo. Lá estava a mão dele. Meus olhos subiram por seu pulso, seu braço; foram até seus olhos. Seus olhos estavam arregalados, suas sobrancelhas, franzidas de preocupação. Ele estava preocupado comigo. Ninguém nunca se preocupou comigo.

O semáforo ficou verde, mas não nos mexemos. Não falamos. Ao redor, as pessoas nos contornavam; estávamos em seu caminho, bloqueando-as. Um minuto se passou. Dois. Mesmo assim, ele não soltou meu pulso. Sua mão estava quente, grudenta. O tempo estava úmido. Tão quente que era difícil respirar. Não havia ar fresco. Minhas coxas estavam molhadas de suor, grudadas em meus jeans, assim como a camiseta azul-ártico em meu corpo.

Quando por fim abrimos a boca, falamos ao mesmo tempo. *Foi por pouco.* Rimos juntos, soltamos um suspiro síncrono.

Eu podia sentir meu coração batendo dentro de mim. E não tinha nada a ver com o táxi.

Paguei um café para ele. Parece muita falta de imaginação olhando agora, não é? Muito clichê.

Mas foi só o que me ocorreu na hora.

Deixe-me lhe pagar um café, eu disse. *Por salvar minha vida.*

Pisquei várias vezes para ele, pus a mão em seu peito e lhe dei um sorriso.

Só então vi que ele já estava tomando um café. Ali, na outra mão, ele tinha uma bebida gelada cheia de frescura. Olhamos para seu copo ao mesmo tempo. Rimos. Ele o jogou em uma lata de lixo e disse: *Finja que você não viu.*

Um café seria legal, disse ele. Quando ele sorriu, foi com os olhos.

Ele me disse que seu nome era Will. Gaguejou um pouco quando falou, e saiu *Wi-Will*. Ele estava nervoso; tímido com garotas, tímido comigo. Gostei disso nele.

Peguei sua mão na minha e disse: *Prazer em conhecê-lo, Wi-Will.*

Sentamo-nos lado a lado. Bebemos nossos cafés. Conversamos; rimos.

Naquela noite, houve uma festa em uma daquelas coberturas com vista para a cidade. Uma festa de noivado dos amigos de Sadie – Jack e Emily. Ela foi convidada, eu não. Acho que Emily não gostava muito de mim, mas eu pretendia ir de qualquer maneira, assim como Cinderela foi ao baile real. Já havia escolhido o vestido, um que eu pegara no armário de Sadie. Serviu perfeitamente, embora Sadie fosse maior que eu, com seus ombros largos e seus quadris cheios. Ela não tinha como usar esse vestido; eu estava lhe fazendo um favor.

Eu tinha o mau hábito de fazer "compras" no armário de Sadie. Uma vez, quando eu estava sozinha, ou assim achava, ouvi o tilintar de chaves na fechadura da porta da frente. Saí do quarto e fui para a sala; cheguei um segundo antes dela. Lá estava minha querida colega de quarto, com as mãos nos quadris, olhando interrogativamente para mim.

Você está com cara de quem fez coisa errada, disse ela. Eu não disse que sim nem que não. Às vezes eu fazia coisas erradas. Sadie era a seguidora de regras, não eu.

Esse vestido não foi a única coisa que peguei dela. Também usei seu cartão de crédito para comprar calçados novos: uma sandália metalizada de salto anabela com uma tira cruzada.

Falei a Will naquele dia, no café, sobre a festa de noivado: *Nós nem nos conhecemos, mas eu seria uma idiota se não perguntasse. Quer ir comigo?*

Seria uma honra, disse ele, olhando todo sedutor para mim. Ele sentou-se mais perto; seu cotovelo roçou no meu.

Ele iria à festa.

Dei-lhe o endereço e disse que o encontraria lá dentro.

Despedimo-nos sob os trilhos do metrô elevado. Fiquei olhando ele se afastar até que foi engolido pelo tráfego de pedestres. Mesmo assim, continuei olhando.

Mal podia esperar para vê-lo naquela noite.

Mas quis o destino que eu não chegasse à festa, afinal. Ele tinha outros planos.

Mas Sadie estava lá. Sadie, que havia sido convidada para a festa de noivado de Jack e Emily. Ela estava maravilhosa. Ele se aproximou, bajulou-a e se esqueceu de mim.

Eu facilitei as coisas para ela convidando-o para aquela festa. Eu sempre facilitei as coisas para Sadie.

Se não fosse por mim, eles nunca teriam se conhecido. Ele era meu antes de ser dela.

Mas ela sempre se esquece disso.

SADIE

Não há nada de especial em nossa rua, assim como nas outras que se entretecem pela ilha. Não há nada além de umas casas de campo e casas quadradas separadas por trechos arborizados.

A ilha é o lar de menos de mil pessoas. Vivemos na parte mais populosa, perto da balsa. De nossa rua íngreme, vemos parcialmente o continente, encolhido pela distância. Mesmo assim, essa visão me gera conforto.

Existe um mundo lá fora que eu posso ver, mesmo que eu não faça mais parte dele.

Dirijo lentamente ladeira acima. As sempre-vivas já perderam suas agulhas, as bétulas, suas folhas, que estão espalhadas pela rua, esmagadas pelos pneus de meu carro. Em breve, serão enterradas pela neve.

O ar salobre do mar entra pela janela do carro, aberta só uma fresta. O ar é frio; os últimos vestígios do outono antes de o inverno chegar a todo vapor.

Já passa das seis da tarde. O céu está escuro.

Acima de mim, do outro lado da rua e duas portas abaixo da minha, vejo atividade na casa dos Baines. Há três carros sem placa estacionados em frente, e imagino técnicos forenses lá dentro, coletando evidências, impressões digitais, fotografando a cena do crime.

Subitamente, a rua me parece diferente.

Vejo um carro de polícia na entrada de minha garagem quando estaciono. Paro ao lado dele – um Ford Crown Victoria – e saio devagar. Pego minhas coisas no banco de trás. Vou até a porta, olhando cautelosamente ao redor para ter certeza de que estou sozinha. Sinto uma grande inquietação. É difícil não deixar minha imaginação me dominar, não imaginar um assassino escondido entre os arbustos me observando.

Mas a rua está silenciosa. Não há pessoas por perto; não que eu possa ver. Meus vizinhos já entraram, acreditando erroneamente que estão mais seguros dentro de casa – coisa que Morgan Baines também deve ter pensado antes de ser morta na dela.

Coloco minha chave na porta da frente. Will se levanta quando eu entro. Seu jeans é largo, folgado nos joelhos, e sua camisa está parcialmente enfiada na cintura. Seu cabelo comprido está solto.

— Há um policial aqui — diz ele bruscamente.

Eu mesma vejo o policial sentado ali, no braço do sofá.

— Ele está investigando o assassinato — diz Will, praticamente engasgando com essa palavra.

Assassinato.

Os olhos de Will estão cansados e vermelhos; andou chorando. Ele enfia a mão no bolso e tira um lenço de papel. Enxuga os olhos. Will é o mais sensível de nós; ele chora no cinema; chora ao assistir ao noticiário noturno.

Will chorou quando eu descobri que ele estava dormindo com outra mulher, embora tenha tentado negar, em vão.

Não tenho outra mulher, Sadie, disse ele, ajoelhando-se diante de mim, tantos meses atrás, e chorando, alegando inocência.

Na verdade, eu nunca vi a mulher, mas os sinais dela estavam por toda parte.

Eu me culpei por isso. Eu já deveria esperar. Afinal, nunca fui a primeira escolha de Will para esposa. Estamos nos esforçando para superar isso, perdoar e esquecer, como se diz, mas é mais fácil falar que fazer.

— Ele quer nos fazer algumas perguntas — diz Will.

— Perguntas? — digo, olhando para o policial.

É um homem na casa dos cinquenta, sessenta anos, com entradas nos cabelos e pele esburacada. Ele tem uma pequena trilha de pelos acima do lábio superior, um potencial bigode castanho-acinzentado como seus cabelos.

— Dra. Foust — diz ele, olhando-me nos olhos.

Ele estende a mão e me diz que seu nome é Berg. Policial Berg, e eu digo que sou Sadie Foust.

O policial Berg parece perturbado, meio chocado, até. Imagino que os chamados típicos que recebe são reclamações de cães que deixam suas fezes no quintal dos vizinhos; queixas de portas deixadas destrancadas na Legião Americana; gente que liga para a emergência e desliga. Mas não isto. Não assassinato.

Há poucos patrulheiros na ilha, sendo o policial Berg um deles. Muitas vezes, eles vão até a balsa para garantir que todos cheguem e partam sem problemas – não que haja problemas. Pelo menos não nesta época do ano; se bem que tenho ouvido falar das mudanças que veremos no verão, quando abundam os turistas. Mas, por enquanto, tudo é pacífico e silencioso. As únicas pessoas na balsa são os passageiros diários que atravessam a baía para estudar e trabalhar.

— Que tipo de perguntas? — digo.

Otto está sentado torto em uma cadeira no canto da sala, mexendo na franja de uma almofada. Vejo os fios azuis se soltarem em suas mãos. Seus olhos parecem cansados. Preocupo-me com o estresse que está causando nele o fato de ouvir um policial dizer que uma vizinha foi assassinada. Fico imaginando se ele está assustado por causa disso. Sei que eu estou. É uma ideia incompreensível. Um assassinato tão perto de nossa casa. Estremeço ao pensar no que aconteceu na casa dos Baines na noite passada.

Olho para o andar de cima em busca de Imogen e Tate. Como se soubesse o que estou pensando, Will diz:

— Imogen ainda não chegou da escola.

E o policial Berg, interessado nisso, pergunta:

— Não?

As aulas acabam às duas e meia. O trajeto é longo, mas, mesmo assim, na maioria dos dias, Otto já está em casa às três e meia, quatro. O relógio do console da lareira marca seis e dez.

— Não — diz Will ao policial. — Mas chegará logo. A qualquer momento. — E cita uma tutoria que Will e eu sabemos que ela não teve.

O policial diz que precisará falar com Imogen também, e Will diz:

— Claro.

Ele se oferece para levá-la ao edifício de segurança pública à noite se ela não chegar logo. É um edifício amplo, onde dois policiais atuam como paramédicos e socorristas em caso de incêndio. Se nossa casa pegar fogo, o policial Berg provavelmente aparecerá aqui em um caminhão de bombeiros. Se Will ou eu tivermos um ataque cardíaco, ele virá de ambulância.

Só Tate, de sete anos, foi poupado do interrogatório policial.

— Tate está lá fora — diz Will, vendo que meus olhos procuram por ele. — Está brincando com as cachorras.

Ouço as cachorras latindo. Olho para Will de um jeito que questiona se é inteligente deixar Tate sozinho do lado de fora sendo que havia um assassino em nossa rua ontem à noite. Vou até uma janela que dá para os fundos e encontro Tate, de blusa de moletom, calça jeans e um gorro de lã na cabeça. Ele está se divertindo com as cachorras e uma bola. Arremessa a bola o mais longe que pode, rindo, e as cachorras correm atrás dela, disputando para ver qual delas a levará de volta à mão de Tate.

Lá fora, há vestígios de uma fogueira no quintal. Já está quase apagada, são só brasas e fumaça. Não há mais chamas.

Está bem longe de Tate e das cachorras, de modo que não me preocupo.

O policial Berg também vê a fumaça e pergunta se temos permissão para isso.

— Permissão? — pergunta Will. — Para uma fogueira?

Quando o policial Berg diz que sim, Will explica que nosso filho Tate chegou da escola implorando por *s'mores*. Eles leram um livro sobre isso, *S de s'mores*, e Tate ficou com vontade o dia inteiro.

— Em Chicago, só podíamos assar marshmallows no forninho elétrico. Foi só um jeito mais rápido, totalmente inofensivo — diz Will.

— Aqui — diz o policial Berg, sem interesse no desejo de Tate —, é necessária uma permissão para fazer fogueira.

Will pede desculpas pela ignorância, e o policial dá de ombros.

— Da próxima vez, já sabe — diz, perdoando-nos pela transgressão. Ele tem problemas maiores para resolver.

— Podem me dar licença? — pergunta Otto, dizendo que tem dever de casa a fazer.

Noto o desconforto em seus olhos. Tudo isso é demais para um garoto de catorze anos. Embora seja muito mais velho que Tate, Otto ainda é uma criança. Às vezes nos esquecemos disso. Dou um tapinha em seu ombro, inclino-me perto dele e digo, porque não quero que ele tenha medo:

— Estamos seguros aqui, Otto. Quero que você saiba disso. Seu pai e eu estamos aqui para protegê-lo.

Otto me olha nos olhos. Fico imaginando se ele acredita em mim, sendo que eu mesma não tenho tanta certeza. Estamos mesmo seguros aqui?

— Pode ir — diz o policial.

Quando Otto sai, vou para o outro braço do sofá. O policial Berg e eu estamos separados por um sofá de veludo cor de calêndula, que ficou na casa. Os móveis são do meio do século, mas, infelizmente, não da metade moderna. São só velhos.

— Sabe por que estou aqui? — pergunta o policial.

Digo que Will e eu ouvimos a sirene na noite passada. Que sei que a sra. Baines foi assassinada.

— Sim, senhora — diz ele.

Pergunto como ela foi assassinada; mas os detalhes de sua morte ainda não foram divulgados. Ele diz que estão esperando até que a família seja notificada.

— O sr. Baines não sabe? — pergunto.

Mas tudo que ele diz é que o sr. Baines estava viajando a trabalho. A primeira coisa que me passa pela cabeça é que, em casos como esse, é sempre o marido. Acho que foi o sr. Baines, onde quer que esteja, que fez isso.

Berg nos conta que foi a filhinha deles que encontrou a sra. Baines morta. Ela ligou para a emergência e disse à atendente que Morgan não queria acordar. Respiro fundo, tentando não imaginar todas as coisas que a pobre menina pode ter visto.

— Que idade ela tem? — pergunto.

— Seis anos — responde Berg.

Levo a mão à boca.

— Oh, que horror!

Não consigo imaginar Tate encontrando Will ou eu mortos.

— Ela e Tate estão na mesma classe — declara Will, olhando para o policial Berg e depois para mim.

Eles têm a mesma professora. Os mesmos coleguinhas. A escola da ilha atende a crianças do jardim de infância até o quinto ano, e daí para a frente elas têm que ir para o continente para estudar. Apenas uns cinquenta alunos frequentam a escola de ensino fundamental. Dezenove na sala de aula de Tate, porque seu primeiro ano foi reunido com a turma da pré-escola.

— Onde está a garotinha agora? — pergunto.

Ele diz que ela está com a família enquanto tentam entrar em contato com Jeffrey, que foi a Tóquio a negócios. O fato de ele estar fora do país não torna Jeffrey Baines menos culpado em minha cabeça. Ele poderia ter contratado alguém para fazer o trabalho.

— Coitadinha — digo, imaginando anos de terapia no futuro da criança. — O que podemos fazer para ajudar?

O policial Berg diz que está falando com os moradores da rua, fazendo perguntas.

— Que tipo de perguntas?

— Pode me dizer, dra. Foust, onde estava ontem à noite por volta das onze horas? — pergunta o policial.

Em outras palavras, por acaso tenho um álibi para o momento em que ocorreu o homicídio?

Ontem à noite, Will e eu assistimos à TV juntos, depois de levarmos Tate para a cama. Estávamos deitados em lados diferentes da sala, ele espalhado no sofá e eu encolhida na poltrona. Nossos lugares alocados. Logo depois de nos ajeitarmos e ligarmos a TV, Will me levou uma taça de cabernet da garrafa que eu abrira na noite anterior.

Eu o observei por um momento da poltrona, lembrando que não há muito tempo teria achado impossível me sentar tão longe de Will, em sofás separados. Pensei com carinho nos dias em que ele me entregava o vinho com um longo beijo nos lábios, acariciando-me com a outra mão, enganando-me facilmente com seu beijo persuasivo, suas mãos persuasivas e aqueles olhos. Aqueles olhos! E, então, uma coisa levava a outra, e logo depois, ríamos como adolescentes enquanto tentávamos fazer amor apressadamente e sem barulho no sofá, com os ouvidos atentos aos rangidos das tábuas de madeira no andar de cima, ao barulho de molas de colchão, passos nas escadas, para ter certeza de que os meninos ainda estavam dormindo. Havia uma magnanimidade no toque de Will, algo que me deixava zonza, tonta, bêbada sem beber uma gota. Eu nunca me cansava dele. Ele era inebriante.

Até que encontrei o cigarro, um Marlboro Silver com batom cor de morango no filtro. Descobri isso primeiro, seguido pouco depois pelas cobranças dos quartos de hotel no extrato do cartão de crédito, uma calcinha no quarto que eu sabia que não era minha. Percebi imediatamente que Will era magnânimo e inebriante para alguém que não eu.

Eu não fumava. Não usava batom. E era sensata demais para deixar minha calcinha por aí na casa de outra pessoa.

Will só me olhou quando enfiei o extrato do cartão de crédito debaixo de seu nariz, quando lhe perguntei sobre as cobranças de hotel em nossa conta. Ele ficou tão surpreso por ter sido pego que não teve como inventar uma mentira.

Ontem à noite, depois que terminei minha primeira taça de vinho, Will se ofereceu para me servir mais, e eu aceitei, gostando do jeito como o vinho fazia eu me sentir: leve e calma. A próxima coisa que recordo é eu acordando com a sirene.

Devo ter adormecido na poltrona. Will deve ter me ajudado a ir para a cama.

— Dra. Foust? — pergunta o policial.

— Will e eu estávamos aqui — digo. — Assistindo à TV. O noticiário da noite e depois *The Late Show*. Aquele com Stephen Colbert.

O policial Berg transcreve minhas palavras em um tablet com sua caneta *stylus*.

— Não é, Will? — pergunto.

Will anui com a cabeça e confirma que sim, foi o *The Late Show*, aquele com Stephen Colbert.

— E depois do *The Late Show*? — pergunta o policial.

E eu digo apenas que depois do *The Late Show* fomos para a cama.

— É isso mesmo, senhor? — pergunta o policial Berg.

— Isso mesmo — diz Will. — Já era tarde. Depois do *The Late Show*, Sadie e eu fomos para a cama. Ela tinha que ir trabalhar cedo e eu, bem... eu estava cansado. Já era tarde — repete. E, se percebe a redundância, não demonstra.

— Que horas eram? — pergunta o policial Berg.

— Devia ser por volta de meia-noite e meia — digo.

Porque, embora eu não tenha certeza, posso calcular. Ele anota e continua:

— Você viu algo fora do comum nos últimos dias?

— Como o quê? — pergunto.

Ele dá de ombros, sugerindo:

— Qualquer coisa incomum. Nada específico. Algum estranho à espreita, carros que você não reconhece passando por aqui, vigiando o bairro...

Mas sacudo a cabeça e digo:

— Nós somos novos aqui, policial. Não conhecemos muitas pessoas.

Então, recordo que Will conhece as pessoas. Enquanto eu estou no trabalho o dia todo, Will faz amizades.

— Houve uma coisa — diz Will, falando de repente.

O policial e eu nos voltamos para ele ao mesmo tempo.

— O quê? — pergunta o policial Berg.

Mas, assim que fala, Will tenta voltar atrás. Ele sacode a cabeça.

— Ah, nada — diz. — Eu não deveria ter mencionado isso. Tenho certeza de que não significa nada, só um acidente de minha parte.

— Por que não deixa que eu decida? — diz o policial Berg.

Will explica:

— Um dia, há não muito tempo, talvez algumas semanas, levei Tate para a escola e saí para fazer umas coisas. Não demorei muito, duas horas, no máximo. Mas, quando cheguei a casa, havia algo estranho.

— Como assim?

— Bem, primeiro, a porta da garagem estava aberta. Eu poderia apostar minha vida em que a havia fechado. Depois, quando entrei, quase fui nocauteado pelo cheiro de gás. Era muito forte. Graças a Deus, as cachorras estavam bem. Só Deus sabe quanto tempo elas ficaram respirando o gás. Não demorou muito para eu encontrar a fonte. Provinha do fogão.

— Do fogão? — pergunto. — Você não me contou isso.

Falo com voz calma, controlada, mas, por dentro, sinto tudo menos tranquilidade.

A voz de Will é conciliatória:

— Não queria que você se preocupasse à toa. Abri as portas e janelas, arejei a casa — diz, dando de ombros. — Provavelmente nem valeu a pena mencionar, Sadie. Eu não deveria ter falado. Havia sido uma manhã agitada. Eu estava fazendo rabanadas, Tate e eu estávamos atrasados. Devo ter deixado o fogão aceso na correria para sair a tempo. A chama piloto deve ter se apagado.

O policial Berg considera o fato como um acidente. Volta-se para mim e pergunta:

— Mas a senhora não notou nada fora do comum?

Digo que não.

— Como lhe pareceu a sra. Baines da última vez que falou com ela, doutora? Ela estava...

Ele começa, mas eu o detenho e explico que não conheço Morgan Baines. Que nunca nos vimos.

— Ando ocupada desde que chegamos — digo, desculpando-me, embora não seja necessário. — Nunca encontrei tempo para parar e me apresentar.

Penso – mas não ouso dizer; seria insensível – que Morgan Baines também nunca encontrou tempo para parar e se apresentar a mim.

— A agenda de Sadie é corrida — intercede Will, para que o policial não me julgue por não fazer amizade com os vizinhos; fico grata. — Ela trabalha em turnos longos, quase todos os dias da semana. Minha agenda é o oposto; dou apenas três aulas, no mesmo horário escolar de Tate. É intencional; quando ele está em casa, eu estou também. Sadie é quem ganha o pão aqui — admite sem nenhuma indignidade, sem nenhuma vergonha. — Eu sou o pai que fica em casa — prossegue. — Nunca quisemos que nossos filhos fossem criados por uma babá.

Foi algo que decidimos há muito tempo, antes de Otto nascer. Foi uma escolha pessoal. Do ponto de vista financeiro, fazia sentido que Will ficasse em casa. Eu ganhava mais que ele, mas nunca conversávamos sobre coisas assim. Will fazia sua parte, eu fazia a minha.

— Falei com Morgan há dois dias — diz ele, respondendo à pergunta que o policial fez para mim. — Ela parecia bem. Seu aquecedor de água quebrou, ela estava esperando um técnico para ver se tinha conserto. Eu tentei consertar. Tenho certas habilidades, mas não a esse ponto. Vocês têm alguma pista? — pergunta, mudando de assunto. —Algum sinal de entrada forçada, algum suspeito?

O policial Berg fecha seu tablet e diz a Will que não pode revelar nada ainda.

— Mas o que posso dizer é que a sra. Baines foi morta entre as dez da noite e as duas da madrugada de ontem.

E ali, no braço do sofá, sento-me ereta, olhando pela janela. Embora não consiga ver a casa dos Baines de onde estou, não posso deixar de pensar que ontem à noite, enquanto estávamos aqui, bebendo vinho e assistindo à TV, ela estava lá – logo além de minha vista – sendo assassinada.

Mas não é só isso.

Porque todas as noites, às oito e meia, sai a última balsa. O que significa que o assassino passou a noite entre nós, aqui na ilha.

O policial Berg se levanta depressa, assustando-me. Tenho um sobressalto e levo a mão ao coração.

— Está tudo bem, doutora? — pergunta o policial, olhando para mim, que tremo.

— Tudo — digo. — Tudo bem.

Ele passa as mãos pelas coxas de sua calça, alisando-a.

— Suponho que estamos todos meio nervosos hoje — diz.

Anuo com a cabeça.

— Tudo que Sadie e eu pudermos fazer... — diz Will ao policial Berg enquanto o acompanha até a porta.

Eu me levanto e os acompanho.

— Qualquer coisa, por favor, avise-nos. Estamos aqui para ajudar.

Berg ergue o chapéu para Will em sinal de gratidão.

— Obrigado. Como vocês podem imaginar, a ilha inteira está tensa, as pessoas temem por sua vida. Esse tipo de coisa também não é bom para o turismo. Ninguém quer visitar um lugar quando há um assassino à solta. Gostaríamos de resolver isso o mais rápido possível. Qualquer coisa que ouvirem, qualquer coisa que virem... — diz, deixando sua voz pairando no ar.

— Eu entendo — diz Will.

O assassinato de Morgan Baines é ruim para os negócios.

O policial Berg se despede. Entrega a Will um cartão de visitas. Mas, antes de sair, faz uma última pergunta, mudando de assunto:

— Como está a casa?

Will responde que está tudo bem.

— É antiga, e coisas antigas têm problemas. Correntes de ar que entram pelas janelas, uma caldeira com defeito que precisamos trocar...

O policial faz uma careta.

— Uma caldeira não é barata. Vai custar alguns milhares de dólares.

Will diz que sabe.

— Lamento por Alice — diz o policial Berg, olhando nos olhos de Will.

Will agradece.

Não é frequente eu falar de Alice com Will. Mas há coisas que quero saber, tipo como ela era e se nós teríamos nos dado bem caso houvéssemos tido a chance de nos conhecermos. Eu imagino que ela era antissocial, mas nunca disse isso a Will. Acho que a dor da fibromialgia a mantinha em casa, longe de qualquer tipo de vida social.

— Eu nunca imaginei que ela seria do tipo que comete suicídio — diz o policial Berg.

Ao ouvir isso, sinto que meu instinto estava errado.

— O que quer dizer com isso? — pergunta Will, meio na defensiva.

— Ah, não sei — diz o policial Berg.

Mas ele sabe, claramente, porque continua nos contando que Alice, que costumava jogar bingo nas sextas-feiras à noite, era afável e estava alegre quando ele a via. Que ela tinha um sorriso que podia iluminar uma sala.

— Acho que nunca entendi como uma pessoa assim acaba tirando a própria vida.

O espaço entre nós se enche de silêncio, de tensão. Acho que ele não quis dizer nada demais com isso; esse homem é meio estranho. Mas Will parece magoado. Ele não diz nada.

— Ela tinha fibromialgia — digo.

Percebo que o policial Berg não deve saber disso, ou talvez seja uma dessas pessoas que acham que é um transtorno mais mental que físico. A fibromialgia é muito incompreendida. As pessoas acham que é uma coisa inventada, que não é real. Não há cura, e, por fora, a pessoa parece estar bem; não há exames para diagnosticar a fibromialgia. Por esse motivo, o diagnóstico se baseia só nos sintomas – em outras palavras, uma dor generalizada que não tem explicação. É por isso que uma grande parte dos médicos questiona a credibilidade dessa doença, sugerindo com frequência que os pacientes procurem um psiquiatra para se tratar. Fico triste ao pensar em Alice com tanta dor e ninguém acreditando nela.

— Sim, claro — diz o policial Berg. — É uma coisa terrível. Ela devia estar sofrendo muito para fazer o que fez.

Olho para Will. Eu sei que o policial Berg não quer ser rude; à sua maneira desajeitada, ele está oferecendo compaixão.

— Eu gostava muito de Alice — diz Berg. — Era uma mulher adorável.

— Era mesmo — diz Will.

E de novo o policial Berg murmura:

— Foi uma pena.

E, por fim, despede-se e vai embora. Depois que Berg sai, Will vai silenciosamente para a cozinha para começar a fazer o jantar. Eu o deixo ir, observando pelo vidro estreito na lateral da porta enquanto o policial Berg tira seu Crown Vic de nossa calçada. Ele sobe a colina, indo se juntar a sua turma na casa dos Baines. É o que eu acho.

Mas ele não vai à casa dos Baines. Ele para o carro do outro lado da rua, na casa dos Nilsson. O policial Berg desce; deixa o carro ligado, com suas luzes traseiras vermelhas brilhando na escuridão da noite. Vejo Berg colocar algo dentro da caixa de correio e fechar a portinha. Ele volta para o carro, desaparecendo no topo da colina.

CAMILLE

Eu desapareci naquela noite depois que Will e Sadie se conheceram. Estava louca de raiva, de aversão por mim mesma.

Mas não pude ficar longe de Will para sempre. Eu pensava nele o tempo todo. Ele estava ali toda vez que eu piscava. Um dia, eu o procurei. Navegando um pouco na internet descobri onde ele morava, onde trabalhava. Eu o procurei e o encontrei. Nessa época ele já era mais velho, mais grisalho, tinha filhos, mas, durante todos esses anos, eu não havia mudado muito. Aparentemente, minha genética é boa. Eu não aparentava a idade que tinha.

Meu cabelo ainda era cor de ferrugem, meus olhos eram de um azul brilhante. Minha pele ainda não havia me traído.

Coloquei um vestido preto tomara que caia, maquiagem, perfume. Coloquei joias. Arrumei o cabelo.

Eu o segui durante dias, apareci onde ele menos esperava me ver.

Você se lembra de mim? perguntei, encurralando-o em uma lanchonete. Fiquei bem perto dele, segurei seu cotovelo. Chamei-o pelo nome. Porque não há nada que nos excite mais que o som de nosso próprio nome. É o som mais doce do mundo para nós. *Esquina da Madison com a Wabash. Quinze anos atrás. Você salvou minha vida, Will.*

Ele não demorou mais que um instante para se lembrar. Seu rosto se iluminou.

O tempo havia cobrado seu preço. A tensão do casamento, dos filhos, do emprego, da hipoteca. Esse Will era uma versão exausta daquele que eu conhecera.

Mas isso não era nada que eu não pudesse consertar.

Ele só precisava esquecer um pouco que tinha esposa e filhos.

Eu poderia ajudá-lo com isso.

Dei-lhe um sorriso largo. Peguei-o pela mão.

Se não fosse por você, disse eu, inclinando-me para sussurrar as palavras em seu ouvido, *eu estaria morta*.

Vi uma faísca em seus olhos. Ele corou. Seus olhos me examinaram de cima a baixo, pousando em meus lábios.

Ele sorriu e disse: *Como eu poderia esquecer?*

Ele se iluminou; riu. *O que está fazendo aqui?*

Joguei meu cabelo para trás do ombro e disse: *Eu estava passando e achei ter visto você pela janela*.

Ele tocou as pontas de meus cabelos, disse que eram bonitos.

E esse vestido..., disse, e deu um assobio longo e baixinho.

Ele não estava mais olhando para meus lábios. Ele estava olhando para minhas coxas.

Eu sabia que rumo eu queria que aquela conversa tomasse. Como sempre, consegui o que queria. Não foi instantâneo, não. Foi preciso certo poder de persuasão, que para mim é natural. Regra número um: reciprocidade. Eu faço algo por você e, em troca, você faz algo por mim.

Limpei a mostarda dos lábios dele. Vi que seu copo estava vazio. Peguei-o e o enchi de novo na máquina de refrigerante.

Não precisava fazer isso, ele disse enquanto eu me sentava e deslizava sua Pepsi sobre a mesa, certificando-me de que nossas mãos se tocassem. *Eu mesmo poderia ter pegado.*

Eu sorri e disse: *Sei que não precisava. Mas eu quis, Will.*

E assim, ele me devia algo.

Há também a simpatia. Eu consigo ser extremamente simpática quando quero. Sei exatamente o que dizer, o que fazer, como ser charmosa. O truque é fazer perguntas abertas, levar as pessoas a falarem de si mesmas. Isso faz com que se sintam as mais interessantes do mundo.

Há também a importância do toque. É muito mais fácil obter complacência com um simples toque no braço, no ombro, na coxa...

Isso somado ao fato de que o casamento dele com Sadie parecia mais um guia de abstinência, pelo que vi. Will precisava de algo que só eu poderia lhe dar.

Ele não disse sim de cara. Sorriu timidamente, ficou vermelho. Disse que tinha uma reunião, que precisava estar em outro lugar.

Não posso, disse. Mas eu o convenci de que podia. Porque, nem quinze minutos depois, estávamos descendo por um beco adjacente. Ali, naquele beco, ele me apoiou contra um prédio; passou a mão por baixo de meu vestido, apertou sua boca na minha. *Não aqui*, eu disse, pensando apenas nele. Para mim tudo bem fazer aquilo ali, mas ele tinha um casamento, uma reputação. Eu não tinha nem uma coisa nem outra. *Vamos para algum lugar*, eu disse em seu ouvido.

Havia um hotel que ele conhecia, a meio quarteirão de distância. Não era o Ritz, mas serviria. Subimos as escadas correndo para o quarto.

Lá, ele me jogou na cama, fez o que quis comigo. Quando terminamos, ficamos deitados na cama, respirando pesadamente, tentando recuperar o fôlego.

Will foi o primeiro a falar. *Foi...* Ele ficou sem palavras quando acabamos, mas estava radiante.

Ele tentou de novo: *Foi incrível. Você*, disse, ajoelhado sobre mim, com as mãos em ambos os lados de minha cabeça, olhos nos meus, *é incrível*.

Eu dei uma piscadinha e disse: *Você não é tão ruim assim*.

Ele me olhou por um tempo. Nunca um homem me olhou assim, como se nunca se cansasse. Disse que estava precisando disso, mais do que eu jamais saberia. Uma fuga da realidade. Disse que meu timing havia sido impecável. Ele estava tendo um dia de merda, uma semana de merda.

Foi perfeito.

Você, disse ele, devorando-me com os olhos, *é perfeita*.

Ele listou os motivos para mim. Meu coração ia inchando conforme ele falava: meu cabelo, meu sorriso, meus olhos.

E, então, eu o estava beijando de novo.

Ele se levantou da cama quando acabou. Eu fiquei ali, observando-o, enquanto ele vestia a camisa e a calça jeans. *Você já vai?*, perguntei.

Ele ficou parado na ponta da cama, olhando para mim.

Desculpou-se. *Eu tenho uma reunião. Vou me atrasar. Fique o tempo que quiser*, disse. *Tire uma soneca, descanse um pouco*, como se isso fosse um prêmio de consolação. Dormir sozinha em um hotel barato. Ele se inclinou sobre mim antes de sair. Beijou minha testa, acariciou meu cabelo. Olhou-me nos olhos e disse: *Até breve*. Não foi uma pergunta; foi uma promessa.

Eu sorri, disse: *Claro. Você está preso comigo, Will. Nunca vou deixá-lo ir embora*, e ele sorriu e disse que era exatamente isso que queria ouvir.

Tentei não ficar com ciúmes quando ele foi embora. Eu não era ciumenta; não até conhecer Will. Mas depois fiquei; nunca me senti culpada pelo que aconteceu entre mim e Will. Ele era meu. Sadie o tirou de mim. Eu não devia nada a ela.

Ela é que me devia.

SADIE

Circulo pela casa duas vezes. Asseguro-me de que todas as portas e janelas estão trancadas. Faço isso uma vez, e depois, como não tenho certeza se chequei tudo, faço de novo. Fecho as persianas, as cortinas; penso se seria prudente instalar um sistema de segurança em casa.

À noite, como prometido, Will levou Imogen ao edifício de segurança pública para falar com o policial Berg. Eu esperava que Will chegasse em casa com informações sobre o assassinato, com algo para me acalmar, mas ele não tinha nada a relatar. A polícia ainda não estava nem perto de resolver o crime. Eu andara lendo estatísticas sobre assassinatos. Cerca de um terço ou mais dos assassinatos são arquivados, deixando os departamentos de polícia atolados em crimes não resolvidos. É uma epidemia.

O número de assassinos que andam entre nós todos os dias é assustador. Eles podem estar em qualquer lugar sem que nunca saibamos.

Segundo Will, Imogen não tinha nada a dizer ao policial Berg sobre a noite passada. Ela estava dormindo, eu já sabia disso. Quando lhe perguntaram se ela havia visto algo fora do comum nas últimas semanas, ela ficou rígida, cinza, e disse:

— Minha mãe pendurada na ponta da porra de uma corda.

O policial Berg não lhe fez mais perguntas depois disso.

Enquanto faço uma terceira rodada de checagem de janelas e portas, Will me chama do alto da escada e pergunta se vou para a cama logo. Eu digo que sim, vou, enquanto dou um puxão final na porta da frente. Deixo uma lâmpada acesa na sala para fingir que estamos acordados.

Subo as escadas e me deito na cama ao lado de Will. Mas não consigo dormir. Durante a noite toda, fico deitada na cama, pensando no que o policial Berg disse, que a menininha foi quem encontrou Morgan morta. Pergunto-me se Tate conhece bem essa garotinha. Tate e ela estão na mesma classe, mas isso não significa que sejam amigos.

Não consigo tirar da cabeça a imagem da menina de seis anos parada ao lado do corpo sem vida de sua mãe. Fico imaginando se ficou assustada. Se gritou. Se o assassino ainda espreitava, fugindo ao som de seu grito. Fico imaginando quanto tempo ela esperou a ambulância chegar e se, durante esse tempo, temeu por sua própria vida. Penso nela, sozinha, encontrando sua mãe morta, da mesma maneira que Imogen encontrou a dela. Não é a mesma coisa. Suicídio e assassinato são duas coisas muito diferentes. Mesmo assim, é inimaginável para mim pensar no que essas garotas viram em sua curta vida.

Ao meu lado, Will dorme como uma pedra. Mas eu não. Porque, enquanto estou deitada sem conseguir dormir, começo a me perguntar se o assassino ainda está na ilha conosco ou se já se foi.

Ao pensar nisso, deslizo para fora da cama; meu coração acelera. Tenho que ter certeza de que as crianças estão bem. As cachorras, em suas caminhas no canto do quarto, percebem e se levantam também. Faço *sshhh* para elas quando Will se vira na cama, puxando o lençol.

No piso de madeira, sinto meus pés descalços frios. Mas está escuro demais para procurar meus chinelos. Saio do quarto e sigo pelo corredor estreito.

Vou primeiro ao quarto de Tate. Paro diante da porta. Tate dorme com a porta aberta e uma luz acesa para manter os monstros afastados. Seu corpinho está no meio da cama, e ele segura firmemente entre os braços um chihuahua de pelúcia. Em paz, ele dorme, com seus sonhos ininterruptos por pensamentos de assassinato e morte – ao contrário dos meus. Fico imaginando com o que está sonhando. Talvez com cachorrinhos e sorvete.

O que Tate sabe da morte? O mesmo que eu sabia da morte quando tinha sete anos, se é que sabia de alguma coisa. Vou para o quarto de Otto. Há um telhado em frente à janela do cômodo, um telhado de ardósia que paira sobre a varanda da frente. Uma série de colunas fáceis de escalar o mantém em pé. Entrar ou sair não seria muito difícil no meio da noite.

Meus pés instintivamente aceleram enquanto atravesso o corredor e digo a mim mesma que Otto está seguro, que com certeza um intruso não subiria ao andar de cima para entrar. Mas, nesse momento, não tenho tanta certeza. Giro a maçaneta e abro a porta silenciosamente, aterrorizada de pensar no que vou encontrar do outro lado. A janela aberta, a cama vazia. Mas não é o caso. Otto está ali. Otto está bem.

Fico à porta, observando por um tempo. Chego mais perto para olhar melhor, prendo a respiração para não o acordar. Ele parece em paz, apesar de ter chutado o cobertor para os pés da cama e de seu travesseiro estar no chão. Está com a cabeça no colchão. Pego o cobertor e o puxo sobre ele, lembrando-me de quando era mais novo e me pedia para dormir com ele. Quando eu concordava, ele jogava seu braço pesado sobre meu pescoço e me segurava assim, não me soltava a noite inteira. Ele cresceu muito rápido. Eu queria que o tempo voltasse.

A seguir, vou para o quarto de Imogen. Ponho a mão na maçaneta e a giro lentamente, tomando cuidado para não fazer barulho. Mas a maçaneta não gira. A porta está trancada por dentro. Não posso ver se ela está bem.

Afasto-me da porta e desço a escada com as cachorras em meus calcanhares, mas estou andando devagar demais para o gosto delas. De repente, elas me ignoram e descem correndo o resto da escada, cortando o vestíbulo em direção à porta dos fundos. Suas unhas batem no piso de madeira como teclas de máquina de escrever.

Paro diante da porta da frente e olho pela janela lateral. Desse ângulo, vislumbro a casa dos Baines. Há movimentação lá mesmo a essa hora tardia. Há luz lá dentro, e algumas pessoas circulando. É a polícia em missão. Fico imaginando o que encontrarão.

As cachorras choramingam na cozinha, roubando minha atenção da janela. Elas querem sair. Abro a porta de correr de vidro, e elas saem em disparada. Vão direto para o canto do quintal onde recentemente começaram a cavar a grama. Essa escavação incessante se tornou a mais recente compulsão delas, e também meu tormento. Bato palmas para que parem.

Faço uma xícara de chá e me sento à mesa da cozinha. Procuro coisas para fazer. Não faz sentido voltar para a cama, porque sei que não vou dormir. Não há nada pior que ficar deitada na cama, inquieta, preocupada com coisas sobre as quais não posso fazer nada.

Na beira da mesa está o livro que Will está lendo, um romance policial de casos verídicos, com um marcador no centro.

Levo o livro para a sala, acendo uma luz e me sento no sofá cor de calêndula de Alice para ler. Jogo uma manta em meu colo. Abro o livro. Sem querer, deixo cair o marcador de páginas de Will no chão, ao lado de meus pés.

— Merda — digo, procurando o marcador, sentindo-me culpada por ter perdido a página de Will.

Mas a culpa logo é substituída por outra coisa. Ciúmes? Raiva? Empatia? Ou talvez surpresa. Porque o marcador não é a única coisa que cai das páginas do livro. Porque também há ali uma foto de Erin, a primeira noiva de Will, a mulher com quem ele deveria se casar, em vez de comigo.

Meu suspiro é audível. Deixo pairar a mão alguns centímetros acima de seu rosto; meu coração dispara.

Por que Will está escondendo uma fotografia de Erin dentro deste livro? Por que Will ainda tem esta fotografia?

A foto é antiga, talvez de uns vinte anos. Erin parece ter uns dezoito, dezenove anos. Seu cabelo está bagunçado e seu sorriso, despreocupado. Olho a foto, os olhos de Erin. Sinto uma pontada de ciúmes, porque ela é linda. Muito magnética.

Mas como posso ter ciúmes de uma mulher morta?

Will e eu já namorávamos havia mais de um mês quando ele mencionou o nome dela. Ainda estávamos naquela fase completamente apaixonada, quando tudo parecia digno de nota e importante. Falávamos ao telefone durante horas. Eu não tinha muita coisa a dizer sobre meu passado, por isso lhe falava sobre meu futuro, sobre todas as coisas que planejara fazer um dia. O futuro de Will não estava decidido quando nos conhecemos, então ele me contava sobre seu passado. Sobre o cachorro que teve na infância. Sobre o diagnóstico de câncer de seu padrasto, sobre o fato de sua mãe ter se casado três vezes. E me contou sobre Erin, a mulher com quem ele deveria se casar, de quem fora noivo durante meses antes de ela morrer. Will chorou abertamente quando me falou dela. Ele não escondeu nada, e eu o amei por causa de sua grande capacidade de amar.

Em toda minha vida, acho que nunca havia visto um homem adulto chorar.

Na época, a tristeza de Will por perder uma noiva só me fez sentir mais atraída por ele. Will estava incompleto, como uma borboleta sem asas. Eu queria curá-lo.

Faz muitos anos que o nome dela não surge. Não que fiquemos falando dela, mas, de vez em quando, outra Erin é mencionada e nos faz calar. Só o nome já tem muito peso. Mas por que Will tiraria essa foto de Deus sabe onde para carregá-la consigo? Por que agora, depois de tanto tempo?

Roço a fotografia, mas não tenho coragem de pegá-la. Ainda não. Eu só vi uma fotografia de Erin até agora, uma que Will me mostrou anos atrás porque eu pedi. Ele não queria, mas eu insisti. Eu queria saber como ela era. Quando pedi para ver uma foto, ele me mostrou, todo cauteloso. Ele não sabia como eu reagiria. Tentei fazer cara de paisagem, mas não havia como negar a dor aguda que sentia por dentro. Ela era de tirar o fôlego.

Naquele instante eu soube: Will só me amava porque ela estava morta. Eu era a segunda escolha dele.

Passo o dedo sobre a pele clara de Erin. Não posso sentir ciúmes; simplesmente não posso. E não posso ficar brava. Seria insensível de minha parte pedir que ele a jogasse fora. Mas aqui estou eu, depois de todos esses anos, sentindo que estou em segundo plano em relação a uma mulher morta.

Então, pego a foto e a seguro. Não vou me permitir ser covarde. Eu a encaro. Há algo tão infantil em seu rosto, tão audacioso e cru, que sinto uma enorme necessidade de repreendê-la por tudo que está pensando enquanto faz graça para a câmera, provocante e ousada. Coloco a foto e o marcador em qualquer parte do livro, levanto-me e o levo à mesa da cozinha. Deixo-o lá; de repente, perdi a vontade de ler. As cachorras começaram a latir. Não posso deixá-las do lado de fora latindo no meio da noite. Abro a porta e as chamo; mas elas não vêm.

Sou obrigada a sair ao quintal para que me deem atenção. Sinto o piso gelado em meus pés descalços. Mas esse desconforto é secundário em comparação ao que sinto por dentro quando sou absorvida, engolida pela escuridão. A luz da cozinha desaparece depressa enquanto a noite de dezembro se fecha sobre mim.

Não vejo nada. Se houvesse alguém parado na escuridão de nosso quintal, eu não saberia. Um pensamento indesejado me invade, então. Minha saliva fica presa na garganta e eu engasgo.

Os cães têm habilidades de adaptação que as pessoas não têm. Eles conseguem ver muito melhor que os humanos no escuro. Isso me faz pensar no que as cachorras estão vendo que eu não estou, para quem estão latindo.

Assobio baixinho na noite, chamando as meninas. É madrugada, não quero gritar. Mas estou com muito medo de ir mais longe.

Como sei que o assassino de Morgan Baines não está ali?

Como sei que as cachorras não estão latindo porque há um assassino em meu quintal?

Iluminada pela luz da cozinha, sou como um peixe em um aquário.

Não vejo nada. Mas quem estiver ali – se houver alguém – pode me ver facilmente.

Sem pensar, dou um súbito passo para trás. O medo é avassalador. Sinto uma enorme necessidade de voltar para a cozinha, trancar a porta atrás de mim e fechar as cortinas. Mas as cachorras seriam capazes de afastar um assassino sozinhas?

E, então, de repente, as cachorras param de latir, e não sei o que mais me assusta: se os latidos ou o silêncio.

Meu coração bate mais forte. Sinto na pele um formigamento que sobe e desce por meus braços. Minha mente enlouquece imaginando que coisa horrível pode estar em meu quintal.

Não posso ficar esperando para descobrir. Bato palmas, chamo as cachorras de novo. Corro para dentro para pegar os biscoitos delas e agito a caixa freneticamente. Dessa vez, pela graça de Deus, elas vêm. Abro a caixa e derramo meia dúzia de petiscos no chão da cozinha antes de fechar e trancar a porta de correr e fechar firmemente as cortinas.

Ao subir, checo de novo os meninos. Estão exatamente como os deixei.

Mas, quando passo dessa vez, a porta de Imogen tem uma fresta aberta. Não está mais fechada. Não está mais trancada. O corredor é estreito e escuro, mas tem luz suficiente para eu não andar às cegas. Um brilho fraco do abajur da sala de estar sobe até mim, ajudando-me a ver. Meus olhos correm para a fresta de dois centímetros entre a porta de

Imogen e o batente. Não estava assim da última vez que passei. O quarto de Imogen, como o de Otto, fica de frente para a rua. Vou até a porta dela e a empurro, abrindo-a mais dois ou três centímetros, só o suficiente para que eu possa ver dentro. Ela está deitada na cama, de costas para mim. Se finge dormir, está se saindo muito bem. Sua respiração é rítmica e profunda. Vejo o movimento de subir e descer do lençol. Suas cortinas estão abertas, a luz da lua entra no quarto. A janela, como a porta, tem uma fresta aberta. O quarto está gelado, mas não vou correr o risco de entrar para fechá-la.

De volta ao nosso quarto, chacoalho Will para acordá-lo. Não vou lhe contar sobre Imogen porque não há nada a dizer. Ela deve ter ido ao banheiro. Ficou com calor e abriu a janela. Isso não é crime. Mas há outros questionamentos no fundo de minha cabeça.

Por que não ouvi a descarga?

Por que não notei o frio do quarto da primeira vez que passei?

— Que foi? O que aconteceu? — pergunta Will, meio adormecido.

Enquanto ele esfrega os olhos, eu digo:

— Acho que há alguma coisa no quintal.

— Tipo o quê? — pergunta ele, pigarreando, com os olhos sonolentos e a voz pesada.

Espero um pouco antes de responder, inclinando-me para ele.

— Não sei. Talvez uma pessoa.

— Uma pessoa?

Will se senta depressa e eu lhe falo o que aconteceu, que havia algo – ou alguém – no quintal que assustou as cachorras. Minha voz está trêmula. Will percebe.

— Você viu uma pessoa? — pergunta.

Mas digo que não, que não vi nada. Que eu só sei que havia algo ali. Foi uma intuição.

Com compaixão, acariciando minha mão, Will diz:

— Você está mesmo abalada com o que aconteceu, não está?

Ele envolve minhas mãos com as dele, sentindo-as tremer. Eu digo que sim. Penso que ele vai sair da cama e ver com seus próprios olhos se há alguém em nosso quintal, mas, em vez disso, ele me faz duvidar de mim mesma. Não é intencional, e ele não está sendo condescendente. É só a voz da razão perguntando:

— Poderia ser um coiote? Um guaxinim, ou um gambá? Tem certeza de que não foi só um bicho que fez as cachorras latirem?

Quando ele fala, parece tão simples, tão óbvio... Eu me pergunto se ele não estaria certo. Isso explicaria por que as cachorras estavam incomodadas. Talvez tenham farejado uns animais selvagens vagando por nosso quintal. Elas são caçadoras, naturalmente queriam pegar o que quer que houvesse lá. É muito mais lógico acreditar nisso que em um assassino atravessando nosso quintal. O que um assassino iria querer conosco?

Dou de ombros na escuridão.

— Talvez — digo, sentindo-me tola.

Mas não totalmente. Houve um assassinato do outro lado da rua na noite passada e o assassino não foi encontrado. Não é tão irracional acreditar que ele ainda esteja por perto.

Will me diz gentilmente:

— De qualquer maneira, podemos comentar isso com o policial Berg de manhã e pedir a ele para investigar. No mínimo, podemos perguntar se há coiotes por aqui. Seria bom saber, de qualquer maneira, para ficar de olho nas cachorras.

Fico grata por ele ser indulgente comigo, mas digo que não.

— Tenho certeza de que você está certo — digo, voltando para a cama ao lado dele, sabendo que ainda não vou dormir. — Provavelmente foi um coiote. Desculpe tê-lo acordado. Volte a deitar.

E ele se deita, passando seu braço pesado em volta de mim, protegendo-me do que quer que esteja do outro lado de nossa porta.

SADIE

Volto quando Will diz meu nome. Devo ter viajado.

Ele está ali ao meu lado, olhando para mim com seu olhar cheio de preocupação.

— Onde você estava? — pergunta.

Olho em volta para me orientar. Uma súbita dor de cabeça me dominou, fazendo-me sentir flutuar por dentro.

— Não sei.

Não lembro do que estávamos falando antes de eu divagar.

Olho para baixo e vejo que um botão de minha camisa se abriu, revelando meu sutiã preto. Fecho-o de novo, peço desculpas a ele por divagar no meio de nossa conversa.

— Estou cansada — digo, esfregando os olhos, vendo Will diante de mim e a cozinha ao meu redor.

— Parece mesmo — Will concorda.

Sinto a agitação transbordando por dentro. Olho para o quintal, atrás de Will, esperando ver algo fora do lugar. Sinais de um invasor na noite passada. Não há nada, mas, mesmo assim, sinto um arrepio ao lembrar como me senti na escuridão, implorando para que as cachorras entrassem.

Os meninos estão à mesa terminando o café da manhã. Will está no balcão, enchendo uma xícara, que passa para mim. Recebo o café entre minhas mãos e dou um grande gole.

— Não dormi bem — digo.

Não quero admitir a verdade: que nem dormi.

— Quer conversar? — pergunta ele.

Mas não parece algo que precise ser dito; ele deveria saber. Uma mulher foi assassinada dentro de sua casa do outro lado da rua, duas noites atrás.

Com os olhos, indico Tate, à mesa, e digo não; porque não é uma conversa que Tate deva ouvir. Enquanto for possível, eu gostaria de manter viva a inocência de sua infância.

— Você tem tempo para tomar café da manhã? — pergunta Will.

— Hoje não — digo, olhando para o relógio.

Vejo que é ainda mais tarde do que eu pensava. Preciso ir. Começo a pegar as coisas – minha bolsa e meu casaco – para sair. A mochila de Will o espera ao lado da mesa, e fico imaginando se ele colocou seu romance policial baseado em casos verídicos dentro dela – o livro com a fotografia de Erin escondida dentro. Não tenho coragem de dizer que sei da fotografia.

Dou um beijo de despedida em Tate. Puxo os fones dos ouvidos de Otto para dizer para ele se apressar.

Dirijo até a balsa. Otto e eu não falamos muito no caminho. Nós éramos mais próximos do que agora, mas o tempo e as circunstâncias nos afastaram. Fico imaginando, tentando não levar para o lado pessoal, quantos adolescentes são próximos de sua mãe. Poucos, se é que há algum. Mas Otto é um garoto sensível, diferente do resto.

Ele sai do carro apenas com um tchau rápido. Fico olhando enquanto ele atravessa a ponte de grade de metal e embarca na balsa com os outros passageiros da manhã. Sua mochila pesada está pendurada nas costas. Não vejo Imogen em lugar algum.

São sete e vinte da manhã. Está chovendo. Uma multidão de guarda-chuvas multicoloridos desce a rua que leva à balsa. Dois garotos da idade de Otto caminham atrás dele, passam-no na entrada, rindo. Devem estar rindo de alguma piada, digo a mim mesma, não *dele*, mas meu estômago se agita mesmo assim, e penso como deve ser solitário o mundo de Otto, um pária, sem amigos. Há muitos lugares dentro da balsa, onde é quente e seco, mas Otto sobe até o convés superior e fica em pé na chuva, sem guarda-chuva. Observo enquanto os ajudantes de convés erguem a prancha e desamarram a barca antes que se aventure no mar enevoado, roubando Otto de mim.

Só então vejo o policial Berg me encarando.

Ele está do outro lado da rua, fora de seu Crown Victoria, encostado na porta do passageiro. Tem nas mãos um café e um rolinho de canela – a um passo de distância das estereotipadas rosquinhas que os policiais são famosos por comer, só que mais refinado. Quando ele acena para mim, sinto que estava me observando o tempo todo, olhando enquanto eu esperava Otto partir.

Ele ergue o chapéu para mim. Aceno para ele pela janela do carro.

O que normalmente faço nesse momento é subir a colina de ré, pelo mesmo caminho que desci. Mas não posso fazer isso com o policial olhando. Mas não importa, porque o policial Berg abandonou seu posto e está atravessando a rua em minha direção. Ele faz um gesto de manivela com a mão para eu abrir a janela. Aperto o botão e o vidro desce. Gotas de chuva entram em meu carro, amontoando-se no interior da porta. O policial Berg não está de guarda-chuva, mas com o capuz de um casaco impermeável sobre a cabeça. Não parece se incomodar com a chuva.

Ele enfia a última mordida do rolinho de canela na boca, empurra tudo com um gole de café e diz:

— Bom dia, dra. Foust.

Ele tem um rosto gentil para um policial, sem o olhar pétreo habitual que imagino quando penso na polícia. Há algo de cativante nele, um pouco de timidez e insegurança que me agrada.

Dou-lhe bom dia.

— Que dia! — diz ele.

— Uma beleza.

A expectativa é que não chova o dia inteiro, mas o sol não aparecerá tão cedo. Onde vivemos, na costa do Maine, o clima é temperado pelo oceano. As temperaturas não são tão amargas quanto em Chicago nesta época do ano, embora faça frio.

O que ouvimos dizer é que a baía costuma congelar no inverno, e as balsas são forçadas a vencer banquisas para transportar as pessoas indo e vindo do continente. Parece que houve um inverno em que a balsa ficou presa e os passageiros foram obrigados a atravessar metros de gelo para chegar à costa, até que a Guarda Costeira veio com um cortador.

É perturbador pensar nisso. Meio sufocante, para ser sincera, a ideia de ficar presa na ilha, isolada do resto do mundo por uma gigantesca camada de gelo.

— Acordou cedo — diz o policial Berg.

— Assim como você — respondo.

— O dever me chama — diz ele, batendo no distintivo.

— O meu também — respondo, com o dedo pronto para fechar a janela para poder ir embora.

Joyce e Emma estão me esperando, e, se eu não chegar logo, vou ouvir um monte. Joyce é uma defensora da pontualidade.

O policial Berg olha para o relógio e chuta que a clínica deve abrir por volta de oito e meia. Digo que sim. Ele pergunta:

— Tem um minutinho, dra. Foust?

Se for rápido, digo.

Levo o carro para mais perto do meio-fio e ponho o câmbio em Park. O policial Berg contorna-o pela frente e entra pela porta do passageiro. Ele vai direto ao assunto.

— Terminei de falar com seus vizinhos ontem. Fiz a eles as mesmas perguntas que fiz a você e ao sr. Foust — diz.

Pelo tom de voz dele, entendo que não está só me pondo a par da investigação – embora seja isso que eu queira. Quero que o policial Berg me diga que estão prontos para prender alguém para que eu possa dormir melhor à noite sabendo que o assassino de Morgan está atrás das grades. De manhã bem cedo, antes que as crianças acordassem, Will procurou na internet notícias sobre o assassinato. Achou uma matéria detalhando como Morgan foi encontrada morta em sua casa. Havia fatos novos para nós. Por exemplo, a polícia ter encontrado bilhetes ameaçadores na casa dos Baines, mas não falava o que diziam as ameaças.

Durante a noite, a polícia liberou a gravação da chamada da menina para a emergência. Estava ali, na internet, um áudio da menininha de seis anos lutando contra as lágrimas, dizendo à atendente do outro lado da linha: *Ela não acorda. Morgan não acorda.*

A matéria não cita seu nome, só se refere a ela como *a menina de seis anos*, porque os menores são abençoados com certo anonimato que os adultos não têm.

Will e eu ficamos deitados na cama com o notebook entre nós; ouvimos o áudio três vezes. Foi angustiante. A garotinha conseguiu se manter relativamente calma e controlada enquanto a atendente falava com ela nos minutos seguintes e enviava ajuda, mantendo-a na linha o tempo todo.

Algo no áudio me incomodou, mas eu não conseguia identificar o quê. Foi só na terceira vez que por fim ouvi o que foi.

Ela chama a mãe de Morgan?, perguntei a Will, porque a garotinha não disse que sua mãe não acordava. Ela disse que Morgan não acordava. *Por que ela faria isso?*, perguntei.

A resposta de Will foi imediata.

Morgan é madrasta dela, disse. Então, ele engoliu em seco, tentando não chorar. *Quero dizer, Morgan era madrasta dela.*

Ah, disse eu. Não sei por que isso tinha importância, mas parecia ter. *Jeffrey foi casado antes?*, perguntei. Nem sempre é o caso, claro. Crianças nascem fora do casamento. Mas valia a pena perguntar.

Sim, respondeu ele, mas não disse mais nada.

Fiquei pensando na primeira esposa de Jeffrey, imaginando quem era, se morava aqui na ilha conosco. Will mesmo é fruto de pais divorciados. Esse sempre foi um assunto dolorido para ele.

Há quanto tempo Jeffrey e Morgan eram casados?, perguntei, imaginando o que mais ela contou a Will.

Pouco mais de um ano.

Eles são recém-casados, eu disse.

Eles não são mais nada, Sadie, Will me corrigiu de novo. *Ele é viúvo. Ela está morta.*

Paramos de conversar depois disso. Juntos, em silêncio, ficamos lendo. Penso agora, sentada em meu carro ao lado do policial Berg, sobre sinais de entrada forçada – uma janela quebrada, um batente de porta estourado – ou sangue. Havia sangue no local? Ou, quem sabe, feridas defensivas nas mãos de Morgan? Ela tentou lutar contra o intruso? Ou talvez a garotinha tenha visto o agressor ou ouvido a madrasta gritar.

Não pergunto nada disso ao policial Berg. Já faz mais de vinte e quatro horas que a pobre mulher foi assassinada. As rugas da testa dele estão mais profundas hoje que antes. Percebo que a pressão da investigação está pesando sobre ele. Ele não está mais perto que ontem de resolver o crime. Sinto meu coração se apertar.

— O sr. Baines foi localizado? — pergunto.

E ele me diz que está a caminho, mas que é uma viagem de mais de vinte horas de Tóquio, com escalas no aeroporto internacional de Los Angeles e no John F. Kennedy, em Nova York. Ele só chegará em casa à noite.

— Encontraram o celular dela? Isso poderia ajudar? — pergunto.

Ele sacode a cabeça. Estão procurando, diz, mas, até agora, não conseguiram encontrar o celular dela.

— Existem maneiras de rastrear um celular sumido, mas se estiver desligado ou com a bateria descarregada, não dá certo. Conseguir um mandado para os registros de uma empresa de telecomunicações é maçante; leva tempo. Mas estamos trabalhando nisso — diz.

O policial Berg se ajeita no banco. Vira o corpo para mim, com os joelhos agora apontados em minha direção. Eles esbarram na alavanca do câmbio. Há gotas de chuva no casaco e no cabelo dele, e glacê no lábio superior.

— Você me disse ontem que nunca se encontrou com a sra. Baines — diz ele.

Tenho dificuldade para afastar os olhos do glacê ao responder:

— Isso mesmo. Nunca nos encontramos.

Havia uma fotografia da mulher na internet. Segundo o jornal, ela tinha vinte e oito anos, onze a menos que eu. Na foto, estava cercada pela família, o marido feliz de um lado, a enteada do outro, todos com roupas combinando e sorridentes. Ela tinha um sorriso lindo, meio viscoso, mas adorável.

O policial Berg abre o zíper de seu casaco e leva a mão para dentro dele. Tira o tablet de um bolso interno, onde permanece seco. Toca na tela, procurando alguma coisa. Quando encontra, pigarreia e lê minhas palavras para mim:

— Ontem você disse: *Nunca encontrei tempo para parar e me apresentar*. Você se lembra de ter dito isso?

Digo que sim. Mas parece muito superficial agora, quando minhas palavras voltam para mim dessa maneira. Meio impiedoso, para ser sincera, visto que a mulher está morta agora. Eu deveria ter acrescentado um comentário empático, como *Mas gostaria de ter encontrado*. Só uma coisinha para que minhas palavras não parecessem tão insensíveis.

— A questão é, dra. Foust, você disse que não conhecia a sra. Baines, mas parece que conhecia.

E embora seu tom seja simpático, a intenção de suas palavras não é. Ele acabou de me acusar de mentir.

— Como é? — pergunto, totalmente surpresa.

— Parece que você conhecia Morgan Baines — repete ele.

A chuva cai torrencialmente agora, batendo no teto do carro como marretas em latas. Penso em Otto sozinho no convés superior da balsa, sendo bombardeado pela chuva. Sinto um nó na garganta por causa disso. Mas o engulo.

Fecho a janela para a chuva não entrar.

Faço questão de olhar nos olhos do policial quando afirmo:

— A menos que um único aceno pela janela de um veículo em movimento conte como um relacionamento, policial Berg, eu não conhecia Morgan Baines. O que o faz pensar que eu a conhecia?

Ele explica de novo que vasculhou a rua inteira, falou com todos os vizinhos, fez as mesmas perguntas que fizera a Will e a mim. Quando chegou à casa de George e Poppy Nilsson, eles o convidaram a tomar chá com biscoitos de gengibre na cozinha. Ele diz que perguntou aos Nilsson o que eles estavam fazendo na noite em que Morgan morreu, assim como perguntara a mim e a Will. Espero para ouvir a resposta deles, imaginando que o policial Berg vai me dizer que o casal de idosos estava sentado na sala aquela noite, olhando pela janela enquanto um assassino se esgueirava na escuridão e entrava na casa dos Baines.

Mas, em vez disso, ele diz:

— Como era de se esperar, aos oitenta e tantos anos, George e Poppy estavam dormindo.

Solto a respiração que estava prendendo. Os Nilsson não viram nada.

— Não estou entendendo, policial — digo, olhando a hora no painel do carro, sabendo que precisarei ir em breve. — Se os Nilsson estavam dormindo, então...

Porque, obviamente, se estavam dormindo, eles não viram nem ouviram nada.

— Também perguntei aos Nilsson se eles haviam visto algo fora do comum nos últimos dias. Estranhos à espreita, carros desconhecidos estacionados na rua...

— Sim, sim — digo, balançando a cabeça depressa, tentando apressar as coisas para poder ir trabalhar, porque ele também fez essa pergunta para mim e Will. — E?

— Bem, acontece que eles viram algo fora do comum. Algo que nunca tinham visto antes. O que significa muita coisa, visto que eles viveram metade da vida naquela rua.

E, então, ele toca na tela do tablet para encontrar sua conversa com o sr. e a sra. Nilsson.

Começa a descrever uma tarde da semana passada. Era sexta-feira, primeiro de dezembro. Era um dia claro, o céu pintado de azul, nenhuma nuvem à vista. A temperatura era fria, mas nada que um suéter pesado ou uma jaqueta leve não resolvessem. George e Poppy foram passear à tarde, diz o policial Berg, e na volta subiram a ladeira íngreme de nossa rua. Quando chegaram ao topo, George parou para recuperar o fôlego, dando um tempo em frente à casa dos Baines.

O policial Berg continua dizendo que o sr. Nilsson ajeitou o cobertor no colo de Poppy para que ela não pegasse vento. Então, algo chamou sua atenção. Eram duas mulheres gritando uma com a outra, mas ele não sabia o que diziam.

— Ah, que horror! — digo.

E ele diz que foi por isso que o pobre George ficou muito abalado. Ele nunca havia ouvido nada igual antes. E isso é importante, visto a idade dele.

— Mas o que isso tem a ver comigo? — pergunto.

Ele mexe de novo no tablet.

— George e Poppy ficaram ali na rua apenas por um instante, mas foi o suficiente para as mulheres saírem da sombra de uma árvore e ficarem à vista, e ele pôde ver quem eram.

— Quem? — pergunto, meio sem respirar.

Ele espera um pouco antes de responder.

— Era a sra. Baines — diz — e você.

E, então, em algum aplicativo de áudio em seu dispositivo, ele toca o depoimento do sr. Nilsson, que afirma:

— *Ela estava brigando com a nova médica da rua. As duas estavam berrando, enlouquecidas. Antes que eu pudesse interceder, a doutora pegou*

Morgan pelos cabelos e saiu com um punhado deles na mão. Poppy e eu demos a volta e fomos depressa para casa. Não queria que ela pensasse que estávamos bisbilhotando nem que fizesse a mesma coisa conosco.

O policial Berg para e se volta para mim, perguntando:

— Isso lhe parece uma briga entre duas mulheres que nunca se encontraram?

Mas estou sem palavras. Não consigo responder.

Por que George Nilsson diria uma coisa tão terrível sobre mim?

O policial Berg não me dá chance de falar. Prossegue, perguntando:

— Dra. Foust, é comum você arrancar um punhado de cabelos de mulheres que não conhece?

A resposta é não, claro. Mas ainda não encontro voz para falar.

Ele decide:

— Aceito seu silêncio como um não.

Ele leva a mão à porta e a abre, forçando-a contra o peso do vento.

— Vou deixá-la ir — diz —, para você continuar com seu dia.

— Eu nunca falei com Morgan Baines — é o que consigo dizer antes de ele sair.

Mas minhas palavras saem fracas.

Ele dá de ombros.

— Tudo bem, então — diz ele, voltando para a chuva.

Ele não disse se acreditava em mim.

Nem precisava.

MOUSE

Era uma vez uma garota chamada Mouse. Esse não era seu nome verdadeiro, mas, desde que se conhecia por gente, seu pai a chamava assim.

A garota não sabia por que o pai a chamava de Mouse. Ela não perguntava. Temia que, se chamasse a atenção para o fato, ele parasse de usar o apelido, e ela não queria que isso acontecesse. A garota gostava que o pai a chamasse de Mouse, porque era algo especial entre os dois, mesmo ela não sabendo a razão.

Mouse passava muito tempo pensando nisso. Ela tinha ideias sobre o motivo de seu pai a chamar por esse apelido. Por um lado, ela tinha uma queda por queijos. Às vezes, quando ela pegava pedaços de muçarela e os pousava na língua para comer, achava que talvez fosse por isso que ele a chamava de Mouse, por causa do quanto gostava de queijo.

Ela ficava imaginando se o pai a achava parecida com um rato. Se, talvez, havia bigodes crescendo sobre seu lábio superior, tão pequenos que ela não conseguia vê-los, mas que seu pai de alguma forma via. Mouse ia ao banheiro, subia na pia e ficava bem perto do espelho para procurar bigodes. Ela até levou uma lupa uma vez, segurou-a entre seus lábios e o reflexo, mas não viu bigode nenhum.

Decidiu, então, que talvez não tivesse nada a ver com bigodes, mas sim com seus cabelos castanhos, suas orelhas grandes, seus dentes grandes. Mas Mouse não tinha certeza. Às vezes, pensava que tinha a ver com sua aparência e, outras vezes, achava que não tinha nada a ver com isso, que era outra coisa, como os biscoitos amanteigados Salerno que ela e o pai comiam depois do jantar, de vez em quando. Talvez fosse por causa desses biscoitos que ele a chamava de Mouse.

Mouse adorava os biscoitos amanteigados Salerno mais do que qualquer outro tipo de biscoito, ainda mais que os caseiros. Ela os empilhava em seu dedo mindinho, colocando-o no buraco central, e descia roendo a pilha como um rato roendo madeira.

Mouse comia seus biscoitos à mesa de jantar. Mas, certa noite, quando o pai estava de costas, levando a louça à pia para lavar, ela enfiou alguns nos bolsos para fazer um lanchinho mais tarde, caso ela ou seu ursinho de pelúcia ficassem com fome.

Mouse pediu licença para sair da mesa e tentou se esgueirar para seu quarto com os biscoitos nos bolsos. Sabia que ali, nos bolsos, os biscoitos logo se transformariam em farelos, mas, para Mouse, isso não importava. Os farelos teriam um sabor tão bom quanto o biscoito inteiro.

Mas seu pai a pegou em flagrante tentando fugir com os biscoitos. Ele não a repreendeu. Quase nunca a repreendia. Não era necessário repreender Mouse. Em vez disso, ele tirou sarro dela por estocar comida em algum lugar de seu quarto como os ratos armazenam comida nas paredes da casa das pessoas.

Mas, por algum motivo, Mouse não achava que era por isso que ele a chamava de Mouse.

Porque, àquela altura, ela já era Mouse.

Mouse tinha uma imaginação vívida. Ela adorava inventar histórias. Nunca as escrevia no papel, mas as guardava na cabeça, onde ninguém mais as podia ver. Em suas histórias, havia uma garota chamada Mouse que podia fazer o que quisesse, até piruetas na lua, se fosse isso o que desejasse, porque Mouse não precisava de coisas tolas como oxigênio ou gravidade. Ela não tinha medo de nada, porque era imortal. Independentemente do que fizesse, nada de mal poderia acontecer à Mouse imaginária.

Mouse adorava desenhar. As paredes de seu quarto estavam cobertas de desenhos de seu pai com ela, de ela com seus bichinhos de pelúcia. Mouse passava os dias brincando de faz de conta. Seu quarto, o único no andar de cima daquela casa antiga, estava cheio de bonecas, brinquedos e bichos de pelúcia. Cada animal tinha um nome. Seu favorito era um urso pardo chamado Sr. Urso. Mouse tinha uma casa de bonecas, uma cozinha de brinquedo com panelas e frigideiras e caixas de comidinhas de plástico.

Tinha um jogo de chá. Ela adorava colocar as bonecas e os bichinhos em um círculo no chão, à beira do tapete de malha listrado, e servir a cada um uma xicrinha de chá e um donut de plástico. Ela pegava um livro na estante e lia em voz alta para seus amigos antes de colocá-los na cama.

Mas, às vezes, Mouse não brincava com seus bichinhos e bonecas.

Às vezes, ela ficava em sua cama e fingia que o chão ao seu redor era lava quente escorrendo do vulcão do outro lado do quarto. Ela não podia pisar no chão por risco de morte. Nesses dias, Mouse ia da cama para cima de uma mesa para ficar segura. Ela andava precariamente por cima da mesinha branca, cujas pernas tremiam, ameaçando se quebrar. Mouse não era uma menina grande, mas a mesa era velha, frágil. Não era para aguentar uma criança de seis anos.

Mas isso não importava, porque logo Mouse estava subindo em um cesto cheio de roupas sujas. Ao fazê-lo, ela tomava cuidado para não pisar no chão, dando um suspiro de alívio quando já estava em segurança dentro do cesto. Porque, embora o cesto estivesse no chão, era seguro. A lava não o podia engolir porque ele era feito de titânio, e Mouse sabia que o titânio não derretia. Ela era uma garota inteligente, mais inteligente que qualquer outra menina de sua idade que ela conhecia.

Dentro do cesto de roupa suja, a garota cavalgava as ondas do vulcão até que a lava esfriasse e formasse uma crosta, e o solo estivesse seguro para voltar a andar. Só então ela se aventurava fora do cesto e voltava a brincar na beira do tapete de malha com Sr. Urso e suas bonecas.

Às vezes, Mouse achava que isso, sua tendência a desaparecer em seu quarto – quietinha como um rato de igreja, como dizia seu pai – e brincar o dia inteiro, era a razão pela qual ele a chamava de Mouse.

Difícil dizer.

Mas uma coisa era certa.

Mouse adorava esse nome, até o dia em que Mamãe Falsa chegou. Daí, ela não gostou mais.

SADIE

Estou sentada no chão do saguão da clínica. Diante de mim, há uma mesa de atividades, dessas destinadas a manter as crianças entretidas enquanto esperam. O carpete escuro embaixo de mim é fino e barato. Está com as pontas levantadas em algumas partes, e tem manchas que se misturam ao náilon, de modo que não dá para ver, a menos que a pessoa esteja tão perto quanto eu.

Estou de pernas cruzadas no chão, sentada de frente da mesa de atividades que fica de frente a um jogo de encaixar. Observo enquanto minha mão coloca um bloco em forma de coração na abertura certa.

Há uma menina do outro lado da mesa. À primeira vista, ela parece ter cerca de quatro anos. Tem um par de tranças tortas. Fios de cabelos louros escapam dos elásticos, caindo sobre seu rosto e olhos, onde ela os deixa, sem se preocupar em afastá-los. Seu moletom é vermelho. Seus sapatos não fazem par. Um é um sapatinho tipo boneca, de couro preto, e o outro, uma sapatilha de balé preta. Um erro bastante fácil de cometer.

Minhas pernas começam a doer. Descruzo-as, procurando uma posição diferente para me sentar, mais adequada a uma mulher de trinta e nove anos. A cadeira da sala de espera chama minha atenção, mas não posso me levantar do chão ainda, porque a garotinha do outro lado da mesa está me olhando com expectativa.

— Vá — diz ela, sorrindo estranhamente.

— Vou aonde? — pergunto. Minha voz sai estrangulada. Pigarreio e tento de novo: — Vou aonde?

Dessa vez, pareço mais comigo mesma. No chão, meu corpo está rígido. Minhas pernas doem. Minha cabeça dói. Estou com calor. Não dormi nem um pouco a noite passada e estou pagando por isso hoje. Estou cansada e desorientada. A conversa desta manhã com o policial Berg agitou meus nervos, fez um dia ruim ficar ainda pior.

— Vá — diz a menina de novo.

Quando olho para ela sem fazer nada, ela diz:

— É sua vez.

— Minha vez? — pergunto, surpresa.

— Sim. Você é o vermelho, lembra?

Mas ela não diz vermelho. Ela diz *bemeio. Bemeio, lemba?*

Sacudo a cabeça. Não devo estar prestando atenção, porque não me lembro. Porque não sei do que ela está falando. Até que ela aponta as contas vermelhas na parte superior de uma montanha-russa de mesa, que sobem e descem pelos arames vermelhos, pelas curvas espiraladas vermelhas.

— Ah — digo, estendendo a mão para tocar as contas vermelhas de madeira. — OK. O que devo fazer com as vermelhas?

O ranho escorre de seu nariz, seus olhos estão meio vidrados, como se ela estivesse febril, e não preciso pensar muito para saber por que ela está ali. Ela é minha paciente. Foi me ver. Ela tosse forte, esquecendo de cobrir a boca. As crianças sempre fazem isso.

— Você faz assim — diz ela, enquanto com sua mão suja e cheia de germes pega uma fileira de contas amarelas e as conduz pela subida, pela espiral amarela. — Você faz assim — diz quando as contas por fim chegam ao outro lado e ela as solta.

Ela leva as mãos aos quadris e olha para mim, de novo com expectativa.

Sorrio para a garota e começo a empurrar as contas vermelhas.

Mas, antes que elas cheguem longe, ouço alguém sibilar *dra. Foust* atrás de mim. É a voz de uma mulher, claramente irritada.

— O que está fazendo aí, dra. Foust?

Eu me volto e vejo Joyce atrás de mim. Sua postura é ereta e sua expressão, firme. Ela diz que meu paciente das onze já chegou, que está me esperando na sala de exames três. Levanto-me lentamente, sacudo minhas pernas rígidas. Não faço ideia de por que achei que seria uma boa me sentar no chão e brincar com a garotinha. Digo a ela que tenho que voltar ao trabalho, que talvez possamos brincar de novo mais tarde, e a garota sorri timidamente para mim. Ela não estava tímida antes, mas ficou. Ela mudou, e acho que tem algo a ver com minha altura. Agora que estou em pé, não tenho mais um metro de altura como ela. Sou diferente.

Ela corre para a mãe e abraça seus joelhos.

— Que graça de menina — digo à mãe.

Ela me agradece por brincar com a filha.

Ao meu redor, a sala de espera está cheia de pacientes. Sigo Joyce pelas portas do saguão e pelo corredor. Mas, quando chego, vou para o lado oposto à sala de exames, para a cozinha, onde me sirvo de um pouco de água gelada, dando um tempo para recuperar o fôlego. Estou cansada. Estou com fome. Minha cabeça ainda dói.

Joyce me segue até a cozinha. Ela me olha como se fosse muita coragem de minha parte beber água em um momento como esse, quando temos um paciente esperando. Joyce não gosta de mim; vejo isso em seus olhos toda vez que ela olha para mim. Não sei por que Joyce não gosta de mim. Não faço nada que a faça não gostar de mim. Digo a mim mesma que não tem nada a ver com o que aconteceu em Chicago, que não há como ela saber disso. Não, isso ficou lá, porque eu me demiti. Foi a única maneira de uma acusação de negligência não acabar com minha carreira. Mas não sei se eu voltaria a praticar medicina de emergência. Foi uma mácula em minha confiança, se não em meu currículo.

Digo a Joyce que estou indo, mas ela fica me observando com sua roupa azul-esverdeada e seus calçados de enfermagem, com as mãos nos quadris. Ela faz cara feia, e só então noto o relógio na parede atrás dela, cujos números vermelhos me informam que é uma e quinze da tarde.

— Ah — digo.

Não pode ser. Não posso estar tão atrasada. Minha postura médica é bem decente, sou famosa por ficar um pouco demais com os pacientes; mas não tanto.

Olho para meu relógio; certeza de que está atrasado, de que ele é o culpado pelo atraso em meu cronograma. Mas a hora dos dois relógios bate.

Sinto uma frustração crescer dentro de mim. Equivocadamente, Emma agendou muitos pacientes em pouco tempo, de modo que passarei o resto do dia me virando para recuperar o atraso. E todo mundo – Joyce, Emma, os pacientes e eu – vai pagar por isso. Mas principalmente eu.

A viagem de carro para casa é curta. A ilha inteira tem mais ou menos um quilômetro e meio por dois quilômetros e meio – o que significa que, em um dia ruim como este, não tenho tempo de relaxar antes de chegar em casa. Dirijo devagar, sem pressa. Preciso dar mais uma volta para recuperar o fôlego antes de parar na entrada de minha garagem.

No extremo norte do mundo, a noite cai cedo. O sol começa a se pôr logo após as quatro horas, deixando-nos apenas nove horas de luz do dia nesta época do ano, mergulhando o resto em vários tons de crepúsculo e escuridão. O céu está escuro agora.

Não conheço a maioria de meus vizinhos. Alguns já vi de passagem, mas a maioria nunca vi, porque é o fim do outono, começo do inverno, época do ano em que as pessoas tendem a se esconder em ambientes fechados. A casa ao lado da nossa é de veraneio, segunda casa de alguém. Está desocupada nesta época do ano. Os proprietários – Will descobriu e me contou – se mudam para o continente assim que o outono chega, deixando a casa abandonada para o Velho Inverno. O que me faz pensar agora que uma casa como essa poderia ser vulnerável a arrombamentos, criando um lugar fácil para um assassino se esconder.

Quando passo, vejo que a casa está escura, como sempre até pouco depois das sete horas, quando uma luz se acende. A luz é controlada por um temporizador. Apaga-se perto da meia-noite. O temporizador serve para espantar assaltantes, mas é tão previsível que não ajuda.

Prossigo. Ignoro minha casa e subo a colina. A casa dos Baines está escura quando passo. Do outro lado da rua, na casa dos Nilsson, há uma luz acesa. Seu brilho suave mal passa pelas laterais das pesadas cortinas. Reduzo em frente à casa com os olhos fixos na janela. Há um carro na entrada, o sedan enferrujado do sr. Nilsson. Ondas de fumaça saem da chaminé e adentram a noite de inverno. Há alguém na casa.

Ocorre-me embicar o carro, estacionar, bater na porta da frente e perguntar sobre o que o policial Berg me disse. Por que o sr. Nilsson afirmou que me viu discutindo com Morgan nos dias anteriores à morte dela.

Mas também tenho consciência suficiente para saber que, se eu fizer isso, poderá parecer impetuoso – ameaçador, inclusive –, e essa não é a impressão que quero dar.

Dou a volta no quarteirão e vou para casa.

Momentos depois, estou só na cozinha, espiando por baixo da tampa de uma frigideira para ver o que Will está fazendo para o jantar. Costeletas de porco. O cheiro é divino.

Estou ali em pé, com os sapatos ainda nos pés e a bolsa a tiracolo. A bolsa é pesada. A tira entra profundamente em minha pele, mas eu mal sinto seu peso, porque é meu estômago que dói mais. Estou com fome, totalmente faminta. O dia foi tão corrido que nem tive tempo de almoçar.

Sem uma palavra, Will entra na cozinha e se enrosca em mim por trás. Aninha o queixo em meu ombro. Desliza suas mãos quentes sob a parte de baixo de minha blusa, envolvendo-me. Desliza o polegar para cima e para baixo em meu umbigo, tocando-me como se eu fosse uma guitarra. Fico tensa com o toque dele.

— Como foi seu dia? — pergunta ele.

Penso no tempo em que os braços de Will em volta de mim me faziam sentir segura, invulnerável e amada. Por um momento, só o que quero é virar e ficar de frente para ele, descarregar meu triste dia de trabalho e o confronto com o policial Berg. Mas eu sei exatamente o que aconteceria se eu fizesse isso. Will acariciaria meu cabelo antes de tirar a pesada bolsa de meu ombro e colocá-la no chão. Diria algo empático, como: *Deve ter sido difícil* e me serviria uma taça de vinho. Ele não tentaria me dar a solução para tudo, como outros homens às vezes fazem. Mas me levaria à única cadeira com encosto de ripas encostada na parede da cozinha e me entregaria o vinho. E se abaixaria no chão da cozinha diante de mim, tiraria meus sapatos e massagearia meus pés. E me ouviria.

Mas não conto meu dia a Will porque não consigo. Porque, ali em cima da bancada, está seu romance policial baseado em fatos reais, e em um instante me lembro da noite passada. De onde estou, vejo a borda da fotografia de Erin saindo dentre as páginas do livro, só alguns milímetros da borda azul, e, mesmo que não a possa ver, imagino os olhos azuis, os cabelos louros, os ombros arredondados. Recordo a mulher esbelta que está com as mãos nos quadris, fazendo graça para a câmera, provocando quem está do outro lado.

— O que você tem?

Embora eu hesite, pensando que posso dizer apenas *Nada* e sair da cozinha, pois estou exausta demais para esse tipo de conversa agora, digo:

— Comecei a ler seu livro ontem à noite. Quando não conseguia dormir. — E aponto para o livro na bancada.

Will não entende a insinuação. Afasta-se de mim e começa a cuidar do jantar enquanto pergunta, virado de lado para mim:

— Ah, é? O que está achando?

— Bem — digo, hesitante —, na verdade, não tive chance de ler. Abri e a foto de Erin caiu.

Sinto vergonha de admitir isso, como se eu houvesse feito algo de errado. Só então ele larga o pegador e se volta para mim.

— Sadie — diz, estendendo a mão para mim.

— Tudo bem, de verdade — digo, tentando ao máximo ser diplomática.

Porque, pelo amor de Deus, Erin está *morta*! Não posso ficar com raiva ou com ciúmes por Will pegar a foto dela depois de tanto tempo. Não me parece certo. Além disso, não há motivo para eu me preocupar. Eu também tive um namorado no ensino médio; terminamos quando ele foi para a faculdade. Ele não morreu, mas cortamos os laços da mesma forma. Eu nunca penso nele. Se passasse por ele na rua, não o reconheceria.

Will se casou *comigo*, lembro a mim mesma. Ele tem filhos *comigo*. Olho para minha mão. Não importa que o anel que uso tenha pertencido a ela. Por ser uma herança de família, a mãe de Will se recusou a deixar que Erin fosse enterrada com ele. Ele foi sincero quando me deu a aliança. Ele foi claro, disse-me o que o anel havia passado e onde havia estado. Na época, eu prometi usar o anel em homenagem à avó dele e a Erin.

— É que — digo, olhando o livro como se eu pudesse ver o que está dentro dele. — É que eu não sabia que você carregava a foto dela. Que ainda pensava nela.

— Não. Não é nada disso. Escute — diz ele, pegando minhas mãos.

Não recuo, embora seja exatamente isso que quero fazer. Eu quero ficar magoada. Eu *estou* magoada. Mas tento ser compassiva.

— Sim, eu ainda tenho uma foto dela. Encontrei-a no meio de umas coisas minhas quando estava desencaixotando. Não sabia o que fazer com ela, então, coloquei-a no livro. Mas não é o que você está pensando. É que eu me dei conta recentemente de que mês que vem fará vinte anos. Vinte anos que Erin morreu. Só isso. Eu não penso nela quase nunca, Sadie. Mas isso me fez pensar, e não de uma maneira triste. Mais tipo: *Puta merda, vinte anos!*

Ele se cala, passa as mãos pelos cabelos e pensa nas próximas palavras antes de falar:

— Vinte anos atrás, eu era um homem diferente. Eu nem era um homem — diz. — Eu era um menino. As chances de que Erin e eu realmente houvéssemos nos casado não são grandes. Mais cedo ou mais tarde, teríamos percebido como éramos idiotas. Tão ingênuos! O que havia entre nós era apenas amor de jovens estúpidos. Mas o que você e eu temos — diz, pondo a palma da mão em meu peito e depois no dele —, isso é casamento, Sadie.

Tenho que desviar os olhos, porque seu olhar é tão intenso que me penetra.

E, então, ele me puxa para si e me abraça, e, dessa vez, eu permito.

Ele leva os lábios a meu ouvido e sussurra:

— Pode acreditar, há momentos em que agradeço a Deus pelas coisas terem acontecido assim, porque, senão, talvez eu nunca houvesse conhecido você.

Não há nada a dizer sobre isso. Não posso dizer que também estou feliz por ela ter morrido. Que tipo de pessoa eu seria? Depois de um minuto, recuo. Will volta para o fogão. Ele segura o pegador, vira as costeletas de porco na frigideira. Aviso que vou subir rapidinho para me trocar.

Na sala de estar, Tate está brincando com Lego na mesinha de centro. Digo olá, e ele se levanta do chão e me aperta com força, gritando:

— Mamãe chegou!

Pede-me para brincar com ele.

— Depois do jantar — prometo. — Mamãe vai se trocar.

Mas, antes que eu possa ir, ele puxa minha mão, gritando:

— Estátua, estátua!

Não sei o que ele quer dizer com *estátua*, mas estou cansada demais para que ele fique me puxando. Ele não faz por mal, mas me puxa forte. Machuca minha mão.

— Tate, devagar — digo, e retiro minha mão da dele.

Ele faz beicinho.

— Quero brincar de estátua — geme.

Mas eu digo:

— Vamos montar Lego. Depois do jantar, prometo.

Vejo o castelo que ele já começou a criar, completo, com torre e guarita. É impressionante. Há um miniboneco sentado no alto da torre, vigiando, enquanto outros três estão na mesinha, prontos para atacar.

— Você fez isso sozinho? — pergunto.

Tate diz que sim, sorrindo orgulhosamente enquanto eu subo a escada para me trocar.

A casa está na penumbra. Além da escassez de janelas, e, portanto, de iluminação natural, a casa é revestida com painéis de madeira antigos, o que escurece tudo. É sombria. Não ajuda em nada a mudar nosso humor, especialmente em dias como este, que são bem deprimentes.

No andar de cima, encontro a porta do quarto de Otto encostada. Ele está ali, como sempre, ouvindo música e fazendo a lição de casa. Bato na porta e grito um olá.

— Oi — responde ele.

Fico imaginando como terá sido o trajeto de Otto para a escola, se ele ficou com a roupa molhada o dia todo; deve ter se encharcado para ir da balsa até o ônibus da escola, do outro lado; se ele se sentou com alguém no almoço. Eu poderia lhe perguntar, mas a verdade é que prefiro não saber a resposta. Como dizem, a ignorância é uma bênção.

A porta de Imogen está aberta. Espio, mas ela não está no quarto.

Vou para meu quarto. Vejo meu reflexo exausto no espelho comprido, meus olhos cansados, a camisa de popeline, a saia. Minha maquiagem quase desapareceu. Minha pele está desbotada, mais cinza que qualquer outra coisa; ou talvez seja só a iluminação. Pés de galinha se esgueiram das bordas de meus olhos. Minhas rugas de expressão se tornam mais proeminentes a cada dia. São as alegrias da idade.

Fico feliz de ver meu cabelo voltar a crescer depois um corte impulsivo, lamentável, que odiei. Eu sempre cortava só as pontas, mas, um dia, minha cabeleireira cortou mais de dez centímetros. Olhei para ela horrorizada quando terminou, vendo as mechas de cabelo no chão de seu salão.

Que foi?, perguntou ela, de olhos arregalados como eu. *Você disse que queria assim, Sadie.*

Eu disse que tudo bem. *É cabelo. Cresce de novo.*

Não queria que ela ficasse mal pelo que havia feito. E é só cabelo. Cresce de novo.

Mas, se não houvéssemos nos mudado, eu estaria procurando outra cabeleireira.

Tiro os sapatos de salto alto e fico olhando para as bolhas em minha pele. Tiro a saia e a jogo no cesto de roupa suja. Depois de enfiar meus pés em um par de meias quentes e as pernas em uma calça de pijama confortável, desço a escada, checando o termostato no caminho. Esta casa antiga é muito fria ou muito quente, nunca meio-termo. A caldeira não consegue mais distribuir o calor adequadamente. Aumento um pouco a temperatura.

Will ainda está na cozinha quando desço, guardando o resto do preparo do jantar. Ele coloca a farinha e o amido de milho em um armário e a frigideira suja na pia.

Chama os meninos para jantar. Momentos depois, sentamo-nos à mesa da cozinha para comer. Will fez as costeletas de porco com um cuscuz de espinafre hoje. Suas habilidades culinárias superam as minhas.

— Onde está Imogen? — pergunto.

Will diz que está com uma amiga estudando para uma prova de espanhol. Que chegará às sete. Reviro os olhos e murmuro:

— Espere sentado.

Porque Imogen raramente faz o que diz. Só de vez em quando janta conosco. E quando o faz, entra na cozinha cinco minutos depois que nós. Porque ela pode; porque não vamos lhe encher o saco por isso. Ela sabe que se quiser comer o jantar que Will faz, ou come conosco, ou não come nada. Mas, mesmo assim, quando come conosco, chega depois e sai antes de nós, para exercer sua autonomia.

Mas esta noite ela não aparece, e eu me pergunto se está realmente estudando com uma amiga ou se está fazendo outra coisa, como ficar na fortificação militar abandonada na ponta da ilha, onde há rumores de que as crianças ficam bebendo, usando drogas e fazendo sexo.

Tiro isso da cabeça por enquanto. Pergunto a Otto sobre seu dia.

Ele dá de ombros e diz:

— Tudo bem.

— Como foi a prova de ciências? — pergunta Will. Ele fala sobre coisas como atrito estático e cinético, e pergunta: — Lembrou do que são essas coisas?

Otto diz que acha que sim. Will estende a mão, bagunça os cabelos dele e diz:

— Aí, garoto! Estudar ajudou.

Vejo uma mecha escura de cabelo cair nos olhos de Otto. Seu cabelo cresceu demais, fica todo desgrenhado. Esconde seus olhos. Os olhos de Otto são castanhos como os de Will e podem mudar de repente de marrom para azul. Não sei como estão agora.

A conversa durante o jantar consiste principalmente no dia de Tate na escola. Metade da turma aparentemente não está indo, porque os pais têm o bom senso de não mandar seus filhos à escola havendo um assassino à solta. Mas Tate não sabe disso.

Observo Otto, à minha frente, cortar a costeleta de porco com uma faca. Há uma crueza na maneira como ele segura a faca, na maneira como corta a carne com ela. A carne de porco está suculenta, no ponto perfeito. Minha faca a corta fácil. Mesmo assim, Otto a ataca como se estivesse cozida demais, dura e borrachuda, quase impossível de cortar com a faca serrilhada – mas não está.

Ver a faca na mão dele me faz perder o apetite.

— Não está com fome? — pergunta Will ao ver que não estou comendo.

Não respondo à pergunta dele. Em vez disso, pego o garfo e levo um pedaço de carne à boca. As lembranças voltam, e mal consigo mastigar.

Mas mastigo, porque Will está me observando, assim como Tate. Tate, que não gosta de costeletas de porco. Temos a regra das três mordidas em casa. Depois de três mordidas, você pode deixar de comer. Ele só deu uma.

Otto, por outro lado, come vorazmente, cortando a carne como um lenhador.

Eu nunca pensei muito em facas antes. Eram apenas talheres. Isso até o dia em que Will e eu entramos na sala do diretor da escola pública de Otto em Chicago e lá estava meu filho, sentado em uma cadeira, de costas para nós, algemado. Foi chocante ver meu filho com as mãos presas às costas como um criminoso comum. Will havia recebido uma ligação do diretor dizendo que havia um problema na escola e que precisávamos conversar. Eu interrompi meu turno no pronto-socorro. Enquanto me dirigia sozinha para a escola para encontrar Will lá, eu pensava em uma reprovação ou em sinais negligenciados de uma dificuldade de aprendizagem que ainda não conhecíamos. Talvez Otto fosse disléxico. A ideia de Otto enfrentando um problema me entristeceu. Eu queria ajudar.

Passei direto pelo carro de polícia estacionado na frente da escola. Nem pensei nisso.

Mas, então, ao ver Otto sentado na cadeira, algemado, a mamãe ursa que há dentro de mim despertou imediatamente. Acho que nunca fiquei tão furiosa em toda minha vida. *Tire isso dele agora mesmo*, ordenei. *Você não tem o direito*, disse, mas, se o policial tinha o direito ou não, eu não sabia. Ele estava a poucos centímetros de Otto, olhando para o garoto cujos olhos estavam grudados no chão, a cabeça inclinada para a frente, os braços estranhamente amarrados para trás, de modo que não conseguia se sentar direito. Otto parecia tão pequeno na cadeira, desamparado e frágil. Aos catorze anos, ele ainda não havia passado pelo mesmo estirão de crescimento que outros meninos de sua idade. Era uma cabeça mais baixo que a maioria deles, e duas vezes mais magro. Embora Will e eu estivéssemos ali com ele, Otto estava sozinho. Totalmente sozinho. Qualquer um podia ver isso. E isso partiu meu coração.

O diretor da escola estava do outro lado de uma grande mesa, sombrio.

Sr. e sra. Foust, disse, levantando-se e estendendo a mão para nos cumprimentar. Uma mão que Will e eu ignoramos.

Doutora, corrigi-o. O policial deu um sorriso malicioso.

O saco de evidências no canto da mesa do diretor, como eu logo soube, continha uma faca. E não uma faca qualquer: uma faca de chef, de vinte centímetros, do jogo premiado de Will, roubada naquela manhã do suporte que ficava no canto do balcão da cozinha. O diretor nos explicou que Otto levara a faca para a escola, escondida em sua mochila. Felizmente, prosseguiu, um dos alunos vira e tivera o bom senso de informar um professor, e a polícia foi chamada para prender Otto antes que ele pudesse causar algum mal.

Enquanto o diretor falava, eu só conseguia pensar em uma coisa: como devia ser humilhante para Otto ser algemado na frente de seus colegas; ser retirado da sala de aula pela polícia. Porque eu nunca imaginei que fosse possível que Otto levasse uma faca à escola ou que ameaçasse crianças. Aquilo era só um engano. Um engano horrível, e Will e eu buscaríamos reparação, por nosso filho e por sua reputação manchada.

Otto era quieto, gentil. Não ostensivamente feliz, mas feliz. Ele tinha amigos, poucos, mas tinha. Sempre cumpria as regras, nunca teve problemas na escola. Nunca ficou de castigo, nunca teve que levar um bilhete para casa nem nunca precisamos falar com um professor. Nunca houve necessidade de nada disso. Portanto, eu facilmente raciocinei que não havia como Otto ter feito algo tão delinquente como levar uma faca para a escola.

Após um exame mais atento da faca, Will a reconheceu como sua. Tentou minimizar a situação – *É um jogo de facas popular. Aposto que muitas pessoas têm* –, mas ninguém poderia contestar o olhar de reconhecimento que atravessou seu rosto, o olhar de choque e horror.

Na sala do diretor, Otto começou a chorar.

O que você pensou que estava fazendo?, perguntou Will gentilmente, com a mão no ombro de Otto, massageando-o. *Você é melhor que isso, cara. Você é mais esperto que isso.*

A essa altura, os dois estavam chorando. Eu era a única com os olhos secos.

Otto confessou, em poucas palavras – era difícil ouvir sua voz, às vezes, entre os soluços ofegantes –, que, na primavera anterior, havia sido alvo de bullying. Ele achava que a coisa pararia, mas a situação só se agravou quando ele voltou à escola, em agosto.

O que Otto nos disse foi que alguns dos garotos mais populares da escola alegavam que ele estava paquerando outra criança da classe. Um garoto. Rumores circularam depressa, e, em pouco tempo, não passava um dia em que Otto não fosse chamado de homo, viado, bicha. *Bicha idiota*, diziam. *Morra, bicha, morra*.

Otto continuou, discorrendo os apelidos que seus colegas de classe usavam. Só quando Otto parou para respirar foi que o diretor perguntou quem, especificamente, havia dito essas coisas, e se havia testemunhas das alegações de Otto ou se era só fofoca.

Eu tinha a clara sensação de que o diretor não acreditava nele. Otto prosseguiu. Ele nos contou que os apelidos eram só uma parte, porque também houve abuso físico, ameaças. Eles o encurralavam no banheiro dos meninos ou o enfiavam dentro do armário. E *cyberbullying*. Tiraram fotos dele, alteradas de modo abominável no Photoshop, e compartilharam com todo mundo.

Isso partiu meu coração e me deixou furiosa, com razão. Eu queria encontrar os garotos que haviam feito isso com Otto e torcer-lhes o pescoço. Minha pressão arterial subiu. Senti minha cabeça latejar, meu peito também, e me apoiei nas costas da cadeira de Otto para me firmar. *O que vai acontecer com esses meninos?*, perguntei. *Certamente eles serão punidos pelo que fizeram. Eles não podem se safar.*

A resposta do diretor foi desanimada. *Se Otto nos dissesse quem fez isso, eu poderia falar com eles*, disse.

Otto olhou para o diretor. Ele nunca contaria quem eram essas crianças, porque, se o fizesse, sua vida repentinamente se tornaria ainda mais insuportável do que já era.

Por que você não nos contou?, perguntou Will, abaixando-se ao lado de Otto para poder olhá-lo diretamente nos olhos.

Otto olhou para ele, sacudindo a cabeça, e afirmou: *Eu não sou gay, pai*, como se isso importasse. *Eu não sou gay*, repetiu, perdendo qualquer traço de compostura que ainda restasse.

Mas não fora isso que Will perguntara, porque coisas assim – orientação sexual – não eram importantes para ele ou para mim.

Por que você não nos contou que estava sofrendo bullying?, Will esclareceu, e foi então que Otto disse que sim, que havia contado. Que havia contado para mim.

Nesse momento, meu coração se apertou tanto que quase desapareceu. A violência estava aumentando em toda a cidade. Isso significava que cada vez mais pacientes apareciam no pronto-socorro com o corpo ensanguentado e ferimentos a bala. Minha rotina começou a parecer a versão sensacionalista dos PSs que vemos na TV, mas não só em termos de febres e ossos quebrados. Somado a isso, havia o fato de que tínhamos falta de pessoal. Naquela época, meus turnos de doze horas pareciam ter quinze, era uma maratona constante, eu mal tinha tempo para esvaziar a bexiga ou comer. Eu ficava aérea quando estava em casa, cansada, sem dormir. Esquecia as coisas. A limpeza dental, pegar um galão de leite quando voltasse do trabalho...

Otto havia me dito que estava sofrendo bullying e eu não lhe dera bola? Ou eu estava tão perdida em pensamentos que não o ouvira? Os olhos de Will se voltaram para os meus, perguntando com aquele olhar incrédulo se eu sabia. Sacudi a cabeça, fazendo-o acreditar que Otto não havia me contado. Porque talvez ele houvesse e talvez não. Eu não sabia.

O que o fez pensar que não haveria problema em levar uma faca para a escola?, Will perguntou a Otto, e tentei imaginar a lógica que lhe passara pela cabeça naquela manhã ao decidir pegar a faca. Haveria consequências legais para o que ele havia feito ou bastaria um tapa na mão? Como eu suportaria mandá-lo de volta para a sala de aula quando tudo isso acabasse?

O que você pensou em fazer com isso, cara?, perguntou Will. E eu me preparei, pois não tinha certeza de que estava pronta para ouvir a resposta.

Otto me olhou por cima do ombro e sussurrou, com a voz ofegante de chorar: *Foi ideia da minha mãe.* Eu empalideci, passando por todos os tons de branco por causa dessa absurda declaração. Que mentira ousada! *Foi ideia da minha mãe trazer a faca para a escola para assustá-los*, mentiu Otto, voltando os olhos para o chão enquanto Will, o policial e eu o observávamos. *Foi ela quem a colocou em minha mochila*, disse ele, baixinho. Eu ofeguei e soube imediatamente por que ele havia dito isso. Eu sempre o protegia. Otto e eu somos farinha do mesmo saco. Ele é filhinho de mamãe, sempre foi. Ele achou que eu o protegeria, que, se eu assumisse a culpa pelo que ele fez, ele sairia ileso. Mas não parou para pensar nas consequências que isso poderia ter sobre minha reputação, minha carreira, sobre mim mesma.

Fiquei com o coração partido por Otto, mas também estava com raiva.

Até aquele momento, eu não sabia que ele estava sofrendo bullying na escola. E longe de mim sugerir que ele levasse uma faca – uma faca! – para a escola para ameaçar adolescentes, e muito menos eu mesma enfiá-la dentro de sua mochila.

Como ele achou que alguém cairia nessa mentira?

Isso é ridículo, Otto, suspirei, enquanto todos os olhos se voltavam simultaneamente para os meus. *Como você pôde dizer isso?*, perguntei. Meus olhos começaram a se encher de lágrimas. Coloquei o dedo em seu peito e sussurrei: *Você fez isso, Otto. Você*, e ele estremeceu na cadeira como se houvesse levado um tapa. Virou as costas para mim e mais uma vez começou a chorar.

Logo depois, levamos Otto para casa, tendo sido informados de que haveria uma audiência com o conselho para ver se ele poderia voltar à escola. Não esperamos a resposta. Eu nunca poderia mandar Otto para lá de novo.

Mais tarde, Will me perguntou em particular: *Você não acha que foi muito dura com ele?*

E ali estava. A primeira brecha em nosso casamento.

Até aquele momento, não houve brechas em nosso relacionamento. Não que eu soubesse, pelo menos. Will e eu éramos como diamantes, capazes de suportar as pressões esmagadoras do casamento e da vida familiar.

Eu lamentava a maneira como as coisas se desenrolaram na sala do diretor. Senti uma dor terrível na boca do estômago ao saber que Otto estava sofrendo bullying e abuso por tanto tempo e nós não sabíamos. Fiquei triste por meu filho achar que levar uma faca para a escola era sua única opção. Mas fiquei furiosa por ele tentar me culpar.

Eu disse que não, que não achava que havia sido muito dura com Otto; e ele falou: *Ele é só um garoto, Sadie. Ele cometeu um erro.*

Mas, como logo aprendi, alguns erros não podem ser perdoados facilmente. Porque nem duas semanas depois eu descobri que Will estava tendo um caso; que ele estava tendo um caso havia algum tempo.

Logo chegou a notícia da morte de Alice. Eu não tinha certeza, mas Will sim. Era hora de partir.

Algo fortuito, disse ele.

Tudo acontece por uma razão, afirmou.

Will prometeu que poderíamos ser felizes no Maine, que precisávamos deixar para trás tudo que havia acontecido em Chicago e recomeçar. Mas, claro, achei irônico que nossa felicidade voltasse à custa de Alice.

Enquanto estamos sentados à mesa acabando de jantar, pego-me olhando pela janela escura que fica acima da pia da cozinha. Pensando em Imogen e na família Baines, na acusação do policial Berg esta manhã, eu me pergunto se poderemos ser felizes aqui, ou se o azar vai nos seguir aonde quer que formos.

CAMILLE

Depois daquela primeira vez juntos, meus encontros com Will se tornaram regulares. Houve outros quartos de hotel, que foram ficando mais chiques quanto mais eu implorava. Não gostei dos hotéis a que ele me levou primeiro. Eram úmidos, sujos, baratos. Os quartos tinham um cheiro abafado. Os lençóis eram ásperos e finos. E manchados. Eu ouvia as pessoas do outro lado das paredes; e elas me ouviam.

Eu merecia mais que isso. Eu era boa demais para hotéis baratos, para o julgamento de pessoas que ganhavam mal. Eu era especial e merecia ser tratada assim. Will já deveria saber. Certa tarde, dei uma deixa.

Eu sempre sonhei em ver o interior do Waldorf.

O Waldorf?, disse ele, parado diante de mim e rindo de minha sugestão. Estávamos no fundo de um complexo de apartamentos, onde ninguém podia nos ver. Nunca conversávamos sobre seu casamento. Era uma daquelas coisas que simplesmente existem. Uma dessas coisas em que você não quer acreditar, como morte, alienígenas, malária.

O Waldorf Astoria?, perguntou ele quando eu sugeri. *Você sabe que custa quatrocentos dólares por noite, talvez mais?*

Perguntei, fazendo beicinho: *Eu não valho isso para você?*

Parece que eu valia. Porque em uma hora tínhamos um quarto no décimo andar, com champanhe por conta da casa.

Não há nada, disse Will ao abrir a porta da suíte luxuosa do hotel para eu entrar, *que eu não faria por você.*

Havia uma lareira no quarto, um terraço, um frigobar, uma banheira chique onde dava para mergulhar olhando a vista da cidade dentro do luxo de um banho de espuma.

Os funcionários do hotel se referiam a nós como sr. e sra. Foust.

Aproveitem a estadia, sr. e sra. Foust.

Imaginei um mundo onde eu era a sra. Foust. Onde eu morava na casa de Will, onde eu paria e criava seus filhos. Era uma vida boa.

Mas eu nunca quis ser confundida com Sadie. Eu era muito melhor que ela.

Will falou sério: não havia nada que ele não faria por mim. Ele provou isso várias vezes. Ele me banhava com doces palavras, escrevia-me bilhetinhos de amor. Comprava coisas para mim. Uma vez, quando não havia ninguém, ele me levou para sua casa. Era muito diferente do apartamento sombrio de dois dormitórios onde eu e Sadie morávamos, em Uptown, cheio de bêbados e vagabundos ao redor pedindo dinheiro quando saíamos, como se tivéssemos sobrando. Mesmo que eu tivesse, não estava disposta a dividir. Não sou famosa por minha generosidade. Mas Sadie era, sempre revirando a bolsa, e eles se agarraram nela, os bêbados e os vagabundos, como piolhos no cabelo.

Eles tentavam o mesmo comigo, mas eu os mandava se foder.

Dentro da casa de Will e Sadie, passei as mãos pelo braço de um sofá de couro, acariciei vasos de vidro e candelabros, tudo claramente caro. A Sadie que eu conheci nunca poderia pagar essas coisas. Ser médica tinha todas as vantagens.

Will foi na frente para o quarto. Eu o segui.

Havia uma foto de Sadie com ele em uma mesa de cabeceira; uma foto de casamento. Era encantadora, de verdade. Na foto, eles estavam no meio de uma rua. O foco eram eles, enquanto o restante da foto ia gradualmente se desfocando. Árvores frondosas ao redor, cheias de flores da primavera. Eles não estavam de frente para a câmera com um sorriso cafona a pedido do fotógrafo, como a maioria dos noivos faz. Estavam inclinados um para o outro, beijando-se. Ela de olhos fechados, enquanto os dele a observavam. Ele olhava para Sadie como se ela fosse a mulher mais bonita do mundo. Sua mão nas costas dela, a dela contra o peito dele. Havia arroz no ar. Para prosperidade, fertilidade e boa sorte.

Will me pegou olhando a foto.

Para não me sentir humilhada, eu disse: *Sua esposa é bonita*, como se nunca a houvesse visto antes. Mas Sadie estava muito longe de ser bonita. Ela era comum, na melhor das hipóteses.

Envergonhado, ele disse: *É.*

Falei a mim mesma que ele tinha que dizer isso. Que não seria correto dizer outra coisa.

Mas ele não achava isso.

Ele se aproximou, passou as mãos por meus cabelos, beijou-me profundamente. *Você é linda*, disse, a forma superlativa de *bonita*, o que significava que eu era mais bonita que ela.

Will me levou para a cama, jogou os travesseiros no chão.

Não acha que sua esposa não vai gostar?, perguntei, sentando-me na beira da cama.

Eu tenho pouca consciência moral. Para mim era tranquilo, eu não me importava. Mas achava que talvez ele sim.

Will abriu um sorriso malicioso. Ele se aproximou, deslizou a mão por baixo de minha saia e disse: *Assim espero*.

Não conversamos mais sobre a esposa dele depois disso.

O que eu descobri foi que Will era mulherengo antes de se casar. Um galinha, o tipo de homem que achava que nunca tomaria jeito.

Como se costuma dizer, velhos hábitos são difíceis de perder. Isso era algo que Sadie tentava controlar.

Mas, por mais que tentemos, não podemos mudar as pessoas. Então, ela mantinha um controle rígido sobre ele, como antes fazia comigo. Há muito tempo, meus isqueiros e meus cigarros desapareciam quando ela os encontrava, fechaduras eram trocadas quando eu esquecia de fechar a porta do apartamento. Ela era bastante disciplinadora, bem déspota.

Eu podia ver nos olhos dele como ela o enfraquecera, como ela o emasculara.

Eu, por outro lado, fazia-o se sentir um homem.

SADIE

São sete e trinta. Imogen ainda não está em casa. Will não parece preocupado, nem quando eu o pressiono perguntando com quem ela está estudando e onde a amiga mora.

— Eu sei que você quer acreditar no melhor dela, Will, mas tenha a santa paciência — digo. — Nós dois sabemos que ela não está estudando espanhol.

Will dá de ombros e diz:

— Ela está apenas sendo adolescente, Sadie.

— Uma adolescente delinquente — respondo, impassível.

Otto, aos catorze anos, também é adolescente. Mas é dia de semana e ele está em casa conosco, como deveria estar.

Will limpa a mesa de jantar e joga o pano sujo na pia. Volta-se para mim com seu sorriso magnânimo e diz:

— Eu já fui adolescente delinquente e veja o que me tornei. Está tudo bem.

Otto entra na cozinha com sua pasta de geometria.

Will e Otto se espalham na mesa para fazer a lição de casa. Tate liga a TV da sala e se acomoda, aconchegando-se sob uma manta para assistir a um desenho animado.

Levo minha taça de vinho para cima. O que tenho em mente é um longo banho quente de banheira. Mas, no topo da escada, sinto-me atraída não pelo banheiro principal, e sim pelo quarto de Imogen.

Está escuro quando entro. Empurro a porta com a palma da mão, abrindo-a bem. Ignoro uma placa que me diz para não entrar. Entro, tateando a parede em busca do interruptor de luz e acendendo-a. O quarto fica visível e vejo um monte de roupas escuras espalhadas pelo chão, tantas que preciso afastá-las para evitar pisar nelas.

O quarto cheira a incenso. A caixa fica em cima da escrivaninha de Imogen, ao lado de um incensário em forma de cobra enrolada. As varetas ficam dentro da boca da cobra; o cheiro ainda é forte, a ponto de eu me perguntar se ela esteve aqui depois da aula, queimando incenso em seu quarto, antes de desaparecer indo aonde quer que esteja. A escrivaninha é de madeira e antiga. Imogen esculpiu palavras na madeira com a ponta afiada de algum tipo de lâmina. Não são palavras bonitas. Na verdade, são palavras de raiva. *Foda-se. Eu te odeio.*

Tomo um gole de meu vinho e deixo a taça na mesa. Passo o dedo pelos sulcos na madeira, perguntando-me se essa seria a mesma letra que foi deixada na janela de meu carro. Gostaria de ter pensado em tirar uma foto da janela do carro antes de apagar a palavra com o desembaçador. Assim, eu poderia comparar a caligrafia, ver se a forma das letras é a mesma. Assim eu saberia.

É a primeira vez que entro no quarto de Imogen. Não vim com a intenção de bisbilhotar, mas, agora, esta é a casa de minha família. Parece ser meu direito bisbilhotar. Will não iria gostar. Eu mal entendo as vozes abafadas de Otto e dele que vêm da cozinha. Eles não têm ideia de onde estou. Olho primeiro dentro das gavetas da mesa. Há exatamente o que se espera encontrar dentro da gaveta de uma escrivaninha. Canetas, papéis, clipes. Subo na cadeira, passo as mãos cegamente pela estante de livros que fica acima da mesa, encontro um punhado de poeira. Volto para o chão.

Deixo meu vinho onde está. Vou para a mesa de cabeceira, puxo a maçaneta da gaveta. Vasculho coisas aleatórias. Um rosário de criança, lenços de papel, um marcador de páginas. Um preservativo. Pego o preservativo, seguro-o na mão por um instante, penso se devo contar a Will. Imogen tem dezesseis anos. Hoje em dia, crianças de dezesseis anos fazem sexo. Mas um preservativo pelo menos me diz que Imogen faz escolhas inteligentes. Que está se protegendo. Não posso culpá-la por isso. Se nossa relação fosse melhor, eu conversaria com ela de mulher para mulher. Mas não é. Independentemente disso, uma consulta com um ginecologista não está fora de questão, já que ela está na idade. Pode ser a melhor maneira de lidar com certas coisas.

Coloco o preservativo de volta. Então, encontro uma fotografia.

É a fotografia de um homem, dá para ver pelo formato do corpo e pelo que resta do cabelo, que não foi rabiscado com visível raiva. Mas o rosto do homem foi destruído, como um bilhete de loteria raspado com a borda de uma moeda. Fico imaginando quem é. Fico imaginando de onde Imogen o conhece e o que a deixou tão furiosa a ponto de sentir necessidade de fazer *isso*.

Fico de quatro ao lado da cama. Olho embaixo, antes de fuçar nos bolsos das roupas jogadas. Levanto-me e vou para o armário, abrindo a porta. Ponho a mão por dentro, procuro cegamente o cordão da luz e o puxo.

Não quero que Will saiba que estou bisbilhotando o quarto de Imogen. Prendo a respiração ao ouvir ruídos provindos do andar de baixo. Mas o que ouço são os desenhos animados de Tate na TV, o som de sua risada inocente. Se ele tivesse essa idade para sempre... Will e Otto estão calados, e os imagino debruçados sobre a mesa da cozinha, perdidos em pensamentos.

Pouco tempo depois do que aconteceu com Otto, li um artigo sobre a melhor forma de bisbilhotar o quarto dos filhos, os lugares onde procurar. Não os lugares óbvios, como gavetas de escrivaninha, mas bolsos secretos no forro dos casacos; dentro das tomadas elétricas; em latas de refrigerante com fundo falso. O que deveríamos procurar também não era tão óbvio: produtos de limpeza, sacos plásticos, remédios vendidos sem receita – tudo facilmente utilizado da maneira errada por adolescentes. Na verdade, eu nunca bisbilhotei o quarto de Otto. Nunca precisei. O que aconteceu com ele foi um caso único; ele aprendeu a lição. Nós conversamos sobre isso. Nunca mais aconteceria.

Mas Imogen é um livro fechado para mim. Ela mal fala, não mais que uma frase, na melhor das hipóteses, e nem sempre. Não sei nada sobre ela, com quem faz sexo (faz sexo aqui, neste quarto, quando Will e eu saímos, ou sai pela janela do quarto à noite?), sobre aquelas garotas com quem fuma, sobre o que ela faz nessas horas perdidas em que não está conosco. Will e eu temos que cuidar melhor dessas coisas. Não devemos ficar tão desinformados. É uma irresponsabilidade, mas, toda vez que abordo o assunto com Will – quem é Imogen *de verdade*? –, ele me interrompe dizendo que não podemos forçar demais. Que ela se abrirá para nós quando estiver pronta.

Não posso mais esperar que isso aconteça.

Vasculho o armário. Encontro uma carta no bolso de uma blusa de moletom cinza-escuro. Na verdade, não foi difícil de encontrar. Verifico primeiro as caixas de sapatos, os cantos de trás do armário onde só a poeira reside. E depois as roupas. É na quarta ou quinta tentativa que minha mão se molda em torno de algo, que eu puxo do bolso para ver. É um papel dobrado muitas e muitas vezes para ficar pequeno, de não mais que dois centímetros e meio por dois centímetros e meio.

Puxo-o para fora do armário. Delicadamente o desdobro.

Por favor, não fique brava, está rabiscado no papel. A tinta é pálida, talvez como se o moletom houvesse passado pela máquina de lavar com o papel dentro. Mas está lá, visível, em letras maiúsculas, muito mais masculina que minha letra garranchada, o que me leva a acreditar que foi escrito pela mão de um homem – coisa que eu poderia ter descoberto, de qualquer maneira, pelo conteúdo do bilhete. *Você sabe tão bem quanto eu que isso é difícil para mim. Não foi nada que você tenha feito. Isso não significa que eu não a amo. Mas não posso continuar vivendo essa vida dupla.*

Embaixo, a porta da frente se abre de repente. E se fecha com uma batida.

Imogen está em casa.

Dentro do peito, meu coração começa a bater forte.

Will a cumprimenta, mais cordial do que eu gostaria que ele fosse. Pergunta se ela está com fome, se quer que ele aqueça o jantar – o que contraria as regras que estabelecemos para ela: que jante conosco ou que não coma nosso jantar. Eu gostaria que Will não fosse tão atencioso, mas ele é assim, sempre ansioso para agradar. As respostas de Imogen são curtas, brutas – *Não, não* –, e sua voz se aproxima dos degraus.

Reajo depressa. Dobro de novo o bilhete e o enfio de volta no bolso do moletom, devolvendo as roupas a seu lugar. Puxo o cordão da luz e fecho a porta do armário. Saio correndo do quarto, lembrando-me no último minuto de apagar a luz e fechar a porta exatamente como estava quando a encontrei, com só uma fresta aberta.

Não tenho tempo para checar se tudo está como encontrei. Rezo para que sim.

Nossos caminhos se cruzam na escada e dou-lhe um sorriso tenso, mas não digo nada.

MOUSE

Era uma vez uma casa velha. Tudo na casa era velho: as janelas, os eletrodomésticos e especialmente os degraus da casa eram velhos. Porque sempre que alguém pisava neles, eles gemiam como os velhos às vezes gemem.

Mouse não sabia por que os degraus faziam isso. Ela sabia muitas coisas, mas nada sobre como degraus e seus espelhos se esfregavam, rangendo contra pregos e parafusos que ficavam do outro lado, em algum lugar embaixo deles onde ela não podia ver. Tudo o que sabia era que os degraus faziam barulho; todos eles faziam, mas especialmente o último, que fazia o maior barulho de todos.

Mouse achava que sabia algo sobre aqueles degraus que ninguém mais sabia. Achava que doía neles serem pisados, e por isso eles gemiam e se afastavam dos pés sempre que ela os pisava. Se bem que Mouse pesava apenas vinte quilos e não poderia machucar nem uma mosca, se quisesse.

Isso fazia Mouse pensar nos idosos do outro lado da rua, que andavam como se tudo doesse, que gemiam como os degraus às vezes gemem.

Mouse era sensível de uma maneira que outras pessoas não eram. Preocupava-a pisar naquele último degrau. E, assim como tinha o cuidado de não pisar em lagartas e tatuzinhos quando andava pela rua, Mouse tinha o cuidado de passar por cima desse último degrau, mesmo sendo uma garotinha e seu passo não ser largo.

Seu pai tentava consertar o degrau. Ele estava sempre bravo com o coitado, xingando baixinho por causa do rangido incessante e irritante.

Então, por que você não passa por cima?, perguntou a garota ao pai, porque o pai de Mouse era um homem alto, com passos muito mais largos que os dela. Ele poderia facilmente atravessar o último degrau sem colocar peso nele. Mas ele também era um homem impaciente, do tipo que sempre queria as coisas *perfeitas*.

Seu pai não era muito bom em tarefas domésticas. Ele era melhor em ficar sentado atrás de uma mesa, tomar café, tagarelar ao telefone. Mouse ficava sentada do outro lado da porta quando ele fazia isso, e ouvia. Ela não tinha permissão para interromper, mas se ficasse bem quietinha, poderia ouvir o que ele dizia, como sua voz mudava quando estava ao telefone com um cliente.

O pai de Mouse era um homem bonito. Tinha cabelos castanho-escuros. Seus olhos eram grandes, redondos, sempre atentos. Ele não fazia barulho a maior parte do tempo, exceto quando andava, porque era um homem grande e seus passos eram pesados. Mouse podia ouvi-lo chegar a um quilômetro de distância.

Ele era um bom pai. Levava Mouse para fora e brincava de pega-pega com ela. Ele lhe ensinava coisas sobre ninhos de pássaros, e como os coelhos escondiam seus bebês em buracos na terra. O pai de Mouse sempre sabia onde eles estavam e ia até os buracos, levantava os pedaços de grama e pelos de cima, e deixava Mouse dar uma olhada.

Um dia, quando se cansou daquele degrau barulhento, o pai de Mouse pegou sua caixa de ferramentas na garagem e foi até a escada. Com um martelo, ele enfiou pregos no espelho do degrau, prendendo-o na madeira do outro lado. Então, ele pegou um punhado de pregos para fazer o acabamento. Bateu-os no espelho e o recolocou no degrau.

Ele recuou, orgulhoso, para examinar sua obra.

Mas o pai de Mouse nunca foi de trabalhos manuais.

Ele deveria saber que, independentemente do que fizesse, nunca conseguiria consertar o degrau. Porque mesmo depois de todo esse trabalho duro, a escada continuava fazendo barulho.

Com o tempo, Mouse passou a depender desse som. Ela ficava deitada na cama, olhando para a luz que pendia do teto; seu coração batia forte, ela não conseguia dormir.

Ela escutava o último degrau gritar avisando-a, informando que alguém estava subindo a escada e indo para seu quarto, dando-lhe tempo para se esconder.

SADIE

Observo da cama enquanto Will veste uma calça de pijama e larga suas roupas no cesto. Ele fica por um segundo à janela, olhando para a rua.

— Que foi? — pergunto, sentada na cama.

Algo chamou a atenção de Will e o atraiu até a janela. Ele fica ali, contemplativo.

Os meninos estão dormindo; a casa está notavelmente silenciosa.

— Há uma luz acesa — diz Will.

— Onde? — pergunto.

— Na casa de Morgan.

Isso não me surpreende. Pelo que sei, a casa ainda é uma cena de crime. Imagino que leva dias para os investigadores forenses processarem as coisas antes que um serviço de limpeza seja chamado para tirar o sangue e outros líquidos corporais da casa. Em breve Will e eu veremos pessoas de macacão amarelo, com um tipo de aparelho para respirar fixado na cabeça, entrando e saindo, retirando coisas manchadas de sangue.

Fico pensando de novo na violência que aconteceu ali naquela noite, no sangue.

Quantos itens manchados de sangue eles terão que retirar?

— Há um carro na entrada — diz Will. Mas, antes que eu tenha a chance de responder, ele acrescenta: — O carro do Jeffrey. Ele deve ter chegado de Tóquio.

Ele fica imóvel diante da janela por mais um ou dois minutos. Levanto-me da cama, abandonando o calor dos cobertores. A casa está fria esta noite. Vou até a janela e fico ao lado de Will; nossos cotovelos se tocam.

Olho para fora, vejo a mesma coisa que ele: uma SUV misteriosa parada na entrada da garagem ao lado de um carro de polícia, ambos iluminados pela luz da varanda.

Enquanto olhamos, a porta da frente da casa se abre. Um policial sai primeiro e depois conduz Jeffrey pela porta. Jeffrey deve ser uns trinta centímetros mais alto que o policial. Ele para diante da porta aberta para dar uma última olhada dentro. Nas mãos, carrega sua bagagem. Ele sai da casa, passando pelo policial. O policial fecha a porta e a tranca. Acho que o policial se encontrou com ele ali e ficou de olho na cena do crime enquanto o sr. Baines recolhia algumas coisas pessoais.

— Tudo isso é tão surreal — murmura Will.

Pouso a mão em seu braço; é o mais perto que chego de consolá-lo.

— É horrível — digo.

Porque é. Ninguém, menos ainda uma jovem, deveria morrer assim.

— Ouviu falar da cerimônia? — pergunta Will, sem desviar os olhos da janela.

— Que cerimônia? — pergunto, porque não ouvi falar de cerimônia nenhuma.

— Haverá uma cerimônia memorial — diz Will. — Amanhã, para Morgan, na igreja metodista.

Há duas igrejas na ilha. A outra é católica.

— Ouvi pessoas falando sobre isso à saída da escola. Pesquisei e encontrei o obituário na internet e o aviso da cerimônia. Suponho que haverá um funeral, mas... — diz, sem completar a frase.

Eu facilmente deduzo que o corpo ainda está no necrotério e ficará lá até a investigação acabar. Formalidades como um funeral e um velório precisarão esperar até que o assassino seja pego. Enquanto isso, uma cerimônia memorial terá que servir.

Amanhã eu trabalho. Mas, dependendo da hora da cerimônia, posso ir com Will depois. Sei que ele vai querer ir. Will e Morgan eram amigos, afinal, e, embora nosso relacionamento esteja sendo difícil ultimamente, acho que seria ruim para ele entrar sozinho na cerimônia. Eu posso fazer isso por ele. Além disso, egoisticamente, gostaria de dar uma boa olhada em Jeffrey Baines de perto.

— Trabalho até as seis amanhã — digo. — Vamos juntos assim que eu sair. Talvez Otto possa ficar de olho em Tate.

Seria coisa rápida. Não consigo nos imaginar ficando muito tempo. Prestaríamos nossas condolências e depois iríamos embora.

— Nós não vamos à cerimônia — diz Will.

Suas palavras são conclusivas.

Estou surpresa, porque não era isso que eu esperava que ele dissesse.

— Por que não?

— Seria presunçoso ir. Você não a conhecia, nem eu tão bem.

Começo a explicar que uma cerimônia memorial não é exatamente o tipo de coisa que exige convite para participar, mas paro, porque vejo que Will já se decidiu.

— Você acha que foi ele? — pergunto.

Mantenho meus olhos treinados em Jeffrey Baines, do outro lado da janela. Tenho que esticar um pouco o pescoço para ver, pois a casa dos Baines não fica diretamente do outro lado da rua. Observo enquanto Jeffrey e o policial trocam palavras na calçada, antes de se separarem e cada um seguir para seu próprio carro.

Como Will não responde a minha pergunta, pego-me murmurando:

— É sempre o marido.

Dessa vez, sua resposta é rápida:

— Ele estava fora do país, Sadie. Por que você acha que ele tem algo a ver com isso?

— Só porque ele estava fora do país não significa que não poderia ter pagado alguém para matar a esposa — digo.

Porque estar fora do país no momento do assassinato de sua esposa lhe forneceu o álibi perfeito.

Will deve ter captado a lógica da coisa. Ele anui quase imperceptivelmente com a cabeça antes de perguntar, retomando:

— Por que é sempre o marido?

Dou de ombros e digo que não sei.

— Vendo o noticiário, é o que parece. Maridos infelizes matam as esposas.

Continuo olhando pela janela, observando, do outro lado da rua, Jeffrey Baines abrir o porta-malas de sua SUV e jogar sua bagagem dentro. Sua postura é vertical; há algo de arrogante nela.

Ele não deixa cair os ombros, não convulsiona nem soluça como deveriam fazer homens que perderam a esposa.

Pelo que sei, ele não derramou nem uma única lágrima.

CAMILLE

Eu estava viciada. Nunca era o bastante para mim. Eu o observava, eu o espelhava; seguia sua rotina. Eu sabia que escola os meninos dele frequentavam, a quais cafés ele ia, o que comia no almoço. Eu ia ao mesmo lugar, pedia a mesma coisa. Sentava-me à mesma mesa depois que ele saía. Simulava conversas com ele em minha cabeça. Fingia que estávamos juntos quando não estávamos.

Eu pensava nele o dia todo; pensava nele a noite toda. Se fosse por mim, ele estaria comigo o tempo todo. Mas eu não podia ser essa mulher obcecada e paranoica. Eu tinha que manter a calma. Esforçava-me para garantir que nossos encontros parecessem mais casuais do que eram. Por exemplo, aquela vez que nos cruzamos em Old Town. Eu saí de um prédio e o encontrei do outro lado, cercado de pedestres – outra engrenagem da máquina.

Chamei-o. Ele olhou, sorriu. Aproximou-se.

O que está fazendo aqui? Que lugar é esse?, perguntou, referindo-se ao prédio atrás de mim. Deu-me um abraço rápido. Rápido demais.

Olhei para o prédio, li a placa.

Meditação budista, eu disse.

Meditação budista?, perguntou ele. Deu uma risada leve. *Descubro algo novo sobre você todos os dias. Nunca imaginei que você fosse do tipo que medita*, disse ele.

Eu não era; não sou. Eu não havia ido ali para fazer meditação budista, e sim para vê-lo. Dias antes, havia dado uma espiada na agenda dele, vira uma reserva para o almoço em um restaurante a três portas de distância. Eu escolhi qualquer prédio antigo ali perto, esperei no hall que ele passasse. Saí do prédio quando o vi, chamei-o e ele veio.

Um encontro casual nada casual.

Alguns dias, eu me via em frente à casa dele. Eu estava lá quando ele saía para o trabalho, escondida no caos da cidade. Apenas outro rosto na multidão. Eu observava enquanto ele empurrava a porta de vidro do prédio, enquanto se misturava com a pressa das pessoas na rua.

De seu edifício, Will andava três quarteirões. Descia os degraus do metrô, pegava a Linha Vermelha norte para Howard, onde fazia baldeação com a Linha Roxa – assim como eu, vinte passos atrás.

Se ele tivesse olhado para trás, teria me visto.

O campus da faculdade onde Will trabalhava era ostentoso. Edifícios de tijolos brancos cobertos de hera, ao lado de arcadas deslumbrantes. Era cheio de pessoas, estudantes com suas mochilas correndo para a sala de aula.

Certa manhã, segui Will pela calçada. Mantive a distância justa: perto, mas não muito. Não queria perdê-lo de vista, mas não podia correr o risco de que me visse. A maioria das pessoas não tem paciência para esse tipo de perseguição. O truque é se misturar, parecer com todo mundo. E foi o que eu fiz.

De repente, uma voz o chamou. *Ei, professor Foust!*

Ergui os olhos. Era uma garota, uma mulher, quase tão alta quanto ele, com um casaco justo. Tinha um gorro na cabeça, berrante, vermelho. Fios de cabelos louros não naturais saíam debaixo do gorro, caindo sobre os ombros e as costas. Sua calça jeans também era apertada; abraçava suas curvas antes de encontrar a perna de uma bota de cano alto marrom.

Will e ela estavam perto um do outro. No centro, os corpos quase se tocavam.

Eu não consegui ouvir o que eles diziam. Mas o tom das vozes e a linguagem corporal diziam tudo. Ela roçou o braço dele com a mão. Ele lhe disse algo e os dois riram. Ela deixou a mão no braço dele. Então, eu a ouvi. Ela disse: *Pare, professor. Você está me matando.* Ela não parava de rir. Ele a observava. Não era aquele jeito horrível com que a maioria das pessoas ri, com a boca escancarada, as narinas se abrindo. Havia algo de delicado nela; algo gracioso e adorável.

Ele se aproximou, sussurrou no ouvido dela. Nesse momento, o monstro de olhos verdes tomou conta de mim.

Há um ditado que diz: *Mantenha seus amigos perto e seus inimigos mais perto ainda*. Por isso, dediquei-me a conhecê-la. Seu nome era Carrie Laemmer, aluna do segundo ano do preparatório para direito que aspirava a ser advogada ambiental. Ela fazia a aula de Will; era aquela da primeira fila cuja mão se levantava toda vez que ele fazia uma pergunta. Aquela que ficava depois da aula, que falava sobre caça ilegal e intrusão humana como se fosse algo que valesse a pena discutir. Aquela que ficava muito perto dele quando achava que estavam sozinhos, que se inclinava para ele, que confessava *uma maldita tragédia sobre o gorila da montanha*, querendo que ele a consolasse.

Certa tarde, eu a alcancei quando estava saindo da sala de aula.

Passei por ela e disse: *Essa aula está me matando*.

Eu estava com o livro da turma nas mãos, aquele que me custou quarenta dólares só para eu fazer de conta que estava na mesma classe que ela, só mais uma aluna do curso de saúde pública do professor Foust.

Estou ficando louca, disse eu, *não consigo acompanhar. Mas você*, e a elogiei, deixando-a nas nuvens. Eu disse que ela era muito inteligente, que não havia nada que ela não soubesse.

Como você consegue?, perguntei. *Você deve estudar o tempo todo.*

Na verdade, não, disse ela, radiante. Ela deu de ombros. *Não sei*, disse, *tenho facilidade com essa matéria. Algumas pessoas dizem que eu devo ter memória fotográfica.*

Você é a Carrie, não é? Carrie Laemmer?, perguntei, deixando entrar em sua cabeça a ideia de que ela era alguém especial, que era *conhecida*.

Ela estendeu a mão. Eu a apertei e disse que sua ajuda seria ótima, se ela tivesse tempo. Carrie concordou em me dar aulas por um determinado valor. Nós nos encontramos duas vezes. Ali, em uma pequena casa de chá perto do campus onde tomamos chá de ervas, eu soube que ela era dos subúrbios de Boston. Ela me descreveu o lugar onde fora criada: as ruas estreitas, a vista para o mar, os edifícios encantadores. Contou-me de sua família, seus irmãos mais velhos, ambos nadadores de alguma faculdade de alto nível; mas ela, por incrível que pareça, não sabia nadar. Mas havia muitas coisas que ela sabia fazer, e listou todas para mim. Ela era corredora, alpinista, esquiadora em declive. Falava três idiomas e tinha a estranha capacidade de encostar a língua no nariz. Ela me mostrou.

Ela falava com um clássico sotaque bostoniano. As pessoas adoravam ouvir. Só o som de sua voz já atraía as pessoas, como uma isca. O que ela tinha a dizer não importava. Era do sotaque que elas gostavam.

Ela deixou que isso subisse a sua cabeça, assim como muitas outras coisas.

A cor favorita de Carrie era vermelho. Ela mesma havia tricotado seu gorro. Ela pintava paisagens, escrevia poesia. Desejava que seu nome fosse algo tipo Wren, Meadow ou Clover. Ela era a quintessência do lado direito do cérebro: idealista, pensadora.

Eu vi Will e ela juntos muitas vezes depois disso. As chances de encontrar alguém em um campus daquele tamanho são pequenas. Foi assim que eu soube que ela o procurava, que sabia onde ele estaria e quando. Ela se colocava nesses lugares, fazia-o pensar que era o destino que os fazia ficar se esbarrando, e não o que realmente era: uma armadilha.

Eu não sou insegura. Não tenho complexo de inferioridade. Ela não era mais bonita que eu, nem melhor. Era ciúme claro e simples.

Todo mundo sente ciúme. Os bebês sentem ciúme, os cães também. Os cães são territorialistas, vigiam seus brinquedos, sua cama, seus donos; não deixam ninguém tocar no que é deles. Ficam bravos e agressivos quando alguém o faz. Eles rosnam, mordem. Atacam as pessoas enquanto elas dormem. Fazem qualquer coisa para proteger seus pertences.

Eu não tive escolha em relação ao que aconteceu a seguir. Eu tive que proteger o que era meu.

SADIE

Tarde da noite, acordo de um sonho. Desperto devagar e encontro Will sentado na poltrona no canto do quarto, escondido entre as sombras. Só vejo seu contorno, a curva enegrecida de sua silhueta e o brilho fraco do branco de seus olhos. Ele está ali, olhando-me. Fico na cama um tempo, sonolenta e desorientada demais para perguntar o que ele está fazendo, para sugerir que ele volte para a cama comigo.

Estico-me na cama; rolo para o outro lado, levando o cobertor comigo, e viro as costas para Will na cadeira. Ele virá para a cama quando estiver pronto.

Encolho-me em posição fetal. Dobro os joelhos e os pressiono contra meu abdome. Encosto em algo. O travesseiro de espuma de memória de Will, presumo, mas logo sinto o volume de uma vértebra, a convexidade de uma escápula. Ao meu lado, Will está sem camisa, e sua pele é úmida e quente ao toque. Seu cabelo cai para o lado, desce por seu pescoço, amontoando-se no colchão.

Will está na cama comigo. Will não está na poltrona no canto do quarto.

Há mais alguém aqui.

Alguém está nos observando enquanto dormimos.

Sento-me na cama subitamente. Meus olhos lutam para se ajustar à escuridão do quarto. Sinto meu coração bater na garganta. Mal consigo falar.

— Quem está aí? — pergunto. Mas sinto um nó na garganta e só o que sai é um arquejo.

Levo a mão para a mesa de cabeceira, faço um esforço para acender o abajur. Mas, antes que eu consiga, sua voz chega até mim, calma e comedida, com palavras escolhidas com cuidado.

— Eu não faria isso se fosse você.

Imogen se levanta da poltrona. Aproxima-se, senta-se cautelosamente na borda de minha cama.

— O que está fazendo aqui? Precisa de alguma coisa? — pergunto, tentando não deixar transparecer meu estado de alarme.

Mas não dá para disfarçar. Meu pânico é evidente. Eu deveria estar aliviada por ver que é Imogen – não um intruso, mas um de nós –, mas não estou. O lugar de Imogen não é meu quarto, tão tarde da noite, na escuridão.

Faço uma busca em Imogen com os olhos, procurando uma razão para ela estar ali; procurando uma arma. Só de pensar nela entrando furtivamente em nosso quarto com a intenção de nos machucar já me faz passar mal.

— Algum problema? — pergunto. — Quer falar alguma coisa?

Sempre com sono pesado, Will não se mexe.

— Você não tinha o direito de entrar em meu quarto — recrimina, fervendo de raiva.

Sinto um repentino aperto no peito. Minha reação instintiva é mentir:

— Eu não entrei em seu quarto, Imogen — sussurro.

É meu interesse agora falar baixinho, porque não quero que Will saiba que eu estive no quarto dela. Que, em vez de ir tomar banho, fiquei vasculhando as gavetas do quarto de Imogen, os bolsos das roupas dela. Invasão de privacidade, diria Will, e não aceitaria bem minha busca nas coisas dela.

— Você está mentindo — diz Imogen entredentes.

— Não. Honestamente, Imogen, eu não entrei em seu quarto.

Suas palavras seguintes são como um soco no estômago.

— Então, o que seu vinho estava fazendo lá?

Meu rosto está em chamas, sei que fui pega. Vejo-me, claro como o dia, colocando a taça de cabernet na mesa enquanto sondava o quarto dela. E depois, com pressa, deixando o vinho para trás. Como pude ser tão idiota?

— Ah — digo, tentando pensar em uma mentira.

Mas não me ocorre nenhuma crível o bastante, por isso nem tento. Nunca fui boa com mentiras.

— Se você... — começa ela.

Mas também é onde termina, interrompendo suas palavras abruptamente, deixando-me imaginar o que vem depois.

Imogen se levanta da beira da cama. Sua altura repentina me deixa em desvantagem. Ela se eleva sobre mim, roubando o ar de meus pulmões. Imogen não é uma garota grande; é magra, mas alta. Deve ter puxado isso do pai, visto que Alice era miudinha. Agora, tão perto, ela é mais alta do que eu havia percebido. Ela se inclina e sussurra em meu ouvido:

— Fique longe de meu quarto — diz, dando-me um leve empurrão.

E, então, vai embora. Sai do quarto sem fazer barulho, assim como deve ter entrado.

Deito-me na cama, sem sono e alerta, atenta para o caso de ela voltar.

Não sei quanto tempo isso dura, até que, por fim, cedo a minha sonolência e volto ao meu sonho.

SADIE

Saio na hora do almoço. Tento passar discretamente pela porta quando acho que ninguém está olhando. Mas Joyce me vê.

— Vai sair de novo? — pergunta, com um tom de voz que sugere que não aprova minha saída.

— Vou só pegar algo para comer rapidinho — digo.

Mas não sei por que minto, se a verdade poderia ter sido melhor.

— Quando vai voltar? — pergunta Joyce

— Em uma hora — digo.

— Vou acreditar quando vir — resmunga.

Não é, de forma alguma, uma avaliação justa sobre mim. Eu não estendo meu horário de almoço além da uma hora prevista. Mas não faz sentido discutir. Saio de qualquer maneira, ainda ansiosa por ter encontrado Imogen em meu quarto ontem à noite. Assim que encontrou minha taça de vinho, ela deve ter sabido que eu estive em seu quarto. Ela poderia ter me procurado e dito naquele momento. Mas não; em vez disso, esperou horas, até que eu estivesse dormindo, para falar. Ela queria me assustar. Essa era sua intenção.

Imogen não é uma menina ingênua. Ela é muito esperta.

Pego meu carro no estacionamento e saio. Tentei me convencer a não ir à cerimônia. A princípio, pensei que não havia mesmo motivo para ir, além do desejo de ver Jeffrey Baines. Já moramos há um tempo nessa casa, e até agora nunca dei uma boa olhada nesse homem. Mas não posso deixar de pensar que ele matou a esposa. Para minha segurança e a de minha família, preciso saber quem ele é. Preciso saber quem são meus vizinhos. Preciso saber se estamos seguros com esse homem que mora do outro lado da rua.

A igreja metodista é branca, tem um campanário alto, um pináculo pontudo. Quatro vitrais modestos se alinham de cada lado do edifício. A igreja é pequena, um arquetípico templo provincial. Grinaldas de sempre-vivas pendem de pregos nas portas duplas, adornadas com laços vermelhos. A cena é encantadora. O pequeno estacionamento está cheio de carros. Estaciono na rua e sigo outras pessoas para dentro do edifício.

A cerimônia memorial está sendo realizada no salão da irmandade. Dez ou quinze mesas redondas preenchem o espaço, cobertas com toalhas brancas. Há uma mesa de banquete na frente da sala, e, nela, bandejas com biscoitos.

Caminho segura; tenho tanto direito de estar aqui quanto qualquer outra pessoa, independentemente do que Will tenha dito. Uma mulher que eu nunca vi antes estende a mão para me cumprimentar quando entro. Ela me agradece por ter vindo. Há um lenço amassado em sua mão. Está chorando. Ela me diz que é mãe de Morgan e me pergunta quem sou.

— Sadie — digo —, uma vizinha. Meus sentimentos.

A mulher é vinte ou trinta anos mais velha que eu. Seu cabelo é cinza e sua pele, um mapa de rugas. Está elegante, com um vestido preto abaixo dos joelhos. Sua mão está fria, e, quando ela aperta a minha, sinto o lenço entre nossas mãos.

— Foi muito gentil de sua parte vir — diz ela. — Fico feliz de saber que minha Morgan tinha amigos.

Empalideço, porque é claro que não éramos amigas. Mas sua mãe enlutada não precisa saber disso.

— Ela era uma mulher adorável — digo, por falta de coisa melhor para dizer.

Jeffrey está um metro e meio mais atrás, conversando com um casal de idosos. Verdade seja dita, ele parece entediado. Não demonstra a mesma tristeza que a mãe de Morgan mostra abertamente. Ele não chora. Não chorar é uma coisa masculina, entendo. E a dor pode se manifestar de várias maneiras além do choro. Raiva, descrença. Mas não vejo nada disso em Jeffrey quando ele dá um tapinha nas costas do velho e solta uma risada.

Eu nunca estive tão perto dele antes. Nunca dei uma boa olhada nele, até agora. Jeffrey é um homem polido, alto e refinado, com fartos cabelos escuros penteados para trás. Suas feições são sombrias, seus olhos se escondem atrás de um par de óculos de armação grossa e arrojada. Seu terno é preto, feito sob medida. Ele é muito bonito.

O casal de idosos se afasta. Digo mais uma vez à mãe de Morgan que sinto muito e passo por ela. Dirijo-me a Jeffrey. Ele pega minha mão. Seu aperto de mão é firme, sua mão, morna.

— Jeffrey Baines — diz ele, sustentando meu olhar.

Digo a ele quem sou, que eu e meu marido moramos com nossa família do outro lado da rua.

— Ah, sim — diz Jeffrey.

Mas duvido que ele jamais tenha prestado atenção ao que acontece do outro lado da rua. Ele me parece um desses empresários experientes que sabem como lidar com as pessoas, adepto da fina arte de levá-las no papo. Superficialmente, ele é encantador.

Mas, por dentro, há algo mais que eu não consigo ver.

— Morgan estava animada por ter sangue novo na rua — diz ele. — Ela ficaria feliz por vê-la aqui, Sandy.

Eu o corrijo:

— Sadie.

— Ah, sim, Sadie — diz ele, em um tom de censura, como um pedido de desculpas. — Nunca fui bom com nomes.

Ele solta minha mão e eu a retiro, cruzando as duas diante de mim.

— A maioria das pessoas não é — digo. — Deve ser um momento muito difícil para você.

Não repito o clichê *Meus sentimentos*. Parece lugar-comum, um sentimento que fica ecoando repetidamente pela sala.

— Sua filha deve estar arrasada — digo, tentando ser o mais simpática possível com minha linguagem corporal, baixando a cabeça e franzindo as sobrancelhas. — Não consigo nem imaginar o que ela deve estar passando.

Mas a resposta de Jeffrey é inesperada:

— Ela e Morgan nunca se deram bem. É o resultado do divórcio, suponho — diz ele, minimizando o fato de que sua filha e sua esposa não se bicavam. — Nenhuma mulher jamais substituiria a mãe dela.

— Ah — respondo, porque não consigo pensar em mais nada para dizer.

Se Will e eu nos divorciarmos e ele se casar de novo, espero que os meninos amem mais a mim que à madrasta. Mas Morgan foi assassinada. Ela está morta; a garotinha a encontrou. A indiferença dele me surpreende.

— Ela está aqui? — pergunto. — Sua filha.

Ele diz que não. A filha está na escola. É estranho ela estar na escola enquanto acontece uma cerimônia pela madrasta.

Minha surpresa é visível, de modo que ele explica:

— Ela esteve doente no início deste ano. Teve uma pneumonia que a fez ir parar no hospital, tomar antibióticos na veia. Sua mãe e eu odiaríamos que ela perdesse mais aulas.

Não acho que a explicação dele melhore alguma coisa.

— É difícil recuperar depois — é tudo que consigo dizer.

Jeffrey agradece minha presença.

— Sirva-se de biscoitos — diz, antes de passar por mim e se dirigir ao próximo da fila.

Vou para a mesa de biscoitos. Pego um e encontro uma mesa para me sentar. É estranho me sentar sozinha em uma sala onde quase ninguém está sozinho. Todo mundo veio com outra pessoa. Todo mundo menos eu. Gostaria que Will estivesse aqui. Ele deveria ter vindo. Muitas pessoas na sala choram baixinho, reprimidas. Só a mãe de Morgan não faz reservas acerca de sua dor.

Duas mulheres se aproximam depressa. Perguntam se os lugares vagos à mesa estão reservados.

— Não — digo. — Por favor, sentem-se.

E elas se sentam.

Uma das mulheres pergunta:

— Você era amiga de Morgan?

Ela tem que se inclinar em minha direção, porque o barulho está alto. Uma onda de alívio me domina. Não estou mais sozinha.

— Vizinha — digo. — E você?

Aproximo mais minha cadeira dobrável. Elas deixaram lugares vazios ao meu lado para se sentar, o que é socialmente apropriado; mas dificulta a audição.

Uma das mulheres me diz que são velhas amigas de Patty, mãe de Morgan. Dizem seus nomes – Karen e Susan –, e eu lhes digo o meu.

— Pobre Patty, ela está arrasada — diz Karen. — Como você pode imaginar.

Digo que tudo isso é inacreditável. Suspiramos e falamos que os filhos devem perder os pais primeiro, e não o contrário. O que aconteceu com Morgan vai contra a ordem natural das coisas. Penso em Otto e Tate, se alguma coisa ruim acontecesse com um deles. Não consigo imaginar um mundo em que Will e eu não morramos primeiro. Não quero imaginar um mundo no qual eles partem e eu fico.

— E não uma vez só, mas duas — diz Susan.

A outra assente, sombria. Eu balanço a cabeça com elas, mas não sei do que estão falando. Ouço só com um ouvido. Minha atenção está focada em Jeffrey Baines e na maneira como ele cumprimenta as pessoas que passam. Ele recebe as pessoas com um sorriso no rosto, estendendo sua mão morna para apertar a delas. Esse sorriso é impróprio para a ocasião. Sua esposa acabou de ser assassinada; ele não deveria estar sorrindo. No mínimo, deveria fazer um esforço para parecer triste.

Começo a me perguntar se Jeffrey e Morgan discutiram ou se estavam afastados pela indiferença. Indiferença, um sentimento ainda pior que o ódio. Fico me perguntando se ela fez alguma coisa que o chateou ou se ele simplesmente a queria morta – a dissolução do casamento sem uma desagradável batalha. Ou talvez fosse por dinheiro. Uma apólice de seguro de vida.

— Patty nunca mais foi a mesma depois — diz Susan.

Volto os olhos para Karen, que responde:

— Não sei o que ela fará agora, como vai suportar. Perder uma filha já é insuportável, mas perder *duas*?

— É impensável — diz Susan.

Ela leva a mão à bolsa para pegar um lenço de papel. Começou a chorar. Recorda como Patty ficou arrasada da primeira vez que isso aconteceu, como passou semanas sem conseguir sair da cama. Como emagreceu, demais para uma mulher que não tem peso de sobra. Olho para a mulher, Patty, parada à frente da fila de recepção. Ela é macilenta.

— Isso vai acab... — começa Karen.

Mas, antes que possa terminar, uma mulher entra pela porta, indo em direção a Jeffrey. O sorriso desaparece do rosto dele.

— Ah — ouço Karen dizer baixinho. — Meu Deus. Susan, veja quem está aqui.

Todas nós olhamos. A mulher é alta como Jeffrey. Magra, descaradamente vestida de vermelho, enquanto quase todo mundo está usando tons escuros ou esmaecidos. Seu cabelo é longo e escuro. Cai por suas costas sobre uma blusa vermelha, floral e drapeada, com um decote que revela um pouco da linha dos seios. Suas calças são justas. Sobre o braço, um casaco de inverno. Ela para diante de Jeffrey e diz alguma coisa. Ele tenta pegá-la pelo braço, levá-la para fora da sala, mas ela não deixa. Recua bruscamente. Ele se inclina para ela e diz algo baixinho. Ela põe as mãos nos quadris, assume uma postura defensiva. Faz beicinho.

— Quem é essa? — pergunto, incapaz de tirar os olhos da mulher.

Elas me contam. É Courtney, a primeira esposa de Jeffrey.

— Não acredito que apareceu aqui — diz Susan.

— Talvez ela só queira prestar sua solidariedade — sugere Karen.

— Duvido muito — murmura Susan.

— Presumo que o casamento deles não acabou em termos amigáveis — digo.

Mas isso não precisa ser dito. Que casamento acaba amigavelmente? As mulheres trocam um olhar antes de dizer:

— Pensei que todo mundo soubesse — diz Susan.

— Soubesse o quê? — pergunto.

Elas mudam de lugar, livrando-se da cadeira vazia do meio, e me contam que Jeffrey era casado com Courtney quando ele e Morgan se conheceram. Que o casamento deles começou como um caso. Morgan era sua amante, confessam, sussurrando essa palavra, *amante*, como se fosse suja, uma palavra feia. Jeffrey e Morgan trabalhavam juntos; ela era sua assistente administrativa. Sua secretária, por mais clichê que pareça.

— Eles se conheceram e se apaixonaram — diz Susan.

Segundo a mãe de Morgan lhes contara, Jeffrey e sua então esposa, Courtney, estavam mal fazia bastante tempo. Não foi Morgan que acabou com o casamento; já estava mal. A relação deles sempre foi volátil: duas pessoas de opiniões similares que entravam em choque constantemente. O que Morgan dissera a ela nos primeiros dias do caso foi que Jeffrey e

Courtney eram teimosos e impulsivos. A conduta de Morgan, por outro lado, era mais adequada para Jeffrey.

Volto para Jeffrey e sua ex. A conversa entre eles é acalorada e breve. Ela diz algo, dá meia-volta e sai.

Acho que acabou.

Observo Jeffrey se voltar para o próximo da fila. Ele força um sorriso e estende a mão.

As mulheres ao meu lado voltam a fofocar. Eu escuto, mas mantenho os olhos em Jeffrey. Susan e Karen estão conversando sobre Morgan e Jeffrey. Sobre o casamento deles. Amor verdadeiro, ouço; mas, pela expressão no rosto dele – desinteressada, desapaixonada –, não vejo isso. Mas talvez seja uma forma de autopreservação. Ele vai chorar mais tarde, em particular, quando todo mundo for embora.

— Não há como deter o amor verdadeiro — diz Karen.

Um pensamento passa por minha cabeça nesse momento. Existe uma maneira de detê-lo.

Susan pergunta se alguém quer mais biscoitos. Karen diz que sim. Susan vai e volta com um prato para dividirmos. Elas voltam à conversa sobre Patty, decidem organizar o preparo de refeições para ter certeza de que ela coma. Se ninguém cozinhar para ela, é provável, em sua dor, que Patty não coma. Isso as preocupa. Karen pensa em voz alta sobre o que fará. Ela tem uma receita de torta que quer testar, mas também sabe que Patty gosta muito de lasanha.

Só que eu ainda estou observando Jeffrey, que, um minuto depois, pede licença e sai da sala.

Empurro minha cadeira para trás e me levanto. As pernas da cadeira derrapam sobre chão e as mulheres olham para mim, surpresas por meu movimento repentino.

— Têm ideia de onde é o banheiro? — pergunto. — Estou apertada.

Karen me diz onde fica.

O corredor está relativamente calmo. Embora não seja um edifício grande, tem vários corredores, com cada vez menos pessoas quanto mais me afasto. Viro à esquerda e à direita, e tudo vai ficando mais vazio; até que chego a um ponto sem saída. Tenho que voltar para onde comecei.

O saguão, quando chego, está vazio. Todo mundo está dentro do salão da irmandade.

Há duas portas diante de mim. Uma para o santuário e outra para a rua.

Abro uma fresta da porta do santuário, só o suficiente para ver o interior. É pequeno, mal iluminado, cheio de sombras. A única luz provém dos quatro vitrais dos dois lados da sala. Uma cruz paira sobre o púlpito, voltada para as fileiras de bancos rígidos.

Acho que o santuário está vazio. Não os vejo a princípio. Estou quase saindo, pensando que eles estão lá fora, considerando a possibilidade de que não estejam juntos. De que ela tenha saído do prédio e ele ido ao banheiro.

Mas vejo um movimento. Ele levanta as mãos bruscamente quando ela o empurra.

Eles estão escondidos no canto mais distante da sala. Jeffrey está apoiado na parede. Ele estende a mão para acariciar os cabelos dela, mas ela o afasta de novo, tão forte que ele recolhe a mão contra si como se estivesse ferido.

A ex-mulher dá um tapa no rosto de Jeffrey nesse momento. Encolho-me, voltando para a porta como se eu mesma houvesse sido atingida. A cabeça dele vira bruscamente para a direita e depois volta para o centro. Prendo a respiração, pois ela levanta a voz e eu ouço essas palavras mais altas que o resto.

— Não estou arrependida do que fiz — confessa ela. — Ela tirou tudo de mim, Jeff. Tudo, e me deixou sem nada. Você não pode me culpar por tentar recuperar o que é meu. — Ela espera um pouco antes de acrescentar: — Não lamento que ela esteja morta.

Jeffrey a pega pelo pulso. Eles se entreolham. Movem a boca, mas as vozes são baixas. Não consigo ouvir o que dizem. Mas posso imaginar, e o que imagino é odioso e mordaz.

Com cuidado, adentro a sala mais um passo. Prendo a respiração, aguço a atenção, tento desesperadamente entender o que eles dizem. No começo, só capto frases como *não vai contar* e *nunca vai saber*. Um ventilador começa a rodar. Suas vozes são silenciadas pelo som do ar soprando. Não demora muito, trinta segundos, talvez; trinta segundos de conversa que perco. Mas o ventilador se cala e as vozes se elevam. Suas palavras voltam para mim.

— O que você fez... — Ele suspira, sacudindo a cabeça.

— Eu estava fora de mim — admite ela. — Meu temperamento tomou conta de mim, Jeff. Eu estava com raiva. Você não pode me culpar por estar com raiva.

Ela está chorando agora, mas é mais um choramingo que qualquer outra coisa, um choro suave que não produz lágrimas. É manipulador. Ela está tentando ganhar comiseração.

Não consigo desviar os olhos.

Ele fica calado por um minuto. Os dois estão calados.

Então, ele diz com voz leve como uma pena:

— Sempre odiei ver você chorar.

Ele amolece. Ambos amolecem.

Ele acaricia os cabelos dela pela segunda vez. Agora, ela se inclina para a mão dele; não o afasta. Ela se aproxima dele. Os braços dele envolvem a parte inferior das costas dela. Ele a atrai para si. Ela passa os braços pelo pescoço dele, deixando a cabeça cair em seu ombro. Por um instante, ela fica calma. Eles são quase da mesma altura. Não posso deixar de ver como se abraçam. Porque o que era selvagem e cruel apenas alguns segundos atrás agora é estranhamente doce.

O toque de meu telefone me assusta. Pulo para trás bruscamente, fechando a porta. Ela faz barulho, e, por uma fração de segundo, meus joelhos travam, como um cervo sob os faróis de um carro.

Ouço movimento do outro lado da porta do santuário. Eles estão se aproximando.

Eu me recomponho.

Passo depressa pelas portas duplas da igreja e saio para o amargo dia de dezembro. Quando meus pés alcançam os degraus da igreja, começo a correr.

Não posso deixar Jeffrey ou sua ex-esposa saberem que era eu.

Corro para meu carro estacionado na rua. Abro a porta e entro depressa, com os olhos fixos nas portas da igreja para ver se alguém me seguiu. Tranco as portas do carro, grata por ouvir o clique mecânico que diz que estou em segurança dentro dele.

Só então espio a tela de meu telefone.

É uma mensagem de texto de Joyce. Verifico a hora em meu celular. Já faz mais de uma hora que saí. Sessenta e quatro minutos, para ser mais precisa. Joyce está contando cada minuto.

Você está atrasada, diz ela. *Seus pacientes a estão esperando.*

Meus olhos voltam para as portas da igreja e veem a ex-esposa de Jeffrey Baines, nem vinte segundos depois, sair circunspecta. Ela olha para a esquerda e depois para a direita antes de descer correndo os degraus da igreja, fechando com a mão a abertura da parte de baixo de um casaco preto e branco *pied-de-poule* para evitar o frio.

Meus olhos a seguem até o carro, um Jeep vermelho estacionado na mesma rua. Ela abre a porta e entra, batendo-a atrás de si.

Olho de volta para a igreja e vejo Jeffrey parado diante da porta aberta, observando enquanto ela parte.

SADIE

Há uma van na calçada quando chego em casa essa noite. Paro ao lado dela, atrás do carro de Will. Leio as letras escritas na van, aliviada por Will ter comprado outra caldeira.

Sigo para a porta da frente. A casa está quieta quando entro. A caldeira fica no porão sujo; os homens estão lá em baixo.

Só vejo Tate, à mesa de centro com seu Lego. Ele acena para mim enquanto tiro meus sapatos e os deixo à porta. Vou até ele e lhe dou um beijo na cabeça.

— Como foi seu ... — começo.

Mas, antes que eu solte o resto das palavras, o som de vozes furiosas sobe através das tábuas do piso. Mas não consigo entender o que dizem.

Tate e eu trocamos um olhar. Digo:

— Já volto. — Quando vejo que ele vai me seguir, digo firmemente: — Fique aqui. Afinal, não sei o que vou encontrar no porão quando descer.

Desço cuidadosamente os rústicos degraus de madeira para ver qual é o problema. Estou nervosa, pensando que há homens estranhos em minha casa. Homens estranhos que nem eu nem Will conhecemos.

Meu pensamento seguinte é: como sabemos que esse homem da caldeira não é um assassino? Isso não parece improvável, levando em conta o que aconteceu com Morgan.

O porão é pequeno. As paredes e o piso são de concreto. É mal iluminado, tem só uma fileira de lâmpadas penduradas.

Ao me aproximar do último degrau, sinto medo do que vou encontrar. O homem da caldeira machucando Will. Meus batimentos cardíacos disparam. Praguejo por não ter pensado em levar algo para me proteger; para proteger Will. Mas ainda estou com minha bolsa e, dentro dela, meu celular. Já é alguma coisa. Posso pedir ajuda, se necessário. Entro, com o celular na mão.

Meus pés tocam o último degrau. Viro-me cautelosamente. Nada é como eu esperava.

Will está espremendo o homem da caldeira contra a parede. Está a centímetros dele, de uma maneira que só pode ser vista como ameaçadora. Will não o está segurando – a coisa ainda não é física –, mas, por sua proximidade, é evidente que o homem não pode sair. Ele fica parado, aquiescente, enquanto Will o chama de parasita oportunista. O rosto de Will está vermelho; as veias de seu pescoço inchadas.

Ele se aproxima ainda mais do homem, que se encolhe. Will põe o dedo no peito dele. Um segundo depois, pega-o pelo colarinho da camisa e lhe dá uma bronca:

— Eu deveria denunciá-lo. Só porque você é o único filho da puta que trabalha com caldeiras...

— Will! — digo duramente.

Will não é de falar palavrões. Também não é de agressão física. Eu nunca vi esse lado dele.

— Pare com isso, Will — exijo. — O que deu em você?

Will recua só porque estou ali. Baixa os olhos. Ele não precisa me dizer o que aconteceu. Eu sei pelas pistas do contexto. Esse homem é o único que trabalha com caldeiras na ilha; por causa disso, seus preços são altos. Will não gosta disso. Mas não é desculpa.

Quando Will dá um passo para trás, rapidamente o homem da caldeira recolhe suas ferramentas e foge dali.

Não falamos, não mencionamos isso de novo a noite toda.

Na manhã seguinte, saio do chuveiro e me enrolo em uma toalha. Will fica olhando seu reflexo no espelho embaçado da pia. A prata na borda está manchada pelo tempo. O banheiro, como todo o resto da casa, é sufocante e pequeno.

Eu olho para Will, que olha seu reflexo no espelho. Nossos olhos se encontram.

— Quanto tempo você acha que vai me ignorar assim? — pergunta, referindo-se ao nosso silêncio após a explosão com o homem da caldeira.

No fim, o homem foi embora sem fazer nada, portanto, a casa ainda está desconfortável. A caldeira também começou a fazer barulho. Em breve vai pifar.

Eu estava esperando Will pedir desculpas por seu comportamento ou pelo menos reconhecer que estava errado. Entendo por que ele ficou furioso; o que não entendo é sua reação exagerada. A resposta de Will foi extrema, totalmente irracional e muito diferente de seu jeito de ser.

Mas o que Will está esperando, acho, é que eu varra tudo para baixo do tapete e esqueça.

— Nunca vi você assim por uma coisinha boba como o preço de uma caldeira — digo.

Will está visivelmente magoado por minhas palavras. Ele respira fundo e diz, sentido:

— Você sabe quanto tento cuidar desta família, Sadie. Esta família é tudo para mim. Não vou deixar ninguém tirar vantagem de nós desse jeito.

Quando ele fala isso, vejo as coisas de forma diferente. E logo sou eu que estou me desculpando.

Ele faz de tudo para cuidar de nós. Eu deveria ser grata por Will ter pesquisado, por não estar disposto a deixar que o homem da caldeira nos explore. Will estava protegendo nossas finanças, nossa família. É um dinheiro que poderia ser gasto com mantimentos, com o fundo de educação das crianças. Sou muito grata por ele ter tanto o conhecimento quanto a intrepidez para nos proteger. Se fosse eu, teria desperdiçado centenas de dólares sem saber.

— Você está certo — digo. — Você está absolutamente correto. Desculpe.

— Tudo bem — diz ele, e por seu jeito, posso ver que me perdoa. — Vamos esquecer isso.

E, assim, tudo é esquecido.

Will ainda não sabe que eu fui à cerimônia de Morgan ontem. Não consigo lhe contar, porque ele achava que não deveríamos ir. Não quero que ele fique bravo por eu ter ido.

Mas não consigo parar de pensar na estranha conversa que testemunhei no santuário da igreja entre Jeffrey e sua ex-esposa. Gostaria de poder conversar com Will sobre isso, contar-lhe o que vi.

Depois que ela saiu da igreja, eu segui a ex-mulher com meu carro. Fiz o retorno na rua mesmo e segui o Jeep vermelho a dez metros de distância enquanto ela dirigia por três quarteirões até a balsa. Se Courtney sabia que eu a estava seguindo, não teve nenhuma reação. Fiquei sentada, parada na rua por uns dez minutos. Ela ficou sentada em seu carro, ao telefone o tempo todo.

Quando a balsa chegou, ela embarcou com o carro. Momentos depois, desapareceu no mar. Partiu. Mas ela ficou comigo, em minha cabeça. E ainda está comigo. Não consigo parar de pensar nela. Em Jeffrey. Na briga, no abraço.

Também estou pensando em Imogen. Na silhueta dela no canto de meu quarto à noite.

Will passa os dedos pelos cabelos – sua versão de pentear. Ouço sua voz acima do exaustor do banheiro. Ele está dizendo que à noite levará Tate a um evento de Lego na biblioteca pública. Eles vão com outro menino da escola, um dos amigos de Tate. Ele e a mãe, Jessica. Will solta casualmente o nome dela no meio da conversa, e é a casualidade disso, a familiaridade dele que me leva para o caminho errado e me faz esquecer por um momento Jeffrey, sua ex e Imogen.

Faz anos que Will é quem agenda os compromissos com os amigos dos meninos. Antes, isso nunca me incomodou. Eu era grata por Will assumir essa tarefa em minha ausência. Depois da escola, os colegas dos meninos e suas respectivas mães iam ao nosso condomínio enquanto eu estava no trabalho. O que eu imaginava eram os meninos desaparecendo pelo corredor para ir brincar enquanto Will e uma mulher que eu não conhecia ficavam sentados em volta da mesa da cozinha conversando sobre as outras mães da escola.

Eu nunca vi essas mulheres. Nunca me perguntei como elas eram. Mas tudo é diferente agora, depois do caso. Agora, eu me pego pensando demais nessas coisas.

— Só vocês quatro? — pergunto.

Ele diz que sim, só os quatro.

— Mas haverá outras pessoas lá, Sadie — diz, tentando me tranquilizar. — Não é um evento privado, só para nós.

Ele me parece sarcástico.

— Claro — digo. — O que vocês vão fazer lá?

Pergunto suavizando o tom, tentando não parecer uma bruxa, porque sei quanto Tate ama Lego.

Will diz que vão construir alguma coisa com esses tijolos minúsculos que eu encontro espalhados pela casa toda, montar brinquedos e máquinas que se mexem.

— Tate mal pode esperar. E, além disso — diz ele, voltando-se do espelho de frente para mim —, pode ser bom para Otto, Imogen e você passarem algumas horas sozinhos. *Momento de conexão.*

Eu resmungo, pois sei que não haverá conexão entre Otto, Imogen e eu esta noite.

Passo por ele. Saio do banheiro e vou para o quarto. Will me segue. Ele se senta na beira da cama para pôr suas meias enquanto eu me visto.

Os dias estão ficando mais frios. O frio entra na clínica pelas portas e janelas. As paredes são porosas, as portas da clínica estão sempre se abrindo e fechando. Toda vez que um paciente entra ou sai, o ar frio entra.

Reviro uma pilha de roupas em busca de um suéter marrom, uma dessas coisas versáteis que vão bem com quase tudo. O suéter não é meu; pertencia a Alice. Estava em casa quando chegamos. É um suéter gostoso, gasto, e essa é metade da razão de eu gostar dele. Está meio deformado, cheio de bolinhas, tem uma gola larga com nervuras e grandes bolsos, tipo avental, onde posso afundar as mãos. Tem quatro botões de falsa madrepérola alinhados na frente, e fica justo, porque Alice era menor que eu.

— Você viu meu suéter? — pergunto.

— Qual?

— O marrom — digo. — O cardigã, aquele que era de Alice.

Will diz que não o viu. Ele não gosta desse suéter. Sempre achou estranho que eu quisesse ficar com ele. *Onde arranjou isso?*, perguntou na primeira vez que apareci com ele.

No armário, em cima, eu disse. *Deve ser da sua irmã.*

É mesmo?, disse ele. *Você não acha meio mórbido usar roupa de uma pessoa morta?*

Mas, antes que eu pudesse responder, Tate perguntou o que significava *mórbido* e eu saí da sala para evitar essa conversa, deixando que Will explicasse.

Encontro outro suéter entre a roupa limpa e o visto por cima da blusa. Will está sentado, olhando, enquanto eu acabo de me vestir. Depois, ele se levanta da cama e vem até mim. Passa os braços em volta de minha cintura e me diz para eu não me preocupar com *Jessica*. Ele se inclina e sussurra em meu ouvido:

— Ela não tem chance perto de você.

Em uma péssima tentativa de fazer graça, ele diz que Jessica é uma baranga, que toma banho com pouca frequência, que lhe falta metade dos dentes, que cospe quando fala.

Forço um sorriso.

— Parece adorável — digo.

Mas ainda me pergunto por que eles precisam ir juntos, por que não podem se encontrar na biblioteca.

Will se aproxima mais de mim e sussurra em meu ouvido:

— Talvez, depois do evento de Lego, quando as crianças já estiverem na cama, você e eu possamos ter também um momento de conexão.

E, então, ele me beija.

Will e eu não temos relações desde o caso. Porque toda vez que ele me toca, só consigo pensar nela e sinto calafrios, o que corta pela raiz qualquer sugestão de intimidade. Eu não apostaria minha vida, mas tinha certeza de que ela era uma aluna, uma garota de dezoito, dezenove anos. Ela usava batom, isso eu sabia. Batom rosa-choque e roupa íntima delicada e pequena, que deixou em meu quarto quando saiu – o que significa que ela tinha a audácia de não só dormir com um homem casado, mas também de desfilar nua. Duas coisas que eu nunca faria. Eu sempre me perguntava se ela o chamava de professor, ou se, para ela, ele sempre foi *Will*. Ou talvez *professor Foust*, mas eu duvidava disso. Seria formal demais para um homem com quem se está dormindo, mesmo que ele seja vinte anos mais velho, pai de dois filhos e tenha traços de cabelos grisalhos na cabeça.

Pensei muito em jovens audaciosas, na aparência que poderiam ter. Passaram por minha cabeça os cortes *pixie*, bem como blusas decotadas, barriga de fora; shorts tão curtos que os bolsos saíam por baixo. Meias arrastão, coturnos. Cabelo tingido.

Mas talvez eu estivesse enganada. Talvez ela fosse uma jovem sem autoestima, tímida, sem respeito próprio. Talvez a atenção marginal de um homem casado fosse tudo que ela tinha, ou talvez ela e Will tivessem uma conexão que fosse além do sexo, um desejo comum de salvar o mundo.

Nesse caso, acho que ela o chamava de *professor Foust*.

Nunca perguntei a Will como ela era. Eu queria, mas, ao mesmo tempo, não queria saber. No fim, decidi que a ignorância é uma bênção e nunca perguntei. Afinal, ele teria mentido de qualquer maneira; e me disse que não havia outra mulher, que só havia eu.

Se não fosse pelos meninos, nosso casamento poderia ter acabado em divórcio depois do caso. Sugeri isso uma vez, que talvez Will e eu ficássemos melhor se nos divorciássemos, que seria melhor para os meninos.

— Deus, não — disse Will quando eu sugeri. — Sadie, não. Você disse que isso nunca aconteceria conosco. Que ficaríamos juntos para sempre, que você nunca me deixaria.

Se eu disse isso, não me lembrava. De qualquer maneira, esse é o tipo de bobagem que as pessoas dizem quando se apaixonam; não sobrevive ao casamento.

Uma pequena parte de mim me culpava pelo caso, acreditava que eu havia empurrado Will para os braços de outra mulher por meu jeito de ser. Pus a culpa em minha profissão, que exige que eu seja desapegada. Esse desapego, essa ausência de envolvimento emocional, às vezes chega ao nosso casamento. Intimidade e vulnerabilidade não são meu ponto forte, nunca foram. Will achava que poderia me mudar, mas ele estava errado.

SADIE

Quando paro no estacionamento da clínica, fico grata por encontrá-lo vazio. Joyce e Emma chegarão logo, mas, por enquanto, sou só eu. Meus pneus derrapam no asfalto quando faço uma curva fechada à esquerda para parar em minha vaga, atenta para ver se ninguém me dá sinais com o farol alto do outro lado da rua.

Saio do carro e atravesso o estacionamento. É muito cedo, o mundo está asfixiado pelo nevoeiro. O ar ao meu redor é denso como sopa. Não consigo ver um metro e meio à minha frente. Meus pulmões estão pesados, e, de repente, não sei se estou sozinha ou se há alguém na neblina me observando, parado um pouco além desse um metro e meio, onde não consigo ver. Sinto um calafrio percorrer minha espinha e tremo.

Pego-me correndo para a porta, enfiando a chave na fechadura para entrar. Empurro a porta atrás de mim e a tranco. Sigo pelo corredor estreito até a recepção, domínio de Emma.

Antes de eu chegar, havia outra médica em meu lugar, uma moradora antiga da ilha que saiu de licença-maternidade e nunca mais voltou. Joyce e Emma muitas vezes ficam vendo fotos de um bebê e dizendo o quanto sentem falta de Amanda. Elas me consideram responsável por sua saída, como se fosse minha culpa ela ter tido esse bebê e decidido tentar ser só mãe.

O que descobri foi que os moradores da ilha não aceitam bem os recém-chegados. A menos que você seja criança, como Tate, ou gregário, como Will. Tem que ser de uma raça rara para escolher viver em uma ilha, isolado do resto do mundo. Muitos residentes não aposentados simplesmente escolheram o isolamento como modo de vida. São autossuficientes, autônomos e também isolados, mal-humorados, obstinados e arredios.

Muitos são artistas. A cidade está cheia de lojas de cerâmica e galerias por causa deles, tornando-a cultural, mas também pretensiosa.

Por isso a comunidade é importante, por causa do isolamento inerente à vida na ilha. A diferença entre eles e eu é que eles escolheram estar aqui.

Passo a mão pela parede à procura do interruptor. Com um zumbido, as luzes ganham vida. Na parede em frente a mim, há um grande quadro de planejamento com nosso horário de trabalho – meu e da dra. Sanders. Ideia de Emma. O cronograma é arbitrário e irregular; Sanders e eu não trabalhamos nos mesmos dias toda semana. Se existe algum método para essa loucura, não consigo identificar qual é.

Vou até o quadro. A tinta está manchada, mas vejo o que estou procurando. Meu nome, *Foust*, escrito sob a data de primeiro de dezembro. O mesmo dia em que o sr. Nilsson supostamente me viu discutindo com Morgan Baines. O mesmo dia em que o sr. Nilsson disse que arranquei um punhado de cabelos da cabeça da mulher.

Segundo o quadro de Emma, em primeiro de dezembro, eu estava escalada para um turno de nove horas, das oito da manhã às cinco da tarde. Nesse caso, eu estava aqui na clínica quando o sr. Nilsson jura que me viu em frente à casa dos Baines. Pego meu celular na bolsa e tiro uma foto, como prova.

Sento-me à mesa em L. Há bilhetes grudados nela. Um lembrete para Emma pedir mais tinta de impressora. Para a dra. Sanders ligar de volta para um paciente com os resultados dos exames. Uma de nossas pacientes perdeu sua boneca. O número de telefone de sua mãe está em cima da mesa, com um pedido para ligar se a boneca for encontrada. A senha do computador também está aqui. Ligo-o. Nossos arquivos são armazenados em um software médico. Não sei se o sr. Nilsson é paciente da clínica, mas quase todo mundo nesta ilha é.

Existem inúmeros problemas oculares que afetam os idosos, de presbiopia a catarata, de glaucoma a degeneração macular – uma das principais causas de cegueira em idosos. É possível que o sr. Nilsson sofra de um deles, e foi por isso que achou ter me visto com a sra. Baines; porque ele não enxerga direito. Ou talvez esteja começando a apresentar os primeiros sintomas de Alzheimer e estivesse confuso. Abro o programa, procuro os registros médicos de George Nilsson. Estão aqui. Tenho certeza de que isso viola o código de ética médica, mas olho mesmo assim, apesar de não ser a médica dele.

Leio seus registros. Descubro que ele é diabético. Que toma insulina. Seu colesterol é alto; ele toma estatinas para controlá-lo. Seu pulso e pressão arterial são bons para um homem de sua idade; ele tem cifose, coisa que eu já sabia. Nilsson é corcunda. Isso é doloroso e desfigurante; é uma derivação da osteoporose vista com muito mais frequência em mulheres que em homens.

Nada disso me interessa.

O que me surpreende é que a visão do sr. Nilsson é boa. Sanders não registrou preocupações com as habilidades cognitivas de Nilsson. Pelo que vejo, ele tem uma mente sã. Suas capacidades mentais não estão falhando e ele não está ficando cego, o que me leva de volta ao começo.

Por que o sr. Nilsson mentiu?

Fecho o programa. Levo o mouse ao ícone da internet e clico duas vezes. Ela se abre diante de mim. Digito um nome, Courtney Baines, e, só ao pressionar "Enter" é que me pergunto se ela ainda é Baines, ou se, após o divórcio, voltou a usar o nome de solteira. Ou talvez ela tenha se casado de novo. Mas não tenho tempo de descobrir.

No final do corredor, a porta de trás se abre. Só tenho tempo para sair da internet e da mesa antes de Joyce aparecer.

— Dra. Foust — diz ela, com animosidade demais na voz para as oito da manhã. — Você está aqui. — Ela fala como se eu já não soubesse disso. — A porta estava trancada. Achei que não havia ninguém — acrescenta.

— Estou aqui — digo, mais animada do que pretendia. — Quis começar cedo o dia.

Mas percebo que ela fica facilmente desanimada quer eu chegue cedo ou tarde. Não há como agradá-la.

MOUSE

Era uma vez uma mulher. Seu nome era Mamãe Falsa. Esse não era o nome verdadeiro, claro, mas era assim que Mouse a chamava. Mas só pelas costas.

Mamãe Falsa era bonita. Ela tinha uma pele bonita, cabelos castanhos compridos e um sorriso grande e fácil. Ela usava roupas bonitas, como camisas com colarinho e blusas brilhantes, que enfiava por dentro da calça jeans, de modo que não parecia desleixada como quando Mouse usava calça jeans. Ela estava sempre arrumada, ao contrário de Mouse. Estava sempre bonita.

Mouse e seu pai não usavam roupas bonitas, exceto no Natal ou quando ele ia trabalhar. Mouse achava que roupas bonitas não eram confortáveis. Dificultavam os movimentos. Faziam seus braços e pernas parecerem rígidos.

Mouse não sabia nada sobre Mamãe Falsa, até a noite em que ela chegou. Seu pai nunca a mencionara, portanto, Mouse achava que ele devia ter conhecido Mamãe Falsa nesse mesmo dia que a levara para casa. Mas Mouse não perguntou, e seu pai não disse nada.

Na noite em que ela chegou, o pai de Mouse entrou em sua casa da mesma maneira que sempre fazia. O pai de Mouse em geral trabalhava em casa, no aposento que chamavam de *escritório*. Ele tinha outro escritório, em um grande edifício em outro lugar que Mouse vira uma vez, mas ele não ia trabalhar lá todos os dias como outros pais que ela conhecia. Ele ficava em casa, no escritório, com a porta fechada, conversando ao telefone com os clientes quase o dia inteiro.

Mas, às vezes, ele tinha que ir ao outro escritório, como no dia em que levara Mamãe Falsa para casa. E às vezes ele tinha que ir embora. Então, ele ficava longe por dias.

Na noite em que Mamãe Falsa chegou em casa, ele entrou sozinho. Deixou sua maleta ao lado da porta, pendurou seu casaco no gancho. Agradeceu ao casal de idosos do outro lado da rua por ficar de olho nela. Acompanhou-os até a porta, com Mouse atrás.

Mouse e o pai ficaram observando-os atravessar a rua devagar e voltar para casa. Parecia que era difícil. Parecia doer. Mouse achava que não queria envelhecer.

Quando eles se foram, seu pai fechou a porta. Ele se virou para Mouse e disse que tinha uma surpresa para ela; que ela precisava fechar os olhos.

Mouse tinha certeza de que a surpresa era um cachorrinho, aquele pelo qual ela implorava desde o dia em que passaram pela vitrine do pet shop – grande, fofo e branco. Na época, seu pai havia dito não, porque um cachorrinho dava muito trabalho; mas, talvez houvesse mudado de ideia. Ele fazia isso às vezes quando ela queria muito alguma coisa. Porque Mouse era uma boa garota. Ele não a mimava, mas gostava de saber que ela estava feliz. E um cachorrinho a deixaria muito, muito feliz.

Mouse levou as mãos aos olhos. Por algum motivo, prendeu a respiração. Ficou muito atenta a sons de latidos e ganidos que viessem do outro lado da sala, onde seu pai estava. Mas não houve latidos nem ganidos.

O que ela ouviu foi o som da porta da frente se abrindo e depois se fechando de novo. Mouse sabia por quê. Seu pai fora até o carro pegar o cachorrinho. Porque o cachorrinho não estava escondido na pasta dele; ainda estava no carro, onde ele o havia deixado para poder surpreendê-la.

Enquanto ela esperava, um sorriso se espalhou pelo rosto de Mouse. Seus joelhos tremiam de excitação. Ela mal conseguia se conter.

Mouse ouviu a porta se fechar e seu pai pigarrear.

Ele estava ansioso quando falou. Disse a Mouse: *Abra os olhos*, e antes que ela olhasse para o pai, já sabia que ele estava sorrindo também.

Mouse abriu os olhos e, sem querer, levou a mão à boca. Ofegou, porque não foi um cachorrinho que ela viu diante de si, em sua própria sala de estar.

Foi uma mulher.

A mão fina da mulher segurava a mão do pai de Mouse, dedos unidos da mesma maneira que Mouse já vira homens e mulheres fazerem na TV. A mulher sorria amplamente para Mouse; sua boca era grande e bonita. Ela disse olá para a garota, e sua voz era tão bonita quanto seu rosto. Mouse não disse nada.

A mulher soltou a mão do pai de Mouse. Avançou, abaixando-se à altura da garota. Ela estendeu a mesma mão fina para Mouse, mas a garota não sabia o que fazer, de modo que só ficou olhando para aquela mão ossuda sem fazer nada.

Então, Mouse se deu conta de que o ar estava diferente aquela noite, mais denso, mais difícil de respirar.

Seu pai disse: *Não seja mal-educada. Diga olá, aperte a mão dela*, e Mouse o fez, murmurando um fraco olá e deslizando sua mão minúscula dentro da mão da mulher.

O pai de Mouse deu meia-volta e correu para fora de novo. A mulher foi atrás.

Mouse observou em silêncio, pela janela, enquanto o pai tirava do porta-malas as coisas da mulher. Tantas coisas que Mouse não sabia o que fazer com tudo aquilo.

Quando eles voltaram para dentro, a mulher tirou uma barra de chocolate de dentro de sua bolsa e a entregou à garota. *Seu pai disse que chocolate é seu doce favorito*, disse ela. E era; perdia apenas para os biscoitos amanteigados Di Salerno. Mas chocolate era um prêmio de consolação. Ela preferia um cachorrinho. Mas sabia que não devia dizer isso.

Mouse pensou em perguntar à mulher quando ela iria embora, mas sabia que era melhor não perguntar isso, de modo que pegou a barra de chocolate da mão da mulher. Segurou-a com suas mãos suadas, e o sentiu amolecer quando o chocolate começou a derreter. Ela não o comeu. Não estava com fome, embora ainda não houvesse jantado. Estava sem apetite.

Entre os muitos pertences da mulher, havia uma caixinha de cachorro. Isso chamou a atenção da garota. Era uma gaiola de bom tamanho. Imediatamente, Mouse tentou imaginar que tipo de cachorro poderia conter: um collie, ou um basset hound, ou um beagle. Ela olhou pela janela enquanto o pai continuava descarregando as coisas, imaginando quando o cachorro chegaria.

Onde está seu cachorro?, perguntou a menina quando seu pai acabou de descarregar o carro e voltou para dentro, trancando a porta.

Mas a mulher balançou a cabeça e disse tristemente à garota que não tinha mais cachorro, que ele havia morrido recentemente.

Então, por que você tem uma caixinha de cachorro?, perguntou a menina. Mas seu pai disse: *Chega, Mouse, não seja mal-educada*, porque ambos podiam ver que falar sobre o cachorro morto deixava a mulher triste.

Mouse?, perguntou a mulher, e Mouse achou que a mulher havia rido. *Que apelido para uma garotinha!* Mas foi tudo que ela disse. *Que apelido.* Não disse se gostava ou não.

Eles jantaram e ficaram vendo TV no sofá; mas, em vez de dividir o sofá com o pai, como ela sempre fazia, Mouse se sentou em uma poltrona do outro lado da sala, de onde mal conseguia ver a TV. Mas não importava; ela não gostava do que eles estavam assistindo. Mouse e o pai sempre assistiam a esportes, mas, em vez disso, eles estavam vendo um programa onde os adultos falavam demais e diziam coisas que faziam a mulher e seu pai rirem. Mas não Mouse. Mouse não ria. Porque não era engraçado.

O tempo todo, a mulher ficou sentada no sofá ao lado do pai de Mouse. Quando Mouse se atreveu a olhar, viu que estavam sentados perto, de mãos dadas como quando ela havia chegado. Isso fez Mouse se sentir estranha por dentro. Ela tentava não olhar, mas seus olhos ficavam voltando para as mãos deles.

Depois que a mulher pediu licença e foi para a cama, seu pai se aproximou e disse à garota que seria legal chamar essa mulher de *Mamãe*. Ele disse que sabia que poderia ser estranho no começo, que, se ela não quisesse, tudo bem. Mas talvez ela pudesse tentar com o tempo, sugeriu o pai.

A menina sempre tentava fazer tudo que podia para agradar o pai, porque o amava muito. Ela não queria chamar essa mulher estranha de *Mamãe* – nem agora, nem nunca –, mas sabia que não devia discutir com o pai. Ele se magoaria se ela o fizesse, e ela nunca queria magoá-lo.

A menina já tinha mãe, e não era aquela.

Mas, se o pai quisesse, ela chamaria aquela mulher de *Mamãe*. Mas só na frente do pai e da mulher, porque, dentro de sua cabeça, ela chamaria essa mulher de *Mamãe Falsa*. Foi isso que a garota decidiu.

Mouse era uma garota esperta. Ela gostava de ler. Ela sabia coisas que outras garotas de sua idade não sabiam, como por que as bananas são curvas e as lesmas têm quatro narizes, e que o avestruz é o maior pássaro do mundo.

Mouse amava animais. Ela sempre quis um cachorrinho, mas nunca conseguiu. Mas ela conseguiu outra coisa. Porque depois que Mamãe Falsa chegou, seu pai a deixou escolher um porquinho-da-índia. Ele fez isso porque achou que ela ficaria feliz.

Eles foram juntos ao pet shop. No instante em que pôs os olhos em seu porquinho-da-índia, Mouse se apaixonou. Não era a mesma coisa que um cachorrinho, mas era algo especial. O pai de Mouse achou que deviam chamá-lo de Bert, em homenagem a seu jogador de beisebol favorito, Bert Campaneris, e Mouse disse sim porque não tinha outro nome em mente. E porque queria deixar seu pai feliz.

O pai de Mouse também comprou para ela um livro sobre porquinhos-da-índia. Na noite em que levaram Bert para casa, Mouse subiu em sua cama, entrou debaixo das cobertas e leu o livro de ponta a ponta. Ela queria estar *informada*. Mouse aprendeu coisas que nunca soube sobre porquinhos-da-índia, como o que comem e o que cada guincho significa.

Ela aprendeu que os porquinhos-da-índia não têm nenhuma relação com os porcos e não são da Índia, e sim de algum lugar alto na Cordilheira dos Andes, na América do Sul. Ela pediu ao pai um mapa para ver onde ficava a América do Sul. Ele achou um em uma revista *National Geographic* velha, no porão, que havia sido do avô de Mouse. O pai dela tentara jogar fora as revistas quando o avô morrera, mas Mouse não deixara. Para ela, eram fascinantes.

Mouse colou o mapa na parede de seu quarto com fita adesiva. Ficou em pé na cama e encontrou a Cordilheira dos Andes naquele mapa, desenhando um grande círculo ao redor dela com uma caneta roxa. Ela apontou para o círculo no mapa e disse a seu porquinho-da-índia – na gaiola dele, no chão, ao lado de sua cama – que ele provinha dali. Mas ela sabia que seu porquinho-da-índia não havia vindo da Cordilheira dos Andes. Ele havia vindo de um pet shop.

Mamãe Falsa ficava sempre chamando Bert de *porco*. Ao contrário de Mouse, ela não lera o livro sobre porquinhos-da-índia. Ela não entendia que Bert era um roedor, não um porco, que nem era parente dos porcos.

Ela não sabia que eles só tinham esse nome porque guinchavam como porcos, e porque, certa vez, alguém achou que eles pareciam porcos – mas não eram. De jeito nenhum. Esse alguém, na opinião de Mouse, estava errado.

Mouse, na sala, contou tudo isso a Mamãe Falsa. Ela não queria parecer uma sabichona, mas Mouse sabia muitas coisas. Ela conhecia grandes palavras, e era capaz de encontrar lugares distantes em um mapa, e de dizer algumas palavras em francês e chinês. Às vezes ela ficava tão empolgada que não conseguia deixar de compartilhar tudo. Porque ela não sabia o que uma garota de sua idade deveria saber ou não, então, ela dizia tudo que sabia.

Esse foi um desses momentos.

Mas, dessa vez, quando ela falou, Mamãe Falsa pestanejou com força. Ela olhou para Mouse sem dizer nada, com uma carranca no rosto e uma profunda ruga se formando entre seus olhos, larga como um rio.

Mas o pai de Mouse disse algo.

Ele bagunçou os cabelos de Mouse, sorriu orgulhosamente e perguntou se havia algo no mundo inteiro que ela não soubesse. Mouse sorriu também e deu de ombros. Havia coisas que ela não sabia, claro. Ela não sabia de onde vinham os bebês, e por que havia valentões na escola, e por que as pessoas morriam. Mas ela não disse isso, porque sabia que seu pai não queria saber de verdade. Ele estava sendo *retórico*, e essa era outra daquelas grandes palavras que ela conhecia.

O pai de Mouse olhou para Mamãe Falsa e perguntou: *Ela é uma figura, não é?*

Mamãe Falsa disse: *Com certeza é. Ela é inacreditável.* Mas Mamãe Falsa não sorriu da mesma maneira que o pai de Mouse. Não deu um sorriso falso nem qualquer tipo de sorriso. Mouse não sabia ao certo o que fazer com essa palavra *inacreditável*, porque *inacreditável* pode significar coisas diferentes.

O momento passou. Mouse achou que a conversa sobre roedores e porcos havia terminado.

Mas, mais tarde, naquela noite, quando o pai não estava presente, Mamãe Falsa se abaixou à altura do rosto de Mouse e disse que, se ela a fizesse parecer idiota de novo na frente do pai, *ia pagar por isso*. O rosto de Mamãe Falsa estava todo vermelho. Ela arreganhou os dentes como um cachorro faz quando está bravo. Uma veia saltou em sua testa, pulsando. Mamãe Falsa cuspiu quando falou, como se estivesse com tanta raiva que não conseguia parar de cuspir. Como se estivesse louca. Ela cuspiu no rosto de Mouse, mas a garota não se atreveu a erguer a mão para se limpar.

Mouse tentou dar um passo para trás, para longe de Mamãe Falsa. Mas Mamãe Falsa segurava o pulso de Mouse com muita força. Mouse não conseguia fugir, porque Mamãe Falsa não a largava.

Elas ouviram o pai de Mouse chegando pelo corredor. Mamãe Falsa soltou o pulso de Mouse depressa. Levantou-se, ajeitou os cabelos, passou as mãos pela blusa para alisá-la. Seu rosto voltou a seu tom normal e um sorriso brotou em seus lábios. Não um sorriso qualquer; um sorriso radiante. Ela foi até o pai de Mouse e o beijou.

Como estão minhas mulheres favoritas?, perguntou ele, enquanto retribuía o beijo. Mamãe Falsa disse que estavam bem. Mouse murmurou algo na mesma linha, mas ninguém a ouviu porque estavam ocupados demais se beijando.

Mouse contou a sua mãe verdadeira sobre Mamãe Falsa. Sentou-se em frente a ela na beira do tapete de malha vermelho e serviu duas xícaras de chá de mentira. Enquanto tomavam chá e mordiscavam biscoitos, ela disse que não gostava muito de Mamãe Falsa. Que às vezes Mamãe Falsa fazia Mouse se sentir uma estranha em sua própria casa. Que o fato de estar na mesma sala com Mamãe Falsa lhe dava dor de barriga. A mãe verdadeira de Mouse disse para ela não se preocupar; disse que Mouse era uma boa menina e que só coisas boas aconteciam com boas meninas. *Nunca deixarei que algo de ruim aconteça com você*, disse a mãe verdadeira.

Mouse sabia quanto seu pai gostava de Mamãe Falsa. Pela maneira como ele olhava para ela, dava para ver como ela o fazia feliz. Isso fez Mouse se sentir mal, porque Mamãe Falsa havia trazido um tipo de felicidade que Mouse nunca pudera dar, apesar de eles serem felizes antes de Mamãe Falsa chegar.

Se o pai dela gostava de ter Mamãe Falsa por perto, talvez ela ficasse para sempre. Mouse não queria que isso acontecesse. Porque Mamãe Falsa a deixava desconfortável às vezes, e outras vezes assustada.

Então, quando Mouse escrevia histórias em sua cabeça, passou a inventar umas sobre coisas ruins que aconteciam com uma mulher imaginária chamada Mamãe Falsa. Às vezes, ela caía daqueles degraus barulhentos e batia a cabeça. Às vezes, ficava enterrada em um dos buracos de coelho, embaixo dos pelos, e não conseguia sair.

E às vezes ela simplesmente desaparecia, e Mouse não queria saber por quê.

SADIE

À noite, o ar é gelado. A temperatura está caindo depressa. Pego meu carro no estacionamento e vou para casa, lembrando que Will e Tate vão brincar de Lego esta noite. Preocupa-me o fato de Will não estar por perto para atuar como um amortecedor entre mim e Imogen.

Tento não deixar que isso me transtorne enquanto dirijo para casa. Já sou grandinha, posso cuidar disso sozinha. Além do mais, Will e eu somos os tutores de Imogen; é nossa obrigação legal cuidar dela até que complete dezoito anos. Se eu quiser vasculhar as coisas dela, é meu direito fazê-lo. Na verdade, tenho perguntas para as quais gostaria de respostas. Por exemplo, quem é o homem da fotografia que teve o rosto raspado pela mão de Imogen? É o mesmo que escreveu aquele bilhete para ela, aquele que encontrei no bolso do moletom dela? Um bilhete tipo Querido John, me pareceu. Sua referência a uma *vida dupla* me leva a acreditar que Imogen era a outra. Que ele era casado, talvez, e partiu o coração dela. Mas quem é ele?

Embico o carro na entrada da garagem o ponho o câmbio em Park. Olho em volta antes de sair da segurança do carro trancado, para ter certeza de que estou sozinha. Mas a noite está caindo, quase totalmente escuro. Posso realmente ter certeza? Saio depressa do carro, corro para a segurança de minha casa, onde fecho e tranco a porta atrás de mim. Puxo-a duas vezes para ter certeza de que está bem fechada.

Vou para a cozinha. Um ensopado me espera no fogão, coberto por um pedaço de papel-alumínio para mantê-lo quente. E com um *post-it* em cima. *Beijos, Will.* As cachorras são as únicas a me esperar na cozinha, encarando-me com seus dentes desiguais, implorando para eu as deixar sair. Abro a porta dos fundos para elas. Vão direto para o canto do quintal para cavar.

Subo os degraus rangentes e encontro a porta do quarto de Imogen fechada, certamente trancada para que eu não possa entrar. Só que, quando olho, vejo uma nova fechadura na porta, um sistema inteiro, com cadeado, que corre sobre a maçaneta. A porta agora trava por fora. Imogen deve ter instalado ela mesma para me manter fora de seu quarto.

Bandas de rock como Korn e Drowning Pool explodem pela caixa de som bluetooth, com o volume no máximo, de modo que não há como interpretar mal as letras das músicas, cujo tema recorrente são cadáveres. A profanação é atroz, os alto-falantes vomitam ódio em nossa casa. Mas Tate não está, de modo que, dessa vez, deixo passar.

Vou até a porta de Otto, bato levemente e grito acima do barulho de Imogen:

— Cheguei.

Ele abre a porta para mim. Olho para ele e vejo como se parece cada dia mais com Will. Agora que está mais velho, os ângulos de seu rosto são mais acentuados. Não tem mais a gordura de bebê para suavizar os contornos. Está cada dia mais alto, finalmente curtindo o estirão que há tanto tempo o ignora, mantendo-o baixinho enquanto os outros meninos da escola crescem. Logo chegará à altura deles. Otto é bonito como Will. Logo fará as meninas desmaiarem. Mas ele ainda não sabe disso.

— Como foi seu dia? — pergunto.

Ele dá de ombros.

— Bem, eu acho.

É uma resposta indecisa. Aproveito a oportunidade:

— Acha? — pergunto, querendo mais.

Quero saber como foi o dia dele de verdade, se está se dando bem com as outras crianças da escola, se gosta dos professores, se está fazendo amigos. Como ele não diz nada, cutuco:

— Em uma escala de um a dez, como você o classificaria?

É bobagem, uma dessas coisas que os médicos dizem quando tentam medir a dor de um paciente. Otto dá de ombros de novo e me diz que seu dia foi seis, o que considera moderado, decente, um dia bom.

— Tem dever de casa?

— Um pouco.

— Precisa de ajuda?

Ele sacode a cabeça. Consegue fazer sozinho.

Vou para meu quarto para trocar de roupa e vejo uma luz por baixo da porta que leva ao sótão, no terceiro piso. A luz do sótão está acesa. Mas nunca fica, porque é onde Alice se matou. Pedi aos meninos para nunca irem lá em cima. Acho que não é um lugar onde qualquer um de nós precise entrar.

Os meninos sabem que Alice nos deu a casa, mas não sabem como ela morreu. Não sabem que um dia Alice colocou uma corda em volta do pescoço, amarrou a outra ponta à viga do teto e pulou de um banquinho. O que eu sei, como médica, é que, depois que o laço apertou seu pescoço e ela ficou suspensa, sustentada apenas pela mandíbula e pelo pescoço, ela lutou para respirar contra o peso de seu próprio corpo. Levou alguns minutos para perder a consciência. Foi extremamente doloroso. E mesmo depois de por fim perder a consciência, seu corpo continuou se debatendo. Demorou muito mais para ela morrer, uns vinte minutos, se não mais. Não é um caminho agradável a se percorrer.

Para Will, é difícil falar sobre Alice. Eu entendo; depois que meu pai faleceu, foi difícil falar sobre ele. Minha memória não é a melhor, mas uma lembrança que não me abandona é de quando eu tinha onze anos; meu pai e eu morávamos nos arredores de Chicago e ele trabalhava em uma loja de departamentos da cidade. Papai pegava o trem todos os dias para ir ao centro naquela época. Eu já tinha idade suficiente para me cuidar sozinha, tinha a chave de casa. Ia à escola e voltava para casa. Ninguém tinha que me dizer para fazer a lição. Eu era responsável. Fazia e comia meu próprio jantar, lavava minha louça, ia dormir em um horário razoável. Na maioria das noites, papai tomava uma ou duas cervejas a caminho de casa; parava no bar quando saía do trem e só voltava para casa quando eu já estava dormindo. Eu o ouvia tropeçar pela casa, derrubar coisas, e, na manhã seguinte, haveria uma bagunça para eu arrumar.

Eu mesma me inscrevi na faculdade. Morei sozinha em um dormitório e depois em um apartamento pequeno. Tentei viver com uma colega uma vez; não deu certo para mim. Minha colega de quarto era descuidada e irresponsável, entre outras coisas. Também era manipuladora, uma completa cleptomaníaca.

Ela pegava recados telefônicos para mim, mas nunca os dava. Fazia uma bagunça em nosso apartamento. Comia minha comida, roubava dinheiro de minha carteira, cheques de meu talão. Usava meu cartão de crédito para comprar coisas para si. Ela negava, claro, mas eu olhava os extratos bancários e encontrava cheques dados em lugares como salões de beleza, lojas de departamento, *saques*. Quando pedi ao banco que me apresentasse os cheques, pude ver claramente que a letra não era minha.

Eu poderia ter dado queixa; mas, por algum motivo, decidi não dar.

Ela pegava minhas roupas sem pedir. Devolvia tudo amassado e sujo, às vezes manchado, cheirando a fumaça de cigarro. Eu as encontrava penduradas em meu armário assim. Quando lhe perguntava, ela olhava para minhas roupas imundas e dizia: *Você acha que eu ia vestir essa sua blusa feia?*

Porque, além de tudo, ela era má.

Eu coloquei uma tranca na porta de meu quarto, mas isso não a impediu.

De alguma maneira, ela arranjou um jeito de entrar. Eu chegava em casa e encontrava minha porta aberta, minhas coisas reviradas.

Eu não queria viver assim.

Eu me ofereci para sair e deixá-la com o apartamento. Ela ficou furiosa, a ponto de ser combativa. Algo nela me assustou. Ela não podia bancar o apartamento sozinha, disse, fervendo de raiva. Falou em minha cara que eu era louca, que eu era psicopata.

Eu mantive a calma. Não entrei na dela.

Eu poderia dizer o mesmo de você, disse eu calmamente.

No final, ela saiu. Foi o melhor, visto que eu havia conhecido Will recentemente e precisava de um lugar onde pudéssemos ficar. Mesmo depois, eu tinha minhas suspeitas de que ela ainda entrava e mexia em minhas coisas. Ela me devolveu a chave, mas isso não significa que primeiro não a levou ao chaveiro e fez uma cópia. Acabei trocando a fechadura. Disse a mim mesma que isso a deteria. Que, se eu achava que ela ainda estava entrando, era só paranoia minha.

Mesmo assim, não foi o fim. Porque eu a vi há cerca de seis meses, passei por ela na rua, não muito longe de minha casa. Ela me pareceu a mesma, toda pomposa descendo a Harrison, arrogante como sempre. Afastei-me quando a vi, fui por outra rua.

Foi logo após a formatura que Will e eu nos conhecemos, na festa de noivado de uma amiga. Will e eu temos versões diferentes do momento em que nos conhecemos. O que eu sei é que ele se aproximou de mim na festa, bonito e sociável como sempre, estendeu a mão e disse: *Olá. Eu acho que já vi você antes.*

Eu me lembro de me sentir estranha e insegura naquela noite, mas o constrangimento foi diminuindo levemente com sua abordagem brega. Claro que ele não havia me visto antes. Foi uma jogada, e deu certo. Passamos o resto da noite entrelaçados na pista de dança; minhas inseguranças iam diminuindo conforme eu bebia.

Estávamos juntos havia poucos meses quando Will sugeriu se mudar para meu apartamento. Por que ele estava sozinho, eu não sabia. Por que ele havia me escolhido entre todas as outras mulheres bonitas de Chicago, também não sabia. Mas, por algum motivo, ele dizia que não suportava ficar longe de mim, que queria estar comigo o tempo todo. Era uma ideia romântica – ninguém nunca me havia feito sentir tão desejada quanto Will naquela época –, mas também fazia sentido financeiramente. Eu estava terminando minha residência e Will, seu doutorado. Só um de nós tinha renda, embora pequena, e a maior parte se destinava a pagar o financiamento de minha faculdade de medicina. Mas eu não me importava de bancar o aluguel. Eu gostava de ter Will comigo o tempo todo. Podia fazer isso por ele. Pouco tempo depois, Will e eu nos casamos. Pouco depois, papai morreu, levado deste mundo por sua própria vontade. Cirrose hepática.

Tivemos Otto. E, anos depois, Tate. E agora, encontro-me morando no Maine.

Dizer que eu não fiquei completamente chocada quando recebemos a notícia de que a irmã de Will havia nos deixado uma casa e uma criança seria uma mentira. Will sempre soube da fibromialgia, mas soubemos do suicídio pelo executor da propriedade. Eu não achava que seria bom nos mudarmos para o Maine, mas Will discordava.

Os meses anteriores foram impiedosos. Primeiro, a expulsão de Otto, seguida imediatamente pela descoberta do caso de Will. Poucos dias depois, um paciente meu morreu na mesa de cirurgia. Pacientes meus já haviam morrido antes, mas esse quase acabou comigo. Ele tinha que fazer uma pericardiocentese, um procedimento relativamente seguro e rotineiro, no qual líquido é aspirado da membrana que envolve o coração de uma pessoa. Olhando minhas anotações médicas, vi que o procedimento estava bem justificado. O paciente sofria de uma doença conhecida como tamponamento cardíaco; o acúmulo de líquido exerce pressão excessiva sobre o coração, impedindo-o de funcionar direito. O tamponamento cardíaco pode ser letal, a menos que parte do líquido seja drenada. Eu já havia feito esse procedimento várias vezes, nunca houve problema.

Mas, dessa vez, não fiz o procedimento. Porque, segundo meus colegas, eu saí da sala no momento em que o paciente teve uma parada cardíaca, o que obrigou um residente a realizar a pericardiocentese sem mim. O paciente estava à beira da morte e, sem o procedimento, ele morreria.

Mas o procedimento foi realizado incorretamente. A agulha perfurou o coração do paciente, e de todo jeito ele morreu.

Eles me encontraram mais tarde, lá em cima, no telhado do hospital, empoleirada na beira daquele edifício de catorze andares, com as pernas penduradas, de onde alguns alegaram que eu ia pular.

Mas eu não era suicida. As coisas estavam ruins, mas nem tanto. Pus a culpa na expulsão de Otto e no caso, por causar estragos em minhas emoções e mente. *Um colapso nervoso*, diziam os rumores que circulavam pelo hospital. Diziam que eu havia tido um colapso nervoso no pronto-socorro, que subira até o décimo quarto andar pronta para pular. O que aconteceu foi que eu tive um apagão. Depois que tudo passou, eu não me lembrava de nada. É um período de minha vida que desapareceu. O que me lembro é de examinar meu paciente e depois entrar em outra sala; só que, dessa vez, era eu a pessoa deitada sobre uma mesa, escondida sob um lençol. Mais tarde, quando soube que meu paciente havia morrido nas mãos de um médico menos experiente, chorei. Eu não sou de chorar, mas, daquela vez, não consegui me controlar.

Os gatilhos de um colapso nervoso estavam lá: um período de estresse que não havia sido tratado, sensação de desorientação, de inutilidade, incapacidade de dormir.

No dia seguinte, o chefe do departamento me colocou de licença médica forçada. Sugeriu sutilmente uma avaliação psicológica. Eu disse não, obrigada. Em vez disso, preferi me demitir. Eu não podia voltar lá de novo.

Quando chegamos ao Maine, Will e eu encontramos a casa no estado em que fora deixada. O banquinho ainda estava no sótão, junto com um metro de corda, cortado na ponta, enquanto o restante permanecia preso a uma viga exposta que atravessava o teto. Tudo que estava ao alcance do corpo de Alice, que se debatia, havia sido derrubado, o que implica que a morte não foi tranquila.

Vou até a porta do sótão e a abro. De cima, uma luz brilha. Subo dois degraus de cada vez enquanto, sob meus pés, eles rangem. O sótão é um espaço inacabado, cheio de vigas de madeira, piso de placas de cortiça, pedaços de um isolamento rosa e macio espalhados aqui e ali como nuvens. A luz provém de uma única lâmpada pendente no teto, que alguém, seja quem for que esteve aqui, esqueceu de apagar. Há uma cordinha pendurada nela. Uma chaminé, envolta em tijolos à vista, atravessa o centro da sala e dá para fora. Há uma janela voltada para a rua. Está muito escuro lá fora esta noite, não há nada para ver.

Folhas de papel chamam minha atenção. Estão no chão, junto com um lápis que reconheço imediatamente como um dos lápis de desenho de Otto, desses que Will e eu compramos para ele, que Otto nunca deixa Tate usar. São caros, e também o bem mais precioso de Otto. Mas não o vejo usá-los há meses. Desde tudo que aconteceu em Chicago com ele, Otto não anda desenhando mais.

Sinto duas coisas: decepção, por um lado, por Otto me desobedecer e entrar no sótão sendo que eu disse que não podia. Mas também alívio por Otto estar desenhando de novo – o primeiro passo, talvez, de uma volta à normalidade.

Talvez Will esteja certo. Talvez, se nos dermos tempo, possamos encontrar a felicidade aqui.

Vou até as folhas de papel. Elas estão no chão. A janela tem uma fresta aberta, deixando entrar o ar gelado de dezembro, que faz o papel se mexer. Abaixo-me para pegá-lo, esperando ver os grandes olhos de anime de Asa e Ken me fitando; são os personagens da *graphic novel* de Otto, o trabalho que estava desenvolvendo. Os cabelos espetados, os olhos tristes e desproporcionais.

O lápis, a centímetros do papel, está partido ao meio. A ponta está gasta, o que não combina com Otto. Ele sempre cuidou muito bem desses lápis. Pego-o também e me levanto antes de olhar a imagem. Quando a olho, ofego, levando involuntariamente a mão à boca.

Não vejo Asa e Ken.

O que vejo são traços furiosos, incompletos. Há algo desmembrado no papel; um corpo, presumo. Um objeto redondo no fim da folha que considero uma cabeça; formas compridas, como membros – braços e pernas. No alto do desenho, há estrelas, uma lua crescente. Noite. Há outra figura no papel, uma mulher, parece, pelos longos cabelos desgrenhados, traços que sobressaem da cabeça circular. Na mão, ela segura algo com uma ponta afiada que goteja com outra coisa: sangue, só posso supor, embora o desenho seja em preto e branco. Não há vermelho. Os olhos dessa figura são loucos, enquanto a cabeça, ali perto, decapitada, chora em grandes gotas sombrias de lágrimas que fazem um furo no papel.

Respiro fundo. Sinto uma dor no peito, e meus braços e pernas momentaneamente dormentes.

Vejo a mesma imagem replicada nas três folhas de papel. Não há nada de diferente nelas, nada que eu possa notar.

Os desenhos são de Otto, penso a princípio, porque ele é o artista da família. O único de nós que desenha.

Mas isso é primitivo demais, rudimentar demais para ser de Otto. Ele sabe desenhar muito melhor que isso.

Tate é um menino feliz, um garoto obediente. Ele não teria entrado no sótão se eu dissesse que não pode. Além disso, Tate não desenha imagens violentas e assassinas. Ele jamais poderia visualizar essas coisas, muito menos retratá-las no papel. Tate não sabe o que é assassinato. Ele não sabe que as pessoas morrem.

Volto para Otto.

Esses desenhos pertencem a Otto.

A menos que, penso, respirando fundo, pertençam a Imogen. Porque Imogen é uma garota que tem raiva. Imogen sabe o que é assassinato; ela sabe que as pessoas morrem. Ela viu com seus próprios olhos. Mas o que ela estaria fazendo com os lápis e papéis de Otto?

Fecho a janela e lhe dou as costas. Há uma casa de bonecas vintage na parede oposta. Chama minha atenção. Eu a encontrei no dia em que chegamos, achando que poderia ter pertencido a Imogen quando era criança. É uma charmosa casa de campo verde, com quatro aposentos, um sótão amplo, uma escada fina subindo no centro. Os detalhes são impecáveis. Esquadrias de janelas e cortinas em miniatura, pequenos abajures e lustres, roupas de cama, uma mesa e até uma casinha de cachorro verde combinando com a casa, com um cãozinho em miniatura. Naquele primeiro dia, eu limpei a casinha por respeito a Alice; coloquei a família em suas camas para dormir até que houvesse netos para brincar com ela. Afinal, não era o tipo de coisa que Tate usaria.

Vou até a casa certa de que vou encontrar a família dormindo profundamente onde eu a deixei. Só que não. Porque alguém esteve aqui no sótão fazendo desenhos, abrindo janelas e mexendo nas coisas. Porque as coisas da casa de bonecas não estão como eu as coloquei.

Dentro da casa de bonecas, vejo que a garotinha se levantou. Ela não está mais na cama de dossel do andar de cima; está no chão da sala. O pai também não está mais em sua cama; ele desapareceu. Olho em volta, mas não o encontro em lugar nenhum. Só a mãe está ali, dormindo profundamente na cama de pés e cabeceira altos, no andar principal.

Ao pé da cama, uma faca em miniatura, não maior que a ponta de um polegar.

Há uma caixa ao lado da casa de bonecas cheia de acessórios. A tampa está fechada, mas a trava está solta. Abro e olho, procurando o pai dentro da caixa. Mas não o encontro em lugar nenhum. Desisto.

Puxo a corda e o sótão fica escuro.

Enquanto desço os degraus com um mau pressentimento na boca do estômago, percebo: a casa está silenciosa. Imogen desligou sua música ofensiva. Quando chego ao patamar do andar, vejo-a parada na porta, iluminada pela luz do quarto.

Seus olhos são acusadores. Ela não pergunta, mas posso ler em sua expressão. Ela quer saber o que eu estava fazendo no sótão.

— Havia uma luz acesa — explico, esperando um pouco antes de perguntar. — Foi você? Você esteve lá em cima, Imogen?

Ela bufa.

— Você é uma idiota se acha que eu voltaria lá em cima — diz.

Penso nisso. Ela poderia estar mentindo. Imogen me parece uma mentirosa magistral.

Ela se apoia no batente da porta, de braços cruzados.

— Você sabe, Sadie, como é uma pessoa quando morre?

Imogen fala parecendo satisfeita consigo mesma, e percebo que ela nunca me chamou pelo nome antes.

Basta dizer que sim. Eu já vi muitas mortes na vida. Mas a pergunta, na boca de Imogen, me deixa sem palavras.

Imogen não quer uma resposta. Ela quer chocar; está tentando me intimidar. Ela continua descrevendo, com detalhes perturbadores, a aparência de Alice no dia em que a encontrou pendurada no sótão por uma corda. Imogen estava na escola naquele dia. Ela pegou a balsa para casa, como de costume, entrou na casa silenciosa e descobriu o que Alice havia feito.

— Havia marcas de garras em seu pescoço — diz ela, passando as próprias unhas violeta por seu colo pálido. — A porra da língua dela estava roxa. Ela estava saindo da boca, presa entre os dentes, assim. — Ao dizer isso, ela põe a língua para fora e a morde. Com força.

Eu já vi vítimas de estrangulamento. Sei que os capilares do rosto se rompem, que os olhos ficam injetados pelo acúmulo de sangue. Como médica de emergência, fui treinada para identificar vítimas de violência doméstica, sinais de estrangulamento. Mas imagino que, para uma menina de dezesseis anos, ver sua mãe nesse estado seria traumatizante.

— Ela quase arrancou a porra da língua — diz Imogen.

Então, ela começa a rir; uma risada incontrolável e inoportuna que me tira do sério. Imogen está a um metro de distância, desprovida de emoção afora essa desconcertante ostentação de alegria.

— Quer ver? — pergunta.

Não sei do que ela está falando.

— Ver o quê? — pergunto com cuidado.

— O que ela fez com a língua.

Não quero ver. Mas ela me mostra mesmo assim. Uma fotografia de sua mãe morta. Está em seu celular. Ela enfia o telefone em minhas mãos. Toda cor desaparece de meu rosto.

Antes da chegada da polícia naquele dia terrível, Imogen teve a audácia de bater uma foto.

Alice, vestindo um suéter comprido rosa-claro e legging, pende de um laço. Sua cabeça está inclinada, a corda enfiada em seu pescoço. Seu corpo está flácido, braços ao lado do corpo, pernas esticadas. Há caixas ao redor dela, antes em pilhas de duas ou três, mas agora tombadas de lado, com seu conteúdo para fora. Há um abajur no chão, o vidro colorido espalhado aleatoriamente. Um telescópio – antes usado para ver o céu pela janela do sótão, talvez – também está caído de lado; tudo, presume-se, derrubado violentamente enquanto Alice morria. O banquinho que ela usou para se enforcar está a um metro de distância, em pé.

Penso no que Alice deve ter passado quando subiu os três degraus para a morte, enquanto passava a cabeça pelo laço. O teto do sótão não é alto. Alice teria que medir a corda antes, para ter certeza de que, quando pulasse do banquinho, seus pés não tocariam o chão. Ela ficou a poucos centímetros do chão, na melhor das hipóteses. O salto foi pequeno; seu pescoço não teria se quebrado pela altura, o que significa que sua morte foi dolorosa e lenta. A evidência disso está aí, na foto. O abajur quebrado, as marcas de garras, a língua quase cortada fora.

— Por que você bateu essa foto? — pergunto, tentando manter a calma. Não quero lhe dar o que ela quer.

Ela dá de ombros e pergunta, com um flagrante desrespeito pela vida de sua mãe:

— E por que não?

Escondo meu choque enquanto Imogen pega seu celular e lentamente me dá as costas. Ela volta para seu quarto, deixando-me abalada. Rezo para que Otto, em seu quarto, ao lado, esteja de fones de ouvido. Rezo para que ele não tenha ouvido essa conversa horrível.

Vou para meu quarto, onde visto o pijama e fico à janela, esperando Will voltar para casa. Fico olhando para a casa ao lado. Há uma luz acesa dentro, a mesma que se acende às sete e se apaga quase meia-noite todos os dias. Ninguém mora nessa casa nesta época do ano, e penso nela vazia durante meses a fio. O que impede uma pessoa de entrar lá?

Quando vejo um carro parar na entrada de nossa garagem, não consigo parar de olhar. O interior do carro se ilumina quando a porta se abre. Tate e seu amigo estão no banco de trás, Will na frente, ao lado de uma mulher que definitivamente não é uma baranga desdentada, e sim uma morena misteriosa que não consigo ver direito.

Tate entra em casa animado, saltitante. Sobe a escada para me dar oi. Orgulhosamente, anuncia:

— Você foi me ver na escola hoje!

Ele irrompe pela porta do quarto com seu moletom de *Star Wars* e calça de lã. Essa calça, como todas as outras, está muito curta para ele, deixando os tornozelos à mostra. Will e eu não conseguimos acompanhar seu crescimento. Há um buraco na ponta de sua meia.

Will, meio passo atrás dele, volta-se para mim e pergunta:

— Você foi à escola?

Mas sacudo a cabeça.

— Eu não — digo, sem saber o que Tate quis dizer.

Olho para Tate e digo:

— Eu estava no trabalho hoje, Tate. Não fui a sua escola.

— Foi sim — diz ele, prestes a ficar chateado.

Dou-lhe corda, só para acalmá-lo.

— Bem, e o que eu estava fazendo? — pergunto. — O que foi que eu disse?

— Você não disse nada.

— Você não acha que, se eu tivesse ido a sua escola hoje, teria falado com você?

Tate explica que eu estava do outro lado da cerca do parquinho, observando as crianças no recreio. Perguntei o que eu estava vestindo, e ele disse que meu casaco preto e meu gorro preto – que é exatamente o que eu usaria. É o que ele me vê vestir sempre, mas praticamente não há uma mulher na cidade que não use casaco e gorro pretos.

— Deve ter sido a mãe de outra pessoa, Tate — digo.

Mas ele só me olha, sem dizer nada.

Acho preocupante a ideia de qualquer mulher ficar parada perto do parquinho observando as crianças. Pergunto-me se a escola é segura, especialmente quando as crianças estão no recreio. Quantos professores estão de plantão no recreio? A cerca fica trancada ou alguém pode abrir o portão e entrar? A escola parece segura quando as crianças estão dentro, mas a parte externa é outra questão.

Will bagunça os cabelos de Tate e diz:

— Acho que está na hora de checarmos essa sua visão.

Mudo de assunto:

— O que você tem aí? — pergunto.

Nas mãos, Tate orgulhosamente segura um bonequinho que montou no evento da biblioteca. Mostra-o para mim e depois sobe na cama para me dar um beijo de boa-noite, a pedido de Will. Ele o leva para seu quarto, onde lê uma história para Tate e o cobre de maneira bem aconchegante, como um inseto no casulo. No caminho de volta para nosso quarto, Will para nos quartos de Otto e Imogen para dar boa-noite.

— Você não comeu o ensopado — diz Will, segundos depois de voltar a nosso quarto.

Ele está preocupado, mas digo que não estava com fome.

— Está se sentindo bem? — pergunta ele, passando sua mão quente por meu cabelo.

Sacudo a cabeça e digo que não. Penso em como seria me aconchegar nele, deixar que seus braços fortes me envolvam. Ser vulnerável uma vez, desmoronar diante dele e deixá-lo me confortar.

Mas, em vez disso, pergunto:

— A escola de Tate é segura?

Ele me garante que sim.

— Deve ter sido uma mãe que passou lá para levar o almoço que o filho esqueceu — diz ele. — Tate não é a criança mais observadora, Sadie. Eu sou o único pai na escola, e, mesmo assim, todos os dias ele tem dificuldades de me encontrar na multidão.

— Tem certeza?

Tento não deixar minha imaginação me dominar. E, também, é menos desconcertante por ser uma mulher. Se fosse um homem observando as crianças brincando no parquinho, eu já estaria na internet tentando descobrir quantos criminosos sexuais moram nesta ilha.

— Tenho certeza — diz ele.

Mostro-lhe os desenhos que encontrei no sótão. Ele olha e imediatamente acha que são de Otto. Ao contrário de mim, Will parece ter certeza.

— Por que não de Imogen? — pergunto, desejando que pertençam a ela.

— Porque Otto é nosso artista. Lembre-se da navalha de Occam — diz ele sem questionar, lembrando-me da crença de que a explicação mais fácil é a mais correta.

— Mas por quê? O que significa Otto fazer um desenho assim?

A princípio, ele nega a gravidade da situação.

— É uma forma de autoexpressão, Sadie. É natural para uma criança que sofre.

Mas isso por si só já é desconcertante. Porque não é natural que uma criança sofra.

— Você acha que ele está sofrendo bullying? — pergunto.

Mas Will dá de ombros e diz que não sabe. Também diz que vai ligar para a escola de manhã e descobrir.

— Precisamos conversar com Otto sobre isso — digo.

— Deixe-me investigar primeiro. Quanto mais soubermos, melhor estaremos preparados.

Eu digo OK. Confio nos instintos dele.

— Acho que seria bom para Imogen conversar com alguém — digo.

— Como assim? — pergunta ele, surpreso, embora eu não saiba bem por quê. Will não é contrário à terapia, mas ela é sobrinha de sangue dele, não minha. Ele é quem tem que decidir. — Tipo um psiquiatra? — pergunta.

— Sim. Ela está piorando. Deve estar se fechando muito. Ela sente raiva, está de luto. Acho que seria bom ela falar com alguém — digo, contando-lhe nossa conversa desta noite.

Mas não lhe conto o que vi no celular de Imogen. Ele não precisa saber que vi uma foto de sua irmã morta. Digo só que Imogen me descreveu com detalhes como Alice estava quando a encontrou.

— Parece que ela está se abrindo com você, Sadie — diz ele.

Mas acho difícil acreditar nisso. Digo a ele que terapia seria melhor, com alguém preparado para lidar com sobreviventes do suicídio. Não eu.

— Will?

Minha mente vai para outro lugar, para um pensamento que tive enquanto olhava pela janela em direção à casa ao lado.

— O quê?

— A casa vazia ao lado... Você acha que a polícia a revistou quando estava vasculhando o bairro?

Ele me lança um olhar confuso.

— Não sei — diz. — Por que a pergunta?

— Porque uma casa vazia parece um lugar fácil para um assassino se esconder.

— Sadie — diz ele, de um jeito que é ao mesmo tempo condescendente e reconfortante —, tenho certeza de que não tem um assassino morando aqui ao lado.

— Como você pode ter tanta certeza? — pergunto.

— Nós saberíamos, não? Alguma coisa chamaria a atenção. Luzes acesas, janelas quebradas. Ouviríamos algo. Mas essa casa não mudou durante todo o tempo que estamos aqui.

Eu me permito acreditar nele, porque é a única maneira de conseguir dormir esta noite.

CAMILLE

Houve noites em que fui ao edifício de Will e fiquei sozinha na rua, do lado de fora, olhando. Mas Will e Sadie moravam muito no alto. Da rua, era difícil ver lá dentro.

Então, certa noite, eu usei a escada de incêndio.

Eu estava vestida de preto e escalei seis andares como um gatuno na noite.

No sexto andar, eu me sentei na plataforma de aço em frente à janela da cozinha. Olhei para dentro, mas estava escuro, era noite alta, difícil de ver muita coisa. Então, fiquei sentada ali um pouco, desejando que Will acordasse, que fosse até mim. Acendi o isqueiro enquanto esperava, vendo a chama explodir na ponta. Passei o dedo pelo fogo; queria que doesse, mas não doeu. Eu só queria sentir algo, qualquer coisa, dor. Só o que sentia era vazio por dentro. Deixei a chama queimar um pouco; o isqueiro esquentar. Apertei-o na palma da mão um tempo e, ao afastá-lo, sorri diante de minha obra.

Uma furiosa queimadura na palma de minha mão retribuiu meu sorriso.

Levantei-me. Sacudi minhas pernas adormecidas para recuperar a circulação sanguínea. Era como se alfinetes e agulhas me apunhalassem.

A cidade ao meu redor estava deslumbrante. Havia luzes por toda parte. Ao longe, ruas zuniam, edifícios brilhavam.

Fiquei lá a noite toda. Will não apareceu. Porque nossa vida juntos nem sempre foi brilho do sol e arco-íris. Tivemos dias bons, e tivemos dias ruins.

Havia dias em que éramos como feitos um para o outro. E outros em que éramos incompatíveis, totalmente fora de sincronia.

O tempo que passamos juntos, por melhor ou pior que tenha sido, deixou a percepção de que ele jamais me conheceria como conhecia Sadie. Porque o que a outra recebe são as migalhas da esposa, nunca a refeição completa.

Os momentos com Will eram escondidos, apressados. Eu aprendi a roubar tempo para estar com Will, a fazer os momentos acontecerem. Fui a sua sala de aula uma vez, entrei quando estava vazia, peguei-o de surpresa. Ele estava em pé ao lado de sua mesa quando entrei. Fechei a porta e a tranquei, fui até ele. Puxei meu vestido até a cintura, deitei-me sobre a mesa dele, abri as pernas, para ele ver que não eu estava usando nada por baixo.

Will ficou olhando por um longo momento, de olhos arregalados e a boca aberta.

Você não pode estar falando sério, disse. *Quer fazer isso aqui?*, perguntou.

Claro que sim, respondi.

Bem aqui?, perguntou de novo, apoiando-se na mesa para ter certeza de que aguentaria nós dois.

Algum problema, professor?, perguntei, abrindo mais as pernas.

Seus olhos brilhavam. Ele sorriu como o gato de Cheshire.

Não, disse ele. *Problema nenhum.*

Desci da mesa quando acabamos, deixei o vestido cair por minhas coxas e me despedi. Tentei não pensar aonde ele iria dali. Não é fácil ser a outra. Só o que ganhamos é desdém; nunca simpatia. Ninguém sente pena de nós. As pessoas nos julgam; somos consideradas egoístas, maquinadoras e astutas, mas a única coisa de que somos culpadas é de nos apaixonarmos. As pessoas esquecem que somos humanas, que também temos sentimentos.

Às vezes, quando Will pressionava seus lábios contra os meus, era magnético, elétrico, uma corrente que nos carregava. Seu beijo muitas vezes era apaixonado, ardente, mas às vezes não. Às vezes era frio, e eu pensava que era o fim do nosso caso. Mas eu estava errada. Porque é assim que acontece com os relacionamentos. Eles têm altos e baixos.

Um dia, encontrei-me falando com uma psicóloga sobre isso. Eu estava sentada em uma cadeira giratória. A sala onde eu estava tinha o teto alto, com janelas que iam do chão até o alto. Pesadas cortinas acinzentadas margeavam as janelas, esticadas por toda a extensão da abertura. Havia um vaso com flores em uma mesa de centro, enorme como todo o resto. Ao lado do vaso havia dois copos com água, um para ela e outro para mim. Passei os olhos pela sala à procura de um relógio. Encontrei estantes com livros sobre doenças mentais, inteligência emocional, jogos mentais; diplomas de graduação.

Diga-me o que está acontecendo, disse a psicóloga.

Foi assim que a conversa começou. Eu me mexi na cadeira, ajeitei a blusa; pigarreei, procurando minha voz.

Está tudo bem?, perguntou ela, observando-me enquanto eu me mexia na cadeira, como se estivesse me ajeitando em minha própria pele.

Eu disse que estava tudo bem. Não fiquei tímida. Nunca fico. Apoiei os pés em um pufe e disse à mulher: *Estou dormindo com um homem casado.*

Ela era fortona, dessas mulheres que carregam o peso no rosto.

Não houve alteração em sua expressão além de um leve erguer da sobrancelha esquerda. Suas sobrancelhas eram grossas, pesadas.

Seus lábios se separaram. *É mesmo?*, perguntou, sem demonstrar emoção pelo que eu havia dito. *Fale-me sobre ele. Como vocês se conheceram?*

Eu lhe contei tudo que havia para contar sobre Will. Falei sorrindo, revivendo cada momento, um de cada vez. O dia em que nos encontramos embaixo dos trilhos. A mão dele em meu pulso ao salvar minha vida. O café na lanchonete. Nós encostados na parede de um prédio, a voz de Will em meu ouvido, a mão em minha coxa.

Mas, então, meu humor azedou. Peguei um lenço de papel e enxuguei os olhos. Disse a ela que estava sendo difícil ser a outra. Solitário demais. Que eu não tinha promessa de contato diário. Nada de telefonemas, nada de confissões noturnas enquanto adormecemos. Eu não tinha com quem conversar sobre meus sentimentos. Sozinha, tentava não pensar nisso. Mas são poucas as vezes em que você pode ser chamada pelo nome de outra mulher e não ficar complexada.

Ela me incentivou a terminar o caso.

Mas ele diz que me ama, disse eu.

Um homem que está disposto a trair a esposa, disse ela, *vai sempre lhe fazer promessas que não pode cumprir. Quando ele diz que a ama, é uma cilada. Cônjuges que traem são mestres em manipulação. Talvez ele lhe diga coisas para que você não termine o caso. Ele tem uma esposa e uma amante ao seu lado; não tem incentivos para mudar.*

Não foi a intenção dela, mas ouvir isso foi um alívio.

Will não tinha motivos para me deixar.

Will nunca me deixaria.

SADIE

Fico deitada, meio adormecida, abalada por um sonho. No sonho, eu estava deitada em uma cama que não era minha, olhando para um teto que também não era meu. O teto acima de mim tinha sanca e um ventilador que pendia no centro. As pás do ventilador tinham o formato de folhas de palmeira. Eu nunca havia visto isso antes. A cama afundava no meio, de modo que se formava uma vala na qual meu corpo deslizava facilmente, tornando difícil eu me mexer. Eu estava deitada nessa cama estranha, presa na vala.

Aconteceu tão rápido que não tive tempo de me perguntar onde eu estava, de me preocupar com isso, só de perceber que não estava em minha própria cama. Estendi a mão para ambos os lados à procura de Will, mas, além de mim, a cama estava vazia. Meu corpo estava envolto em um cobertor embaixo da colcha e eu estava ali, observando o ventilador inerte acima de mim, iluminado apenas por um raio de luar que entrava pela janela. Estava calor na cama. Eu queria que o ventilador se mexesse, que mandasse uma corrente de ar para meu corpo para me refrescar.

De repente, eu não estava mais na cama. Estava em pé ao lado, vendo-me dormir. O quarto ao redor ficou distorcido; as cores começaram a desaparecer. De repente, tudo ficou monocromático. As paredes do quarto entortaram, assumindo formas estranhas, trapézios e paralelogramos. Não eram mais quadradas.

Comecei a sentir dor de cabeça.

No sonho, apertei forte os olhos para impedir que o quarto mudasse de forma.

Quando os abri de novo, eu estava em minha própria cama com uma imagem de Morgan Baines na cabeça. Estava sonhando com ela. Não me lembro dos detalhes, mas tenho certeza de que ela estava lá.

Antes de sair do quarto, já faz um tempo, Will me beijou. Ele se ofereceu para levar os meninos à escola para que eu pudesse dormir. *Você não conseguiu dormir à noite*, disse, e eu não sabia se era uma pergunta ou uma afirmação. Não foi que eu não consegui dormir; foi que meus sonhos foram tão vívidos que devo ter me sacudido e revirado muito.

Will me deu um beijo na cabeça, desejou-me um bom dia e saiu.

Agora, ouço o barulho do café da manhã sendo servido no andar de baixo, das mochilas sendo arrumadas. A porta da frente se abre e eles saem. Só então me sento na cama. E vejo minha camisola nos pés dela, não mais em mim.

Eu me levanto, deixando as cobertas deslizarem por meu corpo. Descubro que estou nua. Isso me assusta. Levo inadvertidamente a mão ao peito. Não tenho nada contra dormir nua; era assim que Will e eu com frequência dormíamos antes de os meninos começarem a entrar em nosso quarto quando eram menores. Mas não é algo que eu faça sempre desde então. A ideia de dormir nua com crianças em casa me causa vergonha. E se Otto houvesse me visto assim? Ou, pior ainda, Imogen?

Pensar em Imogen de repente me faz parar, porque ouvi Will e os meninos saírem, mas ela não.

Digo a mim mesma que Will não sairia antes dela. Ele teria se assegurado de que ela saísse primeiro para a escola. Imogen nem sempre diz aonde vai, o que me faz pensar que ela não está aqui, que saiu silenciosamente muito antes de Will e os meninos.

Há suor seco embaixo de meus braços e entre minhas pernas, resultado da distribuição desigual do calor nesta casa antiga. Lembro que estava quente em meu sonho. Devo ter arrancado a camisola inconscientemente.

Pego roupas na gaveta da cômoda: legging e uma camiseta de manga comprida. Enquanto me visto, ocorre-me outro pensamento sobre Imogen. E se, como eu, Will simplesmente houvesse concluído que ela foi à escola, devido a sua tendência de entrar e sair despercebida? O medo que tenho de Imogen tinge meu julgamento e me pergunto se ela ainda está em casa. Imogen e eu somos as únicas aqui? Saio cautelosamente do quarto. A porta de Imogen está fechada, o cadeado do novo mecanismo firmemente preso, o que me diz que ela não está em seu quarto. Porque ela não o poderia trancar se estivesse dentro.

O objetivo do cadeado é me manter fora. Parece uma coisa bastante inócua, mas, olhando melhor, pergunto-me se prender alguém do lado de dentro seria tão fácil quanto do lado de fora.

Chamo Imogen enquanto desço a escada, só para ter certeza. No andar de baixo, seus sapatos e sua mochila sumiram, assim como sua jaqueta.

Will deixou café da manhã para mim no balcão e uma caneca vazia para o café. Encho a caneca de café e a levo à mesa junto com meus crepes. Só então vejo que Will deixou seu livro ali, o romance policial baseado em casos reais. Acabou de lê-lo, suponho, e o deixou para eu ler.

Puxo o livro para mim. Mas não é no livro que estou pensando. É na fotografia dentro dele, a da ex-noiva de Will. Pego o livro nas mãos, respiro fundo e folheio as páginas, esperando a foto de Erin cair.

Como isso não acontece, folheio-o de novo, uma segunda e uma terceira vez.

Largo o livro. Levanto os olhos e suspiro.

Will tirou a fotografia. Ele tirou a fotografia e deixou o livro para mim. Onde ele colocou a foto?

Não posso perguntar a Will. Trazer Erin de volta seria de mau gosto. Não posso encher o saco dele repetidamente por causa de sua noiva morta. Ela morreu muito antes de eu chegar. Mas o fato de ele ficar com a foto dela depois de tantos anos é difícil de suportar.

Will foi criado na costa atlântica, não muito longe de onde vivemos agora. Ele se transferiu de faculdade no segundo ano, deixando a Costa Leste e indo estudar em Chicago. Com a morte de Erin e do padrasto, Will me disse que não aguentava mais ficar aqui, que teve que ir embora. Pouco depois, sua mãe se casou pela terceira vez (cedo demais, na opinião de Will; ela é o tipo de mulher que não consegue ficar sozinha) e se mudou para o sul. Seu irmão ingressou na Peace Corps e agora mora em Camarões. Aí Alice morreu, e Will não tem mais família na Costa Leste.

Erin e Will eram namoradinhos de escola. Ele nunca usou esse termo quando me contou sobre ela porque era sentimental demais, muito doce. Mas eles eram. Namoradinhos de escola. Erin tinha dezenove anos quando morreu; ele havia acabado de completar vinte. Estavam juntos desde os quinze anos dela e dezesseis dele. Do jeito que Will conta, Erin, que estava de volta da faculdade para o feriado de Natal – Will fez faculdade comunitária nos primeiros dois anos –, ficou desaparecida durante uma noite até que seu corpo foi encontrado. Ela deveria buscá-lo às seis para jantar, mas não apareceu. Às seis e meia, Will começou a ficar preocupado. Perto das sete, ele ligou para os pais dela, para os amigos. Ninguém sabia onde ela estava.

Por volta das oito horas, os pais de Erin ligaram para a polícia. Mas Erin havia saído só duas horas antes, e a polícia não teve pressa em mobilizar uma busca. Era inverno; havia nevado, e as estradas estavam escorregadias. Houve muitos acidentes. A polícia teve muito trabalho naquela noite. Enquanto isso, os policiais sugeriram que Will e os pais dela continuassem ligando, checando em todos os lugares onde Erin pudesse estar – o que era ridículo, uma vez que havia sido emitido um alerta de inverno pedindo aos motoristas que não pegassem a estrada naquela noite.

A rota que Erin costumava seguir até a casa de Will era montanhosa e sinuosa, coberta por uma fina camada de gelo e neve, e contornava um grande lago. Não era um caminho muito comum, e sim uma rota cênica que era melhor evitar quando o tempo piorava, como naquela noite. Mas Erin sempre foi temerária, segundo Will, e não adiantava lhe dizer o que fazer.

A zero grau, a lagoa onde a encontraram mais tarde não havia congelado totalmente. Não suportou o peso do carro, que caiu nela quando Erin bateu em um pedaço de gelo e voou para fora da estrada.

Naquela noite, Will procurou Erin em todos os lugares. Na academia, na biblioteca, no estúdio onde ela dançava. Fez todos os caminhos que pôde imaginar da casa de Erin para a sua. Mas estava escuro, e a lagoa era só um abismo preto.

Foi só na manhã seguinte que uma pessoa que estava correndo avistou o para-choque do carro saindo do gelo e da neve. Os pais de Erin foram notificados primeiro. Quando Will recebeu a notícia, mais de doze horas haviam se passado desde que ela não aparecera para o encontro deles. Seus pais ficaram arrasados, assim como sua irmãzinha, que tinha apenas nove anos na época. Assim como Will.

Empurro o livro para longe de mim. Não tenho estômago para lê-lo porque não consigo ver o livro sem pensar na foto que estava escondida ali antes.

Onde ele guardou a foto de Erin?, eu me pergunto; mas, ao mesmo tempo, surge outro pensamento: *Por que eu me importo com isso?*

Will se casou comigo. Temos filhos juntos.

Ele me ama.

Deixo minha louça do café da manhã onde está. Saio da cozinha, visto uma jaqueta corta-vento que fica pendurada em um gancho no corredor. Preciso correr, relaxar.

Vou para a rua. O céu está cinzento esta manhã, o piso úmido devido a uma chuva matinal que foi para algum lugar no mar. Vejo a chuva ao longe, rastros dela sob as nuvens. O mundo parece sem esperança e sombrio. A meteorologia prevê que no fim do dia a chuva vai virar neve.

Corro pela rua. É um raro dia de folga para mim. Estou pensando em dar uma corrida e depois passar uma manhã tranquila sozinha. Otto e Tate foram para a escola, e Will, para o trabalho. Sem dúvida, Will já pegou a balsa, transportado para o continente. Lá, ele pegará um ônibus para o campus, onde durante metade do dia crivará de perguntas alunos de dezenove anos sobre fontes alternativas de energia e biorremediação, antes de pegar Tate na escola e voltar para casa.

Desço a colina correndo. Pego a rua que segue o perímetro da ilha, passando pelas casas à beira-mar. Não são luxuosas, de forma alguma. São bem velhas, estão ali há gerações, têm facilmente cem anos de idade. Chalés arejados, de contornos rústicos, escondidos entre as amplas árvores. É um circuito de oito quilômetros ao redor da ilha. A paisagem não é bem cuidada. É muito mais rural, com longos trechos de mato e praias públicas que são não só acidentadas e cobertas de algas, como também assustadoramente vazias nesta época do ano.

Corro rápido. Minha cabeça está cheia. Pego-me pensando em Imogen, em Erin; em Jeffrey Baines e sua ex-esposa escondidos no santuário da igreja. O que estavam falando? E onde está a foto de Erin? Will a escondeu de mim ou a está usando como marcador no próximo livro? Seria algo tão auspicioso assim?

Passo por penhascos que habitam o lado leste da ilha. São precários e íngremes, projetando-se sobre o Atlântico. Tento não pensar em Erin. Vejo as ondas do oceano baterem furiosamente nas rochas. De repente, um bando de pássaros migratórios passa por mim como uma massa enlouquecida, como acontece nesta época do ano. O movimento repentino me assusta e grito. Dezenas, se não centenas, de pássaros pretos pulsam como se fossem um, e depois somem.

O oceano está tempestuoso esta manhã. O vento sopra sobre ele, jogando as ondas sobre a costa. Cheias de espuma, elas assaltam a costa rochosa, lançando para cima respingos de seis metros de altura.

Imagino que as águas nesta época do ano sejam geladas e o oceano, profundo.

Interrompo a corrida para alongar. Estendo a mão para tocar meus dedos dos pés, afrouxando os tendões. O mundo ao redor é tão quieto que chega a ser perturbador. O único som que ouço é o do vento passando em volta de mim, sussurrando em meu ouvido.

De repente, assusto-me com umas palavras que as ondas me trazem.

Eu te odeio. Você é um fracasso. Morra, morra, morra.

Endireito-me depressa, escrutando o horizonte em busca da fonte do som. Mas não vejo nada, ninguém. No entanto, não posso deixar de pensar que há alguém aqui, que há alguém me observando. Sinto um calafrio correr por minha espinha. Minhas mãos começam a tremer.

Solto um fraco *Olá?*, mas ninguém responde.

Olho em volta, não vejo nada na distância. Ninguém escondido nas esquinas das casas ou nos troncos das árvores. Não há pessoas na praia, as janelas e portas das casas estão fechadas, como deveriam estar em um dia como este.

É só minha imaginação. Não há ninguém aqui. Ninguém está falando comigo.

O que ouço é o farfalhar do vento.

Minha mente confundiu o vento com palavras.

Continuo correndo. Quando chego às margens da cidade – uma *cidadezinha* por excelência, com uma igreja metodista, uma pousada, uma agência dos correios e vários lugares para comer, incluindo uma sorveteria sazonal, coberta com tapumes de madeira compensada nesta época do ano –, começa a chover. O que inicia como uma garoa logo cai em torrentes. Corro o mais rápido que minhas pernas aguentam e entro em um café para esperar a tempestade passar.

Abro a porta e entro, pingando. Nunca estive aqui antes. Este café é rústico e provinciano, o tipo de lugar onde os velhos passam o dia, tomando café, reclamando da política local e do clima.

A porta do café nem fechou ainda quando ouço uma mulher perguntar:

— Alguém foi ao funeral de Morgan?

Essa mulher está sentada em uma cadeira bamba, de encosto quebrado, no meio do salão, comendo bacon com ovos.

— Pobre Jeffrey — diz ela, balançando a cabeça tristemente. — Ele deve estar arrasado.

Ela pega uma caixinha de creme e enche seu café.

— É tudo tão horrível — acrescenta outra mulher.

É uma tropa de mulheres de meia-idade sentadas a uma longa mesa de madeira ao lado da janela do café.

— É indizível — diz a mesma mulher.

Digo à dona que quero uma mesa para um, perto da janela. Passa uma garçonete e pergunta o que desejo, e eu digo café, por favor.

As mulheres à mesa continuam falando. Eu escuto.

— Eu ouvi falar disso no noticiário hoje de manhã — diz uma.

— O que disseram? — pergunta outra.

— A polícia está falando com um suspeito.

Jeffrey, penso, é o suspeito.

— Ouvi dizer que ela foi esfaqueada.

Quando ouço isso, sinto meu estômago revirar. Levo a mão a meu abdome, pensando como é quando a faca perfura a pele, quando desliza dentro dos órgãos.

A voz seguinte é incrédula:

— Como eles sabem disso? — pergunta a mulher, batendo sua caneca com muita força na mesa.

As mulheres se sobressaltam, inclusive eu.

— A polícia ainda não divulgou nenhuma informação — diz a primeira voz de novo.

— Bem, agora divulgou. Foi o médico legista que disse que ela foi esfaqueada.

— Cinco vezes, falaram no noticiário. Uma vez no peito, duas vezes nas costas e no rosto.

— No rosto? — pergunta uma, horrorizada.

Levo a mão à bochecha, sentindo sua insubstancialidade. A pele fina, os ossos duros, nenhum lugar para a lâmina da faca entrar.

— Que horrível!

As mulheres perguntam em voz alta como seria ser esfaqueado. Se Morgan sentiu a dor imediatamente ou só aos primeiros sinais de sangue. Ou talvez tenha acontecido tão rápido, supõe uma mulher, as repetidas investidas dentro e fora dela, que ela não teve tempo de sentir nada porque já estava morta.

O que sei, como médica, é que, se a arma atingisse uma das artérias principais, Morgan Baines teria morrido misericordiosamente rápido. Senão, embora ficasse incapacitada, a morte por hemorragia levaria mais tempo. E uma vez passado o choque, teria sido doloroso.

Pelo bem dela, espero que o agressor de Morgan tenha atingido uma artéria principal. Espero que tenha sido rápido.

— Não havia sinais de entrada forçada. Nenhuma janela quebrada, nem porta arrombada.

— Talvez Morgan tenha aberto a porta para ele.

— Talvez ela nunca a trancasse — gorjeia alguém. — Talvez ela o estivesse esperando.

E segue-se uma discussão sobre o fato de a maioria das vítimas de assassinato conhecer seu agressor. Alguém cita uma estatística, dizendo que um crime aleatório é relativamente raro.

— Esfaquear o rosto me parece pessoal.

Penso na ex, Courtney. Ela tinha motivos para querer que Morgan morresse. Penso no que ela disse. *Não me arrependo do que fiz!* O que ela quis dizer com isso?

— O assassino devia saber que Jeffrey não estava em casa — especula uma das mulheres.

— Jeffrey viaja muito. Pelo que ouvi dizer, ele quase sempre está fora. Quando não é Tóquio, é Frankfurt ou Toronto.

— Talvez Morgan estivesse saindo com outra pessoa. Talvez ela tivesse um namorado.

A voz incrédula retorna nesse momento:

— É tudo boato. Só boato — diz, recriminando as outras por fofocarem desse jeito sobre uma mulher morta.

Alguém a contradiz depressa, em tom antagônico:

— Pamela, não é boato. Eles falaram no noticiário.

— Eles disseram no noticiário que Morgan tinha um namorado? — pergunta Pamela.

— Bem, isso não. Mas disseram que ela foi esfaqueada.

Será que Will sabe alguma coisa sobre isso?

— Uma faca, disseram eles.

Esse *eles* onisciente está começando a me dar nos nervos. Quem são *eles*?

— Eles disseram que essa foi a arma do crime. Dá para imaginar? — diz a mulher, enquanto pega uma faca de manteiga e a ergue indecorosamente sobre a cabeça, fazendo de conta que está esfaqueando a mulher ao lado.

— Jackie, pare com isso — censuram as outras. — Que diabos deu em você? Uma mulher foi morta.

— É o que dizem — prossegue a mulher chamada Jackie. — Estou só citando os fatos. Segundo o relatório do médico legista, era uma faca de desossar, pelo formato e comprimento do ferimento. Estreita e curva. Cerca de quinze centímetros de comprimento. Mas isso é só especulação, porque o assassino de Morgan não deixou a faca. Ele a levou embora. Levou consigo e provavelmente a jogou no mar.

Sentada ali, imagino as ondas furiosas e tempestuosas que vi enquanto estava correndo. Penso em todas as pessoas que viajam de balsa indo e vindo do continente dia após dia após dia, sentadas sobre mais de cinco quilômetros de água do mar onde seria fácil se desfazer da arma de um crime.

Tanto espaço, tanta liberdade. Todos absortos em si mesmos, sem prestar atenção no que as outras pessoas ao redor estão fazendo.

A corrente do Atlântico sobe pela costa em direção à Nova Escócia. De lá, o fluxo é para a Europa. Há poucas chances de uma faca ser levada para a praia na costa do Maine se o assassino a jogar no mar.

Deixo meu café onde está quando saio. Não bebi nem uma gota.

CAMILLE

Eu sempre odiei o oceano. Mas me convenci a segui-lo até lá, porque, onde quer que Will estivesse, eu queria estar.

Encontrei um lugar para ficar, uma casa vazia perto da dele. A casa era pequena, minúscula, patética, com plástico cobrindo os móveis, tornando tudo fantasmagórico.

Andei pelo interior da casa, olhei tudo. Sentei nas cadeiras, deitei nas camas como a Cachinhos Dourados. Uma era grande demais, outra, pequena demais, mas a outra serviu.

Abri e fechei as gavetas da cômoda, não vi quase nada dentro, só coisas esquecidas, como meias, fio dental, palitos de dente. Abri as torneiras. Não saiu nada. Os canos estavam vazios, o vaso sanitário também. Os armários e a geladeira estavam quase vazios. A única coisa que havia ali era uma caixa de bicarbonato de sódio. A casa era gelada.

Naquela casa, minhas crises existenciais eram frequentes. Eu ficava presa ali, matando o tempo, perguntando-me por quê. Eu estava presa na escuridão, como se não existisse, como se não devesse existir. Pensava que talvez estivesse melhor morta. Pensava em maneiras de acabar com minha vida. Não seria a primeira vez. Já havia tentado antes, e teria conseguido se não houvesse sido interrompida. É só uma questão de tempo até eu tentar de novo.

Algumas noites, eu saía daquela casa e ficava na rua, observando Will pela janela de sua própria casa. Na maioria das noites, a luz da varanda ficava acesa, como um farol para Sadie quando ela não estava lá. Isso me irritava. Ele amava Sadie mais do que a mim. Eu odiava Sadie por isso. Eu gritei com ela. Eu queria matá-la, eu a queria morta. Mas não era tão fácil assim.

Enquanto eu estava na rua, via fumaça saindo da chaminé para a noite, cinza contra o céu azul-marinho. Havia abajures acesos dentro da casa. Um brilho amarelo preenchia a janela, onde as cortinas se separavam formando um V perfeito.

Tudo ali parecia um maldito cartão-postal.

Certa noite, fiquei olhando por aquela janela. Por um segundo, fechei os olhos e me imaginei do outro lado com ele. Em minha cabeça, eu agarrava seu suéter. Ele puxava meu cabelo, pressionava sua boca contra a minha. Era selvagem e feroz. Ele mordia meu lábio. Eu sentia gosto de sangue.

Mas o barulho de um motor de carro me despertou. Abri os olhos e vi o carro subindo a rua. Como a locomotiva azul de *Thomas e seus amigos*, o desenho animado. Saí do caminho e pulei na valeta, onde o motorista não pudesse me ver espreitando nas sombras.

O carro passou devagar, soltando nuvens de fumaça. *Piuí-piuí*.

Vi Will se ajoelhar na sala, dentro de sua casa. Ele estava de suéter aquela noite, cinza, desses com meio zíper. Jeans e sapatos. Estava brincando com seu filho, o pequeno, de joelhos no meio da sala. O garoto imbecil estava sorrindo. Estava feliz como um maldito molusco.

Ele pegou a mão do garoto. Juntos, eles se levantaram e foram para a janela. Ficaram olhando a noite. Eu podia vê-los, mas eles não podiam me ver. Eu conseguia ver tudo ali dentro por causa da escuridão de fora. O fogo na lareira, o vaso no console, o quadro na parede.

Eles estavam esperando Sadie voltar para casa.

Eu disse a mim mesma que ele não estava tentando se livrar de mim quando veio para esta ilha. Ele não teve escolha. Assim como uma larva não tem escolha senão se transformar em pulga.

Nesse momento, outro carro passou, mas, dessa vez, não me mexi.

Tentei não ser um estorvo, mas, alguns dias, não podia evitar. Deixei mensagens na janela do carro de Sadie. Sentei-me no capô de seu carro, fumei um maço de cigarros antes que uma velha bruxa me dissesse que eu não podia fumar lá, que tinha que ir fumar em outro lugar. Não gosto que me digam o que fazer. Eu disse: *Este é um país livre, posso fumar onde quiser*. Xinguei-a de bruxa, bruaca. Ela ameaçou me denunciar.

Entrei na casa deles um dia, quando não havia ninguém. Entrar foi fácil. Se você observar bastante, acaba sabendo. As senhas, os PINs, são todos iguais. E estão todos ali, na papelada jogada no lixo. Data de nascimento de alguém, os últimos quatro dígitos do número do Seguro Social em um formulário de imposto, em um boleto.

Eu me escondi; vi o carro de Will se afastar antes de ir até o teclado da garagem e inserir um código. Acertei na terceira tentativa.

A porta da casa se destrancou. Girei a maçaneta, entrei.

As cachorras não latiram quando entrei. Belos cães de guarda. Elas correram, cheiraram minha mão e me lamberam. Eu acariciei a cabeça delas, mandei que fossem deitar e elas foram.

Tirei os sapatos, passei primeiro pela cozinha, mexendo nas coisas, tocando em tudo. Estava com fome. Abri a geladeira, encontrei algo, sentei à mesa para comer.

Fingi que era minha casa. Coloquei os pés em outra cadeira, peguei o jornal do dia anterior. Fiquei um tempo sentada lendo manchetes obsoletas enquanto comia.

Olhei para o outro lado da mesa, imaginei Will comendo comigo; imaginei que não estava sozinha.

Como foi seu dia?, perguntei a Will; mas, antes que ele pudesse responder, o telefone tocou. Foi um som inesperado, eu me assustei, pulei da cadeira para atender ao telefone, sentindo-me ofendida por alguém ligar no meio de meu jantar com Will.

Peguei o fone e o levei à orelha.

Alô?, disse. Era um telefone antigo de disco, do tipo que ninguém no mundo usava mais.

É a sra. Foust?, perguntou ele.

A voz pertencia a um homem. Ele estava animado.

Nem pestanejei. *É ela*, disse eu, apoiando as costas na bancada e sorrindo. *É Sadie Foust.*

Era da TV a cabo, ele estava ligando para ver se Will e eu queríamos atualizar nosso pacote. Sua voz era persuasiva, simpática. Ele fez perguntas. Chamou-me pelo nome.

Bem, não exatamente meu nome.

Mas tudo bem.

Como está seu pacote atual, sra. Foust? Está satisfeita com os canais?

Eu disse que não estava. Que o pacote era bem pequeno.

Já pensou em ter os melhores canais premium, sra. Foust, ou seu marido, o MLB?

Eu disse que sim. Que sempre quisera isso. Que eu ansiava por assistir a filmes na HBO ou na Showtime. *Esses não fazem parte de nosso pacote atual, fazem?*

Infelizmente não, sra. Foust, disse ele. *Mas podemos mudar tudo isso. Podemos mudar agora por telefone. É um ótimo momento para fazer um upgrade, sra. Foust.*

Sua oferta era difícil de recusar. Eu não poderia dizer não.

Pus o telefone de volta no gancho. Deixei meu ensopado onde estava. Passei as mãos pela bancada. Abri e fechei gavetas, mexi nos botões do fogão a gás.

Girei o botão, ignorei a válvula de ignição.

Não demorou muito para que o cheiro de gás chegasse a meu nariz.

Fui para a sala, coloquei os dedos nas fotografias, sentei no sofá, toquei piano.

Virei e fui em direção às escadas, segurei o corrimão, subi. Os degraus eram de madeira, afundados no meio. Eram velhos, tão velhos quanto a casa.

Andei pelo corredor, olhei em cada quarto.

Não demorou muito para eu descobrir qual quarto era dele.

A cama era larga. Havia uma calça pendurada na borda de um cesto de roupa suja. Dentro, camisas, meias e sutiãs. Mexi no laço do sutiã, joguei-o de volta no cesto e vasculhei até encontrar um suéter. Era de lã marrom, um cardigã feio e puído, mas quente. Coloquei meus braços nele, passei os dedos pelas nervuras, toquei os botões. Enfiei as mãos nos grandes bolsos, dei uma voltinha.

Fui até a cômoda de Sadie, onde suas joias estavam penduradas. Coloquei um colar no pescoço, enfiei uma pulseira no pulso. Abri uma gaveta, encontrei maquiagem. Fiquei me olhando no espelho enquanto passava pó no nariz, enquanto passava seu blush em minhas bochechas.

Você não está encantadora, sra. Foust?, disse eu a meu reflexo. Mas sempre fui muito mais bonita que Sadie. Mesmo assim, se eu quisesse, poderia usar meu cabelo como o dela, poderia me vestir como ela, passar-me por sra. Foust. Convencer os outros a acreditar que eu era a esposa de Will, a escolhida dele. Se eu quisesse.

Fui para a cama, peguei a borda do lençol e o puxei. Os lençóis eram macios, cinza, desses com grande número de fios, sem dúvida caro.

Passei as mãos sobre os lençóis, toquei a dobra. Sentei-me na beira da cama. Não pude evitar; eu tinha que entrar. Coloquei meus pés sob o lençol, entrei embaixo das cobertas. Deitei-me de lado, fechei os olhos por um tempo. Fiz de conta que Will estava ao meu lado na cama.

Saí antes que ele voltasse. Ele nunca soube que eu estive lá.

Eu estava no cais quando ele chegou. O dia estava sombrio, cinza. As nuvens desciam do céu, caíam no nível da rua como fumaça. Tudo e todos ficavam borrados por causa disso. Todo mundo estava cinza.

Havia pessoas na rua, como se gostassem desse frio sombrio. Ficavam olhando o oceano, observando um ponto no mar que podia ou não ser a balsa. Ela se aproximou, deixando pequenos barcos para trás. Eles balançaram para a frente e para trás no rastro da barca.

O vento me cortava como uma faca. Fiquei com minha passagem na mão, escondida atrás da bilheteria, esperando Will chegar. Eu o vi quando ele desceu a rua em direção ao cais.

Seu sorriso era eletrizante. Meu coração bateu forte.

Mas ele não estava sorrindo para mim.

Ele estava sorrindo para a plebe, conversando com a ralé.

Esperei atrás da bilheteria, vi-o ocupar seu lugar no fim da fila. Esperei e, então, entrei na fila atrás dele, deixando algumas pessoas entre nós.

Coloquei o capuz na cabeça. Com óculos escuros, escondi meus olhos. A balsa foi a última a chegar. Atravessamos a ponte como prisioneiros marchando para a morte. Havia buracos na ponte, desses que deixam ver diretamente a água agitada embaixo. Eu vi algas; senti cheiro de peixe.

Will subiu as escadas para o convés superior. Eu me sentei onde podia observá-lo sem ser vista. Não conseguia tirar os olhos dele. Fiquei olhando enquanto ele estava na popa do navio; segurando-se no parapeito; olhando para a costa que ia se perdendo de vista.

A água era salgada e marrom. Patos circundavam o barco.

Fiquei olhando o tempo todo. Will estava ali, como figura de proa de um navio, Poseidon, deus do mar, vigiando o oceano. Meus olhos orbitavam seu corpo, traçavam a forma de sua silhueta. Rodeavam seus cabelos agitados pelo vento, seus ombros largos, deslizavam por um braço, contavam cada dedo. Seguiam a costura do jeans, das coxas aos pés. Caíam sob as solas de seus sapatos e subiam pelo outro lado, da mesma maneira que haviam descido. Pés, coxas, dedos. Imaginei que passava as mãos por seus cabelos. Recordei como era quando seus cabelos se enroscavam nas teias de meus dedos.

Vinte minutos, mais ou menos, se passaram assim.

A costa se aproximava. Os edifícios iam ficando maiores. O tempo todo eles estavam ali, blocos no horizonte. Mas, de repente, ficaram grandes e cinzentos como tudo naquele dia.

A balsa atracou, e segui Will quando desceu do barco e atravessou um píer. Em algum lugar do outro lado, pegamos um ônibus. Revirei minha bolsa, feliz por ver que eu tinha um cartão Metra.

Subi a bordo. Encontrei um lugar atrás dele. O ônibus avançou, transportando-nos pela cidade.

Não demorou muito para chegarmos. Outro campus de faculdade. Mais prédios revestidos de tijolos. Sentia-me de volta a minha rotina habitual, seguindo Will enquanto ele caminhava, fazendo o que ele fazia, sempre vinte passos atrás.

Vi-o caminhar para um prédio. Subi os degraus trinta segundos depois dele. Segui-o até uma sala de aula, fiquei no corredor e o ouvi falar. Sua voz era fácil para os ouvidos, como um riacho murmurante, a revigorante queda de uma cachoeira. Isso me excitou e me subjugou ao mesmo tempo, fez meus joelhos tremerem.

Will estava todo animado, entusiasmado, falando sobre densidade populacional, sobre pessoas que viviam apinhadas, que bebiam água suja. Encostei na parede e fiquei ouvindo. Não as palavras dele, que não significavam nada para mim, mas o som de sua voz. Ali, no corredor, fechei os olhos, acreditei que cada palavra que saía de sua boca era uma mensagem secreta que tinha significado só para mim.

As pessoas começaram a sair, barulhentas e estridentes.

Entrei quando a sala estava vazia.

Ele estava na frente da sala. Uma onda de alívio tomou conta dele quando me viu.

Ele ficou feliz em me ver. Ele sorria, aquele sorriso completo que ele tentava esconder, mas não conseguiu. Os cantos de seus lábios se ergueram por conta própria.

Não acredito, ele disse, aproximando-se de mim, abraçando-me. *Não acredito que você está aqui. O que está fazendo aqui?*, perguntou.

Eu disse: *Vim ver você. Estava com saudades.*

Como você sabia onde me encontrar?, perguntou ele.

Eu disse, dando uma piscadinha: *Eu o segui até aqui. Acho que você tem uma stalker, professor Foust.*

SADIE

Volto correndo do café para casa. A temperatura caiu ainda mais. A chuva virou granizo e atinge meus olhos, de modo que olho apenas para o concreto enquanto corro. Ele cai pesado e grosso, gruda em minha roupa. Em pouco tempo, esse granizo se transformará em neve.

Ao me aproximar de casa, ouço um motor de carro perto, no alto da colina a minha frente. Levanto os olhos a tempo de ver um Crown Victoria parado na calçada dos Nilsson. O motor está ligado, a fumaça do escapamento passa pelas luzes vermelhas traseiras e se perde no ar frio. Há um homem parado ao lado da caixa de correspondência dos Nilsson. Em um dia como este, ninguém deveria estar fora de casa.

Diminuo o ritmo, levo a mão à testa para me proteger do granizo. Minha visão do homem está obstruída por causa do tempo e da distância. Mas não importa; eu sei quem é. Eu já vi essa mesma cena antes.

Ali, a menos de cinquenta metros de onde estou, está o policial Berg. Ele está perto da traseira de seu Crown Victoria com algo na mão. Ele olha ao redor para ter certeza de que ninguém está olhando antes de colocá-lo na caixa de correspondência dos Nilsson. Consigo me esconder atrás de uma árvore bem a tempo.

O policial Berg já fez isso antes, no mesmo dia em que interrogou Will e eu em nossa casa. Fiquei olhando depois que ele saiu, enquanto ele se dirigia à caixa de correspondência dos Nilsson e deixava algo lá naquele dia também.

É a circunspecção que mais me intriga. O que ele está deixando na caixa de correspondência dos Nilsson que não quer que mais ninguém saiba?

Berg fecha a porta da caixa e volta para o carro. Afasta-se pelo topo da colina. A curiosidade me vence. Sei que não deveria, mas vou mesmo assim. Afasto o cabelo molhado do rosto e subo a rua correndo. Chego e pego a coisa na caixa de correspondência, mas sem a circunspecção do policial Berg.

Ali perto, sob a copa de uma árvore, vejo que é um envelope sem identificação, lacrado, com um maço de papel dentro. Seguro o envelope contra a luz insignificante. Tenho quase certeza de que é dinheiro.

O barulho de um motor de carro na distância me assusta. Enfio o envelope de novo na caixa de correspondência e vou andando depressa para casa.

É o meio da manhã, mas, pela melancolia do dia, poderia muito bem ser o meio da noite. Corro para dentro de minha casa, fecho e tranco a porta atrás de mim. As cachorras vêm correndo me receber, e agradeço pela companhia delas.

Dou as costas para a janela. No hall de entrada, tropeço em algo. É um brinquedo, um dos brinquedos de Tate. Após uma inspeção mais detalhada, vejo que é uma boneca. Não penso no fato de ser uma boneca. Nós não gostamos de brinquedos específicos de gênero em casa. Se Tate quer brincar com boneca, em vez de com Transformers, que assim seja. Mas é a posição que me incomoda, deitada ali no meio do hall de entrada para que alguém possa tropeçar. Eu a chuto para o lado, descontando minha ansiedade na pobre boneca.

Ligo para Will, mas ele está no meio da aula. Quando por fim tem a chance de me ligar de volta, eu lhe conto sobre o relatório do legista, sobre a faca de desossar. Mas Will já sabe, porque leu sobre isso quando chegou ao continente de manhã.

— É horrível — diz ele.

Falamos de como tudo isso é trágico e impensável.

— Estamos seguros aqui? — pergunto.

Como ele hesita – afinal, como podemos saber se estamos seguros? –, digo decisivamente:

— Acho que devemos ir embora.

Antes que ele possa argumentar, digo:

— Imogen iria conosco, claro.

O que não digo é que, em nosso território, teremos vantagem. Eu teria uma sensação de controle sobre Imogen que não tenho agora.

— Ir embora para onde? — pergunta Will.

Para mim parece tão óbvio, já que nosso recomeço não está sendo lá essas coisas. Nossa estadia no Maine tem sido, no mínimo, tempestuosa. Nossa vida piorou desde que chegamos aqui.

— Para casa — digo.

— Onde é nossa casa, Sadie? — pergunta ele.

E, ao ouvir essas palavras, meu coração dói.

Nosso apartamento em Chicago, aquele onde Will e eu passamos toda nossa vida de casados até agora, acabou; foi vendido para uns millennials. Meu emprego no hospital também acabou, sem dúvida fui substituída por um jovem recém-formado em medicina. Otto nunca poderia voltar à mesma escola pública, nem Tate à dele, não porque ele tenha feito alguma coisa, mas porque é culpado por associação. Os dois precisariam frequentar uma escola particular, e, só com o salário de Will – supondo que ele conseguiria recuperar seu antigo emprego –, isso não seria possível.

Como não digo nada, Will diz:

— Vamos falar sobre isso quando eu chegar.

Digo que tudo bem. Encerro a ligação e vou para a cozinha para ligar a chaleira. Quando atravesso o ambiente, vejo nossas facas e sinto uma curiosidade mórbida de ver como é uma faca de desossar, de segurá-la na mão. Will tem um conjunto de facas que guarda em um bloco de madeira no balcão, fora do alcance das mãos curiosas de Tate.

Vou até o bloco de madeira. Não sei qual é a faca de desossar, mas uma busca na internet me diz que devo procurar uma lâmina arqueada com uma ponta muito afiada, de dez a quinze centímetros de comprimento. Puxo os cabos de cada faca para examinar suas lâminas. Não demoro muito para ver que não há uma faca que corresponda à descrição. Mas vejo que um espaço no bloco de madeira está vazio. Esse conjunto de vinte e uma facas contém apenas vinte. Uma faca desapareceu.

Minha imaginação me domina. Tento me manter calma, lembrando de novo da navalha de Occam. Talvez esse seja o lugar de outra faca; talvez Will não tenha uma faca de desossar. Talvez a faca que falta esteja na pia – mas olho, e não está. Talvez Will tenha perdido a faca há muito tempo ou talvez ela tenha sido guardada na gaveta dos talheres por engano. Abro a gaveta, vasculho a modesta coleção de facas de Alice – principalmente facas de carne e de jantar, uma faca de cozinha, uma de serra –, mas a de desossar não está ali.

Penso em Imogen em nosso quarto naquela noite. Sempre ouvimos histórias sobre crianças que matam seus pais no meio da noite. Acontece, não é algo tão absurdo. E Imogen é uma garota hostil, uma menina com problemas. Não sei se eu ficaria surpresa se ela pegasse essa faca para me ameaçar, ou coisa pior.

Dou meia-volta e saio da cozinha. Subo a escada para o andar de cima; seguro o corrimão com minha mão escorregadia. Vou ao quarto dela, planejando vasculhá-lo como fiz a outra noite, mas meu plano é logo frustrado quando chego à porta e percebo que não há como entrar sem a chave do cadeado.

Solto um palavrão, tremendo com a mão na maçaneta. Tento ligar de novo para Will para lhe contar sobre a faca desaparecida, mas ele está a caminho de casa agora, provavelmente na balsa, onde o sinal é ruim. Minha ligação não é atendida. Guardo o celular, aliviada por saber que ele logo estará em casa.

Arranjo alguma coisa para me manter ocupada. Espano a casa. Tiro os lençóis das camas. Começo a empilhá-los para levá-los à lavanderia.

Em nosso quarto, puxo o lençol. Algo preto sai derrapando de meu lado da cama, algo que estava preso entre o colchão e a estrutura. Quando o objeto desliza pelo chão do quarto, meu primeiro instinto é pensar que é o controle remoto da TV, que raramente usamos. Vou pegá-lo. Mas, ao fazer isso, percebo que não é um controle remoto, e sim um celular, que não é nem de Will, nem meu. Viro-o nas mãos. Não há nada de diferente nele. É simplesmente um celular, um iPhone de uma geração mais antiga. Talvez seja de Alice, penso, mas noto que, surpreendentemente, ele não está desligado. Alice está morta já há algum tempo, claro que seu celular deveria estar morto também.

Embaixo, em uma gaveta cheia de *gadgets*, encontro um carregador que encaixa. Conecto-o a uma tomada na sala, apoiando o celular no console da lareira.

Volto a arrumar a casa, até que Will chega com Tate. Recebo-os no vestíbulo, e Will imediatamente vê em meus olhos que há algo errado.

Ele e Tate estão molhados de neve, que derrete depressa. O casaco, o cabelo... Tate bate o pé para tirar a neve, formando uma poça no piso de madeira. Está tentando me contar uma história sobre algo que aconteceu hoje na escola, algo que ele aprendeu. Começa a cantar uma música, mas não presto atenção. Will também não.

— Tire os sapatos — diz Will, e ajuda Tate a tirar o casaco.

Ele o pendura no gancho do saguão escuro, e penso que eu deveria acender a luz. Mas não acendo.

— Gostou, mamãe? — pergunta Tate sobre a música. — *Os dias da semana, os dias da semana, os dias da semana* — ele canta no ritmo da música-tema de *A família Addams*, batendo palmas duas vezes entre cada frase.

Embora eu o ouça, não respondo.

— Gostou? — pergunta ele mais alto, quase gritando.

Anuo com a cabeça, mas mal estou ouvindo. Eu o ouço cantar, mas minha mente não consegue processar, porque só consigo pensar na faca que falta.

Tate não gosta de ser ignorado. Sua postura muda; ele cruza os braços e começa a fazer beicinho.

Will se volta para mim e me abraça. É bom ser abraçada.

— Andei olhando sistemas de segurança doméstica — diz, voltando à conversa que começamos ao telefone hoje, sobre se estamos seguros ou não aqui. — Agendei a instalação de um. E vamos dar ao policial Berg uma chance de resolver isso antes de sairmos correndo. Esta é nossa casa, Sadie. Quer gostemos ou não, por enquanto esta é nossa casa. Precisamos nos contentar.

Afasto-me de seu abraço. Ele está tentando me tranquilizar, mas eu não me sinto segura. Olho-o nos olhos e pergunto:

— Mas e se um sistema de segurança não bastar para nos proteger?

Ele me olha, confuso.

— Como assim? — pergunta.

— E se houver uma ameaça dentro de nossa casa?

— Tipo se alguém passar pelo sistema de segurança? — pergunta. Ele me assegura que poderíamos manter o sistema ligado o tempo todo, que essas coisas são monitoradas vinte e quatro horas por dia. Que se o alarme disparasse, a ajuda chegaria quase instantaneamente.

— Não é em um intruso que estou pensando — digo. — É em Imogen.

Will sacode a cabeça, incrédulo.

— Imogen?

Anuo.

— Você não pode pensar que...

Mas eu o interrompo:

— Nossa *f-a-c-a* — digo, soletrando a palavra por causa de Tate.

Tate sabe soletrar, mas não muito bem.

— Nossa *f-a-c-a* de desossar não está aqui. Não consigo encontrar — digo, e admito em um sussurro forçado: — Ela me assusta, Will.

Penso nela em nosso quarto na outra noite, observando-nos dormir. A estranha conversa que tivemos no corredor. A fotografia de sua mãe morta que ela tem no celular. Esses comportamentos não são normais.

E, depois, há o cadeado na porta do quarto dela.

— Há algo no quarto dela que ela não quer que encontremos — digo, por fim admitindo que entrei lá outro dia, antes de o cadeado ser instalado.

Falo da foto que encontrei com o rosto do homem raspado, o bilhete tipo Querido John, os preservativos.

— Ela está dormindo com alguém — afirmo. — Acho que é um homem casado — digo, com base no conteúdo do bilhete.

Will não diz muita coisa. Ele está mais decepcionado por eu violar a privacidade dela bisbilhotando em seu quarto. Mas diz que não há nada de criminoso em dormir com um homem casado.

— Ela tem dezesseis anos — Will me faz lembrar. — Pessoas de dezesseis anos fazem idiotices o tempo todo. Sabe por que ela colocou o cadeado na porta? — pergunta ele, e, antes que eu possa responder, diz: — Ela é uma adolescente, Sadie. É por isso. Ela não quer que as pessoas entrem no quarto dela. Como você se sentiria se ela bisbilhotasse em suas coisas?

— Isso não importa, não tenho nada a esconder. Mas Imogen é uma garota cheia de raiva, com um pavio curto, Will — argumento. — Ela me preocupa.

— Tente se colocar no lugar dela, Sadie. Não acha que você ficaria furiosa?

É claro que eu ficaria triste e desconfortável – minha mãe morta por sua própria mão e eu forçada a viver com pessoas que não conheço –, mas *furiosa*?

— Não temos ideia do que Imogen viu naquele dia — afirma ele. — Se houvéssemos visto o que ela deve ter visto, estaríamos furiosos também. Não dá para apagar a imagem. Além do mais — diz, voltando à faca —, eu usei a faca de desossar outro dia para cortar o frango para o ensopado. Você está se preocupando à toa, Sadie.

Ele me pergunta se eu procurei a faca na máquina de lavar louça. Não, nem pensei em olhar na máquina de lavar louça.

Mas isso não importa agora, porque minha mente passou da faca para a foto que Imogen tem no celular. De Alice morta. Eu sei exatamente o que Imogen viu no dia em que sua mãe morreu, mas reluto em contar a Will porque a última coisa que ele precisa ver é o que Alice passou. Mas lhe conto, porque não é certo, não é *normal* Imogen ter tirado uma foto de Alice *post-mortem* e carregá-la por aí. O que ela faz com a foto, afinal? Fica mostrando-a aos amigos?

Desvio o olhar de Will. Confesso a ele que sei o que Imogen viu.

— Imogen tirou uma foto aquele dia, antes de o médico legista levar Alice. Ela me mostrou — digo.

Will fica subitamente calado por um momento. Engole em seco.

— Ela tirou uma foto? — pergunta depois de algum tempo.

Anuo.

— Como ela estava? — pergunta ele, referindo-se a Alice.

— Bem, ela estava m-o-r-t-a — digo, pisando em ovos. — Mas parecia em paz — minto.

Não conto sobre as marcas de garras, a língua cortada. Não conto sobre o estado do sótão, as caixas derrubadas, o abajur quebrado, o telescópio virado. Mas recrio tudo em minha mente, imaginando o corpo espasmódico de Alice batendo nas coisas, derrubando-as, enquanto seu oxigênio ia acabando.

Ao desenterrar essas imagens, sinto algo estranho. Porque imagino as caixas e o abajur virados, mas o banco – aquele que Alice usou para chegar ao laço – ficou em pé. Lembro-me disso agora.

Como aquilo que Alice precisaria chutar para levar adiante o suicídio poderia não ter virado?

Além do mais, o banquinho estava fora do alcance do corpo de Alice, o que me faz pensar que alguém o tirou debaixo de seus pés.

Nesse caso, foi mesmo um suicídio? Ou foi assassinato?

Fico branca. Levo a mão à boca.

— Que foi? — pergunta Will. — Está tudo bem?

Sacudo a cabeça, digo que não, acho que não.

— Acabei de perceber uma coisa — digo.

Ele pergunta com urgência:

— O quê?

— A foto de Alice, no celular de Imogen — digo.

— O que tem ela? — pergunta.

— A polícia ainda não havia chegado quando Imogen tirou a foto. Só estava Imogen — digo, tentando imaginar quanto tempo se passou entre ela chegar em casa e chamar a polícia.

Foi tempo suficiente para Imogen encenar um suicídio? Imogen é alta, mas não muito forte. Não posso imaginar que ela tenha força para transportar Alice até o último andar – mesmo que Alice estivesse drogada e inconsciente, incapaz de reagir – e erguê-la para colocá-la no laço. Não sozinha. Alguém teria que a ajudar. Penso nos amigos com quem ela fuma enquanto espera a balsa chegar. Todos vestidos de preto, rebeldes e opositores, cheio de raiva de si mesmos. Acaso teriam ajudado?

— Na foto, Will, o banquinho que encontramos no sótão... que Alice teria que usar para fazer o que ela fez... Todo o resto foi derrubado, mas o banquinho permaneceu em pé. E estava muito fora do alcance de Alice. Se ela estivesse sozinha, o banco teria tombado e estaria muito mais perto de seus pés.

Ele sacode a cabeça, dizendo:

— Aonde você quer chegar?

Vejo uma mudança nele. Sua postura muda. Sulcos se formam entre seus olhos. Ele franze a testa; sabe o que estou sugerindo.

— Como podemos saber com certeza que foi *s-u-i-c-í-d-i-o*? Não houve investigação. E também não havia um bilhete. As pessoas que se *m-a-t-a-m* não costumam deixar um bilhete? O policial Berg mesmo disse, lembra? Disse que nunca achou que Alice era desse tipo.

— Como Berg saberia se Alice era do tipo suicida? — pergunta Will, furioso.

Will não é de ficar furioso. Mas é da irmã dele que estamos falando. Da sobrinha dele. Sua carne e sangue.

— Não confio em Imogen — admito. — Ela me assusta — digo de novo.

— Ouça o que está dizendo, Sadie. Primeiro, você acusa Imogen de pegar nossa faca. Agora, está dizendo que ela matou Alice.

Will está alterado demais para soletrar as palavras, mas as sussurra, por causa de Tate.

— Você está confusa. Eu sei que ela não foi exatamente acolhedora, mas Imogen não fez nada para me levar a acreditar que seja capaz de matar — diz ele, aparentemente já tendo esquecido o que estava escrito na janela de meu carro outro dia.

Morra.

— Você está realmente sugerindo que foi um assassinato feito para parecer um suicídio? — pergunta ele, incrédulo.

Antes que eu possa responder, Tate implora de novo:

— Por favor, mamãe, brinque comigo.

Olho nos olhos dele, e parecem tão tristes que cortam meu coração.

— Está bem, Tate — digo, sentindo-me culpada por Will e eu continuarmos o ignorando. — Do que você quer brincar? — Suavizo a voz ao falar com ele, apesar de por dentro ainda estar tendo um troço. — Quer brincar de charadas ou com um jogo de tabuleiro?

Ele puxa com força minha mão e fica repetindo:

— Estátua, estátua!

Minha mão começa a doer. Ele está me dando nos nervos, porque não só está puxando minha mão e me machucando como também está tentando virar meu corpo para fazê-lo seguir caminhos que não quer seguir. A maneira como puxo minha mão de repente é inconsciente, levando-a acima da cabeça, fora do alcance dele. Não pretendia fazer isso, mas senti um imediatismo. Tanto que Tate se encolhe como se houvesse levado um tapa.

— Por favor, mamãe — implora Tate.

Seus olhos se tornam subitamente tristes, e ele pula para alcançar minha mão. Tento ser paciente, de verdade, mas minha cabeça está girando em uma dúzia de direções diferentes e não sei que estátua é essa de que Tate está falando. Ele começa a chorar. Não é choro de verdade, são lágrimas de crocodilo, que me desgastam ainda mais.

É quando avisto a boneca que chutei de lado há mais de uma hora. Seu corpo flácido está encostado na parede.

— Guarde seus brinquedos e depois brincamos — digo.

— Que brinquedos? — pergunta ele.

— Sua boneca, Tate — digo, perdendo a paciência. — Está ali.

Aponto para a boneca macia com seus cabelos crespos e olhos que parecem bolas de gude. Ela está de lado, seu vestido rasgado na costura, e lhe falta um sapato.

Tate me olha com estranheza.

— Não é *minha* — diz ele, como se isso fosse algo que eu deveria saber.

Mas é claro que é dele; nenhum de nós ainda brinca com brinquedos. E meu primeiro pensamento é que Tate está envergonhado por ter sido pego brincando com uma boneca.

— Guarde isso — digo.

Tate reage com uma resposta infantil:

— Guarde você *sua* boneca — diz ele, com as mãos nos quadris e mostrando a língua.

Fico espantada. Tate não é de agir assim. Ele é meu menino bonzinho, gentil e obediente. Tento imaginar o que aconteceu com ele.

Mas, antes que eu possa responder, Will intercede:

— Tate — diz com voz severa —, faça o que sua mãe mandou e guarde seu brinquedo. Agora mesmo. Senão, ela não vai brincar com você.

Sem ter escolha, Tate pega a boneca pela perna e a leva de cabeça para baixo até seu quarto. Através do teto, ouço o barulho de sua cabeça de plástico batendo na madeira.

Quando volta, Tate fica repetindo:

— Estátua, estátua.

Até que sou obrigada a admitir que não sei que brincadeira é essa. Que nunca brinquei antes, que nunca ouvi falar.

Então, ele se descontrola:

— Mamãe está mentindo! — grita, deixando-me sem fôlego. — Você sabe sim, você sabe! — E as lágrimas de crocodilo se transformam em lágrimas de verdade. — Você sabe sim, sua mentirosa!

Eu deveria repreendê-lo, eu sei, mas estou sem palavras, atordoada. Pelos próximos segundos, não consigo encontrar as palavras para falar enquanto Tate sai correndo da sala, com os pés descalços deslizando no piso de madeira. Antes que eu possa recuperar o fôlego, ele já se foi. Na sala ao lado, ouço seu corpo cair no chão. Ele se jogou em algum lugar, mole como a boneca. Eu não faço nada.

Will se aproxima, afastando o cabelo de meu rosto. Fecho os olhos e me entrego a seu toque.

— Talvez um banho quente a ajude a relaxar — sugere.

Só então me lembro de que não tomei banho hoje. Que estou molhada por causa da corrida na chuva. Minhas roupas e meus cabelos ainda não secaram por completo. Estou cheirando mal.

— Não tenha pressa — diz Will —, vai ficar tudo bem. Eu cuido disso.

Sinto-me grata por isso. Ele vai consertar o estrago que fiz com Tate. Quando eu voltar depois do banho, tudo estará como novo.

Enquanto subo, grito para Tate que brincaremos assim que eu voltar.

— Está bem, querido? — pergunto, inclinando-me sobre o corrimão.

Vejo-o jogado no braço do sofá e as lágrimas escorrendo pelo tecido cor de calêndula. Se ele me ouviu, não responde.

Sob meus pés, os degraus rangem. Em cima, no corredor, encontro os lençóis que tirei das camas, exatamente onde os deixei. Vou recolocá-los mais tarde nas camas, tão sujos como estavam quando os tirei.

A escuridão do mundo exterior penetra a casa; é difícil acreditar que não estamos no meio da noite. Acendo uma luz no corredor, mas apago-a depressa, com medo de que haja alguém parado na rua observando Will, Tate e eu através das janelas.

MOUSE

Pouco tempo depois de levarem o porquinho-da-índia para casa, ele começou a engordar. Tanto que mal conseguia se mexer. Ele passava os dias deitado sobre sua barriga grande como um paraquedas. O pai de Mouse e Mamãe Falsa disseram a ela que estava lhe dando cenouras demais, por isso ele estava engordando. Mas Mouse não conseguia se conter. Bert adorava cenouras. Ele soltava um sonzinho agudo toda vez que Mouse lhe dava cenouras. Mesmo sabendo que não deveria, ela continuou dando.

 Então, um dia, Bert deu à luz bebês. Foi assim que Mouse soube que Bert não era um menino, e sim uma menina, porque ela sabia que meninos não têm bebês. Esses bebês já deviam estar dentro de Bert quando a compraram no pet shop. Mouse não sabia como cuidar de bebês de porquinhos-da-índia, mas não importava, porque nenhum deles sobreviveu. Nem unzinho.

 Mouse chorou. Ela não gostava de ver nada se machucar. Ela não gostava de ver nada morrer.

 Mouse contou a sua mãe verdadeira o que havia acontecido com os bebês de Bert. Contou como eram os bebês quando nasceram e como foi difícil para Bert tirá-los de dentro dela. Ela perguntou à mãe como esses bebês entraram em Bert, mas a mãe verdadeira de Mouse não disse. Ela perguntou ao pai também. Ele disse que contaria outro dia, quando ela fosse mais velha. Mas Mouse não queria saber outro dia; ela queria saber naquele dia.

 Mamãe Falsa disse que provavelmente era culpa de Bert os bebês terem morrido, porque Bert não cuidara deles como uma boa mãe deveria cuidar. Mas o pai de Mouse disse a ela, em particular, que não era culpa de Bert, porque Bert provavelmente não sabia como fazer, porque nunca havia sido mãe antes. E algumas vezes essas coisas acontecem sem nenhum motivo.

Eles pegaram o que restou dos bebês e enterraram em um grande buraco no quintal. Mouse colocou uma cenoura em cima, para o caso de eles gostarem de cenouras tanto quanto Bert.

Mas Mouse viu o olhar no rosto de Mamãe Falsa. Ela estava feliz pelos bebês estarem mortos. Mouse pensou que talvez Mamãe Falsa tivesse algo a ver com a morte dos bebês de Bert. Porque ela não gostava de ter um roedor em casa, muito menos cinco ou seis. Ela dizia isso a Mouse o tempo todo.

Mouse não podia deixar de pensar que fora Mamãe Falsa que fizera os bebês morrerem, e não Bert. Mas ela não se atreveu a dizer isso, porque achou que também teria que pagar por isso.

Mouse aprendeu muito sobre animais observando-os pela janela do quarto. Ela se sentava à janela e olhava para as árvores que cercavam sua casa. Havia muitas árvores no quintal, o que significava que havia muitos animais. Porque, como Mouse sabia pelos livros que lia, as árvores tinham coisas de que os animais precisavam, como abrigo e comida. As árvores atraíam os animais. Mouse era grata pelas árvores.

Mouse aprendeu como os animais se davam bem. Ela aprendeu o que eles comiam. Aprendeu que todos eles tinham uma maneira de se proteger dos animais maus que queriam machucá-los. Os coelhos, por exemplo, corriam bem rápido. Eles também andavam em zigue-zague pelo quintal, nunca em linha reta, o que fazia que fosse difícil para o gato do vizinho alcançá-los. Mouse brincava disso em seu quarto às vezes. Ela corria em zigue-zague, pulando da mesa para a cama, fingindo que estava tentando fugir de alguém ou algo que estava atrás dela.

Mouse viu que outros animais usavam camuflagem. Eles se misturaram com o ambiente. Esquilos marrons em árvores marrons, coelhos brancos na neve branca. Mouse também tentou fazer isso. Vestiu sua blusa listrada de vermelho e rosa e se deitou no tapete de malha, que também era vermelho e listrado. Ali, ela fez de conta que era invisível por causa de sua camuflagem, que se alguém entrasse no quarto, pisaria nela porque não a veria. Alguns animais se fingiam de mortos ou revidavam. Outros saíam só à noite para não serem vistos. Mouse nunca viu esses animais. Ela estava dormindo quando eles saíam. Mas, de manhã, Mouse via seus rastros na neve ou na terra. Era assim que ela sabia que eles estavam lá.

Mouse também tentou isso. Tentou ser noturna.

Ela saiu do quarto e andou na ponta dos pés pela casa quando achou que seu pai e Mamãe Falsa estavam dormindo. Eles dormiam no quarto de seu pai, no andar de cima. Mouse não gostava que Mamãe Falsa dormisse na cama de seu pai. Porque aquela era a cama de seu pai, não de Mamãe Falsa. Mamãe Falsa deveria ter sua própria cama, em seu próprio quarto, em sua própria casa. Era o que Mouse achava.

Mas, na noite em que Mouse foi noturna, Mamãe Falsa não estava dormindo na cama de seu pai. Foi assim que ela soube que Mamãe Falsa nem sempre dormia, que às vezes era noturna também. Porque às vezes ela ficava encostada no balcão da cozinha sem nenhuma luz acesa, falando sozinha; mas nada sensato, só um monte de tolices. Mouse não disse nada quando encontrou Mamãe Falsa acordada assim, mas silenciosamente deu meia-volta e voltou na ponta dos pés pelo mesmo caminho e foi dormir.

De todos os animais, Mouse gostava mais dos pássaros, porque havia muitos tipos de pássaros. Mouse gostava porque a maioria se dava bem; exceto o falcão, que tentava comer o resto, o que ela não achava legal.

Mas Mouse também achava que as pessoas eram assim; a maioria se dava bem, exceto algumas, que tentavam fazer mal a todas as outras.

Mouse decidiu que não gostava do falcão, porque o falcão era implacável, sorrateiro e mau. Não se importava com o que comia, mesmo que fossem filhotes. Especialmente se fossem filhotes, porque eles não tinham como se proteger. Eles eram um alvo fácil. O falcão também tinha uma boa visão. Mesmo quando parecia não estar olhando, era como se tivesse olhos atrás da cabeça.

Com o tempo, Mouse passou a pensar em Mamãe Falsa como um falcão. Porque ela começou a provocar Mouse cada vez mais quando seu pai ia para o outro escritório ou quando ele estava falando ao telefone, de porta fechada. Mamãe Falsa sabia que Mouse era como um daqueles filhotes que não podiam se defender da mesma maneira que um pai ou uma mãe pássaro faria. Não que Mamãe Falsa tentasse comer Mouse como os falcões tentavam comer os filhotes. Era diferente, mais sutil. Dava uma cotovelada em Mouse quando ela passava; roubava o último biscoito amanteigado Salerno do prato de Mouse. Dizia, a cada chance que tinha, quanto odiava ratos. Que os ratos eram roedores sujos.

Mouse e o pai passavam muito tempo juntos antes da chegada de Mamãe Falsa. Ele lhe ensinou a brincar de pega-pega, a lançar uma bola curva, a deslizar para a segunda base. Eles assistiam a filmes antigos em preto e branco juntos. Jogavam Banco Imobiliário, baralho e xadrez. Tinham até um jogo que não tinha nome, uma dessas coisas que eles inventavam nas tardes chuvosas. Na sala, eles giravam em círculos até ficarem tontos. Quando paravam, ficavam no lugar sem se mexer, na posição boba em que houvessem parado. O primeiro a se mexer perdia – normalmente, era o pai de Mouse, porque ele se mexia de propósito para que Mouse pudesse ganhar, assim como fazia com o Banco Imobiliário e o xadrez.

Mouse e seu pai gostavam de acampar. Quando o tempo estava bom, eles punham a barraca e os suprimentos no porta-malas do carro e iam para o mato. Lá, Mouse ajudava seu pai a montar a barraca e juntar gravetos para uma fogueira. Eles assavam marshmallows no fogo. Mouse gostava mais quando ficavam crocantes e marrons por fora, mas por dentro brancos e macios.

Mas Mamãe Falsa não gostava que Mouse e seu pai fossem acampar. Porque, quando eles iam, ficavam fora a noite toda. Mamãe Falsa não gostava que a deixassem sozinha. Ela queria o pai de Mouse em casa. Quando ela viu Mouse e seu pai na garagem pegando a barraca e os sacos de dormir, aproximou-se dele de um jeito que deixou Mouse constrangida. Ela pousou a mão no peito do pai de Mouse e passou o nariz pelo pescoço dele, como se estivesse sentindo seu cheiro. Mamãe Falsa o abraçou e beijou, e disse ao pai de Mouse que se sentia sozinha quando ele estava fora, que tinha medo à noite quando não havia mais ninguém em casa.

O pai de Mouse guardou a barraca e disse a Mouse: *Outra hora*. Mas Mouse era uma garota inteligente. Ela sabia que *Outra hora* significava *Nunca*.

SADIE

Entro em uma sala de exames e encontro o policial Berg me esperando. Ele não está sentado na mesa de exames como outros pacientes estariam. Está andando pela sala, mexendo nas coisas. Levanta a tampa dos vários potes, pisa no pedal da lixeira de aço inoxidável.

Vejo-o pegar um par de luvas de látex.

— Não são de graça, sabia? — digo.

O policial Berg põe as luvas de volta na caixa, dizendo:

— Você me pegou.

Ele explica que seu neto gosta de fazer balões com elas.

— Não está se sentindo bem, policial? — pergunto enquanto fecho a porta atrás de mim e vou pegar sua ficha.

Mas vejo que a caixa de plástico onde deixamos as fichas está vazia. Minha pergunta é retórica, ao que parece. Logo me ocorre que o policial Berg está se sentindo bem, que não tem consulta marcada, que está aqui para falar comigo.

Isso não é uma consulta, e sim um interrogatório.

— Pensei que poderíamos terminar nossa conversa — diz ele.

Hoje ele parece mais cansado que da última vez que o vi, quando já estava cansado. Sua pele está esfolada e vermelha, devido ao vento do inverno. Acho que é por causa de todo esse tempo que ele passa ao ar livre, observando a balsa ir e vir.

Há mais policiais que o normal em toda a ilha, detetives do continente tentando se imiscuir no trabalho do policial Berg. Fico pensando o que ele acha disso. A última vez que houve um assassinato na ilha foi em 1985. Foi sangrento, medonho e continua sem solução. Crimes contra propriedades são frequentes; crimes contra pessoas, raros. O policial Berg não quer acabar com outro caso não resolvido quando a investigação chegar ao fim. Ele precisa encontrar alguém para culpar por esse assassinato.

— Que conversa? — pergunto, sentando-me em meu banco giratório.

Essa é uma decisão da qual me arrependo de imediato, porque o policial Berg está sessenta centímetros acima de mim agora. Sou forçada a olhar para ele como uma criança.

— A que começamos em seu carro outro dia — diz ele.

Sinto um vislumbre de esperança pela primeira vez em dias, porque agora tenho evidências em meu celular para provar que eu não discuti com Morgan Baines no dia em que o sr. Nilsson diz que eu fiz isso. Eu estava aqui na clínica naquele dia.

— Já disse, eu não conhecia Morgan — digo ao policial. — Nós nunca nos falamos. Não é possível que o sr. Nilsson esteja enganado? Ele já está velho — faço-o recordar.

— Claro que é possível, dra. Foust — começa ele.

Mas eu o interrompo. Não estou interessada nas teorias dele, porque tenho provas.

— Você me disse que o incidente entre Morgan e mim aconteceu em primeiro de dezembro, uma sexta-feira — digo, enquanto pego meu celular no bolso de meu jaleco.

Abro o aplicativo de fotos e vou passando as imagens até encontrar a que estou procurando.

— A questão é que, em primeiro de dezembro — digo quando a encontro —, eu estava aqui na clínica, trabalhando o dia todo. Eu não poderia estar com Morgan porque não posso estar em dois lugares ao mesmo tempo, posso?

Minhas palavras são legitimamente presunçosas.

Entrego meu celular para que ele possa ver do que estou falando: a fotografia do quadro de planejamento da clínica onde Emma escreveu meu nome, atribuindo-me um turno de nove horas na sexta-feira, primeiro de dezembro.

O policial Berg olha a foto. Há um momento de hesitação antes de ele entender. Ele cede. Anui. Apoia-se na beira da mesa de exames, com os olhos fixos na fotografia. Esfrega suas profundas rugas da testa, enquanto os cantos de sua boca caem, formando uma carranca.

Eu sentiria pena se ele não estivesse tentando me culpar pelo assassinato de Morgan.

— Você investigou o marido dela, claro — digo. — E a ex-esposa dele.

E só então seus olhos voltam aos meus.

— Por que diz isso? — pergunta ele.

Ou ele mente bem, ou não pensou seriamente que Jeffrey Baines poderia ter matado sua esposa. Não sei o que acho mais desconcertante.

— Parece-me um bom lugar para começar. Atualmente, violência doméstica é a principal causa de feminicídio, não é, policial?

— Mais da metade das mulheres assassinadas morrem nas mãos de um parceiro romântico, sim — confirma ele —, se é isso que está me perguntando.

— Pois é. Isso não é motivo suficiente para inquirir o marido dela?

— O sr. Baines tem um álibi. Ele estava fora do país, como você sabe, no momento do assassinato. Há provas disso, dra. Foust. Vídeos de câmeras de segurança com registros do sr. Baines em Tóquio, seu nome na lista de passageiros do avião no dia seguinte, registros de hotel.

— Existem outras maneiras — digo.

Mas ele não morde a isca. Diz que, em casos de violência doméstica, é comum os homens usarem os punhos, ao passo que as mulheres são as primeiras a pegar uma arma.

Como não digo nada, ele diz:

— Não sabe disso, doutora? As mulheres nem sempre são vítimas. Elas podem ser perpetradoras também. Embora os homens sejam mais frequentemente estigmatizados como agressores de mulheres, isso acontece dos dois lados. Na verdade, novos estudos sugerem que as mulheres iniciam mais da metade dos casos de violência em relacionamentos inconstantes. E o ciúme é a causa da maioria dos homicídios nos Estados Unidos.

Não sei o que ele quer dizer com isso.

— Enfim — diz ele —, não vim falar de Jeffrey Baines nem do casamento dele. Eu vim falar sobre você, dra. Foust.

Mas eu não quero falar de mim.

— O sr. Baines foi casado antes — digo.

Ele me olha cético e diz que sabe.

— Já pensou que ela poderia ter feito aquilo? A ex de Jeffrey?

— Tenho uma ideia — diz ele. — Que tal se eu fizer as perguntas, para variar, dra. Foust, e você responder?

— Eu já respondi a sua pergunta — faço-o recordar.

E, além disso, eu também, como Jeffrey, tenho um álibi para o momento da morte de Morgan. Eu estava em casa com Will.

O policial Berg desencosta da mesa de exames.

— Você estava com um paciente quando eu cheguei esta manhã. Eu tive alguns minutos para falar com Emma na recepção — diz. — Emma estudou com minha filha mais nova. Ficamos relembrando o passado.

Ele explica, com sua tagarelice usual, que Emma e sua filha Amy são amigas há muitos anos e que ele e sua esposa são amigos dos pais de Emma.

E chega ao ponto:

— Falei com Emma enquanto você estava acabando de atender a seu paciente. Eu queria ter certeza de que não havia deixado passar nada, mas acontece que deixei. Porque, quando eu estava falando com Emma, vi a mesma coisa que você acabou de me mostrar. E perguntei a Emma, dra. Foust, só pra ter certeza. Porque todo mundo comete erros, não é?

— Não sei o que quer dizer com isso.

Mas sinto meu corpo tenso. Minha ousadia está começando a diminuir.

— Eu queria ter certeza de que o cronograma não havia sido alterado. Então, perguntei a Emma. Era um tiro no escuro, claro, esperar que ela se lembrasse de uma coisa que aconteceu há uma ou duas semanas. Só que ela lembrou, porque aquele dia foi único. A filha de Emma passou mal na escola e ela precisava ir buscá-la. Infecção intestinal — diz ele. — Ela vomitou no recreio. Emma é mãe solteira, você sabe; ela precisava ir. Só que o que ela lembra é que aquele dia foi um tumulto aqui na clínica. Havia um monte de pacientes esperando para ser atendidos. Ela não pôde sair.

Eu me levanto.

— Isso basicamente descreve todos os dias aqui, policial. Atendemos a quase todo mundo que mora aqui na ilha. Isso sem falar que estamos em plena temporada de gripe. Não sei por que isso seria único.

— Porque naquele dia, dra. Foust — diz ele —, embora seu nome estivesse no cronograma, você não ficou aqui o dia inteiro. Há uma lacuna no meio, e nem Joyce, nem Emma sabem explicar seu paradeiro. O que Emma recorda é que você saiu para almoçar logo após o meio-dia e chegou por volta das três da tarde.

Sinto como um soco no estômago.

— Isso é mentira — digo secamente.

Porque isso não aconteceu. Fico louca de raiva. Certamente Emma confundiu as datas. Talvez tenha sido na quinta-feira, 30 de novembro, que sua filha ficou doente, um dia em que a dra. Sanders estava de plantão, não eu.

Mas, antes que eu possa sugerir isso, o policial diz:

— Três pacientes foram remarcados, quatro preferiram esperar. E a filha de Emma? Ficou sentada na enfermaria até o fim das aulas. Porque Emma estava aqui, justificando sua ausência, doutora.

— Não foi isso que aconteceu — digo.

— Você tem prova do contrário? — pergunta o policial Berg.

Claro que não tenho. Nada concreto.

— Você poderia ligar para a escola — é o que consigo pensar. — Verifique com a enfermeira da escola que dia a filha de Emma ficou doente. Porque eu apostaria minha vida nisto, policial: não foi em primeiro de dezembro.

Ele me lança um olhar desconfiado, mas não diz nada.

— Eu sou uma boa médica — é tudo que consigo pensar em dizer nesse momento. — Já salvei muitas vidas, policial, muito mais do que pode imaginar. Penso em todas as pessoas que não estariam mais vivas se não fosse por mim. Pessoas com ferimentos de bala em órgãos vitais, em coma diabético e dificuldade respiratória. — Repito: — Eu sou uma boa médica.

— Não é sua ética de trabalho que me preocupa, doutora — diz ele. — O que estou tentando entender é o fato de que, na tarde do dia primeiro, entre meio-dia e três da tarde, seu paradeiro é desconhecido. Você não tem álibi. Não estou dizendo que você teve algo a ver com o assassinato de Morgan ou que seja uma médica incapaz. O que estou dizendo é que parece que havia certa má vontade entre você e a sra. Baines, certa hostilidade que precisa ser explicada, assim como suas mentiras. O encobrimento, dra. Foust, muitas vezes é pior que o crime. Então, por que não me conta? Conte-me o que aconteceu naquela tarde entre você e a sra. Baines.

Cruzo os braços. Não tenho nada a dizer.

— Deixe-me lhe contar um segredinho — diz ele em resposta a meu silêncio. — Esta é uma ilha pequena e as histórias se espalham depressa. Há muitas línguas soltas.

— Não sei o que isso tem a ver.

— Digamos que seu marido não foi o primeiro a reparar na sra. Baines.

E, então, ele me olha semicerrando os olhos, esperando uma resposta, esperando que eu fique indignada.

Mas não vou ceder.

Engulo em seco. Levo as mãos trêmulas para trás.

— Will e eu somos felizes, loucamente apaixonados — digo, olhando em seus olhos firmemente.

Will e eu já fomos loucamente apaixonados. É uma meia-verdade, não uma mentira.

A mentira vem a seguir.

— Will nunca teve olhos para outra mulher além de mim.

O policial Berg sorri. Mas é um sorriso apertado. Um sorriso que diz que ele sabe que não deve acreditar nisso.

— Bem — diz ele, cuidadoso com suas palavras. — O sr. Foust é um homem de muita sorte. Vocês dois têm sorte. Casamentos felizes, hoje em dia, são coisa rara.

Ele levanta a mão esquerda para me mostrar o dedo anelar sem aliança.

— Eu me casei duas vezes — confessa — e me divorciei duas vezes. Chega de casamento para mim — diz. — Enfim, talvez eu tenha interpretado mal o que disseram.

Minha força de vontade não é forte. Eu sei que não deveria, mas mordo a isca.

— Quem disse o quê? — pergunto.

— As mães na entrada da escola. Elas ficam em grupos em frente ao portão esperando que seus filhos sejam liberados. Elas gostam de conversar, fofocar, tenho certeza de que você sabe disso. Para a maioria, essa é a única conversa adulta que tem o dia todo até que seu marido chegue do trabalho.

Parece-me muito misógino dizer que as mulheres fofocam e os maridos trabalham. Fico me perguntando o que o policial Berg pensa de Will e nosso acordo. Não digo nada. Ele prossegue:

— Só que, quando eu as questionei, elas se referiram ao fato de que seu marido e a sra. Baines eram bastante... Qual foi a palavra que usaram? — diz, pensando em voz alta. — *Amigáveis*. Sim, é isso, amigáveis.

Minha resposta é imediata:

— Você o conheceu. Will é extrovertido, simpático, todo mundo gosta dele. Isso não me surpreende.

— Não? — pergunta ele. — Porque os detalhes me surpreenderam um pouco; o jeito que aquelas mulheres disseram que eles ficavam perto um do outro, que conversavam baixinho, sussurrando as palavras para que ninguém mais pudesse ouvir. Uma das mulheres tinha até uma foto.

— Ela tirou uma foto de Will e Morgan? — pergunto, incrédula.

Ela não só está fofocando sobre meu marido, como também tirando fotos dele? Com que finalidade?

— Calma, dra. Foust — diz ele, mas de um jeito paternalista.

Por fora, estou calma, mas, por dentro, meu coração está acelerado.

— Ela tirou uma foto do filho saindo da escola. Ele recebeu o Prêmio do Diretor — explica, encontrando a foto que a mulher compartilhou com ele e mostrando-a para mim.

O filho dela está em primeiro plano. Deve ter uns dez anos. Uma mecha de cabelo louro cai sobre seus olhos, seu casaco de inverno está aberto e seu tênis, desamarrado. Nas mãos, ele segura um certificado onde se lê Prêmio do Diretor, algo importante no ensino fundamental, embora não devesse ser. Porque, até o fim do ano, todo mundo recebe um. Mas para as crianças é importante. O sorriso do garoto é amplo. Ele está orgulhoso de seu certificado.

Meus olhos vão para o segundo plano. Will e Morgan estão da maneira que o policial Berg descreveu. Estão próximos, de uma maneira que faz meu estômago revirar. Ele está de frente para ela, com a mão no braço dela. Há tristeza no rosto e nos olhos dela, é fácil perceber. O torso dele está inclinado uns vinte ou trinta graus sobre ela. O rosto dele está a poucos centímetros do dela. Os lábios dele estão abertos, e os olhos, fixos nos dela.

Ele está falando com ela, dizendo alguma coisa.

O que Will estava dizendo a ela quando essa foto foi tirada?

O que ele estava dizendo para ter que estar tão perto dela?

— Se quer minha opinião, parece meio suspeito — diz o policial Berg, arrancando a foto de mim.

— Não pedi sua opinião — penso em voz alta.

Sinto raiva, não consigo deter as palavras que vêm a seguir quando me recordo:

— Eu vi você. Vi você colocar algo na caixa de correio dos Nilsson, policial. Duas vezes. Era dinheiro — digo, acusando.

O policial Berg mantém a compostura.

— Como você sabe que era dinheiro?

— Fiquei curiosa — digo. — Fiquei observando você. E, depois que foi embora, fui ver.

— Violação de correspondência é crime federal e acarreta uma penalidade pesada, dra. Foust. Até cinco anos de prisão, e uma bela multa.

— Mas aquilo não era correspondência, não é? A correspondência passa pelo serviço postal, e isso não aconteceu. Você colocou o envelope lá. O que, por si só, é um crime, eu acho.

Ele não diz nada.

— O que era aquilo, policial? Propina, silêncio comprado?

Não parece haver outra explicação lógica para o fato de o policial Berg deixar sigilosamente um envelope com dinheiro na caixa de correspondência dos Nilsson. De repente, as peças do quebra-cabeça se encaixam.

— Você pagou o sr. Nilsson para mentir? — pergunto, consternada. — Para dizer que ele me viu, mesmo não tendo visto?

Porque, sem um assassino, o policial Berg precisava só de um bode expiatório, alguém para culpar pelo assassinato de Morgan Baines.

E ele me escolheu.

Berg se inclina sobre a bancada. Fica torcendo as mãos diante de si. Respiro fundo e me recomponho, levando a conversa em outra direção.

— Quanto custa obstrução da justiça atualmente? — pergunto.

— Como?

Asseguro-me de que minha pergunta fique clara desta vez:

— Quanto pagou ao sr. Nilsson para mentir por você? — pergunto.

Faz-se silêncio. O tempo todo ele me observa, e sua surpresa vai se transformando em tristeza.

— Eu bem que gostaria que fosse esse o caso, doutora — diz ele, baixando a cabeça. — Mas, infelizmente, não é. Os Nilsson estão passando por tempos difíceis. Estão quase sem dinheiro. O filho deles teve problemas, e George e Poppy gastaram metade de suas economias para ajudá-lo. Agora, há rumores de que a prefeitura pode tomar a casa deles se George não achar uma maneira de pagar os impostos municipais a tempo. Pobre George — suspira. — Mas George é um homem orgulhoso; ele morreria se tivesse que pedir ajuda. Eu faço doações anônimas, para que não pareça esmola. Agradeceria se você não dissesse nada.

Ele se aproxima de mim e diz:

— Veja, dra. Foust. Cá entre nós, não acho que você seja capaz de matar. Mas a verdade é que os cônjuges nem sempre produzem os álibis mais viáveis. Eles estão sujeitos a vieses. E há um motivo para mentir. O fato de você e seu marido afirmarem que estavam em casa quando Morgan foi morta não é um álibi impenetrável. Um promotor poderia não se deixar enganar. Se acrescentar a isso declarações de testemunhas, a coisa complica.

Não digo nada.

— Se você me ajudar, farei tudo que puder para ajudá-la.

— O que você quer de mim? — pergunto.

— A verdade.

Mas eu já contei a verdade.

— Tenho sido sincera com você — digo.

— Tem certeza?

Digo que sim. Ele fica me olhando durante um tempo.

Até que ergue o chapéu para mim e sai.

SADIE

À noite, tenho dificuldade para dormir. Passo a maior parte da noite acordada, inquieta, em alerta, na expectativa de que Imogen entre no quarto. Qualquer barulho me preocupa, acho que é a porta de um quarto se abrindo, passos pelo chão. Mas não é; é só a casa mostrando sua idade: a água nos canos, a caldeira morrendo depressa. Tento me acalmar, lembrando a mim mesma que Imogen só entrou em nosso quarto uma vez, e por causa de algo que eu fiz. Não foi à toa. Digo a mim mesma que ela não voltaria, mas isso não chega nem perto de aplacar minhas preocupações.

Também fico pensando na fotografia que o policial Berg me mostrou. Fico me perguntando se, na foto, Will estava consolando Morgan porque ela já estava triste ou se ele disse algo para deixá-la triste.

Que poder meu marido teria sobre essa mulher para deixá-la triste?

A manhã chega. Will vai fazer o café da manhã. Espero em cima enquanto Imogen, no fim do corredor, se prepara para ir à escola. Ouço seus movimentos antes de descer as escadas, com seus pés pesados e amargurados, despeitados.

Embaixo, ouço-a conversando com Will. Vou para o corredor para ouvir. Mas, por mais que eu tente, não consigo entender as palavras deles. A porta da frente se abre e se fecha. Imogen saiu.

Will está na cozinha quando desço. Os meninos estão à mesa comendo as rabanadas que ele fez.

— Tem um segundo? — pergunta Will.

Sigo-o até onde podemos conversar em particular. Seu rosto é inexpressivo; seus longos cabelos estão presos em um coque bem-feito. Ele se apoia na parede, sustenta meu olhar.

— Falei com Imogen hoje de manhã sobre suas preocupações — diz.

E é a escolha de palavras dele que me dá nos nervos. *Suas, minhas,* não *nossas* preocupações. Espero que ele não tenha abordado o assunto com Imogen da mesma maneira, porque, senão, ela vai me odiar mais do que já odeia.

— Perguntei sobre a foto que você disse que viu no celular dela. Eu queria ver.

Ele escolhe as palavras com cuidado, percebo muito bem. *Que você disse que viu.*

— E?

Sinto sua hesitação. Ele baixa o olhar. Penso que Imogen fez alguma coisa.

— Ela lhe mostrou a foto de Alice? — pergunto, desejando que Will tenha visto a mesma coisa que eu vi.

O banco na vertical, longe do alcance dos pés de Alice. Metade da noite que fiquei acordada não foi pensando em Will e Morgan, e sim nisso. Como uma mulher poderia pular um metro e meio de um banquinho e pousar com a cabeça dentro de um laço.

— Eu procurei no celular dela — diz Will. — Olhei todas as fotos. Três mil. Não havia nada parecido com o que você descreveu, Sadie.

Minha pressão arterial aumenta. De repente, sinto calor e raiva.

— Ela apagou — digo com bastante naturalidade.

Porque é claro que ela fez isso.

— Estava lá, Will. Você olhou na pasta dos excluídos recentemente?

Ele me diz que olhou na pasta de excluídos. Também não estava lá.

— Então ela a excluiu permanentemente — digo. — Você perguntou a ela, Will?

— Sim, Sadie. Perguntei o que aconteceu com a fotografia. Ela disse que nunca houve uma fotografia. Ela não podia acreditar que você havia inventado uma coisa dessas. Ficou chateada. Imogen acha que você não gosta dela.

De início, não digo nada. Fico só olhando, chocada diante da afirmação dele. Observo os olhos de Will.

Ele também acha que eu inventei isso?

Tate chama Will da cozinha. Ele está com fome, quer mais rabanada. Will vai para a cozinha. Eu o acompanho.

— Ela está mentindo, sabia?

Otto, à mesa, olha para mim. Will coloca outra rabanada no prato de Tate. Não diz nada. Sua falta de resposta me enerva. Porque, se ele não acha que Imogen mentiu, então está sugerindo que eu, sim.

— Ouça — diz ele —, deixe-me pensar um pouco, descobrir o que fazer. Vou ver se há uma maneira de recuperar fotos excluídas.

Will me entrega meus remédios e os engulo com um gole de café. Ele está vestindo uma camiseta Henley e uma calça cargo porque vai dar aula hoje. Sua mochila de trabalho está pronta, esperando-o à porta. Ele está lendo um novo livro esses dias. Está ali, saindo de sua mochila no chão. Tem capa dura e uma sobrecapa, cuja lombada é laranja.

Fico imaginando se a fotografia de Erin também está dentro desse livro.

À mesa, Tate me olha de soslaio. Tentei me desculpar, mas ele ainda está bravo comigo pelo que aconteceu outro dia com a boneca e sua brincadeira. Decido comprar um novo kit de Lego para ele hoje. O Lego resolve tudo.

Otto e eu saímos. No carro, ele está mais calado que o normal. Vejo em seus olhos que há alguma coisa errada. Ele sabe mais do que fala sobre a tensão em meu casamento, sobre Imogen. Claro que sim. Ele tem catorze anos, não é idiota.

— Está tudo bem? — pergunto. — Quer falar sobre alguma coisa?

Sua resposta é curta:

— Não — diz, olhando para fora.

Eu o levo até a doca e o deixo ali. Procuro Imogen; ela não está aqui. A balsa chega e parte. Depois que Otto vai embora, saio do carro e vou para a bilheteria. Compro uma passagem para a próxima balsa para o continente. Volto para meu carro e espero. Quando a balsa chega, nem trinta minutos depois, subo ao convés de veículos e estaciono. Desligo o carro e o deixo lá; subo até o convés superior da balsa. Sento-me em um banco e olho para o oceano enquanto avançamos. São oito horas da manhã; tenho quase o dia inteiro a minha frente. Will, trabalhando, não vai saber como passei meu tempo.

Enquanto a balsa atravessa a baía, uma sensação de alívio toma conta de mim. Nossa ilha encolhe de tamanho e se torna apenas uma das muitas ilhas ao largo da costa do Maine. À medida que o continente se aproxima, cresce uma cidade diante de mim, com prédios, pessoas e barulho. Por enquanto, afasto Imogen de meus pensamentos.

A polícia está só procurando um bode expiatório. O policial Berg está tentando atribuir esse assassinato a mim. Para limpar meu nome, preciso descobrir quem matou Morgan.

Uso meu tempo de travessia com sabedoria, procurando pelo celular informações sobre a ex de Jeffrey Baines, Courtney, que mora em algum lugar do outro lado do Atlântico. Eu não sei disso, mas é fácil imaginar. Ela não mora na ilha conosco. E eu vi outro dia, depois do funeral, quando ela e seu Jeep vermelho embarcaram na balsa e desapareceram no mar.

Digito "Courtney Baines" no navegador da web. Encontrá-la é quase fácil demais, porque, pelo que descubro, ela é superintendente do distrito escolar local. Seu nome aparece praticamente em todo lugar. Tudo muito profissional, nada pessoal. Superintendente Baines aprova aumentos salariais para professores e funcionários; superintendente Baines expressa preocupação com uma série de recentes violências nas escolas.

Encontro um endereço comercial e o digito em meu aplicativo de mapa. Fica a oito minutos de carro do terminal da balsa. Chegarei às oito e trinta e seis da manhã.

A balsa entra no terminal e nas docas. Desço correndo os degraus e vou para meu carro. Ligo o carro e, quando recebo o sinal verde, saio da balsa.

Na rua, sigo as instruções do aplicativo em direção ao edifício administrativo do distrito escolar. Esta cidade não é nada comparada a Chicago. A população é inferior a cem mil; nenhum edifício ultrapassa quinze andares. Mas é uma cidade, enfim.

Localizado no coração do centro da cidade, o edifício administrativo demonstra a idade que tem. Entro no estacionamento e procuro um lugar para parar. Não sei o que estou fazendo aqui. Não sei o que vou dizer à superintendente Baines quando nos encontrarmos.

Bolo um plano depressa enquanto atravesso o estacionamento. Sou uma mãe preocupada. Meu filho está sofrendo bullying. Não é algo tão difícil de acreditar.

Passo a primeira fila de carros. Vejo o Jeep de Courtney Baines, o mesmo carro vermelho que vi em frente à igreja metodista. Vou até ele, olho em volta para ter certeza de que estou sozinha e estendo a mão para puxar a maçaneta do carro. Está trancado, claro. Ninguém com bom senso deixaria o carro destrancado. Coloco as mãos em volta de meus olhos e olho dentro, mas não vejo nada incomum.

Entro no edifício administrativo. Lá dentro, uma secretária me recebe.

— Bom dia. Podemos ajudar? — diz, falando na primeira pessoa do plural.

Mas não há nenhum *nós* aqui. Ela é a única pessoa na sala.

Quando lhe digo que gostaria de falar com a superintendente, ela pergunta:

— Tem hora marcada, senhora?

Claro que não, por isso digo:

— Só preciso de um segundo.

Ela olha para mim e pergunta:

— Então, não tem hora marcada?

Digo que não.

— Lamento, mas a agenda da superintendente está totalmente cheia hoje. Se quiser marcar um horário para amanhã, podemos agendá-la.

Ela olha para a tela do computador e me diz quando a superintendente estará livre.

Mas não quero falar com a superintendente amanhã. Estou aqui agora; quero falar com ela hoje.

— Amanhã não posso — digo à secretária. Invento uma história triste sobre minha mãe doente e que ela fará quimioterapia amanhã. — Se eu pudesse falar com ela por três minutos, no máximo — digo.

Não sei o que penso que vou conseguir em três minutos; ou se vou conseguir alguma coisa. Só quero falar com a mulher, para ter uma noção do tipo de pessoa que ela é. Seria do tipo de mulher que poderia matar outra? É isso que quero saber. Três minutos me diriam isso? Não importa. Ela sacode a cabeça com empatia, diz de novo que lamenta, mas a agenda da superintendente está lotada.

— Posso pegar seu número de telefone — sugere ela.

Ela pega um papel e uma caneta para anotar minhas informações. Mas, antes que eu possa lhe dizer, a voz de uma mulher – mal-humorada e astuta – chega através de um interfone, chamando a secretária.

Eu conheço essa voz. Nos últimos tempos, ouço-a quase todas as vezes que fecho os olhos.

Não me arrependo do que fiz.

A secretária empurra a cadeira para trás e se levanta. Antes de ir, ela me diz que volta logo. Fico sozinha. Meu primeiro pensamento é ir embora. Não há chances de eu passar pela secretária sem recorrer a medidas desesperadas. Mas não é hora para se desesperar, pelo menos não ainda. Sigo em direção à porta. Na parede atrás de mim há um cabideiro, uma estrutura de ferro fundido com ganchos. Há um casaco preto e branco *pied-de-poule* pendurado ali.

Reconheço o casaco; pertence a Courtney Baines. É o mesmo casaco que ela usava no dia em que saiu do funeral de Morgan e correu para o carro.

Respiro fundo. Ouço sons de vozes, de passos. Vou até o casaco. Sem pensar, passo os dedos pela lã. Enfio as mãos nos bolsos. Imediatamente, minha mão aperta algo: as chaves de Courtney Baines.

Olho as chaves em minha mão. Cinco chaves prateadas em um chaveiro de couro.

Uma porta se abre atrás de mim, imediata e rapidamente, sem o aviso de som de passos.

Viro-me com as chaves ainda na mão. Não tenho tempo de devolvê-las.

— Desculpe por fazê-la esperar — diz a secretária enquanto volta a se sentar.

Ela está com uma pilha de papéis nas mãos, e fico grata por isso, porque é para os papéis que ela olha, não para mim.

Afasto-me depressa do cabideiro. Fecho as chaves em meu punho.

— Onde estávamos? — pergunta ela.

Deixo-lhe um nome e um número e digo que peça à superintendente que me ligue quando tiver tempo. Nem o nome, nem o número me pertencem.

— Obrigada pela ajuda — digo, virando-me para ir embora.

Não foi com premeditação que entrei no carro. Esse pensamento não me passou pela cabeça enquanto não me vi ao lado do Jeep com as chaves na mão. Mas seria ridículo não agir. Porque isso é destino; uma série de acontecimentos fora de meu controle.

Destranco a porta do motorista; entro no carro.

Vasculho depressa, procurando nada em particular, apenas uma visão da vida da mulher. Ela ouve música country, guarda os guardanapos do McDonald's e lê a revista *Good Housekeeping*. A edição mais recente está no banco do passageiro, em meio a uma pilha de correspondências.

Para minha grande decepção, não há evidências de um assassino.

Coloco as chaves na ignição. Ligo o carro.

Acende-se um painel de navegação. Aperto o botão menu e, quando aparecem as opções, direciono o sistema para o endereço de casa.

Não minha casa, e sim a casa de Courtney Baines.

E, assim, tenho um endereço, Brackett Street, a menos de cinco quilômetros de distância.

Não tenho escolha a não ser ir.

MOUSE

O que Mouse aprendeu sobre Mamãe Falsa foi que ela tinha dois lados, como uma moeda.

Quando o pai de Mouse estava presente, Mamãe Falsa levava uma hora de manhã para se vestir e enrolar o cabelo. Usava batom rosa-choque e perfume. Fazia o café da manhã para Mouse e seu pai antes de ele ir trabalhar. Mamãe Falsa não servia cereal, como Mouse estava acostumada a comer, e sim outras coisas, como panquecas, crepes, ovos beneditinos. Mouse nunca havia comido crepes ou ovos beneditinos antes. O único café da manhã que o pai dela servia era cereal.

Quando o pai de Mouse estava presente, Mamãe Falsa falava com voz suave, doce e calorosa. Chamava Mouse de coisas como *Docinho*, *Querida* e *Boneca*.

Quer açúcar de confeiteiro nos crepes, Boneca?, Mamãe Falsa perguntava, com o pote na mão, pronta para cobrir os crepes com um monte de açúcar delicioso, do tipo que derretia na boca de Mouse. Mouse sacudia a cabeça, embora quisesse muito aquele açúcar de confeiteiro. Mas, mesmo aos seis anos de idade, Mouse sabia que às vezes as coisas boas tinham um preço que ela não queria pagar. Ela começou a sentir falta do cereal frio do pai, porque nunca vinha com um preço, só com leite e uma colher.

Quando o pai de Mouse estava presente, Mamãe Falsa era gentil. Mas o pai de Mouse nem sempre estava presente. Ele tinha um tipo de trabalho que o fazia viajar muito. Quando ele fazia uma de suas viagens de negócios, ficava fora durante dias.

Até a primeira vez que ele a deixou com Mamãe Falsa, Mouse nunca havia ficado sozinha com ela muito tempo. Mouse não queria ficar sozinha com ela, mas não disse isso ao pai, porque sabia quanto ele amava Mamãe Falsa. Ela não queria magoá-lo.

Mas ela segurou o braço dele quando ele se despediu. Ela pensou que, se apertasse firme, ele não iria. Ou, se fosse, a levaria junto. Ela era pequena; cabia na mala dele. Ela não daria um pio.

Volto em poucos dias, prometeu seu pai. Ele não disse exatamente quanto eram *poucos*. Puxou o braço gentilmente, deu um beijo na testa de Mouse antes de partir.

Você e eu vamos nos dar muito bem, disse Mamãe Falsa, acariciando os cabelos castanhos de Mouse. Mouse estava à porta tentando não chorar quando sentiu a mão viscosa de Mamãe Falsa em seus cabelos. Ela não achava que Mamãe Falsa pretendia puxar seus cabelos, mas talvez o fizesse. De qualquer maneira, isso fez Mouse estremecer. Ela deu um passo à frente, tentando deter o pai antes que ele partisse.

A mão de Mamãe Falsa desceu para o ombro de Mouse e o apertou com força, sem soltar.

Isso, Mouse sabia, ela pretendia fazer.

Mouse cuidadosamente ergueu os olhos para Mamãe Falsa sem saber o que encontraria. Olhos oblíquos, um olhar zangado; foi isso que ela achou que veria. Mas o que viu foi um sorriso assustador, do tipo que doía por dentro. *Se sabe o que é bom para você, vai parar onde está e se despedir de seu pai*, ordenou Mamãe Falsa. Mouse obedeceu.

Ficaram olhando o carro do pai de Mouse deixar a garagem. Ficaram à porta enquanto o carro fazia uma curva. Ele desapareceu em algum lugar que Mouse não podia ver. Só então o aperto de Mamãe Falsa no ombro de Mouse diminuiu um pouco.

Assim que ele desapareceu, Mamãe Falsa se tornou má. Em um piscar de olhos, aquela voz suave, doce e calorosa ficou fria. Mamãe Falsa se afastou da porta e a bateu com o pé. Gritou para Mouse parar de procurar pelo pai, que ele havia ido embora.

Ele não voltará tão cedo. É melhor você aceitar isso, disse ela antes de mandar Mouse se afastar da porta.

Mamãe Falsa passou os olhos pela sala à procura de alguma transgressão que lhe desse motivo para se zangar. Qualquer transgressão. Encontrou

Sr. Urso, o amado urso marrom de Mouse, sentado no canto do sofá, com o controle remoto sob sua mão minúscula e peluda. Sr. Urso estava assistindo à TV, exatamente como fazia todos os dias, aos mesmos programas a que Mouse gostava de assistir.

Mas Mamãe Falsa não queria que o urso assistisse à TV. Ela não queria o urso em lugar algum onde o pudesse ver. Ela o tirou do canto do sofá pelo bracinho, dizendo a Mouse que precisava guardar seus *brinquedos idiotas* antes que ela os jogasse no lixo. Ela sacudiu o urso antes de jogá-lo no chão.

Mouse olhou para seu amado urso caído no chão. Ele olhava para Mouse como se estivesse dormindo, ou talvez estivesse morto porque Mamãe Falsa o sacudira muito. Até Mouse sabia que não se devia fazer isso com uma coisa viva.

Mouse sabia que devia ficar de boca calada. Sabia que devia fazer o que ela havia dito. Mas não conseguiu se conter. Sem intenção, as palavras saíram. *Sr. Urso não é idiota*, gritou enquanto pegava o urso, apertando-o contra seu peito e o consolando. Mouse passou a mão sobre o pelo fofinho do bicho de pelúcia e murmurou em sua orelha: *Shhh. Está tudo bem, Sr. Urso.*

Não responda para mim, disse Mamãe Falsa. *Seu pai não está aqui agora, portanto, ouça bem. Eu estou no comando. Você se comporte quando estou aqui, sua roedorazinha*, disse ela. *Está me ouvindo, Mouse?*, perguntou, antes de começar a rir.

Mouse, pronunciou, debochada dessa vez. Ela disse que odiava ratos, que eles eram pragas. Disse a Mouse que eles pisavam nas fezes, espalhavam germes e deixavam as pessoas doentes. E perguntou: *Como você arranjou esse apelido, sua roedorazinha suja?*

Mas Mouse não sabia, portanto, não disse nada. Isso deixou Mamãe Falsa irritada.

Está me ouvindo?, perguntou, abaixando-se até o rosto de Mouse. Mouse não era uma garota alta. Era pequena, tinha menos de um metro de altura. Mal chegava à cintura de Mamãe Falsa, exatamente onde ela enfiava aquelas blusas bonitas dentro do cós da calça jeans. *Responda quando lhe faço uma pergunta*, disse Mamãe Falsa, apontando o dedo para o nariz de Mouse, tão perto que bateu nele. Se ela queria bater ou não, Mouse não sabia; talvez fosse uma daquelas coisas que acontecem acidentalmente de propósito. Mas isso não importava, porque, de qualquer maneira, doeu. Doeu seu nariz e feriu seus sentimentos.

Não sei por que Papai me chama assim, disse ela honestamente. *Ele só chama.*

Está sendo atrevida comigo, sua roedorazinha? Não seja atrevida comigo, disse Mamãe Falsa, pegando Mouse pelo pulso. E a sacudiu como havia feito com o urso, até a cabeça e o pulso de Mouse doerem. Mouse tentou puxar o braço, mas isso só fez Mamãe Falsa a apertar mais, cravando suas unhas compridas na pele da menina.

Quando ela por fim a soltou, Mouse viu a marca vermelha da mão de Mamãe Falsa nela. Havia marcas em forma de meia-lua em sua pele, por causa das unhas de Mamãe Falsa.

Seus olhos se encheram de lágrimas porque tanto sua cabeça quanto sua mão estavam doendo, mas mais ainda seu coração. Ela ficou triste quando Mamãe Falsa a sacudiu daquele jeito, e também assustada. Ninguém nunca havia falado com Mouse assim, nem a tocado assim, e ela não gostou. Isso fez uma gota de xixi se esgueirar de dentro dela e deslizar por uma das pernas, onde foi absorvida pelo tecido de sua calça.

Mamãe Falsa riu quando viu o pequeno lábio trêmulo de Mouse e as lágrimas em seus olhos. *O que vai fazer, chorar como um bebê?*, perguntou. *Bem, isso não é muito bonito*, disse. *Você é uma bebê chorona atrevida. Que oximoro!*, e riu. Embora Mouse soubesse muitas coisas, ela não conhecia a palavra *oximoro*; mas conhecia a palavra *moron*, que significava *idiota*, porque ouvia crianças se xingando na escola. Então, Mouse pensou que Mamãe Falsa a chamara de idiota – o que não foi a coisa mais cruel que ela fez naquele dia.

Mamãe Falsa mandou Mouse ir para algum lugar onde ela não a pudesse ver, porque estava cansada de olhar para seu rosto atrevido e chorão. *E não volte até que eu diga que pode voltar*, disse.

Mouse levou seu urso tristemente até o quarto e fechou a porta com delicadeza. Deitou Sr. Urso na cama e cantarolou uma canção de ninar no ouvido dele. Então, deitou-se ao lado dele e chorou.

Mouse sabia que não contaria ao pai o que Mamãe Falsa havia dito e feito. Não contaria nem para sua mãe verdadeira. Ela não era de fazer fofoca, e sabia quanto seu pai amava Mamãe Falsa. Ela via isso nos olhos dele toda vez que ele olhava para ela. Mouse não queria magoá-lo. Porque ele ficaria triste se soubesse o que Mamãe Falsa havia feito, ainda mais triste que Mouse. Mouse era uma garotinha empática; nunca queria deixar ninguém triste. Especialmente seu pai.

SADIE

Decoro o endereço. Entro em meu carro e vou até a casa de Courtney. Estaciono na calçada do parque, na rua, deslizando facilmente entre dois carros. Desço. Levo as chaves de Courtney comigo.

Normalmente, eu não faria algo assim, mas estou contra a parede.

Bato antes de tentar entrar. Ninguém responde.

Passo as chaves pelos dedos. Pode ser qualquer uma delas. Tento a primeira chave. Não serve.

Olho por cima do ombro; vejo uma mulher e seu cachorro perto do fim do parque, onde ele se encontra com a rua. A mulher está curvada, limpando a sujeira do cachorro na neve com um saco plástico; ela não me vê.

Tento a segunda chave. Entra. A maçaneta gira e a porta se abre, e me vejo parada à porta da casa de Courtney Baines. Entro e fecho a porta. O interior da casa é encantador. É uma explosão de personalidade: portas em arco, nichos na parede e móveis embutidos de madeira. Mas também está tudo meio negligenciado. Não há muitas coisas ali. A casa está desarrumada; pilhas de correspondências estão espalhadas pelo sofá, há duas xícaras de café vazias no piso de madeira. Uma cesta de roupas não dobradas aguarda na base da escada. Brinquedos de criança abandonados em um canto da sala; ninguém brinca com eles há bastante tempo.

Mas há fotografias. Estão penduradas na parede meio tortas; uma camada de poeira cobre a borda superior de cada uma.

Eu me aproximo das fotos, quase passo as mãos pela poeira. Mas imediatamente penso em impressões digitais, em evidências, e recuo depressa. Procuro um par de luvas de inverno nos bolsos de meu casaco e as calço.

As fotografias são de Jeffrey, Courtney e sua filhinha. Acho estranho; se Will e eu houvéssemos nos divorciado depois do caso, eu teria me livrado de suas fotografias, para não ter que me lembrar dele todos os dias. Courtney não guarda só fotografias da família em sua casa, mas também do casamento. Cenas românticas de Jeffrey e ela se beijando. Fico imaginando o que isso significa, se ela ainda gosta dele. Ela nega o caso dele, o divórcio, o novo casamento? Acha que há uma chance de eles voltarem ou só anseia pelo amor que um dia tiveram?

Ando pelos corredores, olho nos quartos, nos banheiros, na cozinha. A casa tem três andares estreitos, um cômodo mais espartano que o outro. No quarto da criança, a cama está coberta de criaturas da floresta, veados, esquilos e tal. Há um tapete no chão.

O outro aposento é um escritório, com uma mesa. Vou até a mesa e puxo as gavetas aleatoriamente. Não estou procurando nada em particular. Mas vejo coisas como canetas hidrográficas, resmas de papel e uma caixa de artigos de papelaria.

Volto para baixo. Abro e fecho a porta da geladeira. Afasto uma cortina e olho para fora para ter certeza de que não há ninguém se aproximando.

Quanto tempo tenho até Courtney perceber que suas chaves não estão com ela?

Sento-me suavemente no sofá, prestando atenção para não perturbar a cuidadosa ordem das coisas. Folheio a correspondência, mantendo-a na mesma ordem em que está, caso haja algum critério nessa loucura que eu não consiga ver. São principalmente contas e lixo. Mas há outras coisas também, como petições legais. Vejo digitado nos envelopes *Estado do Maine*, e é isso que me faz abri-los e retirar os documentos com as mãos enluvadas.

Eu nunca fui muito boa com linguagem jurídica, mas palavras como *ameaça à criança* e *custódia física imediata* se destacam. Levo apenas um minuto para perceber que Jeffrey e Morgan Baines estavam tentando obter a custódia total da filha dele com Courtney.

Pensar em alguém tirando Otto ou Tate de mim me deixa instantaneamente transtornada. Se alguém tentasse me tirar meus filhos, eu não sei o que faria.

Mas sei de uma coisa: ficar entre uma mulher e seu filho nunca acaba bem.

Coloco os documentos de volta em seus envelopes, mas não antes de tirar uma foto deles com meu celular. Deixo a correspondência de novo como estava. Levanto-me do sofá e saio pela porta da frente, encerrando minha busca por enquanto. Não sei se o que encontrei é suficiente para suspeitar do envolvimento de Courtney no assassinato, mas é o bastante para levantar questões.

Deixo as chaves em um compartimento com zíper de minha bolsa. Vou me livrar delas mais tarde.

As pessoas perdem as chaves o tempo todo, não é? Não é algo tão incomum.

Estou a meio caminho de meu carro, estacionado do outro lado da rua, quando meu celular toca. Pego-o dentro da bolsa e atendo à ligação.

— Sra. Foust? — pergunta a interlocutora.

Nem todo mundo sabe que sou médica.

— Sim — digo. — Sou eu.

A mulher que está do outro lado da linha me informa que está ligando da escola. Instintivamente penso em Otto. Penso em nossa curta conversa enquanto nos dirigíamos ao cais esta manhã. Algo o estava incomodando, mas ele não quis me dizer o quê. Acaso ele estava tentando me dizer alguma coisa?

— Tentei ligar para seu marido primeiro — diz a mulher —, mas caiu na caixa postal.

Olho meu relógio. Will está no meio de uma aula.

— Eu queria saber de Imogen. Seus professores notaram a ausência dela. Alguém esqueceu de chamá-la hoje? — pergunta a mulher.

Aliviada por não se tratar de Otto, suspiro e digo que não, que Imogen deve estar matando aula. Não vou me dar o trabalho de inventar mentiras pela ausência de Imogen.

O tom da mulher não é gentil. Ela me explica que é necessário que Imogen esteja na escola e que ela está se aproximando depressa do limite de faltas injustificadas permitidas em um ano letivo.

— É sua responsabilidade, sra. Foust, garantir que Imogen esteja na escola — diz ela.

Diz que será agendada uma reunião com Will, eu, Imogen, professores e administradores. Uma espécie de intervenção. Se isso não der certo, a escola será forçada a seguir o protocolo legal.

Encerro a ligação e entro em meu carro. Antes de partir, mando uma mensagem para Imogen. *Onde você está?* Não espero resposta. Mesmo assim, recebo uma. *Descubra.*

Imogen está brincando comigo.

Vem uma série de fotos a seguir. Lápides, uma paisagem sombria, um frasco de remédios. São os velhos comprimidos de Alice, usados para controlar a dor da fibromialgia; um antidepressivo que funciona como bloqueador neuromuscular. O nome de Alice está no rótulo.

Preciso encontrar Imogen antes que ela faça uma besteira com esse remédio, antes que tome uma decisão insensata sem volta. Acelero, afastando da cabeça por enquanto os documentos legais que encontrei na casa de Courtney. Encontrar o assassino de Morgan terá que esperar.

MOUSE

Mamãe Falsa não deu o jantar a Mouse naquela noite, mas a garota a ouviu na cozinha fazendo algo para si mesma. Ela sentiu o cheiro subindo pelas aberturas do piso, deslizando sob a fresta da porta do quarto de Mouse. Mouse não sabia o que era, mas o cheiro fez sua barriga estremecer de um jeito bom. Ela queria comer. Mas não podia, porque Mamãe Falsa não lhe ofereceu nada.

À hora de dormir, Mouse estava com fome. Mas ela sabia que não devia perguntar pelo jantar, porque Mamãe Falsa lhe havia dito explicitamente que não queria vê-la até que dissesse que podia aparecer. E Mamãe Falsa não disse que Mouse podia aparecer.

O sol se pôs e o céu escureceu, e Mouse tentou ignorar as dores da fome. Ela ouviu Mamãe Falsa lá embaixo por um longo tempo depois que acabou de comer, lavando a louça e assistindo à TV.

E, então, a casa ficou em silêncio.

Uma porta se fechou, e Mamãe Falsa, pensou Mouse, foi para a cama.

Mouse abriu uma fresta de sua porta. Ficou atrás, prendendo a respiração, certificando-se de que a casa estava quieta; de que Mamãe Falsa não havia entrado no quarto e saído de novo. Que Mamãe Falsa não estava tentando enganá-la e fazê-la descer.

Mouse sabia que devia dormir. Ela tentou dormir. Ela queria dormir.

Mas estava com fome.

E, pior ainda, precisava ir ao banheiro, que ficava no térreo. Mouse precisava muito ir ao banheiro. Estava segurando havia muito tempo e achava que não aguentaria muito mais. Certamente não aguentaria a noite toda. Mas também não queria que acontecesse um acidente no quarto, porque ela já tinha seis anos, era velha demais para que acontecessem acidentes no quarto. Mas Mouse não tinha permissão para sair do quarto até que Mamãe Falsa dissesse que podia. Então, ela juntou as pernas bem apertadas e desejou que o xixi ficasse dentro dela. Também usou a mão, apertando-a na virilha como uma rolha, pensando que poderia segurar o xixi.

Mas, com o tempo, seu estômago começou a doer demais, porque ela estava com fome e com vontade de fazer xixi.

Mouse se convenceu a descer a escada. Não foi fácil, porque Mouse não era o tipo de garota que gostava de quebrar regras. Mouse era o tipo de garota que gostava de obedecer às regras para nunca ter problemas.

Mas Mouse se lembrou de que Mamãe Falsa não a havia mandado para o quarto. Fora Mouse que decidira ir. O que Mamãe Falsa dissera fora que fosse a algum lugar onde ela não a pudesse ver. Se Mamãe Falsa estivesse dormindo, decidiu Mouse, não a veria lá embaixo; a menos que pudesse ver com os olhos fechados. Assim, Mouse não estava violando nenhuma regra.

Mouse abriu a porta do quarto, que rangeu. Ela gelou por dentro, imaginando se isso seria suficiente para acordar Mamãe Falsa. Contou até cinquenta em sua cabeça e, quando viu que a casa continuava em silêncio, sem sinal de Mamãe Falsa acordando, saiu.

Mouse desceu os degraus. Atravessou a sala. Foi na ponta dos pés até a cozinha. Bem perto da cozinha havia um corredor que desviava para o quarto onde estava Mamãe Falsa. Mouse espiou pela esquina, tentando dar uma olhada na porta, grata por encontrá-la totalmente fechada.

Mouse precisava mais fazer xixi que comer. Foi primeiro ao banheiro. Mas o banheiro ficava a poucos metros do quarto de seu pai e Mamãe Falsa, e isso assustou Mouse. Ela foi de meias, arrastando os pés até a porta do banheiro, tentando não os levantar do chão.

A casa estava escura. Não totalmente escura, mas Mouse precisava tatear as paredes com as pontas dos dedos para não esbarrar em nada. Mouse não tinha medo do escuro; era o tipo de criança que não tinha medo de nada, porque sempre se sentira segura em sua casa. Pelo menos, antes de Mamãe Falsa chegar. Agora ela não se sentia mais segura – e a escuridão era a menor de suas preocupações.

Mouse conseguiu chegar ao banheiro.

Já dentro, fechou a porta com delicadeza. Deixou a luz apagada, de modo que estava escuro como breu no banheiro. Não havia janela lá, nada de luz da lua se esgueirando através do vidro, nada de luz noturna.

Mouse foi tateando até o vaso sanitário. Pela graça de Deus, a tampa já estava levantada. Ela não precisou correr o risco de fazer barulho ao levantá-la. Mouse baixou suas calças até os joelhos, sentou-se tão lentamente no assento do vaso que sentiu suas coxas queimarem. Tentou controlar sua urina, soltá-la de forma lenta e inaudível, mas estava segurando havia muito tempo. Não conseguiu controlar sua saída. E assim, uma vez que as comportas se abriram, a urina saiu de uma maneira turbulenta e alta. Mouse tinha certeza de que todo mundo no quarteirão havia ouvido, mas especialmente Mamãe Falsa, que estava do outro lado do corredor, na cama do pai da garota.

O coração de Mouse se acelerou. Suas mãos começaram a suar. Seus joelhos tremiam, de modo que, quando terminou e puxou as calças de volta até seus quadris ossudos, foi difícil ficar em pé. Suas pernas tremiam como as da mesa quando ela tentava passar por cima dela para evitar a lava quente que jorrava em seu quarto. Elas tremiam, ameaçando se quebrar.

Com a bexiga esvaziada e as calças levantadas, Mouse ficou ali no banheiro por um longo tempo com as luzes apagadas. Não se deu o trabalho de lavar as mãos. Antes de sair do banheiro, ela queria ter certeza de que o som do xixi não havia acordado Mamãe Falsa. Porque, se Mamãe Falsa estivesse no corredor, ela veria Mouse.

Mouse contou até trezentos em sua cabeça. E, então, contou mais trezentos.

Só então resolveu sair. Mas Mouse não deu descarga por medo do barulho que faria. Ela deixou tudo dentro do vaso sanitário, a urina, o papel higiênico, tudo.

Ela abriu a porta do banheiro. Deslizou de volta para o corredor, grata por encontrar a porta do quarto ainda fechada.

Na cozinha, Mouse pegou alguns biscoitos amanteigados Salerno no armário e um copo de leite na geladeira. Lavou o copo e o colocou no escorredor para secar. Recolheu as migalhas dos biscoitos com a mão e as jogou no lixo. Porque Mamãe Falsa também havia dito: *Você se comporte quando estou aqui, sua roedorazinha*, e Mouse queria fazer o que ela mandava. Fez tudo em silêncio.

Mouse subiu os degraus.

Mas, no caminho, seu nariz começou a coçar.

A pobre Mouse tentara tanto não fazer barulho... mas o espirro é um reflexo, dessas coisas que acontecem sozinhas, como o arco-íris e a lua cheia. Uma vez iniciado, não havia como parar o espirro, embora Mouse tentasse. Ah, como Mouse tentou! Ali, na escada, ela colocou as mãos em volta do nariz; beliscou a ponta do nariz; levou a língua ao céu da boca, prendeu a respiração e implorou a Deus que o detivesse. Fez tudo que pôde pensar para impedir esse espirro de sair.

Mas, mesmo assim, o espirro saiu.

SADIE

O espaço é típico de um cemitério. Dirijo pela trilha estreita de cascalho e estaciono meu carro em frente à capela. Ao abrir a porta, uma rajada de vento entra para me cumprimentar. Saio e atravesso o terreno cercado, passando entre lápides e árvores enormes.

O lote onde Alice está enterrada ainda não foi coberto pela grama. É um túmulo fresco, cheio de terra, com neve espalhada em cima. Não há lápide, e não haverá até que a terra se firme e se possa instalar uma. Por enquanto, Alice é identificável apenas por um número de seção e lote.

Imogen está de joelhos na terra nevada. Ela ouve meus passos e se vira. Quando me olha, vejo que está chorando. O delineador preto que ela aplica com tanto cuidado está escorrido sobre suas faces. Seus olhos estão vermelhos, inchados. Seu lábio inferior treme. Ela o morde para fazê-lo parar. Não quer que eu veja seu lado vulnerável.

De repente, ela parece ter menos que dezesseis anos. Mas também está transtornada e furiosa.

— Demorou muito — diz ela.

Verdade seja dita, houve um momento, no caminho para cá, que pensei em não vir. Liguei para Will para que ele soubesse das fotos que Imogen me enviou, mas, de novo a ligação ficou sem resposta. Eu estava voltando para a balsa quando minha consciência me dominou; eu sabia que tinha que vir. O frasco de remédios continua fechado, caído ao lado de Imogen, no chão.

— O que está fazendo com isso, Imogen? — pergunto.

Ela dá de ombros, indiferente.

— Imaginei que deviam ser bons para alguma coisa — diz ela. — Não ajudaram mamãe, mas talvez possam me ajudar.

— Quantos você tomou? — pergunto.

— Nenhum ainda — diz ela.

Mas não sei se acredito. Vou cautelosamente em direção a ela, inclino-me e pego os comprimidos. Abro a tampa e olho dentro. Ainda há alguns. Mas não sei quantos havia antes.

Faz menos um grau, na melhor das hipóteses. O vento sopra. Cubro a cabeça com o capuz e enfio as mãos nos bolsos.

— Você vai morrer aqui, Imogen — digo.

Péssima escolha de palavras, dadas as circunstâncias.

Imogen está sem casaco, sem gorro e sem luvas. Seu nariz brilha, vermelho. Muco escorre da ponta dele e corre para o lábio superior dela, e a vejo lambê-lo com a língua, fazendo-me lembrar de que ela é uma criança. Suas bochechas são duas manchas cor-de-rosa geladas.

— Eu não tive tanta sorte — diz ela.

— Não diga isso.

Mas ela acha que estaria melhor morta.

— A escola ligou — digo. — Disseram que você anda matando aulas de novo.

Ela revira os olhos.

— O que está fazendo aqui, Imogen? — pergunto, embora a resposta seja bem clara. — Você deveria estar na escola.

Ela dá de ombros.

— Não estava a fim de ir. Além do mais, você não é minha mãe. Não pode me dizer o que fazer.

Ela enxuga os olhos com a manga da camisa. Está usando um jeans preto e rasgado, e uma camisa vermelha e preta desabotoada por cima de uma camiseta preta.

— Você contou a Will sobre a foto — diz ela. — Não deveria ter falado.

Ela se levanta. Noto de novo como Imogen é alta, o suficiente para me olhar de cima.

— Por que não?

— Ele não é meu pai, porra. Além disso, era só para você ver.

— Eu não sabia que era segredo — digo. Dou um passo para trás, recuperando meu espaço. — Você não me pediu para não contar. Se houvesse pedido, eu não teria dito nada — minto.

Ela revira os olhos. Sabe que estou mentindo.

Faz-se um momento de silêncio. Imogen está calada, pensativa. Fico me perguntando para que exatamente ela me trouxe até aqui. Continuo na defensiva; não confio nela.

— Você conheceu seu pai? — pergunto.

Dou mais um passo para trás, esbarrando no tronco de uma árvore. Ela me fita.

— Estava pensando que você é alta. Sua mãe não era muito alta, não é? Will também não é particularmente alto. Você deve ter puxado a altura de seu pai.

Estou balbuciando. Posso notar isso tão bem quanto ela.

Ela diz que não o conhece. Mas admite saber o nome dele, o da esposa dele e que eles têm três filhos. Ela viu a casa dele; descreve-a para mim. Ela sabe que ele tem uma clínica de optometria. Que ele usa óculos. Que a filha mais velha dele, Elizabeth, de quinze anos, é apenas sete meses mais nova que ela. Imogen é suficientemente inteligente para saber o que isso significa.

— Ele disse a minha mãe que não estava preparado para ser pai.

Mas, claramente, estava. Ele simplesmente não queria ser pai de Imogen. Vejo em sua expressão: a rejeição ainda dói.

— A questão é que, se minha mãe não fosse tão sozinha o tempo todo — diz ela —, talvez quisesse viver. Se ele a amasse, talvez ela houvesse ficado mais um pouco. Ela estava cansada de fazer cara de feliz o tempo todo. Arrasada por dentro, mas feliz por fora. Ninguém acreditava que ela sentia dor; nem os médicos dela. Eles não acreditavam nela. Não havia como provar que doía. Não havia nada para fazê-la se sentir melhor. Todos esses malditos que a refutavam foram os que a mataram.

— A fibromialgia — digo — é uma coisa terrivelmente frustrante. Eu gostaria de ter conhecido sua mãe; talvez pudesse ajudar.

— Não diga merda — diz ela. — Ninguém poderia ajudar.

— Eu teria tentado. Eu teria feito qualquer coisa para ajudar.

Ela solta uma gargalhada.

— Você não é tão inteligente quanto quer que todos pensem. Você e eu temos algo em comum — diz, mudando o foco.

— É mesmo? — pergunto, incrédula. — O que seria?

Não consigo pensar em algo que Imogen e eu tenhamos em comum.

Ela se aproxima.

— Você e eu — diz ela, apontando para mim e para ela — somos sequeladas.

Sinto um nó na garganta. Ela dá mais um passo para mim, apontando o dedo, e cutuca meu peito com ele. Sinto a casca da árvore em minhas costas e não consigo me mexer. Ela passa a falar alto, fora de controle.

— Você acha que pode vir aqui e tomar o lugar dela? Dormir na cama dela, vestir suas malditas roupas? Você não é ela. Você nunca será ela! — grita.

— Imogen — sussurro. — Eu nunca...

E, então, ela deixa cair a cabeça entre as mãos. Começa a soluçar; seu corpo inteiro se agita como as ondas do oceano.

— Eu nunca tentaria tomar o lugar de sua mãe — digo com voz sufocada.

O ar que nos cerca é amargo e sombrio. Passo os braços em volta de mim quando passa uma rajada de vento. Vejo o cabelo preto tingido de Imogen voar em torno dela, e sua pele esfolada e vermelha, não branca pálida como sempre.

Tento estender a mão para ela, dar-lhe um tapinha no braço para consolá-la.

Mas ela se afasta depressa de meu toque.

Ela abaixa os braços. Levanta os olhos. Então grita, e a intempestividade de sua declaração e o vazio de seus olhos me assustam. Recuo.

— Ela não conseguiu. Ela queria, mas simplesmente não conseguiu. Ela travou. Olhou para mim, chorando. Ela implorou: *Ajude-me, Imogen*.

Ela está descontrolada. Saliva sai de sua boca e se acumula nos cantos de seus lábios. Ela a deixa ali. Sacudo a cabeça, confusa. Do que ela está falando?

— Ela queria que você a ajudasse com a dor? — pergunto. — Ela queria que você fizesse a dor desaparecer?

Ela sacode a cabeça; ri.

— Você é uma idiota — diz.

Então, ela se recompõe. Seca a saliva e se endireita. Olha para mim desafiadoramente, mais como a Imogen que conheço, não mais atormentada.

— Não — prossegue, destemida. — Ela não queria que eu a ajudasse a viver. Ela queria que eu a ajudasse a morrer.

Não consigo respirar. Penso no banquinho, fora do alcance dos pés de Alice.

— O que você fez, Imogen?

— Você não faz ideia — diz ela, em um tom de voz arrepiante. — Você não faz ideia de como era ouvi-la chorar no meio da noite. Às vezes, a dor era tão forte que ela não conseguia parar de gritar. Ela ficava animada quando arranjava um médico novo, a porra de um novo tratamento, mas dava tudo errado outra vez, acabando com suas esperanças. Era desesperador; ela não melhorava. Nunca melhoraria. Ninguém deveria ter que viver assim.

Imogen, com lágrimas escorrendo de seus olhos, começa do começo. O dia começou como outro qualquer. Ela acordou; foi para a escola. Na maioria das vezes, Alice a estava esperando no vestíbulo quando Imogen chegava a casa. Mas, naquele dia, Alice não estava ali. Imogen a chamou. Não houve resposta. Ela começou a procurar pela casa, até que uma luz no sótão a levou até o último andar. Lá, ela encontrou sua mãe sobre um banquinho, com a corda no pescoço. Ela estava assim havia horas. Seus joelhos tremiam de medo e de exaustão, enquanto ela tentava, em vão, pular do banquinho. Ela havia deixado um bilhete. Estava caído no chão. Imogen o decorou. *Você sabe tão bem quanto eu que isso é difícil para mim*, dizia o bilhete. *Não foi nada que você tenha feito. Isso não significa que eu não a amo. Mas não posso continuar vivendo essa vida dupla.* Não era um bilhete tipo *Querido John*, e sim a nota de suicídio de Alice, que Imogen pegou e enfiou no bolso de sua blusa naquele dia. No início, Imogen tentou convencê-la a descer do banquinho, a ficar e viver. Mas Alice estava decidida. Ela simplesmente não conseguia dar o passo. *Ajude-me, Imogen*, implorou.

Imogen olha diretamente para mim e diz:

— Eu puxei aquele maldito banco debaixo dos pés dela. Não foi fácil, mas fechei os olhos e puxei. Saí correndo. Nunca corri tão rápido na vida. Corri para meu quarto, escondi a cabeça embaixo da porra do travesseiro e gritei para não ter que a ouvir morrer.

Respiro fundo. Não foi exatamente suicídio, mas também não foi nada tão malévolo quanto eu pensava. Foi morte assistida, como aqueles médicos que dão uma dose letal de remédio para dormir a um paciente terminal, para deixá-lo morrer como deseja.

Eu nunca fui esse tipo de médica.

Meu dever é ajudar os pacientes a viver, não os ajudar a morrer.

Olho para Imogen de boca aberta, pensando: *Que tipo de pessoa poderia fazer uma coisa dessas? Que tipo de pessoa poderia pegar o banco e puxar, sabendo muito bem qual seria o resultado?*

Seria preciso ser certo tipo de pessoa para fazer o que Imogen fez. Agir por impulso e não pensar no que vem depois. Com a mesma facilidade, ela poderia ter pedido ajuda naquele momento; poderia facilmente ter soltado a mãe.

Diante de mim, ela chora convulsivamente. Não suporto pensar no que ela passou, no que viu. Nenhuma garota de dezesseis anos deveria ser colocada nessa posição.

É uma pena, penso, por Alice.

Mas também por Imogen.

— Você fez a única coisa que soube fazer — minto.

Digo isso só para consolá-la, porque acho que ela precisa de consolo. Estendo os braços para ela, e, por uma fração de segundo, ela me permite. Só um segundo. Mas, quando a envolvo cuidadosamente em meus braços, assustada e mal a tocando, sinto como se estivesse abraçando uma assassina – mesmo que na cabeça dela as razões do que fez justifiquem o ato. Mas ela está arrependida e triste agora. Pela primeira vez, Imogen demonstra uma emoção diferente de raiva. Eu nunca a vi assim antes.

Mas, então, como não poderia deixar de ser, como se ela pudesse ler meus pensamentos, subitamente Imogen se apruma. Seca as lágrimas com a manga. Seus olhos estão vazios, seu rosto inexpressivo.

Ela empurra meus ombros repentinamente. Não há nada de gentil nisso; é rude, hostil. Sinto a dor no local em que as pontas de seus dedos pressionam violentamente meu desfiladeiro torácico, aquele ponto sensível entre a clavícula e as costelas. Dou um passo para trás, tropeçando em uma pedra. Ela diz:

— Tire suas malditas mãos de mim ou farei com você o que fiz com ela!

A pedra é grande; perco o equilíbrio e caio sentada na terra molhada de neve.

Sufoco um arquejo. Olho para ela, que paira acima de mim, calada. Não há nada a dizer.

Ela encontra um graveto caído no chão. Pega-o e vem depressa para mim, como se fosse me atingir de novo. Encolho-me e, inadvertidamente, levo as mãos à cabeça para me proteger.

Dessa vez, ela recua.

Em vez de bater em mim, Imogen grita tão alto que sinto a terra tremer:

— Vá embora!

Levanto-me. Enquanto me afasto depressa, aterrorizada por lhe dar as costas, ouço-a ainda me chamar de louca; como se a ameaça de morte não fosse suficiente.

SADIE

Vou para casa; chego à nossa rua, subo a colina. Faz horas que deixei Imogen no cemitério. Era início da tarde, e agora é noite. Está escuro. O tempo passou voando. Tenho duas chamadas perdidas, ambas de Will, perguntando onde estou. Quando o vir, vou lhe contar como passei o dia; minha conversa com Imogen no cemitério. Mas não vou lhe contar tudo, porque, o que ele pensaria de mim se soubesse que roubei as chaves de uma mulher e invadi a casa dela?

Ao passar pela casa vazia ao lado da nossa, meus olhos se sentem atraídos para ela. Está escura como deveria estar; ainda falta as luzes se acenderem. A neve se acumula em frente à garagem dela, ao passo que as outras estão limpas. É óbvio que ninguém mora aí.

Sou tomada por uma súbita vontade de ver com meus próprios olhos o que há dentro dessa casa.

Não que eu ache que há alguém ali, mas não consigo parar de pensar em uma coisa. Se alguém veio à ilha para assassinar Morgan tarde da noite, não haveria balsa para voltar ao continente. A pessoa teria que passar a noite na ilha conosco.

E que lugar melhor para ficar que uma casa vazia, onde ninguém saberia?

Deixo meu carro na entrada de minha garagem e me esgueiro pelo gramado coberto de neve. Não estou procurando um assassino, e sim uma prova de que alguém esteve ali.

Olho por cima do ombro enquanto me pergunto se há alguém me observando, se alguém sabe que estou aqui. Há pegadas na neve. Sigo-as.

A casa ao lado é uma casa de campo. É pequena. Vou primeiro à porta e bato. Não espero que alguém atenda, mas bato mesmo assim, porque seria tolice não bater. Ninguém atende à porta. Então, pressiono meu rosto no vidro e olho para dentro. Não vejo nada fora do comum; só uma sala de estar com móveis cobertos de plástico.

Contorno a casa. Não sei o que estou procurando, mas estou procurando alguma coisa. Um jeito de entrar, possivelmente; e, depois de algumas tentativas fracassadas, uma esperança: aí está.

A tampa do poço da janela dos fundos não está trancada.

Levanto-a e ela cede facilmente. Retiro a neve. Com as mãos trêmulas, retiro a tampa e a deixo de lado.

Cuidadosamente, desço pelo poço da janela. O espaço é apertado. Tenho que me contorcer para chegar à janela. A tela está rasgada. Não só um pouco, mas o suficiente para um corpo inteiro passar. Puxo a janela, pensando que não vai ceder – certamente, não pode ser tão fácil –, mas, para minha surpresa, cede.

A janela do porão está destrancada.

Que tipo de proprietário não protege sua casa antes de partir para passar o inverno fora?

Espremo meu corpo pela janela, primeiro os pés. Desajeitada, entro no porão escuro. Minha cabeça atravessa uma teia de aranha quando meus pés pousam no concreto. A teia gruda em meu cabelo, mas essa é a menor de minhas preocupações. Há muito mais coisas a temer que isso. Meu coração bate forte enquanto olho ao redor do porão para ter certeza de que estou sozinha.

Não vejo ninguém. Mas está escuro demais para saber.

Atravesso o porão e encontro os degraus inacabados que levam ao andar principal. Vou devagar, arrastando os pés, tomando cuidado para não fazer barulho enquanto subo. No topo da escada, pouso a mão na maçaneta da porta. Minha mão está suada, trêmula, e, de repente, estou me perguntando por que achei que seria uma boa ideia vir aqui. Mas cheguei até aqui, não posso voltar. Eu preciso saber.

Giro a maçaneta, abro a porta e passo para o andar principal.

Estou aterrorizada. Não sei quem está aqui, se há alguém aqui. Não posso gritar por medo de que alguém me ouça. Mas, quando percorro a casa, é difícil ignorar a realidade. Não vejo ninguém, mas há sinais de vida por toda parte. Está escuro fora e dentro; tenho que usar a lanterna de meu celular para enxergar. Descubro um recuo no plástico que cobre uma cadeira da sala, como se alguém houvesse se sentado ali. O banquinho do piano foi puxado, há partituras no suporte. Há migalhas na mesa de centro.

É uma casa térrea. Sigo pelo corredor escuro e estreito na ponta dos pés, para não fazer barulho. Prendo a respiração; faço respirações curtas e superficiais só quando preciso, apenas quando a queima do dióxido de carbono em meus pulmões é mais intensa do que posso aguentar.

Chego ao primeiro quarto e olho dentro, iluminando as quatro paredes com minha lanterna. É pequeno, um quarto que foi convertido em sala de costura. Uma costureira mora aqui.

O quarto ao lado é pequeno, cheio de móveis antigos ornamentados enterrados embaixo de plástico. O carpete é grosso, macio. Meus pés afundam e me sinto culpada por estar de sapatos, como se essa fosse minha pior infração. Mas há também arrombamento e invasão.

Saio desse quarto e entro no maior dos três, o principal. Em comparação, é um quarto espaçoso. Mas não é por isso que meus olhos olham duas vezes quando entro.

O sol já se pôs. Apenas um leve tom azulado entra pelas janelas. A hora azul; assim é chamado o momento em que a luz solar residual ganha um tom azulado e tinge o mundo de azul. Passo a lanterna pelo quarto. Vejo o ventilador de teto, cujas pás têm forma de folhas de palmeira. O teto tem sanca. E eu já o vi antes.

Eu sonhei com este quarto. Sonhei comigo mesma deitada nessa cama, ou em uma cama igual a essa, suando debaixo desse ventilador, na vala que ainda há no meio da cama. Eu olhava para o ventilador, desejando que se mexesse e lançasse uma rajada de ar frio sobre meu corpo quente. Mas não lançou, porque a próxima coisa que me lembro é de estar parada ao lado da cama me vendo dormir.

Essa cama, diferente dos outros móveis da casa, não está coberta de plástico. O plástico que deveria estar sobre ela está amontoado no chão, do outro lado.

Alguém dormiu nessa cama.

Alguém esteve aqui.

Dessa vez, não me dou o trabalho de ir até a janela do porão. Vou direto para a porta da frente. Saio e a fecho atrás de mim. A luz da sala se acende nesse momento.

Ao voltar para casa, convenço-me de que o teto, a cama e o ventilador não eram exatamente os mesmos de meu sonho. Eram parecidos, sim, mas não os mesmos. Os sonhos desaparecem depressa, e, portanto, os detalhes verdadeiros provavelmente já haviam desaparecido antes que eu abrisse os olhos.

Além disso, estava escuro naquela casa. Não olhei bem para o teto ou para o ventilador.

Mas, sem sombra de dúvida, o plástico foi retirado daquela cama. O proprietário cobriu a cama como todos os outros móveis da casa, e alguém o removeu.

Já em meu quintal, olho para meu celular. Está morrendo. A bateria está em dois por cento. Ligo para o policial Berg. Ele poderá procurar impressões digitais e descobrir quem esteve lá. Se Deus quiser, encontrará o assassino de Morgan. Tenho um ou dois minutos, na melhor das hipóteses, antes que o telefone morra. Minha ligação cai na caixa postal. Deixo uma mensagem rápida. Peço que ele me ligue. Mas não digo por quê.

Antes que eu possa terminar a ligação, meu celular morre.

Jogo-o no bolso do casaco. Atravesso a entrada e sigo em direção à varanda. De fora, a casa está escura. Will se esqueceu de deixar a luz da varanda acesa para mim. Há luzes acesas dentro, mas não consigo ver os meninos daqui. Há calor na casa; ele sai pelas aberturas, cinza contra a escuridão da noite. Aqui fora está ventando e faz frio. O vento sopra a neve que caiu nos últimos dias, formando montes nas calçadas e ruas. O céu está limpo. Não há ameaça de neve esta noite, mas os meteorologistas estão enlouquecidos por causa de uma tempestade que chegará amanhã. A primeira tempestade substancial da estação.

Um barulho me assusta. É um som agudo, meio dissonante. Estou a menos de três metros da varanda quando o ouço. Volto-me e, a princípio, não o vejo, porque seu corpo está bloqueado por uma árvore enorme. Mas ele dá um passo à frente, para longe da árvore, e o vejo andando devagar, deliberadamente, arrastando uma pá de neve pela rua.

O som que ouvi era da pá de neve. Metal no concreto. Ele segura o cabo da pá com a mão enluvada, raspando a lâmina na rua. Jeffrey Baines.

Will está em casa fazendo o jantar. A cozinha fica nos fundos da casa. Ele não me ouviria se eu gritasse.

Em frente a nossa casa, Jeffrey se vira e se aproxima de mim. Parece confuso. Seu cabelo está arrepiado. Seus olhos escuros estão vermelhos e aquosos. Está sem óculos. Não parece nem um pouco o homem gentil e afável que conheci na cerimônia memorial outro dia. Está um caco.

Olho para a pá. É uma coisa versátil, tem dois propósitos. Porque ele não só poderia bater em minha cabeça e me matar com ela, como também poderia usá-la para enterrar meu corpo.

Ele sabe que eu o vi com Courtney na cerimônia? Que eu estive na casa dela?

Sinto um súbito terror. E se houver câmeras de segurança na casa dela? Tipo aquelas campainhas novas e sofisticadas que têm câmera para informar quem esteve a sua porta quando você não estava?

— Jeffrey — digo, recuando. Tento não deixar que minha imaginação me domine. Pode haver muitas razões para ele estar aqui. Muitos outros motivos além do que eu imagino. — Você está em casa — digo, porque acabo de perceber que a casa dele não é mais uma cena de crime.

Jeffrey percebe meu medo. Ouve-o em minha voz; nota-o em minha linguagem corporal. Meus pés recuam imperceptivelmente. Mas, mesmo assim, ele olha para eles. Vê o movimento. Como um cachorro, ele fareja meu medo.

— Eu estava limpando minha calçada e vi você parar — diz ele.

— Ah — respondo.

Percebo que, se ele viu meu carro parar quinze ou vinte minutos atrás, pode ter me visto indo até a casa ao lado. Ele pode ter ouvido a mensagem que deixei para o policial Berg.

— Onde está sua filha? — pergunto.

— Ocupada com seus brinquedos.

Quando olho para o outro lado da rua, vejo uma luz acesa em uma janela do andar de cima. As persianas estão abertas, o quarto brilha. Vejo a silhueta da garotinha enquanto ela anda pelo quarto com um ursinho de pelúcia nos ombros, como se o estivesse levando de cavalinho. A garotinha ri sozinha, com seu urso. Isso só aumenta meu desconforto. Penso no que Jeffrey confessou, que ela e Morgan não eram próximas.

Ela está feliz porque sua madrasta morreu? Ela está feliz por ter o pai de novo só para si?

— Eu disse a ela que voltava em um minuto. Estou atrapalhando? — pergunta Jeffrey, passando a mão enluvada pelo cabelo.

Ele está de luvas, mas sem gorro. Pergunto-me por que, se está todo agasalhado para tirar a neve, não está de gorro. Acaso as luvas têm outro objetivo além de manter suas mãos aquecidas?

— Will está lá dentro — digo, indo para trás —, com os meninos. Passei o dia inteiro fora.

É o que digo, embora seja uma desculpa patética, e percebo que deveria ter dito algo mais tangível que isso, mais concreto, mais decisivo, como: *O jantar está pronto.*

Mas minha resposta é fraca, no mínimo, e Jeffrey é decisivo em dizer:

— Seu marido não está em casa.

— É claro que ele está em casa — digo.

Mas, quando me volto para a casa, vejo a escuridão, a falta de movimento, a súbita percepção de que o carro de Will não está na entrada da garagem. Como não percebi, quando estacionei, que o carro de Will não estava aqui? Eu não estava prestando atenção em nada quando cheguei. Estava concentrada demais em outras coisas.

Enfio a mão no bolso. Vou ligar para Will, descobrir onde ele está, implorar para ele voltar para casa.

Mas a tela preta que não responde me recorda: meu celular está morto.

Meu rosto deve ter ficado branco. Jeffrey pergunta:

— Está tudo bem, Sadie?

E quando lágrimas de pânico fazem meus olhos arderem, forço-as a voltar. Engulo em seco e digo:

— Sim, sim, claro. Está tudo bem — minto. — Foi um dia agitado. Eu esqueci, Will teve que buscar nosso filho na casa de um amigo. Ele mora aqui perto — digo, apontando arbitrariamente para trás.

Espero que Jeffrey suponha que Will voltará logo, em questão de minutos. Que logo estará em casa.

— É melhor eu entrar — digo a Jeffrey —, começar a fazer o jantar. Foi um prazer vê-lo.

Sinto pavor de lhe dar as costas, mas não há outro jeito. Tenho que entrar, fechar a porta e passar a tranca. Ouço as cachorras latindo. Vejo a carinha delas contra as janelas na lateral da porta. Mas ali, presas dentro, elas não podem me ajudar.

Prendo a respiração quando me volto. Aperto os dentes, preparo-me para a dor agonizante da lâmina quadrada entrando em minha cabeça.

Mal me mexo quando uma mão pesada e enluvada cai sobre meu ombro.

— Eu queria lhe perguntar uma coisa antes de você ir.

O tom de sua voz é opressivo. É de arrepiar. Entre minhas pernas, meu assoalho pélvico afrouxa. A urina penetra minha calcinha. Viro-me com relutância, e vejo a pá enraizada na terra agora. Jeffrey se apoia nela e ajeita as luvas.

— Pois não — digo com voz trêmula.

Vejo faróis passarem por entre as árvores. Mas estão longe, afastam-se em vez de se aproximar.

Onde está Will?

Jeffrey diz que veio falar comigo sobre sua esposa morta.

— O que tem ela? — pergunto, sentindo minhas cordas vocais vibrando dentro de mim.

Mas, quando começa a falar de Morgan, ele muda. Sua postura muda. Ele fica emocionado ao falar dela. É sutil; uma película cobre seus olhos, não lágrimas que escorrem por seu nariz e atravessam suas faces. Seus olhos cintilam ao luar, sob o brilho da neve.

— Havia algo errado com Morgan — diz. — Algo a deixou chateada. Assustada até. Ela não quis me dizer o que era. Ela lhe contou?

Parece tão óbvio, tão transparente. Eu não deveria colocar a ideia em sua cabeça; mas talvez a ideia já esteja lá, e ele só esteja sendo astuto. Astuto como uma raposa. Acho que ele ou sua ex-mulher tiveram algo a ver com tudo isso. A prova está na casa dela, em sua própria confissão. Mas como posso admitir que espionei a conversa deles no santuário da igreja, que invadi a casa de outra mulher e vasculhei suas coisas?

Sacudo a cabeça.

— Morgan não me disse nada.

Não digo a ele que não conhecia Morgan o suficiente para que ela me dissesse por que estava chateada. Não digo a ele que não conhecia Morgan. É fácil ver que comunicação não era o ponto forte entre Jeffrey e a esposa, porque, se fosse, ele já saberia que Morgan e eu não éramos amigas.

— O que o faz pensar que ela estava assustada? — pergunto.

— Minha empresa se tornou global recentemente; passei muito tempo no exterior. Tem sido difícil, para dizer o mínimo. O tempo fora de casa, sem dúvida, mas ainda mais a dificuldade de aprender uma nova língua, nova cultura, tentar me integrar em um país estrangeiro, ser bem-sucedido em meu trabalho... Andei sob muita pressão. Não sei por que estou dizendo tudo isso — diz ele, quase se desculpando.

Vejo uma ponta de vulnerabilidade.

Não sei o que lhe dizer, e não digo nada. Também não sei por que ele está me contando isso.

Jeffrey prossegue:

— Acho que estou só tentando dizer que estive sobrecarregado, esgotado. Totalmente sobrecarregado de trabalho. Não tenho estado muito em casa ultimamente, e o tempo que passava aqui era sempre afetado pelo jet lag. Mas algo deixou Morgan chateada. Eu perguntei o que era, mas ela era abnegada até demais, não me contou. Disse que não era nada. Ela não iria me sobrecarregar com o que quer que fosse. Eu perguntei — admite, triste —, mas não o suficiente.

Percebo que o que vejo não é o rosto de um louco. É o rosto de um viúvo em luto.

— Ouvi no noticiário que havia bilhetes ameaçadores — digo.

— Sim — diz ele. — Sim, a polícia encontrou bilhetes em nossa casa.

— Perdoe-me por dizer isso, não é da minha conta, mas... sua ex-esposa... é possível que ela tenha ressentimentos por haver outra mulher em sua vida?

— Você acha que Courtney fez isso? Que mandou as ameaças, que assassinou Morgan? — Ele sacode a cabeça e diz com firmeza: — De jeito nenhum. Courtney é do tipo que perde o controle, sim. Ela é precipitada, tem um temperamento forte, faz coisas estúpidas...

E, então, ele me conta sobre uma noite em que Courtney chegou à ilha com a única intenção de roubar sua própria filha. Ela quase conseguiu, porque tinha as chaves da casa de Jeffrey e Morgan, visto que ali já fora sua própria casa. Quando todos estavam dormindo, ela entrou, foi para o quarto da filha e a acordou. Foi Morgan quem as pegou quando elas estavam saindo. Courtney estava com passagens de avião; de alguma forma, ela já havia conseguido um passaporte para a filha. Planejava deixar o país com a menina.

— Morgan queria lutar pela custódia total, achava que Courtney não era uma boa mãe.

Recordo o dia da cerimônia.

Meu temperamento tomou conta de mim, Jeff.

Eu estava com raiva.

Você não pode me culpar por tentar recuperar o que é meu.

Não lamento que ela esteja morta.

Essas palavras tinham outro significado? Talvez não fossem uma confissão de assassinato, e sim uma referência à noite em que ela tentara roubar a própria filha.

— Tirar uma criança da mãe... — começo, deixando minha voz sumir. Tirar um filho de sua mãe é motivo para matar. Mas não digo isso. Digo:

— Se alguém se pusesse entre mim e meus filhos, eu ficaria fora de mim.

Jeffrey é resoluto:

— Courtney não é assassina — diz. — E as ameaças que Morgan recebeu eram...

Mas ele para por aí, incapaz de expressar em palavras quais eram exatamente as ameaças.

— O que diziam os bilhetes? — pergunto, hesitante.

Não sei bem se quero saber.

Jeffrey diz que foram três bilhetes. Ele não sabe quando chegaram, mas tem suas suposições. Ele vira Morgan ir até a caixa de correspondência certa tarde. Era um sábado, há mais ou menos um mês. Ele estava em casa, olhando pela janela enquanto Morgan descia.

— Eu tinha o hábito de ficar olhando para Morgan sem que ela soubesse — confessa. — É que ela era tão bonita! Era fácil fazer isso — diz ele, sorrindo nostalgicamente ao recordar sua esposa. — Era um deleite para os olhos. De todos.

E me lembro de que o policial Berg disse que os homens da cidade olhavam para ela. Que Will olhava para ela.

— Sim — respondo —, ela era adorável.

O que penso dele muda, porque posso ver em seus olhos o quanto ele amava Morgan.

Jeffrey conta que naquele dia a viu se inclinar e levar a mão à caixa para pegar a correspondência, e depois fazer a longa caminhada de volta para a entrada, folheando a papelada.

No meio do caminho, Morgan parou. Levou a mão à boca. Quando entrou, ela estava branca como um fantasma. Ela passou por Jeffrey tremendo. Ele perguntou o que ela tinha, o que ela encontrara na correspondência que a deixara tão perturbada. Morgan disse que eram só contas; que o convênio não havia coberto uma consulta médica recente. Que o que tinham que pagar era uma fortuna.

Deveriam ter coberto, disse ela com a correspondência na mão.

Aonde você vai?, perguntou ele, indo atrás dela.

Ligar para o convênio, disse ela, mas foi para o quarto e fechou a porta.

Morgan mudou naquele dia. As mudanças foram sutis, outra pessoa não teria percebido. Ela tinha uma súbita propensão a fechar as cortinas assim que o céu ficava escuro. Tinha uma inquietação que antes não existia nela.

Os bilhetes que a polícia encontrou eram todos diferentes, escondidos entre a cama e o colchão em que Jeffrey e Morgan dormiam. Ela intencionalmente os escondera dele.

Pergunto o que diziam, e ele diz:

Você não sabe de nada.

Se contar a alguém, você morre.

Estou de olho em você.

Sinto um calafrio na espinha. Olho para as janelas das casas da rua. Será que alguém está nos observando?

— Morgan e sua ex-esposa se davam bem? — pergunto.

Até eu posso ver que não faz sentido que essas ameaças provenham de uma ex-esposa magoada. Elas nada têm a ver com uma mulher tentando recuperar seus direitos sobre a filha. Essas ameaças não têm nada a ver com um marido que ambiciona o pagamento de um seguro de vida após a morte de sua esposa.

Essas ameaças são outra coisa. Esse tempo todo eu estava errada.

Foi-se o homem que sorria na cerimônia memorial de sua esposa. Desmanchou-se. Jeffrey afirma enfaticamente, inabalável:

— Estou lhe dizendo — diz Jeffrey, agitado. — Courtney não teve nada a ver com isso. Alguém estava ameaçando minha esposa, alguém a queria morta.

Eu vejo isso agora.

SADIE

— Usei o resto do leite no macarrão com queijo — diz Will quando chega a casa, entrando poucos minutos depois de mim.

Tate está com ele; entra pulando alegremente, diz a Will para contar até vinte e depois ir procurá-lo. Ele corre para se esconder enquanto Will tira umas coisas de um saco de supermercado e as deixa no balcão.

Will pisca para mim e admite:

— Eu disse que brincaríamos de esconde-esconde se ele fosse comigo e se comportasse.

Will consegue transformar qualquer tarefa em uma aventura.

Na panela elétrica, o famoso macarrão com queijo de Will está cozinhando. A mesa está posta para cinco, como se Will achasse que Imogen estaria em casa. Ele leva para a mesa a garrafa de leite que acabou de comprar e enche os copos vazios.

— Onde está Otto? — pergunto.

— Lá em cima — responde Wil.

— Ele não foi com vocês?

Will sacode a cabeça negativamente.

— Fui rapidinho, só comprar leite — diz.

Will se volta para mim, talvez só me vendo agora desde que chegou a casa.

— Que foi, Sadie? — pergunta, deixando o leite na mesa e vindo até mim. — Você está tremendo como uma vara verde.

Ele me abraça. Quero lhe contar as descobertas do dia. Quero tirar tudo de meu peito, mas, por algum motivo, digo:

— Não é nada. Não tive tempo de almoçar.

Culpo o baixo nível de açúcar no sangue por minha tremedeira. Vou lhe contar mais tarde, quando Tate não estiver na sala ao lado esperando que Will o encontre.

— Você não pode continuar fazendo isso, Sadie — diz Will, repreendendo-me com ternura. Ele vai até a despensa e pega um biscoito para eu comer. Entrega-o a mim, dizendo: — Não conte para os meninos. Nada de biscoitos antes do jantar. Isso vai estragar seu apetite.

Ele sorri, e, mesmo depois de tudo que passamos, não posso deixar de sorrir também, porque ele ainda está aqui: o Will por quem me apaixonei.

Fico olhando para ele. Meu marido é bonito. Seu cabelo comprido está puxado para trás, e tudo que posso ver é seu queixo cinzelado, os ângulos agudos de seus pômulos e seus olhos sedutores.

Mas, então, recordo de repente que o policial Berg disse que Will tinha olhos para Morgan e me pergunto se é verdade. Meu sorriso desaparece do rosto e sinto o arrependimento começar a surgir dentro de mim. Posso ser fria, eu sei. Glacial. Já me disseram isso. Às vezes penso que fui eu que empurrei Will para os braços de outra mulher. Se eu houvesse sido mais afetuosa, mais sensível, mais vulnerável. Mais feliz. Mas, em minha vida, só o que conheci foi uma tristeza inerente.

Quando eu tinha doze anos, meu pai reclamava que eu era mal-humorada. Radiante um dia, triste no dia seguinte. Ele atribuía isso a minha iminente adolescência. Fiz experiências com minhas roupas, como crianças dessa idade costumam fazer. Eu estava desesperada para descobrir quem era. Ele dizia que havia dias em que eu gritava para ele parar de me chamar de Sadie, porque eu odiava esse nome. Eu queria trocar meu nome, ser outra pessoa, qualquer pessoa menos eu. Em alguns momentos eu era irritadiça, em outros era gentil. Às vezes era extrovertida, às vezes tímida. Eu podia facilmente tanto fazer quanto sofrer bullying.

Talvez tenha sido só uma rebeldia adolescente, uma necessidade de autodescoberta, os hormônios. Mas minha então terapeuta não achava isso. Ela me diagnosticou com transtorno bipolar. Eu tomei estabilizadores de humor, antidepressivos, antipsicóticos. Nada ajudou. O ponto crítico veio mais tarde, depois que conheci e me casei com Will, depois que formei minha família e comecei minha carreira.

Tate chama da sala:

— Venha me encontrar, papai!

Will me beija lentamente antes de ir. Eu não me afasto, deixo-o dessa vez. Ele pousa as mãos em meu rosto. Quando seus lábios macios roçam nos meus, sinto algo que não sinto há muito tempo. Quero que Will continue me beijando.

Mas Tate o chama de novo e Will vai.

Subo a escada para me trocar. Sozinha no quarto, eu me pergunto se é possível uma pessoa sonhar com um lugar onde nunca esteve. Levo minha pergunta à internet. A resposta não é tão fácil de encontrar em relação a lugares, mas em relação a rostos, sim. A internet afirma que todos os rostos que vemos em nossos sonhos são rostos que já vimos na vida real.

Já faz mais de uma hora, mas o policial Berg ainda não me ligou de volta. Visto um pijama. Largo minhas roupas no cesto de roupa suja. Está transbordando, e penso que, depois de tudo que Will faz por nós, o mínimo que posso fazer é pôr a roupa na máquina. Estou cansada demais para fazer isso agora, mas amanhã, antes de ir trabalhar, farei.

Jantamos juntos. Como esperado, Imogen não aparece. Fico revirando a comida, mal consigo comer.

— No que está pensando? — pergunta Will no final do jantar.

Só então percebo que passei a refeição inteira olhando para o nada.

Peço desculpas e digo que é a fadiga.

Will lava a louça. Tate vai ver TV. Otto sai correndo e sobe. Ouço a porta do quarto dele se fechar, e só então, quando tenho certeza de que ambos estão fora do alcance de minha voz, conto a Will o que Imogen me disse no cemitério. Não hesito, porque, senão, posso perder a coragem. Não sei como Will vai reagir.

— Estive com Imogen hoje — começo.

Conto-lhe os detalhes: que a escola ligou, que a encontrei sozinha no cemitério. Que ela estava com os comprimidos. Vou direto ao ponto.

— Ela estava com raiva, mas sem defesas. Começamos a conversar. Ela me disse, Will, que tirou o banco dos pés de Alice no dia em que ela morreu — digo. — Se não fosse por Imogen, Alice ainda poderia estar viva.

Sinto-me como uma informante, mas é meu dever, minha responsabilidade contar a Will. Imogen é uma criança perturbada, ela precisa de ajuda. Will precisa saber o que ela fez para que possamos procurar a ajuda que ela merece.

Will fica rígido no começo. Ele está em frente à pia, de costas para mim. Mas, subitamente, sua postura muda, ele se endireita. Um prato escorrega de suas mãos molhadas e cai na pia. Não quebra, mas o som dele batendo na pia é alto. Dou um pulo. Will solta um palavrão.

Nos momentos de silêncio que se seguem, digo:

— Sinto muito, Will. Sinto muito.

E estendo a mão para tocar seu ombro.

Ele fecha a água e olha para mim, secando as mãos em um pano. Suas sobrancelhas estão caídas, seu rosto, impassível.

— Ela está brincando com você — diz ele com segurança.

Sua negação é clara como o dia.

— Como você sabe? — pergunto.

Eu sei que o que Imogen me disse é verdade. Eu estava lá, eu a ouvi.

— Ela não faria isso — diz ele.

Ele quer dizer que Imogen não ajudaria sua mãe a morrer. Mas a verdade é que Will não quer acreditar que ela faria isso.

— Como você pode ter certeza? — pergunto.

Lembro a ele que mal conhecemos essa garota, que ela faz parte de nossa vida há apenas algumas semanas. Não temos ideia de quem é Imogen.

— Existe uma animosidade entre você e ela — diz ele, como se tudo isso fosse algo mesquinho, algo trivial, e não uma questão de vida ou morte. — Você não vê que ela está fazendo isso intencionalmente, para provocá-la?

É verdade que Imogen não se comporta assim com Will e os meninos, mas isso não muda as coisas. Há outro lado de Imogen que Will não consegue ver.

Minha cabeça volta a nossa conversa desta manhã sobre a fotografia no celular de Imogen.

— Você conseguiu recuperar as fotos? — pergunto, pensando que, se ele as encontrou, haverá provas.

Ele poderá ver as coisas da maneira que eu vejo.

Ele balança a cabeça, diz que não.

— Se havia uma foto, desapareceu — diz.

Suas palavras cuidadosamente escolhidas são como um soco no estômago para mim. *Se havia uma foto.* Ao contrário de mim, Will não tem certeza de que já houve uma fotografia.

— Você não acredita em mim? — pergunto, magoada.

Ele não responde de imediato. Pensa antes de falar.

Depois de um tempo, sério, de braços cruzados, ele diz:

— Você não gosta de Imogen, Sadie. Ela a assusta, você disse. Você não queria vir para cá, e agora quer ir embora. Eu acho que você está procurando uma razão para...

Ergo a mão e o detenho. Não preciso ouvir o resto. Ele está tentando me contar sua verdade: que estou inventando um motivo para ir embora daqui.

Só uma coisa importa: ele não acredita em mim.

Dou meia-volta e saio da cozinha.

SADIE

Passo outra noite agitada me revirando na cama. Por volta das cinco da manhã, desisto e me levanto silenciosamente. As cachorras me seguem, ansiosas por ganhar o café da manhã mais cedo. No caminho para a porta do quarto, pego o cesto de roupas sujas e vou para o corredor com ele apoiado nos quadris. Desço a escada.

Estou chegando ao patamar quando meu pé descalço pisa em algo afiado. Cutuca o arco de meu pé. Abaixo-me para ver o que é, descansando o cesto em meu colo. Na escuridão, tateio cegamente o agressor, pego-o e o levo à luz da cozinha para ver o que é.

É um pequeno pingente prateado em um cordão, agora enrolado na palma de minha mão. Está quebrado. Não no fecho, mas no meio do cordão, de modo que não dá para arrumar. Uma pena, penso.

Aperto o pingente entre meus dedos; vejo que de um lado não tem nada.

Viro-o. Do outro lado, há uma letra *M*. A inicial de alguém; mas de quem?

Não é o nome dela que me ocorre primeiro. Penso antes em Michelle, Mandy e Maggie. Mas, então, o pensamento surge me atropelando, deixando-me sem ar.

M de Morgan.

Na cozinha, ofego. Este colar pertencia a Morgan?

Não posso afirmar, mas é o que diz meu instinto.

O que esse colar está fazendo em nossa casa? Não há uma boa razão para ele estar aqui. Só razões que tenho medo de considerar.

Deixo-o na bancada e vou para a lavanderia. Minhas mãos estão tremendo, mesmo eu dizendo a mim mesma que é só uma teoria. O colar poderia pertencer tanto a uma Michelle quanto a Morgan Baines. Talvez Otto goste de uma garota e tenha pensado em dá-lo a ela. Uma garota chamada Michelle.

Abro o cesto e as roupas caem no chão. Separo as brancas e as coloridas. Vou pegando-as e as enfiando na máquina de lavar. É muita roupa para uma lavagem só. Mas quero lavar tudo. Não estou pensando em nada em particular, mas em muitas coisas. Mas o que mais se destaca é como posso fazer meu casamento e minha família voltarem aos eixos. Porque, antes, nós éramos felizes.

Maine era para ser um recomeço. Mas a mudança teve um efeito nocivo sobre tudo: Will, meu casamento, nossa família, nossa vida. É hora de partirmos, de irmos para outro lugar. Não de voltar a Chicago, de ir a algum lugar novo. Vamos vender a casa, levar Imogen conosco. Penso nos lugares aonde poderíamos ir. São tantas possibilidades... se eu pudesse convencer Will a irmos embora...

Minha cabeça está em outro lugar, não na roupa. Mal presto atenção na roupa, só as enfio de maneira rápida e contundente na máquina e bato a porta. Pego o sabão em uma prateleira. Só então noto umas peças que escaparam furtivamente da máquina de lavar, caídas no chão da lavanderia.

Abaixo-me para pegá-las, pronta para abrir a porta e jogá-las para dentro. E assim, curvada, pegando as peças na mão, é que eu vejo. A princípio, acho que é por causa da pouca iluminação da lavanderia. Sangue em uma toalha de rosto. Muito sangue, embora eu tente me convencer de que não é sangue.

A mancha não é vermelha; é mais marrom, pois o sangue muda de cor quando seca. Mas, mesmo assim, é sangue. Inegavelmente sangue.

Seria muito fácil dizer que Will se cortou, ou que Tate esfolou o joelho, ou, na pior das hipóteses, que Otto ou Imogen adquiriram o hábito de se cortar; mas pela quantidade de sangue na toalha, não. Não é só um salpico ou uma manchinha. A toalha foi encharcada de sangue que agora está seco.

Viro-a nas mãos. O sangue vazou para os dois lados. Deixo a toalha cair de meus dedos.

Estou com o coração na boca. Não consigo respirar. Estou sem ar.

Ao me levantar depressa, a gravidade força meu sangue todo a descer para meu tronco. Ele fica lá, incapaz de voltar para o cérebro, e fico tonta.

Tudo começa a rodar. Manchas negras dançam diante de meus olhos. Apoio a mão na parede para me equilibrar e me abaixo lentamente, até o chão. Fico sentada ao lado da toalha manchada de sangue. Só vejo a toalha, mas não a toco mais, por causa das evidências de DNA que deve haver nela.

O sangue de Morgan, as impressões digitais de seu assassino. E agora as minhas.

Não sei como essa toalha ensanguentada veio parar dentro de nossa casa, mas alguém a colocou aqui. E são poucas as opções.

Perco a noção do tempo. Fico sentada na lavanderia um bom tempo, até que ouço o som de passos galopando pela casa. Passos leves e rápidos que pertencem a Tate, seguidos pelos mais pesados: Will.

Eu deveria estar no banho agora. Deveria estar me arrumando para ir trabalhar. Will me chama baixinho, pois notou que eu não estava na cama.

— Sadie?

— Estou indo — respondo sem fôlego.

Quero mostrar a toalha a Will, mas não posso, pois Tate está na cozinha com ele. Ouço a voz de Tate pedindo rabanada. A toalha terá que esperar. Escondo-a na lavanderia, embaixo da máquina de lavar, onde ninguém a encontrará. Está dura por causa do sangue seco, e desliza facilmente.

Levanto-me do chão com relutância e vou para a cozinha, dominada por uma vontade de vomitar. Há um assassino morando em minha casa comigo.

— Onde você estava? — pergunta Will ao me ver.

Só o que consigo dizer é: *Lavanderia*. A palavra sai forçada, e de novo surgem as manchas pretas, dançando diante de meus olhos.

— Por quê? — pergunta ele.

Digo que havia muita roupa suja.

— Não precisava fazer isso, eu teria feito — diz ele, pegando leite e ovos na geladeira.

Eu sei que ele teria lavado a roupa. Ele sempre lava.

— Só queria ajudar — digo.

Seguro-me firmemente no batente da porta para não cair.

— Você não parece bem — diz ele.

Quero muito lhe contar sobre a toalha ensopada de sangue que alguém deixou no cesto de roupa suja. Mas não falo por causa de Tate.

Ouço Tate, ao lado dele, perguntar:

— O que a mamãe tem?

— Não estou me sentindo bem. Estou com dor de estômago — forço-me a dizer.

Will se aproxima e pousa a mão em minha testa. Não estou com febre. Mas me sinto quente e suada.

— Preciso me deitar — digo, apertando meu estômago.

Na escada, a bile começa a subir e tenho que correr para o banheiro.

MOUSE

Mouse ficou paralisada. Esperou ouvir o som da porta do quarto se abrindo no andar de baixo e Mamãe Falsa aparecer. Mouse estava com medo, embora não fosse culpa dela ter feito barulho. Não dá para parar de espirrar.

Suas pernas tremiam de medo. Seus dentes começaram a bater, embora Mouse não estivesse com frio.

Mouse não sabia quanto tempo ficara ali esperando na escada. Ela contou até trezentos em sua cabeça, mas perdeu a conta duas vezes e teve que recomeçar.

Como Mamãe Falsa não apareceu, Mouse pensou que talvez não a houvesse escutado. Talvez Mamãe Falsa não houvesse acordado com o espirro. Ela não sabia como isso era possível – o espirro fora alto –, mas Mouse agradeceu a suas estrelas da sorte, se é que tinha alguma.

Seguiu para o quarto e subiu em sua cama. Ali, na cama, ela conversou com sua mãe verdadeira, como sempre. Contou o que Mamãe Falsa havia feito, que machucara Mouse e Sr. Urso. Ela contou a sua mãe verdadeira que estava com medo e que queria que o pai voltasse para casa. Ela disse isso em sua cabeça. O pai de Mouse frequentemente dizia que ela podia conversar com sua mãe verdadeira sempre que quisesse. Ele lhe disse que, onde quer que estivesse, sua mãe a ouviria. E assim fazia Mouse. Ela falava com sua mãe verdadeira o tempo todo.

Mas, às vezes, Mouse dava um passo além e imaginava o que sua mãe verdadeira respondia. Às vezes, imaginava que sua mãe verdadeira estava com ela e que elas estavam conversando, tendo o tipo de conversa que Mouse mantinha com seu pai, o tipo que ele respondia. Isso era só faz de conta, porque não havia como saber o que sua mãe responderia. Mas isso fazia Mouse se sentir menos sozinha.

Por um tempo, Mouse ficou satisfeita sabendo que havia comida em seu estômago – embora três biscoitos amanteigados não fossem a mesma coisa que um jantar. Mouse sabia que esses biscoitos não a sustentariam por muito tempo. Mas, pelo menos por enquanto, ela estava contente.

Por enquanto, ela podia dormir.

SADIE

— Como está se sentindo? — pergunta Will, inclinado sobre mim.

— Mal — digo, ainda com gosto de vômito na boca.

Ele me diz para dormir, que vai avisar a clínica que estou doente e levar os meninos para a escola. Senta-se na beira da cama, acaricia meu cabelo, e quero lhe contar sobre a toalha. Mas não posso dizer nada, pois as crianças estão no fim do corredor se arrumando para a escola. Por nossa porta aberta, eu as vejo entrar e sair do quarto e do banheiro.

Mas chega um momento em que estão cada um em seu quarto, fora do alcance de minha voz, e penso em falar.

— Will — digo.

Mas Tate entra correndo no quarto e pede a Will que o ajude a encontrar suas meias favoritas. Will o pega pela mão e o segura antes que ele tenha a chance de pular na cama.

— O quê? — pergunta Will, voltando-se para mim.

Sacudo a cabeça.

— Deixe pra lá.

— Tem certeza? — pergunta ele.

— Sim — digo.

Eles saem, vão para o quarto de Tate em busca das meias perdidas. Will me olha por cima do ombro e diz para eu dormir o máximo que puder. Sai e fecha a porta.

Contarei a Will mais tarde.

Ouço Will, Otto, Tate e Imogen andando pela casa. Ouço conversas comuns sobre o dia a dia, sobre sanduíches de presunto e queijo, sobre provas de história. Suas palavras chegam até mim através dos dutos de ar.

Tate faz uma charada, e, por Deus, é Imogen quem responde. Imogen sabe que na casa térrea azul, onde tudo é azul – paredes azuis, piso azul, mesa e cadeiras azuis –, a escada não é azul, porque não há escada.

— Como você sabia? — pergunta Tate.

— Sabendo.

— Essa foi boa, Tater Tot — diz Will, usando seu apelido, e o manda pegar a mochila para não chegar tarde à escola.

Do lado de fora, o vento é feroz. Fustiga as ripas de madeira da casa, ameaçando arrancá-las. A casa está fria, um frio que entra sob a pele. Não consigo me aquecer.

— Vamos indo, pessoal — grita Will.

Eu me levanto da cama e paro na porta. Ouço Tate procurar o gorro e as botas no armário. Ouço a voz de Imogen no saguão com eles. Ela vai até a balsa com eles, não sei por quê. Talvez seja pelo clima. Mas não posso deixar de notar a ironia disso: ela deixa Will a levar até a balsa, mas eu, não.

De repente, só ouço pés e a correria das cachorras, até que a porta da frente se abre e depois se fecha de novo e a casa fica quase em silêncio. Os únicos sons são o assobio da caldeira, a água correndo nos canos e o vento açoitando o exterior de nossa casa.

Só depois que eles se vão, eu saio do quarto. Acabo de chegar ao corredor quando algo chama minha atenção. Duas coisas, na verdade. Os olhos da boneca, que parecem duas bolas de gude, chamam minha atenção primeiro. É a mesma boneca de Tate que encontrei no vestíbulo outro dia, que ele carregou sem cuidado para seu quarto a pedido de Will.

Ela está sentada no corredor, no piso de madeira, encostada na parede. Está bem sentadinha sobre o bumbum, com sua legging floral. Seu cabelo crespo forma duas tranças que caem sobre seus ombros, e suas mãos descansam em seu colo. Alguém encontrou o sapato que faltava.

Ao lado dos pés da boneca há lápis e papel. Vou até lá e pego o pedaço de papel.

Eu me preparo, pois sei o que é antes de olhar. Viro o papel na mão e vejo do outro lado exatamente o que esperava ver. O mesmo corpo chorando e desmembrado dos desenhos que encontrei no sótão. Ao lado do corpo desmembrado, uma mulher furiosa segura uma faca. Manchas de carvão preenchem o excesso de espaço em branco – lágrimas ou sangue, não sei qual. Talvez ambos.

Fico pensando se essas coisas estavam aqui hoje de manhã quando passei com a roupa. Mas estava escuro, eu não teria visto se estivessem. E, na volta, eu estava enjoada e corri para o banheiro, quase não cheguei a tempo. Também não teria notado.

Fico imaginando se Will viu essas coisas antes de sair. A boneca ele pensaria que era de Tate; e os desenhos estavam virados, ele não teria visto o conteúdo.

Essas coisas me deixam aterrorizada, porque acho que, se pertencem a Otto, é sinal de que ele está regredindo. Isso é um mecanismo de defesa, uma maneira de lidar com as coisas: assumir um comportamento infantil para evitar enfrentar um problema. Minha terapeuta me dizia isso: que eu agia como criança quando não queria lidar com problemas de adulto. Talvez Otto esteja fazendo a mesma coisa. Mas por quê? Ele parece feliz. Se bem que ele é fechado, nunca sei o que se passa em sua cabeça.

Penso naquela minha terapeuta. Nunca gostei muito dela. Não gostava porque ela me fazia sentir tola e pequena, ela me difamava quando eu expressava meus sentimentos. E não só isso; ela também me confundia com outros pacientes.

Uma vez, afundei em sua poltrona giratória de couro, cruzei as pernas e tomei um gole da água que ela sempre deixava na mesa para mim. Ela perguntou o que estava acontecendo ultimamente, como sempre fazia. *Diga-me o que está acontecendo.* Antes que eu pudesse responder, ela começou a me aconselhar a terminar com um homem casado com quem eu estava saindo; mas eu não estava saindo com um homem casado. Eu já era casada. Com Will.

Empalideci de vergonha por sua outra cliente, aquela cujos segredos ela havia acabado de revelar.

Não há nenhum homem casado, expliquei.

Não?, ela perguntou. *Você já terminou?*

Nunca houve um homem casado, disse eu.

Deixei de ir nela logo depois.

Otto tinha uma terapeuta em Chicago. Juramos que daríamos continuidade ao tratamento quando nos mudássemos para o Maine, mas nunca demos. Mas acho que é hora.

Passo pela boneca e desço, levando o desenho comigo.

Há um prato com rabanadas no balcão da cozinha. E um bule de café ainda quente na cafeteira. Sirvo-me café, mas não consigo comer nada. Ao levar a caneca aos lábios, vejo que minhas mãos tremem, formando ondas no café.

Ao lado do prato com rabanadas há um bilhete. *Fique bem*, leio, e a assinatura de Will e o sempre presente *beijos*. Ele deixou meus remédios junto. Deixo-os onde estão, não quero tomá-los de estômago vazio.

Pela janela da cozinha, vejo as cachorras. Will deve tê-las deixado sair, o que é bom. Elas são cães de neve – huskies –, estão em seu elemento em um clima como este. Seria quase impossível fazê-las entrar antes que elas mesmas queiram.

No quintal, o vento sopra através das árvores nuas, fazendo seus galhos se dobrarem. Está nevando, uma neve pesada. Não esperava tanta neve; estou surpresa pelas escolas não terem cancelado as aulas hoje. Mas também fico grata, porque preciso desse tempo sozinha.

A neve não cai verticalmente, por causa do vento. Ela cai de lado, com abandono, formando montinhos no quintal. A neve começa a se acumular no peitoril da janela da cozinha, enterrando-me viva dentro de casa. Sinto o peso dela em meu peito. Está difícil de respirar.

Tomo um gole de café com cuidado; noto que o colar com o pingente que deixei no balcão de manhã sumiu. Procuro no chão, atrás das latas, na gaveta de tranqueiras onde guardamos coisas aleatórias. Não está em lugar nenhum; alguém pegou. Imagino-o ali, como o deixei, o delicado cordão enrolado com o *M* em cima.

O fato de ter sumido só aumenta minhas suspeitas. De manhã, enquanto eu estava deitada na cama, os quatro – Will, Otto, Tate e Imogen – estavam juntos na cozinha. Seria muito fácil para Imogen pegar o colar na bancada quando ninguém estivesse olhando. Penso nos bilhetes ameaçadores que Morgan recebeu. Teria Imogen os enviado? Por quê?, eu me pergunto a princípio; mas, depois, com a mesma rapidez: por que não?

Penso em como Imogen me trata, como me assusta. Se ela pode fazer isso comigo, poderia facilmente fazer com Morgan.

Deixo o desenho e levo meu café até a lavanderia. Vejo que mais cedo, depois que voltei para a cama, Will terminou de lavar a roupa para mim. As pilhas de roupas que deixei desapareceram, foram substituídas por um cesto de roupa suja vazio e um piso limpo.

Ajoelho-me ao lado da máquina de lavar, olho embaixo e fico grata por encontrar a toalha manchada de sangue ainda lá. Mas fico tão horrorizada quanto fiquei ao vê-la pela primeira vez. Todas as emoções voltam; sei que preciso contar a Will.

Deixo a toalha onde está. Volto para a cozinha para esperar. Sento-me à mesa. O desenho de Otto está a menos de dois metros de distância; os olhos da cabeça decapitada me encaram. Não suporto olhar. Espero até quase nove horas para ligar para Will, pois sei que ele já terá levado Tate para a escola nesse horário e já estará sozinho para podermos conversar.

Quando Will atende, está na balsa indo para o campus. Ele pergunta como estou me sentindo.

— Não muito bem — digo.

Ouço o som do vento chicoteando ao seu redor, soprando no aparelho. Ele está do lado de fora, parado no convés externo coberto de neve. Poderia estar dentro da cabine bem aquecida, mas não está. Deve ter cedido seu lugar para outra pessoa; isso é clássico nele; ele é altruísta.

— Precisamos conversar, Will — digo.

Ele me diz que é muito barulhento na balsa, que não é a melhor hora, mas digo de novo:

— Precisamos conversar.

— Posso ligar quando eu chegar ao campus? — pergunta ele.

Will fala alto ao telefone, tentando vencer o barulho do vento.

Digo que não. Digo que é importante, que não pode esperar.

— O que foi? — pergunta ele.

Sou direta e digo que acho que Imogen teve algo a ver com o assassinato de Morgan. Ele solta um suspiro longo, exasperado, mas, ainda assim, vai me dando corda, perguntando por que acho isso agora.

— Encontrei uma toalha ensanguentada, Will, na lavanderia. Totalmente encharcada de sangue.

Do outro lado da linha, faz-se um silêncio ensurdecedor.

Prossigo, porque ele não diz nada. Sinto as palavras rasparem minha garganta. Diante de mim, minhas mãos estão suadas, mas, por dentro, estou com tanto frio que tremo. Digo a ele que a encontrei quando estava lavando a roupa. Que encontrei a toalha e a escondi embaixo da máquina de lavar porque não sabia o que fazer.

— Onde está essa toalha agora? — pergunta ele com preocupação na voz.

— Ainda embaixo da máquina de lavar. Estou pensando em entregá-la ao policial Berg.

— Ei — diz ele —, parada aí, Sadie. Você não está sendo sensata. Tem certeza de que é sangue?

— Tenho.

Will tenta dar justificativas. Talvez alguém tenha limpado algo com ela. Tinta, lama, alguma sujeira que as cachorras fizeram.

— Talvez seja merda de cachorro — diz ele.

Will nunca é grosseiro assim. Mas talvez ele esteja assustado como eu.

— Talvez um dos meninos se tenha cortado — sugere.

E fala de quando Otto era pequeno e passou a ponta do polegar pela lâmina afiada da navalha só para ver como seria, apesar de ter sido alertado para nunca tocar a navalha do pai. A navalha cortou sua pele, e Otto tentou esconder o sangue de nós. Ele não queria se encrencar. Encontramos panos sujos de sangue na lata de lixo dias depois, e seu polegar infeccionado.

— Isso não é a mesma coisa que brincar com navalhas — digo. — É muito diferente. A toalha, Will, foi encharcada de sangue. Não eram umas gotas de sangue, ela ficou literalmente ensopada. Imogen a matou — digo com firmeza. — Ela a matou e se limpou com essa toalha.

— Não é justo o que você está fazendo com ela, Sadie — diz ele alto. Não sei se ele está gritando comigo ou por causa do vento. Mas, definitivamente, está gritando. — Isso é uma caça às bruxas — diz.

— O colar de Morgan também estava aqui — prossigo. — Encontrei-o na escada. Eu pisei nele. Deixei-o no balcão da cozinha e agora sumiu. Imogen o pegou para esconder a prova.

— Sadie — diz ele —, eu sei que você não gosta dela. Sei que ela não foi gentil com você. Mas você não pode culpá-la por cada coisinha que acontece.

Estranho as palavras que ele usa. *Cada coisinha.*

Assassinato não é uma coisinha.

— Se não foi Imogen, alguém nesta casa a matou — digo. — Isso é certeza. Senão, como você explica o colar dela no chão de nossa casa, a toalha ensanguentada na lavanderia? Se não foi ela, quem foi?

A princípio, a pergunta é retórica. A princípio, pergunto só para fazê-lo ver que foi Imogen, porque ninguém mais em casa é capaz de matar. Se ela fez isso uma vez – puxou o banquinho debaixo dos pés de sua mãe –, poderia fazer de novo.

Mas, então, no silêncio que se segue, meus olhos pousam no desenho raivoso de Otto, na cabeça decapitada e as gotas de sangue. Penso no fato de ele ter voltado a brincar com bonecas. E penso que meu filho de catorze anos levou uma faca para a escola.

Ofego, perguntando-me se Imogen seria a única nesta casa capaz de matar. Não quero que esse pensamento escape de minha cabeça. Mas escapa.

— Poderia ter sido Otto? — penso em voz alta.

Assim que as palavras saem, quero pegá-las de volta e colocá-las de novo em minha cabeça, onde é o lugar delas.

— Você não pode estar falando sério! — diz Will.

Eu não quero estar falando sério. Não quero acreditar nem por um segundo que Otto possa ter feito isso. Mas não é impossível. Porque o mesmo argumento parece verdadeiro: se ele fez uma vez, poderia fazer de novo.

— Mas e o histórico de violência de Otto? — pergunto.

— Não há um histórico de violência — insiste Will. — Otto nunca machucou ninguém, esqueceu?

— Mas como você sabe que ele não teria machucado se não houvesse sido pego? Se aquele aluno não o entregasse, como você sabe que ele não machucaria seus colegas de classe, Will?

— Não podemos saber o que ele teria feito, mas eu gostaria de acreditar que nosso filho não é um assassino — diz Will. — Você não?

Will tem razão. Otto nunca machucou nenhuma daquelas crianças na antiga escola. Mas teve a intenção; um motivo; uma arma. Ele intencionalmente levou uma faca para a escola. Não há como dizer o que ele poderia ter feito se seu plano não houvesse sido frustrado a tempo.

— Como você pode ter tanta certeza?

— Porque quero acreditar só no melhor de nosso filho. Porque não me permito pensar que Otto poderia tirar a vida de alguém — diz ele.

Sinto uma estranha combinação de medo e culpa, e não sei qual prevalece. Estou mais assustada por Otto ter assassinado uma mulher ou me sinto mais culpada por me permitir pensar isso?

É de meu filho que estou falando. Meu filho seria capaz de matar?

— Você não sabe, Sadie? Você realmente acredita que Otto poderia fazer isso? — pergunta Will.

Meu silêncio o desespera. Minha incerteza. Minha muda admissão de que sim, que acho que Otto poderia ter feito isso.

Will suspira, exasperado.

— O que Otto fez, Sadie — diz Will com dureza —, está muito longe de assassinato. Pelo amor de Deus, ele tem catorze anos. Ele é uma criança, agiu em legítima defesa. Ele reagiu da única maneira que sabia. Você está sendo irracional, Sadie.

— Mas e se não estiver? — pergunto.

A resposta de Will é imediata:

— Mas você está. O que Otto fez foi se defender porque ninguém mais o faria.

Ele para por aí, mas eu sei que quer falar mais. Ele quer me dizer que Otto cuidou do assunto sozinho por minha causa. Porque, apesar de Otto me contar sobre o bullying, eu não intercedi. Porque eu não prestei atenção. Havia um canal de denúncia na escola para bullying. Eu poderia ter ligado e feito uma queixa anônima. Poderia ter falado com um professor ou com o diretor da escola e feito uma queixa não tão anônima. Mas, em vez disso, eu não fiz nada. Mesmo tendo sido sem querer, eu o ignorei.

Will nunca me cobrou por isso, mas vejo a cobrança em suas palavras não ditas. Sem palavras, ele está me castigando. Ele acha que foi minha culpa Otto ter levado uma faca à escola, porque eu não lhe ofereci uma alternativa mais razoável, uma alternativa mais apropriada a nosso filho de catorze anos.

Otto não é um assassino. Ele nunca teria machucado aquelas crianças. Não acredito.

Ele é um garoto problemático, um garoto assustado, isso é diferente.

— Estou com medo, Will — admito.

E ele diz, suavizando a voz:

— Eu sei, Sadie. Nós dois estamos.

— Eu tenho que entregar a toalha à polícia — digo com a voz embargada, à beira das lágrimas.

Só então Will cede. Por meu tom de voz, ele sabe muito bem quanto fiquei perturbada.

— Não é certo escondermos isso — digo.

— Tudo bem — diz ele. — Assim que eu chegar ao campus, vou cancelar minhas aulas. Dê-me uma hora, Sadie, e estarei em casa. Não faça nada com a toalha até então — ele implora.

E com um tom de voz diferente, mais suave, diz:

— Vamos falar com o policial Berg juntos. Espere até eu chegar a casa e falaremos com o policial Berg juntos.

Desligo e vou para a sala esperar. Desabo no sofá cor de calêndula. Estico as pernas, pensando que, se fechar os olhos, vou dormir. O peso da preocupação e da fadiga caem sobre mim, e, de repente, sinto-me cansada. Meus olhos se fecham.

Antes que eu possa dormir, eles se abrem de novo.

O som da porta da frente me assusta. Ela balança nas dobradiças ao ser empurrada.

É só o vento soprando contra ela, chacoalhando-a, digo a mim mesma.

Mas, então, ouço o som de uma chave na fechadura.

Faz só alguns minutos que Will e eu desligamos; não mais de dez ou quinze. Ele mal teria chegado ao continente a esta altura, muito menos esperado os passageiros desembarcarem e embarcarem de novo. Ele não teria tido tempo de fazer a viagem de vinte minutos de volta à baía nem de pegar o carro no cais e chegar a casa.

Não é Will. Há mais alguém aqui.

Afasto-me, procurando um lugar para me esconder. Mas, antes de eu dar dois passos, a porta se abre violentamente. Ricocheteia na trava de borracha perto da parede. Ali, parado no vestíbulo, está Otto, com a mochila no ombro. Seu cabelo está coberto de neve, branco. Suas bochechas estão vermelhas por causa do frio. A ponta de seu nariz também está vermelha. Todo o resto é pálido.

Otto bate a porta com força.

— Otto — ofego, levando a mão ao peito. — O que está fazendo aqui?

— Estou doente.

Ele me parece indisposto, sim, mas não sei se parece doente.

— Não ligaram da escola — digo.

Porque é assim que deve ser: a enfermeira da escola deveria me ligar e dizer que meu filho está doente, e, então, eu iria buscá-lo. Mas não foi isso que aconteceu.

— A enfermeira o mandou para casa? — pergunto.

Fico brava por ela permitir que uma criança saia da escola sozinha no meio do dia. Mas também sinto medo. Porque o olhar de Otto é alarmante. Ele não deveria estar aqui. Por que ele está aqui?

Sua resposta é imediata. Ele dá um passo, adentrando a sala.

— Eu não pedi — diz. — Simplesmente saí.

— Entendo... — digo, e sinto meus pés recuarem.

— O que quer dizer com isso? — pergunta. — Eu disse que estou doente. Não acredita em mim?

Otto não costuma demonstrar esse antagonismo comigo.

Ele me olha com a mandíbula apertada, o queixo para a frente. Passa os dedos pelos cabelos e depois enfia as mãos nos bolsos da calça.

— O que está sentindo? — pergunto.

Sinto um nó se formando na boca de meu estômago.

Otto se aproxima mais um pouco e diz:

— Dor de garganta.

Mas sua voz não está rouca. Ele não leva a mão à garganta como faz quando está com dor.

Mas é possível, claro. Ele poderia estar com dor de garganta. Poderia estar dizendo a verdade. Há faringite por todo lado, além de resfriados.

— Seu pai está vindo para casa — digo, sem saber por quê.

— Não está, não — diz ele com uma voz de arrepiar. — Papai está trabalhando.

— Ele cancelou as aulas — digo, cambaleando para trás. — Ele está voltando para casa, deve chegar logo.

— Por quê? — pergunta Otto.

Quando sutilmente me afasto para trás, esbarro de leve no console da lareira.

Minto, digo que Will também não se sente bem.

— Ele voltou assim que a balsa chegou ao continente. — Olho para o relógio. — Deve estar em casa a qualquer momento.

— Não — diz Otto de novo.

A maneira como ele fala é irrefutável.

Respiro fundo e solto o ar lentamente.

— Por quê? — pergunto.

— As balsas estão atrasadas por causa da tempestade — diz ele, passando de novo a mão pelo cabelo.

— Como você chegou? — pergunto.

— A minha foi a última a sair.

— Ah...

Penso em mim e Otto presos juntos nesta casa até o tráfego de balsas recomeçar. Quanto tempo vai levar? Pergunto-me por que Will não me ligou para falar da balsa. Se bem que meu celular está na cozinha. Eu não teria ouvido se ele ligasse.

Uma rajada de vento sacode a casa nesse momento, fazendo-a tremer. O abajur da mesa pisca. Prendo a respiração, esperando tudo escurecer. Pouca luz entra pelas janelas, mas, cobertas de neve, fica mais difícil de ver. O mundo lá fora é cinza. As cachorras latem.

— Quer que eu olhe sua garganta? — pergunto a Otto.

Como ele não responde, pego minha lanterna na bolsa, que está no saguão, e vou até ele. Ao lado de Otto, vejo como ele me passou em altura quase da noite para o dia. Agora ele me olha de cima. Ele não é muito robusto; ao contrário, é magro. Tem cheiro de adolescente, dos hormônios que eles secretam no suor durante a puberdade. Mas ele é bonito, a cara de Will, só mais jovem e mais magro.

Estendo a mão e aperto seus linfonodos. Estão inchados. Ele pode estar doente.

— Abra — digo.

Ele hesita, mas obedece. Abre a boca com preguiça, só o suficiente para eu ver dentro.

Acendo minha lanterna e vejo uma garganta vermelha e irritada. Ponho as costas de minha mão em sua testa para ver se está com febre. Sinto uma repentina onda de nostalgia, que me leva a um Otto de quatro ou cinco anos, doente, com gripe. Em vez de usar a mão, eu costumava usar os lábios; era um medidor muito mais preciso de temperatura para mim. Um beijo rápido e eu conseguia dizer se meus meninos estavam com febre ou não. Um beijo e a maneira como eles ficavam moles e desamparados em meus braços, querendo mimo. Mas esses dias passaram.

De repente, a mão forte de Otto me pega pelo pulso e eu puxo imediatamente o braço.

Mas ele aperta forte, não consigo me libertar de seu domínio.

A lanterna cai de minha mão e as pilhas rolam pelo chão.

— O que está fazendo, Otto? Solte-me — grito, tentando desesperadamente me libertar de suas mãos. — Você está me machucando.

Ele aperta firme.

Olho para cima e vejo seus olhos me observando. Hoje estão mais castanhos que azuis, mais tristes que loucos. Otto fala, e suas palavras não são mais que um sussurro:

— Eu nunca vou perdoar você — diz.

Paro de me debater.

— Perdoar pelo quê, Otto?

Respiro fundo, ainda pensando na toalha e no colar. As luzes da casa piscam de novo e prendo a respiração, esperando que se apaguem. Meus olhos correm para um abajur, desejando ter algo para me proteger. Ele tem uma linda base de cerâmica vitrificada, resistente, sólida o bastante para machucar, mas não tão pesada que eu não possa pegá-la. Mas agora está a mais de um metro de distância, fora do alcance, e não sei se eu poderia pegar o abajur e batê-lo com força na cabeça de meu próprio filho. Nem mesmo em legítima defesa, não sei se poderia.

Vejo o pomo de adão de Otto subir e descer em sua garganta.

— Você sabe — diz ele, lutando contra a vontade de chorar.

Sacudo a cabeça e digo:

— Não sei.

Mas, no momento seguinte, percebo que sei sim. Ele nunca vai me perdoar por não o defender aquele dia na sala do diretor. Por não acobertar sua mentira.

— Por mentir — grita ele, perdendo a compostura. — Sobre a faca.

— Eu não menti — digo.

O que quero dizer é que ele mentiu, mas não me parece inteligente culpá-lo neste momento.

— Se você houvesse falado comigo, eu poderia tê-lo ajudado, Otto. Nós poderíamos ter conversado e encontrado uma solução.

— Eu falei — responde ele com a voz trêmula. — Eu falei com você. Eu só contei para você.

Tento não imaginar Otto se abrindo comigo sobre o que estava acontecendo na escola e eu o ignorando. Faço um esforço para lembrar, como tenho feito todos os dias e noites desde que tudo aconteceu. O que eu estava fazendo quando Otto me contou sobre o bullying? Com que estava tão ocupada que não prestei atenção quando ele me contou que as crianças na escola o chamavam de coisas horríveis, que o prendiam dentro de armários, que enfiavam sua cabeça em vasos sanitários sujos?

— Otto — digo baixinho, morrendo de vergonha por não ter ajudado meu filho quando ele mais precisava de mim —, se eu não ouvi, se não prestei atenção, me desculpe.

E começo a dizer que estava completamente atolada de trabalho naqueles dias, cansada e sobrecarregada. Mas isso não é consolo para um garoto de catorze anos que precisava de sua mãe. Não tento justificar meu comportamento, não seria certo.

Antes que eu possa continuar, Otto conta pela primeira vez detalhes que eu nunca ouvi antes. Diz que estávamos do lado de fora quando ele me contou sobre o bullying. Que era tarde da noite. Que ele não conseguia dormir e foi me procurar. Diz que me encontrou na escada de incêndio de nosso prédio, em frente à janela da cozinha, vestida de preto e fumando.

Esses detalhes são absurdos.

— Eu não fumo, Otto — digo a ele. — Você sabe disso. E altura...

Sacudo a cabeça, estremecendo. Não preciso dizer mais nada; ele sabe o que quero dizer. Eu sou acrofóbica. Sempre fui.

Morávamos no sexto andar no condomínio de Chicago, o último andar de um prédio em Printers Row. Eu nunca usei o elevador, só a escada. Nunca pus os pés na varanda onde Will passava as manhãs tomando café e apreciando a vista da cidade. *Venha comigo*, dizia Will, sorrindo maliciosamente enquanto puxava minha mão. *Você estará segura comigo. Eu não a protejo sempre?*, dizia ele. Mas eu nunca fui com ele.

— Mas você estava fumando — afirma Otto.

— Como você sabia que eu estava lá se era tarde da noite? Como você me viu?

— Pela chama do isqueiro.

Mas eu não tenho isqueiro. Porque eu não fumo.

Mas me calo mesmo assim e o deixo continuar.

Otto diz que saiu pela janela e se sentou ao meu lado. Ele havia levado semanas para criar coragem para me contar. Otto diz que fiquei enlouquecida quando ele me disse o que as crianças estavam fazendo com ele na escola. Que fiquei animada.

— Planejamos vingança. Fizemos uma lista das melhores maneiras.

— Melhores maneiras de quê? — pergunto.

Ele fala sem ambiguidade, como se fosse a coisa mais óbvia do mundo.

— A melhor maneira de matá-las.

— Matar quem?

— As crianças da escola — diz ele.

Porque mesmo as crianças que não zombavam dele riam. Então, ele e eu decidimos naquela noite que todas precisavam morrer. Empalideço. Dou-lhe corda só porque acho que isso é catártico para Otto.

— E como faríamos isso? — pergunto.

Mas não sei se quero saber como ele e eu supostamente decidimos matar seus colegas de classe. Porque são ideias de Otto, cada uma delas. E quero acreditar que em algum lugar dentro dele ainda está meu filho.

Ele dá de ombros e diz:

— Não sei. Um monte de maneiras. Falamos de começar pondo fogo na escola usando fluído de isqueiro ou gasolina. Você disse que eu poderia envenenar a comida da lanchonete. Conversamos sobre isso um tempo. Por um tempo, parecia este o caminho: acabar com um monte de uma vez.

— Como planejamos fazer isso? — pergunto.

Ele relaxa e deixa de apertar meu pulso. Tento me soltar, mas ele percebe e me aperta mais forte.

Sua resposta é segura.

— Com botox — diz, dando de ombros. — Você disse que podia arranjar.

Botox. Toxina botulínica, que temos no hospital para tratar enxaquecas, sintomas de Mal de Parkinson e uma série de outras doenças. Mas também pode ser fatal. É uma das substâncias mais letais do mundo.

— Ou esfaquear todos — diz ele.

Diz que decidimos que esse era o melhor caminho, porque não precisaria esperar o veneno e seria mais fácil esconder uma faca na mochila que embalagens de fluido de isqueiro. Assim, ele poderia fazer a coisa imediatamente, no dia seguinte.

— Nós entramos, lembra, mãe? Entramos pela janela e fomos examinar todas as facas, para ver qual seria a melhor. Você decidiu.

Ele me explica que escolhi a faca de chef por causa do tamanho.

Segundo Otto, eu peguei a pedra de amolar de Will e afiei a faca. Eu disse algo mordaz, tipo que uma faca afiada é mais segura que uma cega, e sorri para ele. Coloquei a faca em sua mochila, dentro da capa macia do notebook, atrás de todos os seus outros pertences. Quando fechei a mochila, dei-lhe uma piscadinha.

Não precisa se preocupar em atingir um órgão, diz Otto que eu disse. *Qualquer artéria serve.*

Sinto meu estômago revirar ao pensar nisso. Levo a mão livre à boca enquanto a bile sobe por meu esôfago. Quero gritar: *Não!* Gritar que ele está errado. Que eu nunca disse uma coisa dessas. Que ele está inventando tudo isso.

Mas, antes que eu possa responder, Otto me diz que, antes de ir para a cama naquela noite, eu lhe disse: *Não deixe ninguém rir de você. Se rirem, cale a boca deles.*

Naquela noite, Otto dormiu melhor que nunca.

Mas, na manhã seguinte, ele teve dúvidas. De repente, ficou assustado.

Mas eu não estava lá para conversar com ele. Eu havia ido trabalhar. Ele me ligou. Lembro-me de uma mensagem na caixa postal que só descobri à noite. *Mãe*, disse ele, *sou eu. Preciso muito falar com você.*

Mas, quando ouvi a mensagem, já era tarde. Otto levou a faca para a escola. Graças a Deus ninguém se feriu.

Ouvindo Otto falar, percebo uma verdade devastadora. Ele não acha que inventou essa história. Ele acredita nela. Em sua cabeça, fui *eu* que guardei a faca em sua mochila; eu é que menti.

Não posso evitar. Estendo a mão livre e acaricio seu queixo. Seu corpo enrijece, mas ele não recua, deixa-me tocá-lo. Há pelos em seu queixo, só uma mancha, que um dia se tornará barba. Como aquele menino que uma vez dilacerou seu polegar na navalha de Will cresceu e já tem idade para fazer a barba? Seu cabelo cai sobre os olhos. Afasto-o, e vejo que em seus olhos não há toda a hostilidade que costuma haver. Estão se afogando em dor.

— Se eu o magoei de alguma maneira — sussurro —, me desculpe. Eu nunca faria nada para magoá-lo intencionalmente.

Só então ele se acalma. Solta meu pulso, e dou um passo para trás depressa.

— Por que não vai se deitar em seu quarto? — sugiro. — Eu lhe levo uma torrada.

— Não estou com fome — grunhe ele.

— Que tal um suco, então?

Ele me ignora.

Observo, grata por ele se voltar e subir a escada para seu quarto, com a mochila ainda nas costas.

Vou ao escritório, que fica no andar de cima, e fecho a porta. Corro para o computador e abro o navegador. Quero entrar no site da companhia de balsas para ver notícias sobre os atrasos. Estou ansiosa para que Will chegue. Quero lhe contar minha conversa com Otto; quero ir à polícia. Não quero mais esperar para fazer essas coisas.

Se não fosse pelo tempo que está fazendo, eu iria. Diria a Otto que preciso fazer algumas coisas na rua e não voltaria até que Will estivesse em casa.

Quando começo a digitar no navegador, abre-se o histórico de pesquisas anteriores na internet.

Perco o ar. Porque o nome de Erin Sabine está no histórico de pesquisas. Alguém andou pesquisando sobre a ex-noiva de Will. Acho que ele está nostálgico, por causa do vigésimo aniversário da morte dela.

Não tenho autocontrole; clico no link.

Aparecem imagens; uma matéria também, um relatório de vinte anos atrás sobre a morte de Erin. Há fotografias na matéria. Uma delas é de um carro sendo retirado de um lago congelado. Equipes de emergência pairam solenemente ao fundo, enquanto um caminhão puxa o carro da água. Leio o artigo; diz o que Will me disse. Erin perdeu o controle do carro em uma terrível tempestade de inverno como a que estamos enfrentando hoje; ela se afogou.

A segunda foto é de Erin com sua família. Eles são em quatro: a mãe, o pai, Erin e a irmã mais nova, que me parece ter entre a idade de Otto e a de Tate. Dez, talvez onze anos. A fotografia parece profissional. A família está em uma rua entre uma alameda de árvores. A mãe está sentada em uma cadeira amarela berrante que foi colocada ali para a fotografia. A família está ao seu redor, e as meninas se inclinam para ela com indulgência.

É da mãe que não consigo tirar os olhos. Algo nela me incomoda; é uma mulher rechonchuda, de cabelos pretos à altura dos ombros. Algo me chama a atenção, mas não sei o quê. Algo que paira na periferia de minha mente. Quem é ela?

As cachorras começam a uivar. Ouço daqui. Por fim, se cansaram da tempestade; querem entrar.

Levanto-me da mesa. Saio do escritório e vou depressa para a cozinha, onde abro a porta dos fundos. Saio e assobio para as cachorras. Mas elas não vêm.

Atravesso o quintal. As cachorras estão paradas como estátuas no canto. Pegaram algo, um coelho ou um esquilo. Tenho que as deter antes que comam o coitado, e em minha cabeça vejo a neve branca tingida de sangue do animal.

O quintal está coberto de montes de neve. Chegam a trinta centímetros de altura em alguns pontos, em outros mal cobrem a grama. O vento tenta me empurrar para trás enquanto atravesso o quintal em direção às cachorras. O terreno é grande, e elas estão longe, escavando alguma coisa.

Bato palmas e as chamo de novo, mas elas não vêm. A neve sopra de lado. Entra pela perna da calça de meu pijama e pela gola da blusa. Meus pés, cobertos só pelos chinelos, doem por causa do frio intenso. Nem pensei em pôr sapatos antes de sair.

É difícil ver muita coisa. As árvores, as casas e o horizonte desaparecem na neve. É difícil abrir os olhos. Penso nas crianças que ainda estão na escola. Como vão chegar a casa?

No meio do caminho, penso em dar meia-volta. Não sei se consigo chegar às cachorras. Bato palmas de novo; chamo-as. Elas não vêm. Se Will estivesse aqui, elas viriam.

Eu me obrigo a continuar. Dói respirar; o ar está tão frio que queima minha garganta e meus pulmões.

As cachorras latem de novo, e eu corro os últimos seis metros até elas. Elas me olham encabuladas, e imagino que vou encontrar um cadáver meio comido entre as patas delas.

Estendo a mão, pego a coleira de uma das meninas e puxo, dizendo:

— Venham, vamos.

Não me interessa se há um esquilo mutilado ali, só preciso voltar para dentro. Mas ela fica ali, choramingando, recusando-se a me acompanhar. Ela é grande demais para eu a carregar para dentro. Tento, mas cambaleio sob o peso dela e perco o equilíbrio. Caio de quatro, e diante de mim, entre as patas das cachorras, algo brilha na neve. Não é um coelho; não é um esquilo. É muito pequeno para ser um coelho ou um esquilo.

Além disso, é uma coisa longa, fina e afiada.

Meu coração dispara. Meus dedos formigam. As manchas negras retornam, dançando diante de meus olhos. Estou com ânsia de vômito. De quatro, arquejo na neve. Meu diafragma se contrai, mas é só um engulho seco. Não comi nada, só bebi uns goles de café. Meu estômago está vazio, não há nada para vomitar.

Uma das cachorras me cutuca com seu nariz. Seguro-me nela e vejo claramente que o objeto entre suas patas é uma faca. A faca de desossar que faltava. Foi o sangue nela que despertou o interesse das cachorras. A lâmina da faca tem aproximadamente quinze centímetros de comprimento, igual à que matou Morgan Baines.

Ao lado da faca, o buraco que as cachorras cavaram na terra.

Elas desenterraram essa faca. Essa faca foi enterrada em nosso quintal. Todo esse tempo, elas estavam cavando no quintal para desenterrar essa faca.

Olho depressa para a casa; mas, na realidade, não vejo nada, só seus contornos borrados. Imagino Otto à janela da cozinha me observando. Não posso entrar.

Deixo as cachorras onde estão. Deixo a faca onde está. Não a toco. Atravesso o quintal mancando. Meus pés estão formigando por causa do frio, não os sinto mais. Isso dificulta meus movimentos. Vou pela lateral da casa, mas perco o equilíbrio por causa dos pés congelados. Caio em montes de neve e depois me forço a levantar. É uma caminhada de quatrocentos metros até o fim de nossa colina, onde ficam a cidade e o edifício de segurança pública, onde encontrarei o policial Berg.

Will me disse para esperar, mas não posso mais.

Não sei a que hora Will vai chegar ou o que pode acontecer comigo até lá.

A rua está árida e desolada, saturada de branco. Não há ninguém além de mim. Desço a colina com o nariz escorrendo. Limpo-o na manga. Estou só de pijama, sem casaco nem gorro. Sem luvas. O pijama não me aquece, não me protege. Meus dentes batem. Mal consigo manter os olhos abertos por causa do vento. A neve sopra de todos os lados simultaneamente, está constantemente suspensa no ar, girando em círculos como o vórtice de um tornado. Meus dedos estão congelados, manchados e vermelhos. Não consigo sentir meu rosto.

Ao longe, ouço a lâmina de uma pá raspar a calçada.

Uma leve esperança acompanha esse som.

Há mais alguém nesta ilha além de mim e Otto.

Continuo só porque não tenho escolha.

MOUSE

No meio da noite, Mouse ouviu um barulho que ela conhecia bem. Era o rangido da escada, que não tinha motivo para ranger, uma vez que Mouse já estava na cama. Como Mouse sabia, havia só um quarto no andar de cima daquela casa antiga.

À noite, depois que ela estava na cama, não havia razão para ninguém mais subir.

Mas alguém estava subindo a escada. Mamãe Falsa estava subindo a escada e os degraus estavam avisando Mouse, dizendo-lhe para correr e se esconder.

Mas Mouse não teve chance de correr ou se esconder.

Porque aconteceu muito depressa, e ela estava desorientada de sono. Mouse mal teve tempo de abrir os olhos antes que a porta do quarto se abrisse, e lá estava Mamãe Falsa, iluminada pela luz do corredor.

Bert, em sua gaiola no chão do quarto, soltou um grito agudo. Ela correu para baixo de sua cúpula translúcida em busca de segurança. Ficou ali parada como uma estátua, erroneamente acreditando que ninguém a veria do outro lado do plástico opaco se não se mexesse.

Em sua cama, Mouse tentou ficar quieta também.

Mas Mamãe Falsa a viu, assim como viu Bert.

Mamãe Falsa acendeu a luz do quarto. O brilho subjugou os olhos cansados e dilatados de Mouse, de modo que, a princípio, ela não conseguia ver. Mas podia ouvir. Mamãe Falsa falou com voz serena, de uma maneira que assustou Mouse ainda mais. Ela entrou no quarto com passos lentos e deliberados, mas Mouse teria desejado que ela entrasse correndo, gritando, e depois fosse embora. Porque, assim, tudo logo acabaria.

O que eu falei sobre se comportar, Mouse?, perguntou Mamãe Falsa, aproximando-se da cama, passando por Bert e sua gaiola. Ela pegou a borda da colcha de Mouse e a puxou, revelando a garota com seu pijama de unicórnio embaixo, que ela vestira sem que ninguém tivesse que lhe mandar vestir. Ao lado de Mouse, na cama, estava Sr. Urso. *Você achou que se comportar não significava dar descarga ou limpar o assento depois de mijá-lo todo, o mesmo assento em que eu tenho que me sentar?*

O sangue de Mouse gelou. Ela não precisou pensar para saber do que Mamãe Falsa estava falando. Ela sabia. E ela sabia que não adiantava explicar, mas tentou mesmo assim. Sua voz tremia enquanto ela falava. Ela contou a Mamãe Falsa o que havia acontecido. Que ela tentara não fazer barulho. Que não queria acordar Mamãe Falsa. Que ela não tivera intenção de fazer xixi no assento. Que ela não dera descarga porque sabia que faria barulho.

Mas Mouse estava nervosa. Estava assustada. Sua vozinha tremia, de modo que suas palavras saíram ininteligíveis. Mamãe Falsa não gostava de murmúrios. Ela gritou para Mouse: *Fale!*

Então, ela revirou os olhos e disse que Mouse não era tão inteligente quanto seu pai pensava que era.

Mouse tentou explicar de novo, falar mais alto para enunciar suas palavras. Mas não fez diferença, porque Mamãe Falsa não queria uma explicação, nem audível, nem inaudível. Mouse percebeu tarde demais que a pergunta que ela fizera fora retórica; o tipo de pergunta que não quer uma resposta.

Você sabe o que acontece quando os cães fazem xixi dentro de casa?, perguntou Mamãe Falsa a Mouse. Mouse não sabia bem o que acontecia. Ela nunca havia tido um cachorro, mas o que ela achava era que alguém limpava, só isso. Porque era assim que acontecia com Bert. Bert sempre fazia cocô e xixi no colo de Mouse, e isso nunca fora um problema. Mouse limpava, lavava as mãos e voltava a brincar com Bert.

Mas Mamãe Falsa não teria perguntado se fosse tão fácil assim.

Mouse disse que não sabia.

Eu vou lhe mostrar o que acontece, disse Mamãe Falsa enquanto pegava Mouse pelo braço e a puxava da cama. Mouse não queria ir aonde Mamãe Falsa queria que ela fosse. Mas ela não resistiu, porque sabia que doeria menos ir com Mamãe Falsa que ser puxada da cama e arrastada escada abaixo. Então, foi o que ela fez. Só que Mamãe Falsa andava mais rápido do que Mouse conseguia andar, e, então, ela tropeçou. E caiu no chão. Isso deixou Mamãe Falsa irritada e a fez gritar: *Levante-se!*

Mouse se levantou. Desceram os degraus. A casa estava quase toda escura, mas havia um tiquinho de céu noturno entrando pelas janelas.

Mamãe Falsa levou Mouse para a sala. Levou-a até o meio da sala e a virou em uma direção específica. Ali, no canto da sala, estava a caixinha de cachorro vazia, com a porta aberta como nunca antes.

Eu tinha um cachorro, disse Mamãe Falsa. *Um springer spaniel. Chamava-se Max, porque eu não consegui pensar em um nome melhor. Ele era um bom cachorro. Era burro, mas um bom cachorro. Fazíamos caminhadas juntos. Às vezes, quando assistíamos à TV, ele ficava ao meu lado. Mas, um dia, Max fez xixi no canto de minha casa quando eu não estava, e isso fez dele um cachorro mau*, disse ela.

E ela prosseguiu: *Veja, os animais não podem ficar urinando e defecando dentro das casas, onde eles não deveriam ir. É nojento, Mouse, entende? A melhor maneira de ensinar um cão é treinando-o usando caixas. Porque o cachorro não quer ficar sentado em seu próprio xixi e cocô durante dias. E, assim, ele aprende a segurar. Igual você pode segurar*, disse Mamãe Falsa, pegando Mouse pelo braço e a puxando pela sala até a caixa de cachorro aberta.

Mouse resistiu, mas ela era uma criança de apenas seis anos de idade. Ela pesava menos da metade do peso de Mamãe Falsa e quase não tinha forças.

Mouse não havia jantado. Comera só três biscoitos amanteigados Salerno. Havia acabado de acordar. Era madrugada, e ela estava cansada. Ela se contorceu, mas foi o melhor que pôde fazer, e, por isso, foi facilmente controlada por Mamãe Falsa. Ela foi forçada a entrar na caixinha de cachorro, que não tinha nem altura suficiente. Ela não conseguia nem se sentar direito dentro da gaiola, sua cabeça batia nas barras de metal da caixa e seu pescoço ficou torcido. Ela não conseguia se deitar, não podia esticar as pernas. Teve que as manter encolhidas, e ficaram dormentes.

Mouse chorou. Ela implorou para sair. Prometeu ser boazinha, nunca mais fazer xixi no assento do vaso sanitário.

Mas Mamãe Falsa não a ouviu.

Porque Mamãe Falsa havia voltado para cima.

Mouse não sabia por quê. Ela pensou que talvez Mamãe Falsa houvesse voltado para pegar seu pobre Sr. Urso.

Mas, quando Mamãe Falsa voltou, não estava com o urso.

Estava com Bert.

Ver seu doce porquinho-da-índia nas mãos de Mamãe Falsa fez Mouse gritar. Bert não gostava que ninguém além de Mouse a segurasse. Ela estava se debatendo com seus pés minúsculos nas mãos de Mamãe Falsa, soltando seu guincho estridente, mais alto do que Mouse jamais ouvira. Não era o mesmo guincho que ela soltava por causa das cenouras. Era um tipo diferente de guincho, um grito aterrorizado.

O coração de Mouse estava batendo a milhões por minuto.

Ela bateu nas barras da caixa, mas não conseguiu sair.

Tentou forçar a porta para abri-la, mas nem se mexeu, porque havia um cadeado nela.

Sabia, Mouse, que uma faca cega é mais perigosa que uma afiada?, perguntou Mamãe Falsa, erguendo uma de suas facas no ar para examinar a lâmina ao luar.

Quantas vezes, perguntou ela, sem esperar resposta, *tenho que lhe dizer que não quero um roedor nesta casa, muito menos dois?*

Mouse fechou os olhos e levou as mãos aos ouvidos para não ver nem ouvir o que veio a seguir.

Não se passou nem uma semana antes de o pai de Mouse viajar a trabalho de novo.

Ele estava na porta se despedindo enquanto Mamãe Falsa estava ao lado de Mouse.

Serão só alguns dias. Volto antes que você possa sentir minha falta, disse seu pai enquanto olhava nos olhos tristes de Mouse, prometendo que, quando voltasse, comprariam outro porquinho-da-índia para ela para substituir Bert. Seu pai achava que Bert simplesmente havia fugido, que estava dando seus pulinhos em algum vão da casa onde eles não a conseguiam encontrar.

Mouse não queria outro porquinho-da-índia. Nem agora, nem nunca. E só Mouse e Mamãe Falsa sabiam o motivo.

Ao lado dela, Mamãe Falsa apertou o ombro de Mouse. Acariciou seus cabelos castanhos e disse: *Vamos nos dar muito bem, não é, Mouse? Agora, diga adeus a seu pai para que ele possa viajar.*

Chorando, Mouse se despediu dele.

Ela e Mamãe Falsa ficaram ao lado uma da outra observando o carro do pai de Mouse desaparecer na curva.

E, então, Mamãe Falsa fechou a porta com um pontapé e se voltou para Mouse.

SADIE

O edifício de segurança pública é um pequeno prédio de tijolos no centro da cidade. Fico feliz por encontrar a porta destrancada e uma luz quente e amarela brilhando do lado de dentro.

Há uma mulher sentada atrás de uma mesa, digitando. Ela se assusta, leva a mão ao peito quando a porta se abre e eu apareço. Em um dia como este, ela não esperava que houvesse alguém na rua.

Tropeço no limiar da porta. Não vi o degrauzinho. Caio de quatro bem na porta, não consegui me equilibrar. O chão não é macio como a neve; essa queda dói muito mais que as outras.

— Ah, querida — diz a mulher, levantando-se depressa para me ajudar.

Ela contorna a mesa quase correndo e me segura no chão. Está de boca aberta e olhos arregalados de surpresa. Não consegue acreditar no que está vendo. A sala é quadrada e pequena. Paredes amarelas, chão acarpetado, uma mesa com gavetas de ambos os lados. O ar está milagrosamente quente. Há um aquecedor de ambiente no canto, que sopra ar quente por toda a sala.

Assim que consigo me levantar, vou até o aquecedor e me ajoelho diante dele.

— Policial Berg — é só o que consigo dizer com os lábios letárgicos por causa do frio. Estou de costas para a mulher. — Policial Berg, por favor.

— Sim — diz ela. — Sim, claro.

E, antes que eu saiba o que está acontecendo, ela grita por ele. Ela gentilmente passa por mim e aumenta a temperatura do aquecedor, e eu encosto minhas mãos queimadas de frio nele.

— Há uma pessoa aqui querendo falar com você — diz ela, inquieta.

Eu me viro. Quando o policial Berg aparece, não diz nada. Ele vem depressa por causa dos gritos, por causa do tom de voz de sua secretária, que o alerta de que há algo errado. Ele nota meu pijama quando passa por mim e vai até a cafeteira. Enche um copo descartável e o estende para mim, em uma tentativa de me aquecer. Ajuda-me a levantar e coloca o copo em minhas mãos. Não o bebo, mas é gostoso sentir o calor do copo. Fico grata. A tempestade persiste lá fora, e o pequeno prédio às vezes estremece. As luzes piscam; as paredes gemem. Ele pega um casaco em um cabideiro e me envolve nele.

— Preciso falar com você — digo.

O desespero e o cansaço são palpáveis em minha voz.

O policial Berg me leva pelo corredor. Sentamo-nos lado a lado em uma mesinha extensível. A sala está vazia.

— O que está fazendo aqui, dra. Foust? — pergunta ele, sério e preocupado, mas também desconfiado. — Que dia para sair!

Tremo incontrolavelmente. Por mais que tente, não consigo me aquecer. Estou com as mãos em volta do copo de café. O policial Berg me cutuca e diz para eu beber.

Mas não é o frio que me faz tremer.

Vou começar a lhe contar tudo, mas, antes que eu consiga, o policial Berg diz:

— Recebi uma ligação de seu marido há pouco.

Minhas palavras ficam presas em minha garganta. Estou perplexa, perguntando-me por que Will teria ligado para ele se combinamos que viríamos juntos.

— É mesmo?

Endireito-me, porque não esperava ouvir essas palavras. O policial Berg anui lentamente com a cabeça. Ele tem um jeito estranho de manter contato visual. Esforço-me para não desviar o olhar. Pergunto, preparando-me para a resposta do policial:

— O que ele queria?

— Ele estava preocupado com você — diz o policial Berg.

Sinto-me relaxar. Will ligou porque estava preocupado comigo.

— Claro — digo, relaxando na cadeira.

Talvez ele tenha tentado me ligar primeiro e, como não atendi, ligou para o policial Berg. Talvez ele tenha pedido ao policial Berg para ir ver se eu estava bem.

— O clima... e o atraso da balsa... Eu estava nervosa da última vez que nos falamos.

— Sim — diz ele —, o sr. Foust me disse.

Endireito-me de novo.

— Ele lhe disse que eu estava nervosa? — pergunto na defensiva, porque isso é uma coisa pessoal, não algo que ele precisasse contar à polícia.

Ele anui.

— Ele está preocupado com você. Disse que você estava nervosa por causa de uma toalha.

E é aí que o tom da conversa muda, porque ele fala de um jeito condescendente. Como se eu fosse uma idiota fazendo drama por causa de uma toalha.

— Ah... — digo.

— Eu estava me preparando para ir à sua casa ver como você estava. Você me poupou uma viagem — diz ele.

O policial Berg me disse que o tráfego da tarde será complicado, porque as escolas locais não cancelaram as aulas antes da tempestade. A única salvação será a diminuição da neve nas próximas horas.

E, então, o policial Berg começa a bisbilhotar.

— Quer me falar sobre essa toalha?

— Encontrei uma toalha — digo devagar — coberta de sangue. Em minha lavanderia. — E, como já disse isso, prossigo: — Encontrei a faca enterrada em meu quintal.

Ele nem pisca.

— A faca que foi usada para matar a sra. Baines? — pergunta.

— Acho que sim — digo. — Sim; havia sangue nela.

— Onde está a faca agora, doutora?

— Em meu quintal.

— Você a deixou lá?

— Sim.

— Você a tocou?

— Não.

— Está em que parte de seu quintal? — pergunta ele.

Tento descrever o lugar para ele, mas imagino que agora a faca deve estar coberta de neve.

— E essa toalha? Onde está?

— Debaixo da máquina de lavar, na lavanderia — digo.

Ele pergunta se ainda há sangue nela, e eu digo que sim. Ele pede licença e sai da sala. Fica fora uns trinta segundos e, quando volta, diz que o policial Bisset está indo para minha casa pegar a toalha e a faca.

— Meu filho está em casa — digo.

Ele diz que tudo bem, que o policial Bisset vai entrar e sair depressa. Que não vai incomodar Otto.

— Mas, policial, eu acho...

Paro. Não sei como dizer isso. Pego o copo descartável pela borda. Há pedaços de espuma embaixo dele, formando um montinho na mesa como se fosse neve.

E, então, digo diretamente:

— Acho que talvez meu filho tenha assassinado a sra. Baines. Ou talvez tenha sido Imogen.

Espero mais uma reação. Mas ele prossegue, como se eu não houvesse acabado de dizer essas palavras em voz alta.

— Há uma coisa que você deve saber, dra. Foust — diz ele.

— O quê? — pergunto.

— Seu marido...

— Meu marido o quê?

— Will...

Odeio esse jeito dele de fazer rodeios. É totalmente enlouquecedor.

— Eu sei o nome de meu marido — respondo.

Por um momento, ele olha para mim sem dizer nada.

— Sim — diz ele. — Suponho que sim.

Faz-se silêncio. O tempo todo ele olha para mim. Eu me mexo na cadeira.

— Quando ele ligou, retirou sua declaração anterior sobre a noite em que a sra. Baines foi morta. Ele havia dito que vocês dois estavam assistindo à TV e depois foram direto para a cama. De acordo com seu marido, isso não é totalmente verdade.

Fico surpresa.

— Não é?

— Não é. Não de acordo com o sr. Foust.

— O que o sr. Foust disse que aconteceu? — pergunto depressa.

Ouço vozes pelo rádio da polícia, altas, mas indistintas. O policial Berg também as ouve, e abaixa o volume do rádio para que possamos conversar. Ele volta para sua cadeira.

— Ele disse que, naquela noite, quando acabou o programa, você não foi para a cama como havia dito. Ele disse que você foi passear com as cachorras. Você levou as cachorras para passear enquanto ele foi para o quarto tomar banho. Você demorou para voltar, segundo seu marido.

Sinto algo começar a mudar dentro de mim. Alguém está mentindo, mas não sei quem.

— Está falando sério? — pergunto.

— Estou — diz ele.

— Mas isso não é verdade.

Não sei por que Will diria isso. Só posso pensar em uma hipótese: que Will faria qualquer coisa para proteger Otto e Imogen. Mais nada. Mesmo que isso signifique me jogar para os lobos.

— Will disse que você levou as cachorras para passear, mas, como não voltava para casa, ele começou a se preocupar. Especialmente quando ouviu as cachorras latindo. Ele olhou para fora para ver o que estava acontecendo e viu as cachorras, mas não você. Você deixou as cachorras no quintal quando foi à casa dos Baines naquela noite, não foi?

Sinto um nó no estômago. É uma sensação de queda livre, de passar pela primeira descida de uma montanha-russa. Meus órgãos se agitam dentro de mim.

— Eu não fui à casa dos Baines naquela noite — digo, enunciando firme uma palavra de cada vez.

Mas ele me ignora. Continua como se eu nem houvesse falado. Ele se refere a Will pelo nome. Ele é Will e eu sou dra. Foust.

O policial Berg escolheu um lado, e não é o meu.

— Will ligou em seu celular. Você não atendeu. Ele começou a pensar que algo terrível havia acontecido com você. Correu para o quarto para se vestir e ir procurá-la. Mas, quando ele já estava à beira do pânico, você voltou para casa.

O policial Berg faz uma pausa para respirar.

— Preciso perguntar de novo, doutora. Onde você estava entre as dez da noite e as duas da manhã na noite em que a sra. Baines foi morta?

Sacudo a cabeça, sem dizer nada. Não há nada a dizer. Eu já lhe disse onde eu estava, mas ele não acredita mais em mim.

Só agora percebo que o policial Berg está com um envelope grande. Esteve o tempo todo na mesa, fora de alcance. Ele se levanta e o pega. Passa o dedo sob a aba para abri-lo. Berg começa a colocar fotografias em cima da mesa. São realmente hediondas, e vão ficando cada vez mais assustadoras a cada foto que ele me mostra. As imagens foram ampliadas, vinte por vinte e cinco, pelo menos. Mesmo desviando os olhos, eu as vejo. Uma fotografia é de uma porta aberta – batente e trava intactos. Outra de sangue escorrendo pelas paredes. A sala está surpreendentemente arrumada, o que me faz pensar que não houve muita luta. As únicas coisas fora de lugar são um porta-guarda-chuvas, que está tombado, e uma fotografia emoldurada, pendendo torta como se houvesse levado uma cotovelada no tumulto.

No meio de tudo, está Morgan. Está caída em uma posição desconfortável sobre um tapete; seus cabelos castanhos ocultam seu rosto, e seus braços estão erguidos sobre a cabeça, como se, em um último esforço, tentasse proteger o rosto da lâmina da faca. Uma perna parece quebrada pela queda, dobrada de uma maneira não natural. Está de pijama, calça de flanela e uma blusa térmica, tudo vermelho, de modo que é impossível saber onde termina o sangue e começa o pijama. A perna esquerda da calça está puxada até o joelho.

Há pequenas pegadas nas poças de sangue. Sua densidade diminui à medida que se afastam do corpo. Imagino as mãos de um policial levando a menina para longe do corpo da mulher morta.

— O que vejo aqui, doutora — diz o policial Berg —, não é sinal de um crime aleatório. Quem fez isso queria que Morgan sofresse. Isso foi um ato de raiva e agressão.

Não consigo tirar os olhos da foto. Eles pairam sobre o corpo de Morgan, as pegadas ensanguentadas, e voltam à fotografia pendurada na parede, torta. Pego a fotografia da mesa e a aproximo dos olhos para ver melhor a foto emoldurada, porque já a vi antes, e não faz muito tempo. As árvores alinhadas na rua me são familiares. É uma família de quatro pessoas. Mãe, pai e duas filhas de aproximadamente dez e vinte anos.

A mulher – a mãe –, com um lindo vestido verde, está sentada em uma cadeira amarela berrante no centro, com sua família ao redor.

— Meu Deus — arquejo, e levo a mão à boca.

Porque essa fotografia – emoldurada e pendurada na parede de Morgan Baines – é a mesma da matéria sobre a morte de Erin da internet. A que vi em meu computador. A garota mais velha, de quase vinte anos, é a ex-noiva de Will, Erin. Provavelmente foi tirada poucos meses antes de ela morrer. A outra menina é sua irmã mais nova.

Engasgo com minha própria saliva. O policial Berg me dá um tapinha nas costas e pergunta se estou bem. Anuo, porque não consigo falar.

— Não é fácil de olhar, não é? — pergunta o policial Berg pensando que foi o corpo da mulher morta que me abalou desse jeito.

Vejo agora o que não pude ver antes. Porque a mulher da fotografia – a mãe sentada na cadeira – está mais velha agora. Seu cabelo castanho agora está grisalho, e ela perdeu uma quantidade significativa de peso. Peso demais, na verdade, e agora está macilenta.

É absolutamente impossível. É difícil demais de digerir. Não pode ser.

A mulher nessa fotografia é a mãe de Morgan. A mulher que conheci na cerimônia memorial. A mulher que perdeu outra filha anos atrás e nunca mais foi a mesma, segundo suas amigas Karen e Susan.

Mas não entendo. Se isso for verdade, significa que Morgan era irmã de Erin. Que Morgan é a garotinha da fotografia, a que tem cerca de dez anos.

Por que Will não me contou isso?

Acho que eu sei por quê. Por causa de minhas inseguranças. O que eu teria feito se soubesse que a irmã de Erin estava morando tão perto de nós? Percebo que a amizade de Will e Morgan, sua intimidade, era real; existia. Por causa da afinidade que ambos tinham com a única mulher que Will amou mais que a mim. Erin.

A sala entra e sai de foco. Aperto os olhos, tentando fazê-la parar. O policial Berg oscila na cadeira ao meu lado. Mas ele não se mexe, é minha percepção que o faz oscilar. Está tudo em minha cabeça. Os contornos de seu rosto começam a se desfazer. A sala de repente se expande, as paredes se alargam. O policial fala, mas suas palavras são quase extintas pelo que está acontecendo em minha cabeça. Eu vejo seus lábios se moverem, mas é difícil entender suas palavras.

Da primeira vez que ele fala, as palavras são ininteligíveis.

— O quê? — pergunto, falando alto.

— Will disse que você tende a ser ciumenta e insegura.

— Ele disse, é?

— Sim, dra. Foust, ele disse. Disse que nunca teve receio de que você agisse com base nesses sentimentos. Mas também disse que você não anda bem ultimamente. Que não é você mesma. Ele mencionou um ataque de pânico, uma demissão forçada. Você não é do tipo violento, segundo Will. Mas — diz ele, repetindo suas próprias palavras —, ele disse que você não tem sido você mesma ultimamente — afirma. — Tem algo a falar sobre isso?

Não respondo. Uma dor de cabeça começa nesse momento, sobe pela nuca, me apunhala entre os olhos. Fecho-os com força, pressionando minhas têmporas com as pontas dos dedos para aliviar a dor. Minha pressão deve ter caído, porque está difícil ouvir. O policial Berg está falando, perguntando se estou bem, mas suas palavras estão mais abafadas que antes. Estou embaixo d'água.

Uma porta se abre e depois se fecha. O policial Berg está falando com outra pessoa. Eles não encontraram nada. Mas estão realizando uma busca em minha casa porque Will lhes deu permissão.

— Dra. Foust? Dra. Foust?

Uma mão sacode meu ombro.

Quando abro os olhos, um velho está olhando para mim. Está praticamente babando. Procuro um relógio. Olho para minha blusa; uma blusa de pijama azul, totalmente abotoada, que me dá ânsia de vômito. Mal consigo respirar. Ela é uma idiota às vezes. Desabotoo os três botões superiores e deixo entrar um pouco de ar.

— Puta que pariu, está quente aqui — digo, abanando-me e vendo o jeito que ele olha para minha clavícula.

— Está tudo bem? — pergunta ele.

Ele me olha como se estivesse confuso diante do que vê. Está com o cenho franzido. Ele esfrega os olhos, certificando-se de que não está vendo coisas. Pergunta de novo se estou bem. Acho que eu é que devo perguntar se ele está bem – ele parece muito mais perturbado que eu. Mas não me interessa, de modo que não pergunto.

Então digo:

— Por que não estaria?

— Você parece, sei lá, desorientada. Está se sentindo bem? Posso pegar um pouco de água, se não quiser seu café.

Olho para o copo a minha frente. Não é meu.

Ele fica olhando para mim sem dizer nada, só me encarando.

— Está bem — digo, a respeito da água.

Enrolo uma mecha de cabelo em volta de meu dedo, observando a sala ao meu redor. Fria, sem graça, uma mesa, quatro paredes. Não há muita coisa para olhar, nada para me dizer onde estou. Nada, exceto esse sujeito diante de mim, de uniforme. Claramente, um policial.

Então, vejo as fotos na mesa ao meu lado.

— Ande — digo —, traga-me um pouco de água.

Ele vai e volta. Coloca a água na mesa em minha frente.

— Muito bem, diga — diz ele. — Conte-me o que aconteceu quando você levou as cachorras para passear.

— Que cachorras? — pergunto.

Eu sempre gostei de cachorros. Odeio pessoas, mas gosto muito de cachorros.

— Suas cachorras, dra. Foust.

Solto uma gargalhada. É absurdo, ridículo, ele me confundir com Sadie. É mais ofensivo que qualquer outra coisa. Nós não nos parecemos em nada. Cabelos de cores diferentes, olhos, diferença de idade. Sadie é velha, eu não. Ele é tão cego que não consegue ver isso?

— Por favor — digo, colocando uma mecha de cabelo atrás da orelha —, não me insulte.

Ele pestaneja e pergunta:

— Como é?

— Eu disse para não me insultar.

— Sinto muito, dra. Foust. Eu...

Mas eu o interrompo, porque não suporto que ele continue se referindo a mim como Sadie, como dra. Foust. Sadie teria sorte se fosse eu. Mas ela não é.

— Pare de me chamar assim — estouro.

— Não quer que eu a chame de dra. Foust?

— Não — digo.

— Bem, como devo chamá-la, então? — pergunta ele. — Prefere que eu a chame de Sadie?

— Não! — Sacudo a cabeça, insistente, indignada. — Você deveria me chamar por meu nome.

Ele aperta os olhos e se aproxima de mim.

— Pensei que Sadie fosse seu nome. Sadie Foust.

— Pois pensou errado.

Ele olha para mim e pergunta com voz frouxa:

— Se não é Sadie, quem é você?

Estendo a mão para ele e digo que meu nome é Camille. Sua mão está fria, flácida. Ele olha ao redor da sala e pergunta para onde foi Sadie.

— Sadie não está aqui agora. Ela teve que ir — digo.

— Mas ela estava aqui — diz ele.

— Sim, mas agora não está. Estou só eu.

— Desculpe, não estou entendendo — diz ele.

E pergunta de novo se estou me sentindo bem, insistindo que eu beba a água.

— Estou me sentindo bem — digo, bebendo a água a grandes goles. Estou com sede e com calor.

— Dra. Foust...

— Camille — corrijo.

Procuro um relógio na sala para ver que horas são, quanto tempo perdi.

— Está bem. Camille, então.

Ele me mostra uma das fotos na mesa, aquela em que ela está coberta de sangue, olhos abertos, morta.

— Você sabe alguma coisa sobre isso?

Eu o deixo na expectativa. Ainda não posso revelar nada.

SADIE

Estou sozinha em uma sala, sentada em uma cadeira encostada na parede. Não há muita coisa aqui, só paredes, duas cadeiras, uma porta trancada. Eu sei, porque já tentei sair. Tentei girar a maçaneta, mas não girou. Acabei batendo na porta, socando a porta, pedindo ajuda. Mas foi tudo em vão. Porque ninguém apareceu.

Agora a porta se abre facilmente. Entra uma mulher com uma xícara de chá na mão. Ela vem até mim, coloca uma maleta no chão e pega a outra cadeira, sentando-se a minha frente. Ela não se apresenta, mas começa a falar como se já nos conhecêssemos, como se já houvéssemos nos encontrado.

Ela me faz perguntas. São perguntas pessoais e invasivas. Eriço-me na cadeira, questionando-me por que ela está perguntando sobre minha mãe, meu pai, minha infância, sobre uma mulher chamada Camille que eu não conheço. Nunca na vida conheci uma Camille. Mas ela olha para mim sem acreditar. Parece pensar que conheço.

Ela diz coisas sobre mim e minha vida que não são verdade. Fico agitada, nervosa.

Pergunto como ela pode achar que sabe essas coisas sobre mim se nem eu mesma sei. O policial Berg é responsável por isso, por mandá-la falar comigo, porque ele estava me interrogando em sua sala minúscula, e, de repente, estou aqui. Não tenho ideia de que horas são, que dia é hoje, e não me lembro de nada que aconteceu entre uma coisa e outra. Como cheguei aqui, a esta cadeira, nesta sala? Vim sozinha ou eles me drogaram e me trouxeram para cá?

Essa mulher me diz que tem motivos para acreditar que sofro de um Transtorno Dissociativo de Identidade (TDI), que, de tempos em tempos, diferentes personalidades – alter egos, diz ela – se alternam no controle de meus pensamentos e meu comportamento. Ela diz que elas me controlam.

Respiro fundo, tentando me recompor.

— Isso é impossível. Para não dizer que é totalmente ridículo — digo, erguendo os braços. — Foi o policial Berg que lhe falou isso?

Estou com raiva, perco a compostura. Será que não há nada que Berg não faça para me culpar do assassinato de Morgan Baines?

— Isso não é muito profissional, é antiético e *ilegal* — retruco, perguntando quem é o chefe para que eu possa exigir falar com ele.

Ela não responde a nenhuma de minhas perguntas.

— Você é propensa a períodos de apagões, dra. Foust? Trinta minutos, uma hora que você não consegue se lembrar?

Isso eu não posso negar. Mas digo que nunca aconteceu. E, ao mesmo tempo, não me lembro de ter chegado aqui.

Não há janelas nesta sala. Não há como ter ideia da hora do dia. Mas vejo o relógio da mulher. Está de cabeça para baixo, mas vejo os ponteiros ao redor das duas e cinquenta, mas, se da manhã ou da tarde, não sei. De qualquer forma, não importa, porque eu sei que eram dez, talvez onze horas da manhã quando fui até o edifício de segurança pública. O que significa que quatro ou dezesseis horas se passaram e eu não sei explicar.

— Você se lembra de falar comigo hoje cedo? — pergunta ela.

A resposta é não. Não me lembro de falar com ela. Mas digo que lembro. Afirmo que me lembro muito bem dessa conversa. Mas eu nunca fui boa em mentir.

— Esta não é a primeira vez que conversamos — diz ela.

Entendi bastante do que ela disse, mas isso não significa que acredito nela. Não significa que ela não está inventando tudo.

— Mas da última vez que estive aqui, não falei com você, doutora. Eu conversei com uma mulher chamada Camille — diz ela.

E, então, descreve uma jovem agressiva e loquaz chamada Camille, que mora dentro de mim, junto com uma criança introvertida.

Nunca ouvi nada tão ridículo em toda minha vida.

Ela me diz que a criança não fala muito, mas que gosta de desenhar. Diz que as duas, ela e a criança, desenharam juntas hoje. E me mostra, tirando uma folha de papel de sua maleta e a entregando a mim.

E aqui está, desenhado a lápis em uma folha de caderno desta vez: o corpo desmembrado, a mulher, a faca, o sangue. As obras de arte de Otto, a mesma imagem que tenho encontrado em casa.

— Eu não desenhei isso — digo. — Foi meu filho.

Mas ela diz:

— Não foi.

Ela tem uma teoria diferente sobre quem desenhou isso. Afirma que a criança, meu alter ego, desenhou. Rio alto diante desse absurdo, porque, se uma criança que vive dentro de mim desenhou isso, o que ela está dizendo é que fui eu que desenhei. Que eu fiz os desenhos do sótão, do corredor, e os deixei em casa para eu mesma encontrá-los.

Eu não desenhei isso. Não fiz nenhum desenho desses. Lembraria-me se houvesse feito.

— Eu não desenhei isso — digo.

— Claro que não — responde ela.

Por uma fração de segundo, acho que ela acredita em mim. Até que diz:

— Não você especificamente. Não *Sadie Foust*. O que acontece no TDI é que sua personalidade se fragmenta, fica dividida. Esses fragmentos formam identidades diferentes, com nome, aparência, sexo, idade, palavras e padrões de fala bem característicos.

— Qual é o nome dela então? — pergunto. — Já que você falou com ela... Se você desenhou com ela, qual é o nome dela?

— Eu não sei. Ela é tímida, Sadie. Essas coisas levam tempo.

— Qual é a idade dela? — pergunto.

— Seis anos.

Ela me diz que essa criança gosta de desenhar e pintar. Que gosta de brincar com bonecas. Ela gosta de uma brincadeira, e essa mulher brincou com ela para tentar fazê-la se abrir. Ludoterapia, diz. Nesta mesma sala, elas se deram as mãos e giraram. Quando ficaram as duas tontas, pararam. Ficaram firmes no lugar como estátuas.

— A menina disse que é o jogo de estátua — diz a mulher, porque elas ficaram paradas como estátuas até que uma delas por fim caiu.

Tento imaginar o que ela está me dizendo. Imagino essa criança girando em círculos com essa mulher. Só que essa criança – se eu for acreditar no que ela diz – não é uma criança. Sou eu.

Coro ao pensar nisso. Eu, uma mulher de trinta e nove anos, de mãos dadas e girando ao redor desta sala com outra mulher adulta, parando no lugar como uma estátua.

A ideia é absurda. Não posso levar isso a sério.

Não até que as palavras de Tate surgem em minha cabeça: *Estátua, estátua! Mamãe está mentindo! Você sabe sim, você sabe.*

— Em média, pessoas com TDI têm cerca de dez alter egos vivendo dentro delas — diz ela. — Às vezes mais, às vezes menos. Às vezes chegam a cem.

— Quantos eu supostamente tenho? — pergunto.

Porque não acredito nela. Porque isso é só uma farsa elaborada para sujar meu nome, meu caráter, facilitando que eu seja culpada pelo assassinato de Morgan.

— Até agora, eu conheci dois — diz ela.

— Até agora?

— Pode haver mais. O Transtorno Dissociativo de Identidade, em geral, começa com uma história de abuso em tenra idade. As personalidades alternativas se formam como um mecanismo de enfrentamento. Elas servem a propósitos diferentes, como proteger o hospedeiro. Elas o defendem abrigando as memórias dolorosas.

Enquanto ela fala, penso em mim mesma abrigando parasitas. Penso nos pica-bois, que comem insetos das costas dos hipopótamos. Pensava-se que essa era uma relação simbiótica, até os cientistas perceberem que os pica-bois eram, na verdade, pássaros vampiros, que abrem buracos nas costas de grandes mamíferos e bebem seu sangue.

Enfim, nada muito simbiótico.

— Fale-me sobre sua infância, dra. Foust — diz ela.

Digo-lhe que não me lembro muito de minha infância; quase nada, aliás, antes dos onze anos.

Ela olha para mim sem dizer nada, esperando que eu some dois mais dois.

Você é propensa a períodos de apagões, dra. Foust?

Mas apagões são perdas temporárias da noção do tempo, causadas por coisas como consumo de álcool, convulsões epilépticas, baixo nível de açúcar no sangue.

Minha infância inteira não foi um período de apagão. Simplesmente não lembro.

— Isso é típico em casos de TDI — diz ela depois de um tempo. — A dissociação é uma maneira de se desconectar de uma experiência traumática; é um mecanismo de enfrentamento — repete, como se já não houvesse dito isso pouco antes.

— Fale-me sobre essa mulher. — Estou tentando pegá-la em uma mentira. Certamente, mais cedo ou mais tarde, ela vai se contradizer. — Camille — digo.

Ela me diz que existem diferentes tipos de alter egos. Perseguidores, protetores e outros. Ela ainda não sabe de que tipo é essa jovem, porque, às vezes, ela me defende, mas, com mais frequência, seus retratos de mim são cheios de ódio. Ela é ressentida, irascível; tem raiva e é agressiva. É uma relação de amor e ódio: ela me odeia, mas também quer ser eu.

Já a garotinha não sabe que eu existo.

— O policial Berg tomou a liberdade de fazer uma pesquisa — diz ela. — Sua mãe morreu no parto, certo?

Digo que sim. Pré-eclâmpsia. Meu pai nunca falava sobre isso, mas, pela maneira como seus olhos brilhavam sempre que o nome dela surgia, eu sabia que havia sido horrível para ele perdê-la e ter que me criar sozinho.

— Quando você tinha seis anos, seu pai se casou de novo — diz ela.

Mas eu protesto:

— Não, ele não se casou. Éramos só meu pai e eu.

— Você disse que não se lembra de sua infância, doutora — recorda ela.

Mas eu lhe conto o que lembro: aos onze anos, meu pai e eu morando na cidade, ele pegando o trem para ir ao trabalho e voltando para casa quinze, dezesseis horas depois, bêbado.

— Eu me lembro disso — digo.

Não me lembro do que aconteceu antes disso, mas gostaria de acreditar que sempre foi assim.

Ela pega uns papéis na pasta e me diz que, quando eu tinha seis anos, meu pai se casou com uma mulher chamada Charlotte Schneider. Morávamos em Hobart, Indiana, e meu pai trabalhava como representante de vendas para uma pequena empresa. Três anos depois, quando eu tinha nove, meu pai e Charlotte se divorciaram. Diferenças irreconciliáveis.

— O que pode me contar sobre sua madrasta? — pergunta ela.

— Nada. Você está enganada. O policial Berg está enganado. Não houve madrasta nenhuma, éramos só meu pai e eu.

Ela me mostra uma fotografia. Meu pai, eu e uma mulher estranha, mas bonita, diante de uma casa que não conheço. A casa é pequena, de um andar e meio de altura. Está quase engolida pelas árvores. Há um carro na entrada da garagem. Não o reconheço.

Meu pai está mais jovem do que eu me recordo, mais bonito, mais vivo. Ele olha de soslaio para a mulher, não para a lente da câmera. Seu sorriso é autêntico, o que me parece estranho. Meu pai raramente sorria. Na foto, sua cabeça está coberta de cabelos escuros e ele não tem todas as rugas que mais tarde dominaram seus olhos e faces.

Meu pai me deu um apelido quando eu era menina. Ele me chamava de Mouse. Porque eu era uma criança tímida e propensa a tiques, sempre enrugando o nariz, *como um rato*.

— Eu mostrei esta foto hoje cedo para a criança, mas não lhe fez bem, Sadie. Ela correu para o canto da sala e começou a rabiscar furiosamente no papel. Ela desenhou isto — diz ela, segurando o desenho e o mostrando para mim de novo.

O corpo desmembrado, as gotas de sangue.

— Quando você tinha dez anos, seu pai solicitou um mandado de proteção contra sua madrasta. Ele vendeu a casa em Indiana e se mudou com você para Chicago. Arranjou outro emprego em uma loja de departamentos. Você se lembra disso? — pergunta ela.

Mas não me lembro. Pelo menos, não de tudo.

— Eu preciso voltar para minha família — digo. — Eles devem estar preocupados comigo.

Eles devem estar se perguntando onde eu estou; mas ela diz que minha família sabe onde estou.

Imagino Will, Otto e Tate em nossa casa sem mim. Fico imaginando se parou de nevar, se o tráfego de balsa foi retomado, se Will chegou a casa a tempo de pegar Tate na escola.

Penso em Otto em casa quando a polícia chegou para pegar a toalha e a faca.

— Meu filho está aqui? Meu filho Otto está aqui? — pergunto, sem saber se ainda estou no edifício de segurança pública ou se me levaram para outro lugar.

Olho em volta. Vejo uma sala sem janelas, uma parede, duas cadeiras, o chão.

Não há como saber onde estou.

— Onde estou? Quando posso ir para casa? — pergunto à mulher.

— Eu só tenho mais algumas perguntas — diz ela. — Se puder aguentar, tiraremos você daqui logo. Quando você chegou à delegacia, disse ao policial Berg que havia uma toalha ensanguentada em sua casa, além de uma faca.

— Sim, isso mesmo.

— O policial Berg mandou alguém a sua casa. A propriedade foi cuidadosamente revistada, mas nenhum desses itens estava lá.

— Eles estão enganados — digo, elevando a voz.

Minha pressão arterial dispara e sinto uma dor de cabeça se formar entre meus olhos. É uma dor cega e forte. Pressiono a região, a sala começa a entrar e sair de foco.

— Eu vi as duas. Tenho certeza de que estão lá. A polícia não procurou direito — insisto, porque sei que estou certa. A toalha e a faca estavam lá, eu não imaginei isso.

— E há mais, dra. Foust — diz ela. — Seu marido deu permissão à polícia para revistar sua casa. Encontraram o celular desaparecido da sra. Baines lá. Pode nos dizer como ele foi parar em sua casa ou por que não o entregou a polícia?

— Eu não sabia que estava lá — digo, na defensiva. Dou de ombros, digo que não sei explicar. — Onde o encontraram? — pergunto, na esperança de que as respostas para o assassinato de Morgan estejam no celular dela.

— Encontraram-no, por incrível que pareça, carregando no console da lareira.

— O quê? — pergunto, horrorizada.

Então, eu me lembro do celular sem bateria que eu achava que era de Alice.

— Perguntamos a seu marido, ele disse que não o colocou lá. Você colocou o celular em cima da lareira, dra. Foust? — pergunta ela.

Digo que sim.

— O que você estava fazendo com o celular da sra. Baines?

Isso eu posso explicar. Mas parece inacreditável quando lhe digo como encontrei o celular de Morgan em minha cama.

— Você encontrou o telefone da sra. Baines em sua cama? Seu marido disse à polícia que você é ciumenta, desconfiada. Que você não tolera que ele fale com outras mulheres.

— Isso não é verdade — retruco, irritada por Will dizer essas coisas de mim. Toda vez que eu o acusei de me trair foi por uma boa razão.

— Você tinha ciúmes do relacionamento de seu marido com a sra. Baines?

— Não — digo.

Mas é claro que é mentira. Eu senti um pouco de ciúme. Fiquei insegura. Depois da história de Will, eu tinha todo o direito de ficar. Tento lhe explicar isso. Conto-lhe sobre o passado de Will, sobre os casos dele.

— Você achava que seu marido e a sra. Baines estavam tendo um caso? — pergunta ela.

Verdade seja dita, sim, eu achava isso. Por um tempo, achava. Mas eu nunca teria feito nada. E agora eu sei que não era um caso o que eles tinham, e sim algo mais profundo. Will e Morgan tinham um vínculo, uma conexão com a antiga noiva dele. Aquela que ele alegava não amar mais que a mim. Mas, na verdade, acho que ele amava, sim.

Estendo as mãos sobre a mesa, pego as dela e digo:

— Você tem que acreditar em mim. Eu não fiz nada contra Morgan Baines.

Ela afasta as mãos.

Então, eu me sinto desencarnada. Observo enquanto outra eu está sentada em uma cadeira, conversando com uma mulher.

— Eu acredito em você, dra. Foust, de verdade. Não creio que Sadie tenha feito isso — diz a mulher.

Mas sua voz chega até mim abafada, como se eu estivesse desaparecendo, afogando-me, até que a sala some por completo de minha vista.

WILL

Eles me deixaram entrar na sala. Sadie está lá, sentada em uma cadeira de costas para mim. Seus ombros estão caídos para a frente; ela segura a cabeça entre as mãos. Por trás, ela parece ter doze anos. Seu cabelo está emaranhado; ela está de pijama. Entro delicadamente.

— Sadie?

Pergunto gentilmente, porque talvez seja ela e talvez não. Sem dar uma boa olhada nela, eu nunca sei quem é. As características físicas não mudam, são sempre seus cabelos e olhos castanhos, a mesma figura elegante, a mesma compleição, o mesmo nariz. A mudança está em sua atitude, em seu comportamento. Está em sua postura, o jeito como ela caminha. Em sua maneira de falar, sua escolha de palavras e seu tom. Está em suas ações: se é agressiva ou recatada, delicada ou grosseira, tranquila ou tensa. Se vem até mim ou se fica encolhida em um canto, gritando como uma menininha e chamando o pai toda vez que a toco.

Minha esposa é um camaleão.

Ela olha para mim. Está um caco. Tem lágrimas nos olhos, e é assim que eu sei que é a criança ou Sadie. Porque Camille nunca choraria.

— Eles acham que eu a matei, Will.

Sadie.

Há pânico em sua voz. Ela está hipersensível, como sempre. Ela se levanta, aproxima-se e se agarra em mim. Passa os braços em volta de meu pescoço, toda melosa, coisa que normalmente Sadie não faz. Mas ela está desesperada, acha que vou poder resolver tudo, como sempre. Mas não desta vez.

— Ah, Sadie — digo, acariciando seus cabelos, receptivo como sempre. — Você está tremendo.

Afasto-a um pouco, mantendo-a à distância de meus braços.

Eu sou bom de empatia. Contato visual, escuta ativa, perguntas sem julgamento. Faço isso com um pé nas costas. Nunca é demais chorar um pouco também.

— Meu Deus — digo.

Solto suas mãos só o tempo de pegar o lenço de papel que coloquei no bolso antes, com bastante mentol para me fazer chorar. Levo-o aos olhos, coloco-o de volta no bolso e deixo as glândulas lacrimais trabalharem.

— Berg vai se arrepender de ter feito isso com você. Eu nunca a vi tão mal — digo, pousando as duas mãos em seu rosto e olhando-a nos olhos. — O que fizeram com você?

Ela fala com voz estridente. Está em pânico. Vejo isso em seus olhos.

— Eles acham que eu matei Morgan. Que eu fiz isso porque estava com ciúmes de vocês dois. Eu não sou assassina, Will — diz ela. — Você sabe disso. Você tem que falar para eles.

— Claro, Sadie. Claro que sim — minto, sempre me mostrando disponível para ela. Sempre, eternamente. — Vou falar — digo.

Mas não vou. Não estou convencido da necessidade de ser acusado de obstrução de justiça por ela. Se bem que Sadie, ela mesma, nunca seria capaz de matar. É aí que entra Camille.

Verdade seja dita, eu gosto mais de Camille que de Sadie. A primeira vez que ela se manifestou, achei que Sadie estava brincando comigo. Mas não, foi real. E quase bom demais para ser verdade. Porque eu descobri que uma mulher vivaz e indomável vivia dentro de minha esposa, por quem eu me apaixonei mais que pela mulher com quem me casei. Foi como encontrar ouro em uma mina.

É toda uma metamorfose. Já tenho experiência suficiente para saber quando está acontecendo. Eu nunca sei quem vai aparecer quando a mutação ocorre, se vou acabar com uma borboleta ou com um sapo.

— Você precisa acreditar em mim — implora ela.

— Eu acredito em você, Sadie.

— Acho que estão tentando me incriminar. Mas eu tenho um álibi, Will. Eu estava com você quando ela foi morta. Eles estão me culpando por algo que eu não fiz! — grita.

Eu me aproximo, seguro sua linda cabecinha nas mãos e lhe digo que vai ficar tudo bem.

Ela recua, então, lembrando-se de algo.

— Berg disse que você ligou para ele — diz. — Ele me contou que você ligou e retirou o que disse sobre aquela noite. Que disse que eu não estava com você, que eu fui passear com as cachorras. Que você não sabia aonde eu havia ido. Você mentiu, Will.

Abro a boca e arregalo os olhos. Sacudo a cabeça e pergunto, horrorizado:

— Foi isso que eles disseram? Eles estão mentindo, Sadie. Eles estão mentindo, tentando nos colocar um contra o outro. É uma tática, você não pode acreditar no que eles dizem.

— Por que você não me disse que Morgan era irmã de Erin? — pergunta ela, mudando de assunto. — Você escondeu isso de mim. Eu teria entendido, Will. Eu teria entendido sua necessidade de se conectar com alguém que Erin amava se você houvesse me contado. Eu o teria apoiado.

É risível, na verdade. Porque achei que Sadie fosse mais esperta que isso. Ela não somou dois mais dois.

Eu não precisava me conectar com Morgan; precisava me *desconectar*. Eu não sabia que ela morava na ilha quando nos mudamos para cá. Se soubesse, não teríamos vindo.

Imagine minha surpresa quando a vi pela primeira vez depois de tantos anos. Eu poderia ter deixado para lá, mas Morgan não podia deixar de se meter.

Ela ameaçou me delatar, contar a Sadie o que eu fiz. Ela deixou a foto de Erin para que Sadie a encontrasse. Eu a encontrei primeiro e a coloquei no último lugar onde esperava que Sadie olhasse. Mas, para minha sorte, ela olhou.

Morgan era uma garotinha estúpida na noite em que tirei a vida de Erin. Ela nos ouviu brigando porque Erin havia se apaixonado por um babaca na faculdade. Ela chegou a casa para terminar o noivado; tentou me devolver o anel. Erin estava na faculdade havia apenas alguns meses, mas, nas férias de inverno, já estava toda cheia de si. Ela se achava melhor que eu. Uma garota da irmandade, enquanto eu ainda morava na casa dos meus pais e fazia faculdade comunitária.

Morgan tentou contar a todos que nos ouviu brigar na noite anterior, mas ninguém acreditaria em uma menina de dez anos mais que em mim. E eu interpretei muito bem o papel de namorado transtornado. Fiquei com o coração partido, como deveria ser. E ninguém ainda sabia que Erin estava com outra pessoa. Ela só havia contado a mim.

As evidências – a tempestade, os trechos congelados na rua, a falta de visibilidade – também foram insuperáveis naquela noite. Eu tomei precauções; quando a encontraram, não havia sinais externos de violência, nenhum sinal de luta. Asfixia é extremamente difícil de detectar. Eles também não fizeram nenhum exame toxicológico, devido às condições climáticas. Ninguém pensou que Erin poderia ter morrido por causa de uma porrada de Xanax no corpo, por hipóxia, por causa de uma sacola plástica presa em sua cabeça. Os policiais não pensaram nisso. Eles não pensaram nem uma vez que eu tirei a sacola da cabeça dela quando ela já estava morta; que passei o corpo de Erin para o banco do motorista, engatei o carro automático em Drive e fiquei olhando enquanto o cadáver dela ia dar um passeio na lagoa, antes de seguir a pé o resto do caminho para casa, grato pela neve que cobria minha trilha. Não, eles só pensaram na estrada gelada, no pé de chumbo de Erin, no fato incontestável de que ela saíra da estrada e caíra na água gelada – o que era bastante discutível, porque não foi assim que aconteceu.

Assassinato premeditado. Foi fácil demais fazer e me safar.

Eu toquei a vida; conheci Sadie, me apaixonei e me casei. E apareceu Camille.

Ela cuidou de mim de um jeito que Sadie nunca poderia. Eu nunca imaginei tudo que ela faria por mim ao longo dos anos. Morgan não foi a primeira mulher que ela matou para mim. Porque também houve Carrie Laemmer, uma aluna minha que me acusou de assédio sexual.

Mais uma vez, Sadie fala:

— Eles disseram que eu desassocio, que sou apenas uma de muitas partes. Que existem pessoas morando dentro de mim. Isso é ridículo. Se você, que é meu marido, não viu isso, como eles poderiam?

— Essa é uma das muitas coisas que amo em você: sua imprevisibilidade. Diferente a cada dia. Vou lhe dizer uma coisa, Sadie: com você, nunca há tédio. Eu só nunca relacionei um diagnóstico com sua condição — digo.

Mas é mentira, claro. Eu sei há eras com o que estou lidando. E aprendi a usar isso em meu favor.

— Você sabia? — pergunta ela, horrorizada.

— Isso é uma coisa boa, Sadie. O lado bom da coisa, não vê? A polícia não acha que você matou Morgan. Eles acham que foi *Camille*. Você pode se declarar inocente por motivo de insanidade, e não vai para a cadeia.

Ela ofega, arrasada. É divertido de ver.

— Mas vão me mandar para uma instituição psiquiátrica, Will. Eu não poderei ir para casa.

— Mas é melhor que a prisão, não é, Sadie? Você sabe que tipo de coisa acontece na prisão?

— Mas, Will — diz ela, desesperada agora —, eu não sou louca.

Afasto-me dela. Vou até a porta, porque, de nós dois, sou o único com liberdade para sair. Há certo poder nisso. Volto-me e olho para ela; meu rosto muda, torna-se visivelmente apático, porque a empatia fingida está ficando cansativa.

— Eu não sou louca — diz ela de novo.

Seguro a língua. Não seria certo mentir.

SADIE

Pouco depois de Will ir embora, o policial Berg entra na sala. Ele deixa a porta aberta.

Eu conheço meus direitos. Exijo um advogado.

Mas ele dá de ombros, sem entusiasmo, e diz:

— Não precisa.

Eles vão me liberar. Não têm provas para me segurar ali. A arma do crime e a toalha que eu disse ter visto não estavam em lugar nenhum. A teoria atual é que eu inventei tudo na tentativa de atrapalhar a investigação. Mas também não podem provar isso. Dizem que eu matei Morgan, que me transformei em outra versão minha e a matei. Mas a polícia precisa de uma causa provável para poder me prender. Eles precisam de algo mais que uma mera suspeita. Nem a declaração do sr. Nilsson é condenatória o suficiente, porque não me coloca na cena do crime. Nem o celular em minha casa. Essas coisas são circunstanciais.

Tudo parece fantasmagórico. Existem partes de minha vida de que eu não tenho consciência, inclusive daquela noite. Existe a possibilidade que eu – ou alguma versão minha – tenha matado aquela pobre mulher, mas não sei por quê. As fotos que o policial Berg me mostrou me vêm à mente, e eu sufoco um grito.

— Quer que eu ligue para seu marido vir buscá-la? — pergunta o policial Berg.

Mas digo que não. Para ser sincera, estou meio chateada com Will porque me deixou sozinha na delegacia. O tempo lá fora ainda é inclemente, mas preciso ficar sozinha com meus pensamentos. Preciso de ar fresco.

O policial Berg me oferece uma carona, mas recuso também. Preciso ficar longe dele.

Vou tirar o casaco que o policial Berg me deu, mas ele me detém; diz que é melhor eu ficar com ele, que o pegará outra hora.

Está escuro do lado de fora. O sol se pôs. O mundo está branco, mas, por enquanto, parou de nevar. O trânsito é lento. Os faróis passam através dos bancos de neve. Os pneus arranham a neve compactada. As ruas estão sujas.

Estou de chinelos, coisa muito diferente de sapatos. São de tricô e pelo falso, e absorvem a umidade, deixando meus pés molhados, vermelhos e dormentes. Meu cabelo não viu um pente hoje. Não faço ideia de como estou, mas me arrisco a imaginar que pareço uma louca.

Enquanto ando os poucos quarteirões até minha casa, tento recompor as últimas horas de minha vida. Deixei Otto sozinho com a toalha e a faca. A polícia foi procurar essas coisas. Quando chegaram, elas haviam desaparecido. Alguém fez algo com a toalha e a faca.

Sigo em direção a nossa rua de cabeça baixa, com os braços cruzados para me proteger do vento forte da noite, que ainda sopra a neve que cobre o chão. Há trechos gelados na rua, onde escorrego e caio uma, duas, três vezes. Só na terceira vez, um bom samaritano me ajuda a levantar, achando que estou bêbada. Ele pergunta se pode ligar para alguém para me buscar, mas já estou quase em casa. Só falta subir nossa rua, e o faço, desajeitada.

Vejo Will pela janela quando chego, sentado no sofá, a lareira incandescente. Está de pernas cruzadas, perdido em pensamentos. Tate corre pela sala, sorrindo alegremente, e, quando passa, Will faz cócegas em sua barriga e ele ri. Tate sai correndo, sobe a escada para longe de Will, e, então, desaparece em outra parte da casa onde não posso mais vê-lo. Will volta para o sofá, coloca as mãos atrás da cabeça e se inclina para trás, aparentemente satisfeito.

Vejo luzes acesas pelas janelas de cima, as de Otto e Imogen, de frente para a rua, embora as cortinas estejam fechadas. Não vejo nada além do brilho das janelas, mas me surpreende que até Imogen esteja em casa. A essa hora da noite, ela nunca está em casa.

Olhando de fora, a casa parece perfeitamente idílica, como no primeiro dia em que chegamos. Os telhados e as árvores estão cobertos de neve. Ela cobre o gramado, branco, brilhante. As nuvens nevadas se dissiparam, e a lua ilumina a cena pitoresca. A lareira expele fumaça pela chaminé, e, embora do lado de fora o mundo esteja frio, por dentro a casa parece inegavelmente acolhedora e quente.

Não há nada errado com essa cena, como se Will e as crianças morassem ali sem mim, como se ninguém notasse minha ausência.

Mas o fato de que não há nada errado me faz sentir instintivamente que há algo errado, sim.

WILL

A porta se abre. Aqui está ela, toda desleixada e descabelada pelo vento.

Foi gentil da parte de Berg me avisar que ela havia sido liberada.

Escondo minha surpresa. Levanto-me, vou até ela, ponho minhas mãos em seu rosto gelado.

— Ah, graças a Deus — digo, abraçando-a. Prendo a respiração. Ela cheira a podre. — Por fim, eles recuperaram o bom senso — digo.

Mas Sadie me rejeita, afasta-me dizendo que eu a deixei lá, que a abandonei, toda dramática.

— Eu não fiz isso — digo, brincando com sua fraqueza, sua tendência a perder a noção do tempo.

Sadie se esquece de aproximadamente um quarto das conversas que tem. Para mim, isso já se tornou normal, mas é um incômodo para colegas de trabalho e afins. Isso torna difícil para Sadie ter amigos, porque, superficialmente, ela parece temperamental e distante.

— Eu disse que voltaria assim que me certificasse de que as crianças estavam bem. Você não se lembra? Eu te amo, Sadie. Eu nunca a teria abandonado.

Ela sacode a cabeça. Não se lembra. Porque não aconteceu.

— Onde estão as crianças? — pergunta ela, procurando-os.

— Cada um em seu quarto.

— Quando você ia voltar?

— Fiz algumas ligações tentando encontrar alguém para ficar com as crianças. Eu não queria deixá-los sozinhos a noite toda.

— Por que eu deveria acreditar em você? — pergunta ela.

O duvidoso são Tomé. Ela quer ver meu celular, ver para quem eu liguei, e é pura sorte que haja ligações recentes no registro de chamadas para números que Sadie não conhece. Atribuo nomes a elas. Andrea, uma colega, e Samantha, uma aluna.

— Por que você não acredita em mim? — retruco, bancando a vítima.

Ouvimos Tate pulando em sua cama no andar de cima. A casa geme.

Ela sacode a cabeça, exausta, e diz:

— Não sei mais em que acreditar.

Ela esfrega a testa, tentando descobrir. Sadie teve um dia infernal, não consegue entender como uma faca e uma toalha podem simplesmente desaparecer. Ela me pergunta em um tom de voz exasperado e contencioso. Está querendo briga.

Dou de ombros e pergunto de volta:

— Não sei, Sadie. Tem certeza de que realmente as viu?

Porque um pouco de abuso psicológico não faz mal a ninguém.

— Eu vi! — diz, desesperada para me fazer acreditar nela.

Agora, com a polícia envolvida, a coisa está se transformando em uma tempestade de merda; ao contrário da última vez, em que as coisas foram tão tranquilas. Em geral, eu sou muito mais organizado com essas coisas. Carrie Laemmer, por exemplo; só o que eu tive que fazer foi esperar Camille chegar e colocar a ideia na cabeça dela. Camille é sugestionável, assim como Sadie. Só que Sadie não é do tipo violento. Eu poderia ter feito a coisa sozinho, mas por que faria, se havia alguém disposto a fazer por mim? Chorei, contei tudo sobre as ameaças de Carrie, que ela me acusou de assédio sexual. Eu disse que queria que ela desaparecesse e me deixasse em paz. Minha carreira e minha reputação acabariam se Carrie cumprisse suas ameaças. Eles me levariam para longe de Camille; eles me colocariam na cadeia. Eu disse: *Ela está tentando arruinar minha vida. Ela está tentando arruinar nossa vida.*

Eu não pedi a Camille especificamente para matá-la.

Ainda assim, poucos dias depois, Carrie estava morta.

Certo dia, a pobre Carrie Laemmer desapareceu. Houve uma vasta busca. Disseram que ela esteve em uma festa da fraternidade na noite anterior, bebendo. Ela saiu da festa sozinha, cambaleando, bêbada. Outras pessoas a viram descer os degraus da varanda.

A colega de quarto de Carrie só voltou para casa na manhã seguinte. Ao chegar, viu que a cama de Carrie estava feita, que Carrie não voltara para casa na noite anterior.

As câmeras de segurança do campus captaram Carrie cambaleando ao passar pela biblioteca e caindo no meio do campus. Isso era estranho em Carrie, que sabia beber; pelo menos foi o que disseram os alunos que viram as imagens do circuito interno. Como se fosse digno se gabar de ter alta tolerância ao álcool. Seus pais ficariam tão orgulhosos de saber o que os cinquenta mil por ano lhe propiciavam.

Havia lapsos nas câmeras de vigilância, buracos negros onde elas não chegavam. Eu estava em um evento da faculdade naquela noite, as pessoas me viram. Não que eu fosse suspeito, porque ninguém era. Porque, daquela vez, ao contrário desta, as coisas saíram às mil maravilhas.

Não muito longe do campus, havia um canal poluído, onde o time da universidade remava. A água tinha mais de três metros de profundidade, contaminada pelo esgoto, isso se os rumores fossem verdadeiros. Havia uma trilha arborizada paralela ao canal, toda sombreada por árvores.

Depois de três dias desaparecida, Carrie surgiu no canal. A polícia se referia a ela como *afogada*, devido à maneira como fora encontrada: a maior parte de seu corpo flutuava na superfície do canal, enquanto sua cabeça pesada pendia para baixo.

Causa da morte: afogamento acidental. Todo mundo sabia que ela estava bêbada e cambaleante. Todo mundo havia visto. Foi fácil supor, então, que ela havia caído no canal sozinha, bêbada.

Toda a população estudantil chorou por ela. Flores foram deixadas à beira do canal, embaixo de uma árvore. Seus pais vieram de Boston; deixaram o ursinho da infância dela ali no local.

Camille me disse que Carrie não se debateu na água. Que não ofegou nem gritou por ajuda. O que aconteceu foi que ela ficou balançando na superfície, apática, por um tempo. Sua boca afundou na água, depois subiu, e desceu de novo.

Ela ficou assim por um tempo, com a cabeça jogada para trás, os olhos vidrados e vazios.

Se ela se deu o trabalho de mexer as pernas, Camille não soube dizer.

Ela lutou assim por quase um minuto. Então, submergiu, deslizando silenciosamente para baixo d'água.

Do jeito que Camille descreveu para mim, não me pareceu nada dramático. Foi um anticlímax. Uma chatice, em minha opinião.

Desta vez, foi azar que Sadie tenha resolvido lavar roupa antes de mim.

Eu fui descuidado. Porque, na noite com Morgan, a transformação de Camille em Sadie aconteceu muito depressa, e eu tive que limpar a bagunça. As roupas dela eu queimei. A faca eu enterrei. Nunca contei com a possibilidade de Sadie lavar a roupa. Por que eu deveria? Ela nunca lava. Eu também não sabia que Camille havia pegado o colar de Morgan. Não até o ver na bancada hoje de manhã.

Camille deveria ter sido mais cuidadosa naquela noite. Deveria ter previsto melhor os borrifos de sangue. Afinal, não foi sua primeira experiência. Mas ela chegou a casa coberta de sangue. Coube a mim limpá-la, deixando minhas impressões digitais na faca e na toalha. Eu não podia deixar a polícia encontrá-las.

Sadie esfrega o rosto e diz de novo:

— Não sei em que acreditar.

— Foi um longo dia, muito estressante. E você não está tomando seus remédios — digo.

Sadie se dá conta. Ela foi para a cama ontem sem tomar os remédios. E esqueceu de tomá-los hoje de manhã. Eu sei, porque ainda estão onde os deixei.

É por isso que ela está assim, descontrolada, como sempre fica quando não toma os remédios. Ela os pega, ansiosa, e os engole, sabendo que em pouco tempo voltará a se sentir normal.

Quase rio alto. Esses comprimidos não fazem nada. É só na cabeça de Sadie que algo acontece. É o efeito placebo. Porque ela acha que tomar um remédio vai naturalmente a fazer se sentir melhor. Está com dor de cabeça, toma um paracetamol. Com o nariz escorrendo? Uma efredina.

Era de se esperar que, como médica, Sadie soubesse disso.

Eu comprei as cápsulas vazias pela internet. Enchi-as com amido de milho e substituí as que o médico prescreveu por elas. Sadie as tomava como uma boa menina, mas, às vezes, queixava-se, dizia que os remédios a deixavam cansada e confusa, porque era isso que os remédios deveriam fazer.

Ela é tão sugestionável às vezes.

Sirvo o jantar para Sadie. Encho uma taça de vinho para ela. Sento-a à mesa e, enquanto ela come, esfrego seus pés frios e sujos. Estão manchados e cinza.

Ela cochila à mesa; está tão cansada que dorme sentada.

Mas dorme só um segundo, no máximo, e, quando acorda, pergunta, grogue, com a voz arrastada devido ao cansaço:

— Como você chegou a casa na tempestade? Otto disse que as balsas não estavam funcionando.

Tantas perguntas. Tantas malditas perguntas.

— Táxi aquático.

— A que horas?

— Não sei direito. A tempo de pegar Tate.

Ela está despertando, falando claramente.

— Eles seguraram as crianças na escola o dia todo? Mesmo com a tempestade?

— Elas ficaram lá até os pais chegarem.

— Então, você foi direto para a escola dele? Não passou em casa primeiro? — pergunta ela.

Digo que não. Ela está montando uma linha do tempo. Fico imaginando por quê. Digo que peguei o táxi aquático para a ilha, busquei Tate e voltei para casa. Depois, fui ao edifício de segurança pública atrás dela.

Só parte disso é verdade.

— O que Otto estava fazendo quando você chegou a casa? — pergunta Sadie.

Terei que a calar em breve. Porque sua curiosidade é a única coisa que pode atrapalhar minha impunidade.

SADIE

No quarto, vasculho minhas gavetas em busca de um pijama limpo para substituir o que estou vestindo. Preciso de um banho. Meus pés doem e minhas pernas estão machucadas. Mas essas coisas são irrelevantes, tenho preocupações maiores na cabeça. É como uma experiência extracorpórea. Isso tudo não pode estar acontecendo comigo.

Viro-me de repente ao saber que não estou mais sozinha. É uma sensação metafísica, algo que sobe por minha espinha.

Otto entra no quarto subitamente. Não estava aqui, e de repente está. Sua chegada repentina me faz dar um pulo, levando a mão ao coração. Volto-me para ele. Os sinais de seu mal-estar são visíveis agora.

Ele não estava mentindo; está doente. Otto leva a mão à boca e tosse; seus olhos estão vazios e febris.

Penso na última conversa que tive com Otto, quando ele me acusou de colocar a faca em sua mochila. Se o que aquela policial disse for verdade, eu não fiz isso; mas a parte de mim conhecida como Camille fez. A culpa que sinto é enorme. Otto não é um assassino; mas, possivelmente, eu sou.

— Onde você estava? — pergunta ele com voz rouca, e tosse de novo.

Will não contou às crianças onde eu estava. Não disse a ele que eu não ia voltar para casa. Quanto tempo ele teria esperado até lhes contar? E que palavras teria usado para dizer a nossos filhos que eu havia sido detida pela polícia? E quando perguntassem por quê, o que ele teria dito? Que a mãe deles é uma assassina?

— Você saiu sem dizer nada — diz ele.

Vejo a criança que ainda há nele. Ele ficou assustado, eu acho, em pânico por não conseguir me encontrar.

Digo vagamente:

— Eu tinha que cuidar de umas coisas.

— Achei que você estivesse aqui. Eu não sabia que você havia saído até ver papai lá fora.

— Você o viu voltar para casa com Tate?

É o que presumo. Imagino o pequeno sedan de Will abrindo caminho pela neve. Não consigo imaginar como o carro conseguiu.

Mas Otto diz que não, que foi antes de Tate chegar a casa. Ele diz que, logo depois que conversamos na sala, ele mudou de ideia; estava com fome. Ia querer aquela torrada, afinal.

Otto diz que desceu para falar comigo, mas que eu não estava. Ele me procurou e viu Will perambulando pelo quintal, na neve.

Mas Otto está enganado. Foi a mim, não a Will, que ele viu no quintal, na neve.

— Era eu — digo. — Eu estava tentando fazer as cachorras entrarem.

Não lhe conto sobre a faca.

Agora percebo o que realmente deve ter acontecido com a faca em Chicago. Camille deve tê-la colocado na mochila de Otto. A história que ele me contou sobre aquela noite na escada de incêndio, quando eu o convenci a esfaquear seus colegas de classe, não foi um sonho. Sob a perspectiva de Otto, aconteceu exatamente como ele disse. Porque ele me viu.

E os desenhos perturbadores, as bonecas estranhas. Não foi Otto. Também fui eu.

— Era papai — diz ele, sacudindo a cabeça.

Percebo que minhas mãos estão tremendo, suadas. Esfrego-as nas pernas da calça de pijama e pergunto a Otto de novo o que ele disse.

— Papai estava aqui — ele repete —, no quintal. Cavando.

— Tem certeza de que era seu pai? — pergunto.

— Por que não seria? — pergunta ele, cansado de minhas perguntas. — Eu conheço papai.

— Claro que sim — digo, sentindo-me tonta e sem fôlego. — Tem certeza de que foi no quintal que você o viu?

Sou grata por ele estar falando comigo. Depois da revelação desta tarde, estou surpresa por ele ainda falar comigo. Lembro-me de suas palavras. *Eu nunca vou perdoá-la.* E por que deveria? Eu nunca me perdoarei pelo que fiz.

Otto balança a cabeça e diz alto:

— Certeza.

Will estava cavando o gramado? Quem diabos cava na grama?

Percebo, então, que Will não estava só cavando. Ele estava procurando a faca na neve.

Mas como Will sabia da faca? Eu só contei ao policial Berg.

A resposta surge em minha cabeça, sacudindo minhas entranhas.

A única maneira de Will saber sobre essa faca é se foi ele que a colocou lá.

WILL

Sadie está descobrindo depressa que minha história está cheia de buracos. Ela sabe que alguém nesta casa matou Morgan. Sabe que pode ter sido ela. Mas, investigando um pouco, ela logo descobrirá – se é que ainda não descobriu – que eu sou o mestre das marionetes que puxa as cordinhas. E, então, ela vai contar a Berg.

Mas não deixarei isso acontecer. Vou me livrar dela primeiro.

Depois de comer, Sadie subiu para tomar banho e dormir. Ela está cansada, mas seus nervos estão abalados. Não será fácil para ela dormir. Os remédios que ela toma são só placebo, mas isso não significa que os que eu compro na farmácia – aqueles que guardo para uma necessidade – não sejam genuínos. Basta misturá-los com um pouco de vinho e, *voilà*, tenho um coquetel mortal.

A melhor parte do plano foi fazer que o estado mental de Sadie ficasse bem documentado antes de virmos para o Maine. Isso, mais as descobertas do dia, e não seria exagero pensar que ela poderia querer se matar.

Um assassinato feito para parecer suicídio. Palavras de Sadie, não minhas.

Pego os remédios em cima do armário da cozinha. Uso o pilão para esmagá-los. Abro a torneira para disfarçar o barulho. Esses comprimidos não são lá muito fáceis de dissolver, mas eu tenho meus recursos. Sadie nunca recusou uma taça de vinho depois dos remédios. Eu achava que ela deveria saber que não é bom misturar essas coisas.

O que estou prevendo é algum problema respiratório. Mas quem pode saber? Muitas coisas podem dar errado com uma overdose letal.

Rascunho um bilhete de suicídio em minha cabeça. Será muito fácil forjá-lo. *Não posso viver comigo mesma. Não posso continuar assim. Eu fiz uma coisa horrível, horrível.*

Depois que Sadie morrer, seremos só os meninos, Imogen e eu. Este é o sacrifício que estou fazendo por minha família. Porque, como chefe de família, Sadie é quem tem uma apólice de seguro de vida. Há uma cláusula para suicídio, segundo a qual a empresa não pagará nada se Sadie se matar dentro de dois anos após a entrada em vigor da apólice. Não sei se já faz dois anos. Se fizer, são quinhentos mil. Sinto uma onda de emoção diante dessa perspectiva. O que eu poderia comprar com quinhentos mil dólares! Sempre pensei que gostaria de morar em uma casa flutuante.

No entanto, se a apólice não tiver mais de dois anos, não receberemos nada.

Mas, mesmo assim, eu me tranquilizo. A morte de Sadie não será em vão. Ainda há muito valor nisso – o mais importante: minha liberdade. Só não haverá nenhum ganho financeiro.

Momentaneamente, paro de esmagar os comprimidos. Pensar nisso me entristece. Acho que talvez seja melhor adiar o suicídio de Sadie até examinar a apólice. Porque meio milhão de dólares é muito a perder.

Mas, então, reconsidero. Mentalmente, eu me repreendo. Eu não deveria ser tão ganancioso, tão materialista. Há coisas mais importantes a levar em conta.

Depois de tudo que Sadie fez, não posso permitir que meus filhos vivam com um monstro.

SADIE

Por que Will enterraria uma faca no quintal? E que motivo ele teria para desenterrá-la e escondê-la da polícia?

Se ele pegou a faca, também pegou a toalha? O colar?

Will mentiu para mim. Ele me disse que pegou Tate na escola e depois voltou para casa, mas aconteceu o contrário. Will sabia do meu problema, desse negócio de eu me transformar em outra pessoa, e não me disse nada. Se ele sabia que há um lado potencialmente violento em mim, por que não me fez pedir ajuda? *Com você nunca há tédio.* Que coisa mais superficial de se dizer, visto tudo que eu sei agora.

Will está escondendo alguma coisa. Will está escondendo muitas coisas, eu acho.

Pergunto-me onde está a faca agora. Onde estão a toalha e o colar. Se a polícia fez uma busca completa em nossa casa, não estão aqui; estão em outro lugar. A menos que Will estivesse com elas quando a polícia vasculhou nossa casa e as escondeu depois. Nesse caso, elas podem estar aqui.

Mas se fui eu que matei Morgan, por que ele esconderia essas coisas? Estava tentando me proteger? Não creio.

Penso no que o policial Berg me disse, que Will ligou para ele e mudou seu álibi para mim naquela noite. Will disse que não estava comigo quando Morgan foi morta.

Poderia o policial Berg estar mentindo, como Will disse, tentando nos colocar um contra o outro?

Ou aconteceu como o policial Berg disse? Will me incriminou?

Penso no que sei sobre o assassinato de Morgan. A faca de desossar; os bilhetes ameaçadores. *Você não sabe de nada. Se contar a alguém, você* morre. *Estou de olho em você*. Isso é útil, mas impensável. Porque não consigo tirar da cabeça o fato de que Erin e Morgan eram irmãs. É a evidência mais condenatória de todas. Porque as duas estão mortas.

Minha mente se perde no dia do casamento, nos dias em que nossos bebês chegaram ao mundo. A ideia de que Will – o sempre gentil e compassivo Will, de quem todo mundo gosta, que eu conheço há mais de metade de minha vida – poderia ser um assassino me deixa paralisada. Começo a chorar. Mas é um choro silencioso, porque precisa ser. Levo a mão à boca, encosto na parede do quarto, meu corpo chacoalha inteiro. Aperto forte a mão, sufocando o choro em algum lugar dentro de mim. Meu corpo convulsiona. As lágrimas escorrem de meus olhos.

Não posso deixar que os outros me ouçam. Não posso deixar que me vejam. Fico firme, sentindo o gosto do jantar de Will voltando pelo meu esôfago. Pela graça de Deus, ele permanece lá.

Sei agora que Will teve participação no assassinato de Morgan porque ele também esteve presente no de Erin. Acho que Erin foi assassinada, não foi um acidente horrível e infeliz. Mas por que matar Morgan? Volto aos bilhetes ameaçadores e concluo: ela sabia algo que ele não queria que o resto do mundo descobrisse.

Com Will no andar de baixo, começo a procurar no quarto as coisas desaparecidas: a faca, a toalha, o colar de Morgan. Will é esperto demais para esconder essas coisas em lugares óbvios, como debaixo do colchão ou na gaveta de uma cômoda.

Vou até o armário. Procuro bolsos secretos nas roupas de Will, mas não encontro nenhum.

Fico de quatro, rastejando pelo chão. É um piso amplo, de tábuas, que pode abrigar um compartimento secreto embaixo. Tateio com os dedos à procura de tábuas soltas. Com os olhos, procuro diferenças sutis na altura das tábuas e nas fibras da madeira. Nada chama minha atenção.

Agachada, fico pensando. Deixo meus olhos vagarem pelo quarto, perguntando-me onde mais Will poderia esconder algo de mim se quisesse. Avalio os móveis, o padrão do piso, um detector de fumaça. Meus olhos correm pelas tomadas elétricas: cada uma colocada uniformemente no centro de cada parede, totalizando quatro.

Levanto-me e procuro dentro da cômoda, debaixo da cama, atrás das cortinas. E é quando uma quinta tomada elétrica chama minha atenção, escondida atrás da pesada cortina.

Essa tomada não está colocada de maneira uniforme como as outras – no centro de cada parede –, mas desproporcionalmente posicionada, de uma forma que não faz sentido para mim. Está trinta centímetros à esquerda da outra e, olhando de perto, parece meio diferente do resto. Mas uma pessoa desavisada nunca notaria; só alguém que acredite muito que o marido tem algo a esconder.

Olho para a porta. Apuro os ouvidos, certificando-me de que Will não está subindo. O corredor está escuro, vazio, mas não silencioso. Tate está agitado esta noite.

Ajoelho-me de novo. Como não tenho chave de fenda, enfio a unha do dedão no parafuso. Vou virando, entortando a unha e quebrando-a até fazer meu dedo sangrar. O parafuso sai. Em vez de a tampa da tomada cair da parede, ela se abre, revelando um pequeno cofre atrás. Não há faca, nem toalha, nem colar ali. Há um rolo de dinheiro, principalmente notas de cem dólares, que eu calculo depressa e chego a algo na casa dos milhares de dólares. Meu dedo sangra nas notas. Meu coração dispara.

Por que Will estaria escondendo esse dinheiro na parede?

Por que Will estaria escondendo esse dinheiro de mim?

Não há mais nada ali.

Não devolvo o conteúdo ao cofre. Escondo-o em minha gaveta da cômoda. Coloco as cortinas de volta no lugar, levanto-me do chão, apoiando-me na parede para me firmar. Ao meu redor, o mundo gira.

Quando me controlo, saio do quarto e desço a escada. Prendo a respiração. Mordo o lábio com força enquanto desço os degraus, um de cada vez.

Ao chegar aos degraus inferiores, ouço Will cantarolando uma música alegre. Ele está na cozinha lavando a louça, eu acho. A torneira da pia está aberta.

Não vou à cozinha. Vou ao escritório, giro a maçaneta e fecho a porta suavemente atrás de mim, para que ninguém ouça a lingueta se retraindo. Não tranco a porta; despertaria suspeitas se Will me encontrasse no escritório com a porta trancada. Verifico o histórico de pesquisas primeiro. Não há nada. Foi tudo limpo, até a pesquisa anterior que eu encontrei sobre a morte de Erin.

Sumiu. Alguém se sentou diante deste computador depois de mim e se livrou da pesquisa da internet, assim como da faca e da toalha.

Abro o mecanismo de pesquisa. Digito o nome de Erin e vejo o que consigo encontrar. Mas é tudo que vi antes, relatos detalhados da tempestade e do acidente dela. Vejo agora que nunca houve uma investigação sobre a morte dela. Foi considerada um acidente com base nas circunstâncias, ou seja, o clima.

Checo nossas finanças. Não consigo entender por que Will estaria escondendo tanto dinheiro na parede de nossa casa. Will paga nossas contas. Eu não presto muita atenção nisso, a menos que ele deixe um bilhete no balcão para eu ver. Caso contrário, as contas vão e vêm sem meu conhecimento.

Entro no site do banco. As senhas de nossas contas são quase as mesmas, com algumas variações nos nomes e datas de nascimento de Otto e Tate. Nossas contas corrente e de poupança parecem intactas. Fecho o site e checo nossas contas de aposentadoria, as economias para a faculdade das crianças, o saldo do cartão de crédito. Tudo parece razoável também.

Ouço Will me chamar. Ouço seus passos subirem e descerem a escada, procurando por mim.

— Estou aqui — grito, esperando que ele não perceba o tremor de minha voz.

Não minimizo a tela. Insiro outra busca: Transtorno Dissociativo de Identidade. Quando ele entra e pergunta, digo que estou tentando saber mais sobre minha doença. Ainda não conversamos sobre o fato de ele saber e eu não. É só mais uma coisa que ele está escondendo de mim.

Mas, agora que sei, tenho uma nova preocupação: que eu simplesmente apareça e desapareça a qualquer momento, e que outra pessoa ocupe meu lugar.

— Servi uma taça de malbec para você — diz ele, parado à porta do escritório com uma taça.

Ele entra, acaricia meu cabelo com a mão livre. Sinto um arrepio, e preciso de todas as minhas forças para não me afastar de seu toque.

— Acabou o cabernet — diz ele, sabendo que é meu vinho favorito.

O malbec é, decididamente, mais amargo do que eu gosto, mas esta noite não importa. Vou beber qualquer coisa.

Ele espia por cima de meu ombro o site que abri – um site de medicina geral que lista sintomas e tratamento.

— Espero que não fique chateada por eu não ter lhe contado — diz ele, como um pedido de desculpas. — Você ficaria preocupada, eu sabia. E você estava administrando tudo muito bem. Eu estava de olho em você, sempre me certificando de que estava bem. Se eu houvesse imaginado que a coisa poderia ficar problemática...

Ele para abruptamente. Ergo os olhos para olhar para ele.

— Obrigada — agradeço pelo vinho.

Ele deixa a taça na mesa e diz:

— Depois de tudo que você passou hoje, achei que gostaria de uma bebida.

Eu certamente gostaria de uma bebida, algo para me acalmar. Pego a taça e a inclino em direção aos meus lábios, imaginando aquela sensação anestesiante que desliza por minha garganta e entorpece meus sentidos.

Mas minha mão treme, e deixo a taça de volta instantaneamente. Não quero que Will veja como estou nervosa por causa dele.

— Não se preocupe com isso — diz ele.

Com as duas mãos livres, ele massageia meus ombros, meu pescoço. Suas mãos são quentes e assertivas. Seus dedos afundam em meu couro cabeludo, meus cabelos, massageando a base de meu crânio, onde sou propensa a dores de cabeça por tensão.

— Eu mesmo fiz algumas pesquisas — diz Will. — Psicoterapia é o tratamento recomendado. Não existem medicamentos que tratam essa coisa.

Ele fala como se fosse um câncer o que eu tenho.

Fico imaginando... se ele sabe tanto, por que nunca sugeriu psicoterapia? Talvez seja porque eu já fiz terapia no passado. Talvez seja porque ele achava, erroneamente, que eu estava em tratamento.

Ou talvez seja porque ele nunca quis que eu melhorasse.

— Vamos traçar um plano de manhã — diz ele —, depois de uma boa noite de sono.

Will retira as mãos de minha cabeça. Dá um passo e, com um giro suave, vira a cadeira para eu ficar de frente para ele.

Não gosto do controle que ele exerce sobre mim.

Will espera um instante e, então, se ajoelha. Olha-me nos olhos e diz afetuosamente:

— Eu sei que hoje foi um dia infernal. Amanhã será melhor para nós dois.

— Tem certeza? — pergunto.

— Tenho. Eu prometo — diz.

E, então, pousa suas mãos em meu rosto. Passa seus lábios nos meus de maneira suave e delicada, como se eu pudesse quebrar. Ele me diz que eu sou seu mundo. Que ele me ama mais do que as palavras jamais poderiam expressar.

Vindo do andar de cima, ouço um baque. Tate começa a chorar. Ele caiu da cama.

Will recua, de olhos fechados. Em um instante, ele se levanta.

Com a cabeça, ele indica a taça de vinho e diz:

— Grite se quiser mais.

Ele se vai, e só então recupero o fôlego. Ouço seus passos na escada, sua voz chamando Tate dizendo que está indo.

WILL

Por mais inteligente que Sadie seja, ela também é totalmente sem-noção. Há muita coisa que ela não sabe. Por exemplo, se eu fizer login na conta do Google dela em outro dispositivo – como faço agora no quarto –, consigo ver seu histórico de buscas.

Ela não fez nada de bom. Entrou no site do banco. Não que ela vá encontrar algo lá. Mas ela encontrou outras coisas.

Foi o sangue que a delatou quando eu entrei no quarto, há alguns minutos. Quatro gotas perdidas no chão, da porta às cortinas. Fui até as cortinas da janela, olhei atrás e vi que a tampa da tomada estava levemente inclinada. Abri o cofre. O dinheiro desapareceu.

Vaca avarenta, pensei. *O que ela fez com o dinheiro?*

Agora que encontrou o dinheiro, Sadie não vai demorar muito para descobrir que ando roubando o fundo fiduciário de Imogen. A garota é uma peste, mas vale a pena ficar aqui só por isso. Estou lentamente criando meu próprio pé-de-meia.

Segundo seu histórico de buscas, Sadie também pesquisou Erin e Morgan na internet. Ela ligou os pontos.

Talvez ela não seja tão sem-noção como eu pensava.

Coloco Tate na cama. Ele está abatido por causa da queda. Dou-lhe um anti-histamínico, digo que ajudará sua cabecinha. Dou-lhe um pouco mais que a dose recomendada. Ele não pode ficar acordado esta noite.

Beijo o lugar que dói em sua cabeça e o coloco na cama. Ele pede uma história para dormir, e eu concordo. Não estou preocupado. Não importa o que Sadie encontre, será irrelevante quando ela beber seu vinho.

É só uma questão de tempo.

SADIE

Tenho que descobrir uma maneira de ligar para o policial Berg e lhe contar o que encontrei. Ele não acredita em mim, mas preciso lhe contar mesmo assim. Ele será obrigado a investigar.

Não vejo meu celular desde cedo. A última vez que o vi foi na cozinha, no mesmo lugar onde fica nosso telefone fixo. É aonde preciso ir.

Mas a ideia de sair do escritório me assusta. Porque, se Will pôde matar Erin, pode também me matar.

Respiro fundo várias vezes antes de sair. Tento agir naturalmente. Levo o vinho comigo. Pego um abridor de cartas, por precaução, que tem uma lâmina bastante afiada. Guardo-o no cós de minha calça de pijama, preocupada com que possa cair.

Diante da porta do escritório, sinto-me vulnerável. A casa está estranhamente quieta e escura. As crianças estão dormindo. Ninguém me deu boa-noite.

Uma luz brilha na cozinha. Não é forte, é só a luz do fogão, que me atrai como uma mariposa à luz da varanda. Tento me livrar da sensação de que Will está atrás de mim, que está me observando, que está aqui.

Se ele matou Erin, como fez? Foi um acesso de raiva ou foi premeditado? E Morgan? Como exatamente ela morreu?

Sinto o abridor de cartas deslizando mais fundo em minhas calças. Ajeito-o. Minhas mãos estão tremendo, instáveis, e, então, derramo vinho quando inclino demais a taça para um lado. Lambo a borda da taça para limpá-la. Franzo os lábios; não gosto do sabor amargo do malbec. Independentemente disso, tomo outro gole, forço-o a descer enquanto as lágrimas fazem meus olhos arderem.

Um barulho atrás me assusta e eu me viro. Vejo só o vestíbulo escuro, a sala de jantar indefinida. Fico parada, observando, esperando movimentos, sons. Esta casa antiga tem tantos cantos escuros, tantos lugares para alguém se esconder...

— Will? — digo baixinho.

Espero que ele responda, mas não responde. Ninguém responde. Não há ninguém aqui; pelo menos acho que não há ninguém. Prendo a respiração tentando ouvir passos. Nada. Estou com dor de cabeça, que piora a cada momento, e me sinto quente e incomodada com isso. Sob minhas axilas e entre minhas pernas minha pele está pegajosa. Tomo outro gole de vinho, tento acalmar meus nervos. O vinho não está tão ruim agora. Estou me acostumando com o amargor.

Vejo meu celular em cima da mesa. Atravesso depressa a cozinha e o pego, abafando um grito quando o viro e vejo que a bateria está descarregada de novo. Levará alguns minutos para que ele carregue o suficiente para ser usado. Há outra opção: o telefone fixo. Não é sem fio, a única maneira de usá-lo é aqui na cozinha. Preciso ser rápida.

Atravesso a cozinha de volta. Pego o telefone fixo, um aparelho antigo. O cartão de visitas do policial Berg está enfiado no porta-cartas do balcão, e fico feliz por isso, porque, sem meu celular, não tenho meus contatos. Disco o número que consta do cartão. Espero desesperadamente que o policial atenda enquanto bebo, nervosa, a taça de malbec.

WILL

Eu a sigo enquanto ela vai de um lugar a outro. Sadie me procura. Não sabe que estou aqui, mais perto do que ela pensa.

Ela está na cozinha agora. Mas, quando ouço um disco girando, sei que é hora de intervir.

Entro na cozinha. Sadie se volta para mim com os olhos arregalados. Parece um cervo sob a luz dos faróis de um carro, segurando o telefone no ouvido. Ela está assustada. Gotas de suor cobrem sua testa. Sua pele perdeu a cor, está úmida. Sua respiração é irregular. Praticamente posso ver seu coração batendo forte em seu peito, como um passarinho assustado. É reconfortante ver que ela já bebeu um terço do vinho.

Eu sei de tudo. Mas ela sabe que eu sei?

— Para quem você está ligando? — pergunto calmamente.

Ela tenta mentir. Mas Sadie nunca foi uma boa mentirosa. Fica parada feito uma surda-muda. É revelador, não é? É assim que eu sei que ela sabe que eu sei.

Estou cansado desse jogo.

— Desligue o telefone, Sadie — digo, mudando o tom.

Ela não desliga. Aproximo-me, pego o telefone dela e o coloco de volta no gancho. Ela tenta segurá-lo, mas Sadie não tem força física. O telefone cede sem esforço.

— Essa não foi sua ideia mais brilhante — digo, porque agora estou puto.

Avalio minhas opções. Se ela não houver bebido o suficiente, talvez eu precise coagi-la a terminar o vinho. Mas engasgar e vomitar seria contraproducente. Penso em outro jeito. Não estava em meus planos me desfazer de um corpo esta noite, mas daria no mesmo fazer Berg acreditar que ela fugiu ou que cometeu suicídio. Um pouco mais trabalhoso do que eu imaginava, mas factível.

Não me interprete mal, eu amo minha esposa. Amo minha família. Estou arrasado com isso. Mas é inevitável; é uma necessária consequência do vespeiro em que Sadie mexeu. Se pelo menos ela houvesse deixado tudo para lá. É culpa dela isso que está acontecendo.

SADIE

Estou tonta, desorientada. Em pânico. Porque Will está furioso, lívido como nunca o vi antes. Não conheço esse homem que está diante de mim, olhando-me de um jeito assustador. Ele se parece vagamente com o homem com quem me casei, mas é diferente. Suas palavras são rudes, sua voz é hostil. Ele tira o telefone de minha mão, e, então, sei que eu não estava imaginando coisas. Se eu tinha alguma dúvida sobre a participação de Will na morte de Morgan, já desapareceu. Will fez alguma coisa.

Dou um passo para trás a cada passo que ele se aproxima, sabendo que, em breve, minhas costas estarão contra a parede. Preciso pensar depressa. Mas minha mente está enevoada, densa. Vejo Will borrado, mas percebo suas mãos vindo em minha direção em câmera lenta.

Lembro-me do abridor de cartas nesse momento, escondido no cós de minha calça. Tento pegá-lo, mas minhas mãos estão tremendo, ineptas. Elas se enroscam no elástico da calça, liberando o abridor de cartas por engano, fazendo-o deslizar por minha perna e bater no chão.

O tempo de resposta de Will é muito mais rápido que o meu. Ele não bebeu. Eu já estou bêbada; o álcool me bateu mais forte que normalmente. Will se inclina mais rápido que eu, pega o abridor de cartas do chão com mãos ágeis. Segura-o diante de meu rosto e pergunta:

— O que você achou que ia fazer com isso?

A pouca iluminação da cozinha se reflete na lâmina de aço inoxidável. Ele o aponta para mim, tenta fazer eu me encolher, e é o que faço. Sua risada de deboche é hedionda.

E pensar que achamos conhecer bem as pessoas mais próximas de nós! Só que, de forma chocante, descobrimos que não conhecemos.

Com essa raiva, ele não me parece mais familiar.

Eu não conheço esse homem.

— Você achou que ia me ferir com isto? — pergunta.

Ele apunhala a palma de sua mão com o abridor de cartas, e vejo que, embora a borda seja afiada o bastante para cortar papel, a ponta é cega. Não faz nada além de deixar a palma de sua mão vermelha. Não deixa nenhuma outra marca.

— Você achou que ia me *matar* com isto?

Sinto minha língua engrossar dentro de minha boca. É difícil falar.

Eu não vou responder às suas perguntas.

— O que você fez com Morgan? — pergunto.

Will me diz, ainda rindo, que não é o que ele fez com ela que importa, e sim o que eu fiz. Sinto meus olhos secos. Pestanejo com força várias vezes. É como um tique nervoso, não consigo parar.

— Você não se lembra, não é? — pergunta ele, estendendo a mão para me tocar.

Recuo depressa e bato a cabeça no armário. A dor irradia por meu couro cabeludo e estremeço, levando involuntariamente a mão à cabeça.

Ele diz, condescendente:

— Ai! Parece que doeu.

Abaixo a mão. Não vou satisfazê-lo com uma resposta.

Penso em todas as vezes que ele foi tão solícito, tão carinhoso. O Will que eu conhecia já teria corrido para pegar gelo, já teria me ajudado a me sentar, apertando o gelo em minha cabeça dolorida. Era tudo de brincadeira?

— Não fui eu que fiz alguma coisa com Morgan, Sadie. Foi você.

Mas eu não me lembro. Não sei se eu matei ou não Morgan. É terrível você não saber se tirou a vida de outra pessoa.

— Você matou Erin — digo.

É a única coisa que consigo pensar em responder.

— Isso fui eu — diz ele.

E embora eu já soubesse, ouvi-lo admitir piora as coisas. Lágrimas se acumulam em meus olhos, ameaçando cair.

— Você amava Erin — digo. — Você ia se casar com ela.

— É verdade — diz ele. — O problema é que Erin não me amava. Eu não lido bem com a rejeição.

— O que Morgan fez para você? — grito.

Ele sorri com malícia e me alerta de que fui eu que matei Morgan.

— O que ela fez para *você*? — debocha ele.

Só consigo sacudir a cabeça.

— Não quero incomodá-la com os detalhes, mas Morgan era a irmã mais nova da minha ex-noiva, cuja missão de vida era me culpar pela morte de Erin. O resto do mundo viu a morte dela como um acidente infeliz, mas Morgan não. Ela não desistia. Você resolveu cuidar do assunto, Sadie. Graças a você, eu saí incólume.

— Isso não aconteceu! — grito.

Ele é a personificação da calma. Sua voz é tranquila, não inconstante como a minha.

— Mas aconteceu — diz ele. — Uma hora, você voltou. Você estava tão orgulhosa do que havia feito! Tinha muito a contar, Sadie. Por exemplo, que ela nunca mais ficaria entre nós, porque você havia cuidado dela.

— Eu não a matei — afirmo.

Ele solta uma risadinha.

— Matou, sim. E você fez isso por mim. Acho que nunca a amei tanto quanto naquela noite — afirma ele, sorrindo. — Tudo que eu fiz foi lhe contar a verdade. Eu lhe disse o que seria de mim se Morgan cumprisse suas ameaças. Se ela conseguisse provar à polícia que matei Erin, eu ficaria preso por muito, muito tempo. Talvez para sempre. Eles teriam me tirado de você, Sadie. Eu disse que nunca mais nos veríamos, que nunca mais ficaríamos juntos. Seria tudo culpa de Morgan se isso acontecesse. Morgan era a criminosa, não eu. Eu lhe disse isso e você entendeu. Você acreditou em mim. — Seu olhar é triunfante. — Você nunca poderia viver sem mim, não é?

Ele me olha interrogativamente, como um psicopata.

— Que foi, Sadie? — pergunta ele, pois não digo nada. — O gato comeu sua língua?

Suas palavras e sua indiferença me deixam irada. Sua risada me deixa furiosa. É seu riso, sua risada horrível e abominável que me faz perder o controle. É o olhar satisfeito de Will, seu jeito, parado ali com a cabeça inclinada. É um sorriso complacente.

Will manipulou minha doença. Ele me fez matar. Ele colocou a ideia em minha cabeça – na parte de mim conhecida como Camille – sabendo que essa pobre mulher, essa versão de mim, teria feito qualquer coisa por ele. Porque ela o amava muito. Porque ela queria ficar com ele.

Estou triste por ela. E com raiva por mim.

O impulso vem de dentro. Nenhum pensamento o acompanha. Invisto contra Will com todas as minhas forças. Imediatamente me arrependo, porque, embora ele se desequilibre um pouco, Will é muito maior que eu. Muito mais forte, muito mais sólido. E ele não bebeu. Eu o empurro e ele dá um passo atrás, mas não cai. Recua e se segura na bancada para recuperar o equilíbrio. E ri ainda mais por causa disso, por causa de meu empurrão insignificante.

— Foi uma péssima ideia — diz.

Vejo o suporte de facas na bancada. Ele segue meu olhar.

Fico imaginando qual de nós chegará primeiro.

WILL

Ela é fraca como um gatinho. É risível, de verdade.

Mas é hora de acabar com isso de uma vez por todas. Não adianta mais prolongar.

Vou depressa para cima dela e ponho as mãos em torno de seu lindo pescocinho e aperto. Seu fluxo de ar se restringe. Observo o pânico chegar. Vejo-o primeiro em seus olhos, que se arregalam de medo. Ela aperta minhas mãos, arranhando-me com suas garras de gatinho para que eu a solte.

Não vai demorar muito; só dez segundos até que ela perca a consciência.

Sadie não consegue gritar por causa da pressão na garganta. Afora alguns ofegos insubstanciais, tudo é silêncio. Sadie nunca foi muito de falar mesmo.

Estrangulamento manual é uma coisa íntima, muito diferente de outras maneiras de matar. Você tem que ficar bem perto de quem está matando. É um trabalho manual, ao contrário de uma arma, que você pode disparar três tiros do outro lado da sala e pronto. Mas, devido ao trabalho que envolve, provoca uma sensação de orgulho, de realização, como pintar uma casa, ou construir um galpão, ou cortar lenha.

O lado positivo, é claro, é que não faz sujeira.

— Você não imagina quanto lamento por isto — digo.

Sadie se debate, agita braços e pernas em uma patética tentativa de lutar. Ela está cansada. Revira os olhos. Seus golpes estão ficando mais fracos. Ela tenta arrancar meus olhos com os dedos, mas seu ataque não é forte nem rápido; seus esforços são um desperdício, pois afasto a cabeça. A pele de Sadie adquire uma coloração bonita.

Aperto mais, dizendo:

— Para seu azar, você é inteligente demais, Sadie. Se houvesse deixado tudo para lá, isso não estaria acontecendo. Mas não posso permitir que você conte aos outros o que eu fiz. Tenho certeza de que você entende. E como você não consegue ficar de boca fechada, cabe a mim calá-la para sempre.

SADIE

Finjo desmaiar, deixando meu peso suspenso só pelas mãos dele em volta de meu pescoço. É uma tentativa desesperada, um último esforço. Porque, se não der certo, vou morrer. Enquanto minha visão se esvai, indo e voltando nos momentos finais, vejo meus filhos. Vejo Otto e Tate morando aqui sozinhos com Will.

Tenho que lutar. Pelo bem de meus filhos, não posso morrer. Não posso deixá-los com ele.

Preciso viver.

A dor piora antes de melhorar. Porque, sem a força de minhas pernas e de minha coluna para me sustentar, seu aperto se intensifica. Ele suporta o peso de meu corpo inteiro em suas mãos. Sinto meus membros formigando; ficam dormentes. A dor que sinto na cabeça e no pescoço é insuportável, e acho que vou morrer. Acho que morrer é assim.

Estou mole nos braços dele.

Pensando que conseguiu o que queria, Will afrouxa o aperto. Deixa meu corpo no chão. É gentil no começo, mas, depois, deixa-me cair os últimos centímetros. Ele não está tentando ser gentil, está só tentando não fazer barulho. Meu corpo cai, batendo no piso frio. Tento não reagir, mas a dor é quase grande demais para suportar – não da queda em si, mas do que esse homem já fez comigo. Sinto uma enorme necessidade de tossir, de ofegar, de levar as mãos à garganta.

Mas, se quiser viver, tenho que suprimir essa necessidade e ficar ali imóvel, sem piscar nem respirar.

Will vira-se de costas para mim. Só então, furtivamente, faço uma única respiração, curta e superficial. Ouço-o. Ele começa a fazer planos para se livrar de meu corpo. Movimenta-se depressa, porque as crianças estão lá em cima e ele sabe que não pode demorar.

Um pensamento indesejado surge em minha cabeça e me enche de horror. Se Otto ou o pequeno e doce Tate descessem agora e nos vissem, o que Will faria? Também os mataria?

Will destranca e abre a porta de correr de vidro. Abre a porta de tela. Eu não vejo, mas ouço-o fazer essas coisas.

Ele encontra as chaves no balcão. Ouço o som do metal raspando a bancada de fórmica. As chaves chacoalham em sua mão e param. Imagino que ele as enfiou no bolso da calça, planejando me arrastar pela porta dos fundos até o carro. Mas e depois? Eu não sou páreo para Will, ele pode facilmente me dominar. Na cozinha, há coisas que posso usar para me defender, mas, lá fora, não há nada. Só as cachorras, que amam Will mais que a mim.

Se Will me fizer passar por essas portas, não terei a menor chance. Preciso pensar, e depressa, antes que ele consiga me levar para fora.

Imóvel como uma estátua no chão da cozinha, para ele, estou morta.

Ele não checa meu pulso. Seu único erro.

Noto muito bem que Will não demonstra remorso. Ele não está sofrendo; não está triste por eu ter morrido.

Frio e eficiente, Will se inclina sobre meu corpo. Avalia depressa a situação. Sinto sua proximidade. Prendo a respiração. O acúmulo de dióxido de carbono me queima por dentro. É mais do que eu posso suportar; acho que vou respirar involuntariamente; que, com Will olhando, não vou mais conseguir segurar a respiração. Se eu respirar, ele saberá. E se ele descobrir que estou viva, deitada de costas no chão, não terei como lutar.

Meu coração bate forte e rápido de medo. Pergunto-me como ele não consegue ouvir, como não consegue ver o movimento através da fina blusa de pijama. A saliva se acumula em minha garganta, quase me fazendo engasgar, e sinto-me dominada por uma enorme necessidade de engolir. De respirar. Ele puxa meus braços, mas reconsidera. Pega-me pelos tornozelos e me puxa bruscamente. Sinto o piso de ladrilhos duro contra minhas costas, e preciso dar tudo de mim para não fazer uma careta devido à dor abrasadora e me manter mole, como um peso morto.

Não sei a que distância estou da porta. Não sei quanto mais longe temos que ir. Will grunhe enquanto me puxa, respirando pesado. Sou mais pesada do que ele imaginava.

Pense, Sadie, pense.

Ele me puxa um bom tanto. Então, para recuperar o fôlego, para, largando minhas pernas. Pega meus tornozelos com mais firmeza e me puxa bruscamente por trechos curtos. Deslizo, poucos centímetros por vez, sabendo que o tempo para me salvar está se esgotando.

Estou chegando à porta dos fundos. O ar frio está mais perto que antes.

Preciso de muita força de vontade para lutar, para deixar que Will saiba que estou viva. Porque, se eu não conseguir, vou morrer. Mas tenho que lutar. Porque, senão, vou morrer de qualquer maneira.

Will solta meus pés de novo. Respira fundo. Bebe água direto da torneira. Ouço a água correr. Ouço sua língua bebendo como um cachorro. A água para de correr. Ele engole e volta para mim.

Quando ele se inclina para pegar meus tornozelos, uso toda a força que tenho para me sentar de repente. Preparo-me e bato minha cabeça na dele. Tento usar sua fadiga, sua posição, em meu favor. Ele perde o equilíbrio porque está curvado sobre meu corpo, puxando. Por um segundo, estou em vantagem.

Ele leva as mãos à cabeça. Cambaleia repentinamente para trás, perdendo o equilíbrio e caindo no chão. Não perco tempo. Apoio-me no chão e me forço a levantar.

Mas, quando o sangue volta a correr dentro de mim, o mundo ao meu redor gira. Minha visão se desvanece. Quase desmaio antes que a adrenalina comece a correr, e só então consigo enxergar.

Sinto suas mãos em meu tornozelo. Ele está no chão, tentando me puxar. Ele me xinga, não mais preocupado com não fazer barulho.

— Sua vagabunda. Sua idiota, vagabunda maldita — diz esse homem com quem me casei, que jurou me amar até que a morte nos separe.

Meus joelhos falham e eu caio no chão ao lado dele. Caio de bruços, batendo o nariz no chão. Começa a sangrar. O sangue é abundante, deixando minhas mãos vermelhas.

Fico de quatro depressa. Will vem por trás, tentando alcançar meu pescoço enquanto eu luto para me arrastar para longe dele. Dou pontapés para trás, tentando me afastar.

Minhas mãos alcançam desesperadamente a bancada. Agarro-me, tentando me levantar, mas minhas mãos escorregam. Estão suadas, fracas. Há sangue por todo lado. Sai de meu nariz, de minha boca. Não consigo me segurar na bancada. Deslizo, voltando ao chão.

O suporte de facas fica fora de alcance, zombando de mim. Tento de novo. Will tenta outra vez pegar meu tornozelo. Ele me pega pela perna e me puxa. Chuto forte, mas não o bastante. Os golpes só o deixam momentaneamente atordoado, mas estou ficando cansada, enfraquecendo. Caio de bruços de novo no chão, mordendo a língua. Não posso continuar. A adrenalina diminuiu dentro de meu corpo; o vinho e a letargia tomam conta.

Não sei se consigo continuar.

Mas, então, penso em Otto, em Tate, e sei que devo continuar.

Estou de bruços quando Will monta em minhas costas. Todos os seus noventa quilos caem sobre mim, forçando meu rosto contra o chão da cozinha. Eu não poderia gritar nem se quisesse. Mal consigo respirar. Meus braços estão presos embaixo de mim, esmagados por meu peso e o de Will.

Sinto suas mãos em meus cabelos, massageando meu couro cabeludo. É estranhamente delicado; sensual. Sinto sua satisfação por me ter nessa posição. O tempo corre lento. Tento me levantar, mas não consigo. Não consigo encontrar meus braços.

Will passa os dedos por meus cabelos. Sem fôlego, diz meu nome.

— Ah, Sadie — exala. Ele gosta de me ver presa no chão, em uma posição impotente, escrava de meu mestre. — Minha adorável esposa — diz.

Ele se inclina, e sinto sua respiração em minha nuca. Ele passa os lábios por toda a extensão de meu pescoço. Morde suavemente o lóbulo de minha orelha. Deixo-o agir, não tenho como detê-lo.

Ele sussurra em meu ouvido:

— Se você houvesse deixado as coisas pra lá.

Então, ele agarra um punhado de cabelos meus com sua mão pegajosa, levanta meu rosto a centímetros do chão e o esmaga de volta no piso.

Eu nunca senti tanta dor em minha vida. Se meu nariz não estava quebrado antes, agora está.

E ele faz de novo.

Não sei se isso já não seria o suficiente para me matar, mas logo vai me deixar inconsciente. E não há como saber o que ele fará depois.

Acabou, digo a mim mesma. É aqui que eu vou morrer.

Mas, então, algo acontece.

É Will, e não eu, que emite um som, um grito estranho e inarticulado de dor. De repente, não sinto mais peso, mas não sei o que aconteceu.

Um segundo depois, percebo que o motivo da falta de peso é que ele caiu de cima de mim. Ele está ao meu lado, a centímetros de mim, lutando para se levantar, mas com as mãos na cabeça. Como eu, ele sangra. Seu sangue provém da cabeça, onde há uma súbita laceração que não existia antes.

Estendo meu pescoço dolorido para poder ver. Sigo seu olhar – agora tomado de medo – e vejo Imogen parada à porta da cozinha. O atiçador da lareira está em suas mãos firmes, erguido acima de sua cabeça. Minha visão está borrada, de modo que não tenho certeza se ela é real ou resultado de um ferimento na cabeça. Seu rosto é inexpressivo. Não há emoção alguma, nem raiva, nem medo. Ela vem para a frente, e eu me preparo para a dor debilitante que sentirei quando o atiçador da lareira me atingir. Aperto os olhos, a mandíbula, sei que o fim está próximo. Imogen vai me matar. Ela vai matar nós dois. Ela nunca nos quis aqui.

Aperto os dentes. Mas a dor não vem.

Ouço Will grunhir. Abro os olhos e o vejo tropeçar e cair no chão, xingando Imogen. Olho para ela. Nossos olhos se encontram e eu entendo.

Imogen não está aqui para me matar. Ela veio me salvar.

Vejo a determinação em seus olhos quando ela levanta a arma pela terceira vez.

Mas uma morte na consciência de Imogen já é suficiente. Não posso deixá-la fazer isso por mim.

Pulo sobre meus pés instáveis. Não é fácil. Cada parte de mim dói. O sangue é abundante, cobre meus olhos, mal posso ver. Dou um passo à frente e me jogo sobre o suporte de facas, ficando entre Will e Imogen. Pego a faca de chef; não sinto o cabo da faca em minha mão. Mal registro o rosto desse homem, seus olhos, quando ele se levanta e, ao mesmo tempo, eu me volto de frente para ele.

Vejo o movimento de sua boca. Seus lábios se movem. Mas ouço um zumbido em meus ouvidos. Não aguento mais, acho que nunca vai parar.

Mas, então, para. E ouço algo.

Ouço aquela risada hedionda e ele dizendo:

— Você nunca faria isso, sua vagabunda idiota.

Ele vem até mim e tenta tirar a faca de minhas mãos. Consegue segurá-la por um minuto. Em minha fraqueza, acho que vou perder a faca para ele. E, então, ele a usará para matar Imogen e eu.

Recuo violentamente para trás, recuperando a posse total da faca.

Ele vem para mim de novo.

Dessa vez, não penso. Só faço. Reajo.

Mergulho a faca em seu peito; não sinto nada quando a ponta da faca de chef o atravessa. Fico observando. Imogen, atrás de mim, também observa.

O sangue vem a seguir, jorrando e escorrendo de seu corpo, e seus noventa quilos caem no chão com um baque surdo.

Eu hesito no começo, vendo a poça de sangue ao lado dele. Seus olhos estão abertos. Ele está vivo, mas a vida vai deixando depressa seu corpo. Ele olha para mim; é um olhar suplicante, como se ele achasse que eu poderia fazer algo para ajudá-lo a sobreviver.

Ele ergue o braço e o estende para mim, sem forças. Mas não pode me alcançar.

Ele nunca mais vai me tocar.

Minha profissão é salvar vidas, não tirar. Mas toda regra tem exceção.

— Você não merece viver — digo.

Sinto-me empoderada porque não há tremores; nem minha voz treme enquanto digo isso. Minha voz é firme como a morte.

Ele pestaneja uma vez, duas vezes, e, então, o movimento de seus olhos para, assim como os de seu peito. Ele para de respirar.

Eu caio de quatro ao lado dele. Checo seu pulso. Só então, com Will morto, eu me levanto e me viro para Imogen, tomando-a em meus braços, e, juntas, choramos.

SADIE

Um ano depois...

Estou na praia, olhando para o oceano. A costa é rochosa, criando poças de maré nas quais Tate pula com os pés descalços. O dia está frio, uns doze graus, mas excepcionalmente quente para esta época do ano em comparação com o que estamos acostumados. É janeiro. Janeiro costuma ser muito frio, denso de neve. Mas aqui não, e sou grata por isso, e por esta vida ser diferente da anterior.

Otto e Imogen foram escalar as formações rochosas que se estendem sobre o mar. As cachorras estão com eles, com guias, ansiosas como sempre para subir. Estou com Tate, vendo-o brincar. Estou agachada, examinando a praia rochosa com as mãos.

Já faz um ano que colocamos dentro de um chapéu os nomes dos lugares aonde queríamos ir. Uma decisão como essa não deve ser tomada levianamente. Não tínhamos família, conexões nem laços. O mundo estava a nossos pés. Foi Imogen que colocou a mão no chapéu e pegou um papel, e, antes que nos déssemos conta, estávamos na Califórnia.

Nunca fui de suavizar as coisas ou mentir. Otto e Tate agora sabem que o pai deles não era o homem que nos levara a acreditar que era. Mas não sabem todos os detalhes.

Autodefesa, foi o que ficou decidido nos dias seguintes à morte de Will. Mas não sei se o policial Berg teria acreditado se Imogen, escondida atrás da porta da cozinha naquela noite, não houvesse conseguido gravar a confissão de Will com seu celular.

Ela também conseguiu salvar minha vida.

Horas depois que Will morreu, Imogen mostrou a gravação ao policial Berg. Eu estava no hospital, recebendo tratamento para meus ferimentos. Só soube disso mais tarde.

Para seu azar, você é inteligente demais, Sadie. Se houvesse deixado tudo para lá, isso não estaria acontecendo. Mas não posso permitir que você conte aos outros o que eu fiz. Tenho certeza de que você entende. E, como você não consegue ficar de boca fechada, cabe a mim calá-la para sempre.

Imogen e eu nunca conversamos sobre o fato de ela não ter gravado toda a conversa daquela noite, inclusive as partes em que Will deixou claro que fui eu que, fisicamente, cometi o assassinato de Morgan. Só ela e eu sabemos de toda a verdade. Nenhuma evidência de meu envolvimento no assassinato de Morgan foi encontrada; eu fui inocentada. Will foi acusado pela morte das duas mulheres.

Mas esse não foi o fim. Meses de terapia se seguiram, e muitos mais estão por vir. Minha terapeuta é uma mulher chamada Beverly, cujo cabelo tingido de roxo parece incongruente com seus cinquenta e oito anos. No entanto, combina perfeitamente com ela. Ela tem tatuagens e sotaque britânico. Um dos objetivos de nosso trabalho juntas é localizar e identificar meus alter egos e reuni-los em um todo funcional. Outro é enfrentar as lembranças que minha mente escondeu de mim, de minha madrasta e seus abusos. Lentamente, estamos conseguindo.

As crianças e eu vamos a um terapeuta de família. Seu nome é Bob, o que Tate adora, porque o faz pensar em Bob Esponja. Imogen também tem uma terapeuta.

Otto frequenta uma academia particular de arte; por fim, encontrou um mundo onde sente que se encaixa. É um sacrifício, porque a mensalidade é salgada e o trajeto é longo. Mas não há ninguém no mundo que mereça essa felicidade mais que Otto.

Observo as ondas do oceano batendo na costa. A água espirra em Tate e ele ri de alegria.

Esta praia já foi um lixão da cidade. Há muito tempo, os moradores jogavam lixo nos penhascos e no oceano Pacífico. Nas décadas que se seguiram, o oceano foi refinando esse lixo e o cuspindo de volta na costa. Só que o tempo e a natureza transformaram o lixo em algo extraordinário.

Não é mais lixo agora, e sim o belo vidro de praia que as pessoas vêm de todo o estado para pegar.

Olho para Otto e Imogen no topo da rocha, sentados um ao lado do outro, conversando. Otto sorri e Imogen ri quando o vento sopra em seus longos cabelos. Vejo Tate brincando na poça de maré, sorrindo. Há um garotinho ao lado dele agora; ele fez um amigo. Sinto-me leve por isso, flutuante. Fecho os olhos e olho para o sol, que me aquece.

Will roubou muitos anos de minha vida. Ele roubou minha felicidade e me fez fazer coisas repreensíveis. Levou tempo, mas estou encontrando maneiras de me perdoar por tudo que fiz. Will me fez mal no começo, mas, no processo de cura, eu me tornei uma versão mais forte e mais confiante de mim mesma. Após a exploração e o abuso de Will, descobri a mulher que eu sempre deveria ter sido, uma mulher de quem me orgulhe, uma mulher que meus filhos possam admirar.

Agora eu sei o que é a verdadeira felicidade. E a vivo todos os dias.

Tiro meus tênis e afundo meus pés descalços no mar, pensando no vidro da praia. Se o tempo pode transformar algo tão indesejável como o lixo em algo tão adorável, o mesmo pode acontecer com todos nós. O mesmo pode acontecer comigo.

Já está acontecendo.

NOTA DA AUTORA

Doenças mentais afetam mais de quarenta e seis milhões de americanos a cada ano. É uma questão de importância fundamental para nossa sociedade e para mim pessoalmente, pois vivi os impactos que essa doença pode ter sobre a família. Em *A outra*, Sadie é vítima de manipulação cruel por parte daqueles que buscam tirar proveito de sua doença, e, no final, ela tem o poder de assumir o controle, e, por fim, procurar a ajuda de que precisa. Espero que nós, como sociedade, continuemos a conscientizar sobre essa importante questão, e que, no futuro, possamos dar ênfase maior à garantia de que aqueles que necessitem tenham acesso a cuidados e tratamento adequados. Para obter mais informações sobre saúde mental ou Transtorno Dissociativo de Identidade, visite o National Institute of Mental Health (NIMH) e a Clínica Cleveland.

AGRADECIMENTOS

Agradeço à minha editora, Erika Imranyi, por me ajudar a me orientar na direção certa, por sua diligência e dedicação a este livro e por sua paciência comigo. Agradeço à minha agente, Rachael Dillon Fried, por me oferecer informações e encorajamento infinito durante o processo de redação e revisão. Tenho muito orgulho do que realizamos aqui, e aguardo muitos outros livros por vir. Obrigada a Loriana Sacilotto, Margaret Marbury, Natalie Hallak e tantas outras pessoas da HarperCollins por me darem um feedback editorial indispensável.

Obrigada às pessoas maravilhosas da HarperCollins, Park Row Books e Sanford Greenburger Associates. Sou muito grata por fazer parte de equipes comprometidas e esforçadas. Agradeço a meus publicitários, Emer Flounders e Kathleen Carter; a Sean Kapitain e equipe por mais um fabuloso design de capa; a Jennifer Stimson, pelas edições; ao departamento de vendas e marketing; e aos revisores, livreiros, bibliotecários, blogueiros, *instagrammers* e todos os outros que participam da divulgação de minhas palavras aos leitores. Isso não seria possível sem vocês. E um enorme agradecimento à minha equipe dos sonhos em Hollywood, Shari Smiley e Scott Schwimer, por seu trabalho duro e por seu entusiasmo.

Agradeço, como sempre, à minha família pelo apoio emocional; a meus filhos por me permitirem atormentá-los enquanto traçava ideias em voz alta; e às pessoas incríveis que, voluntária e avidamente, deixaram tudo de lado para ler um rascunho deste romance e me dar um feedback essencial: Karen Horton, Janelle Kolosh, Pete Kyrychenko, Marissa Lukas, Doug Nelson, Vicky Nelson, Donna Rehs, Kelly Reinhardt, Corey Worden e Nicki Worden. Este livro não seria o que é sem as colaborações e os olhos de águia de vocês.

LEIA TAMBÉM

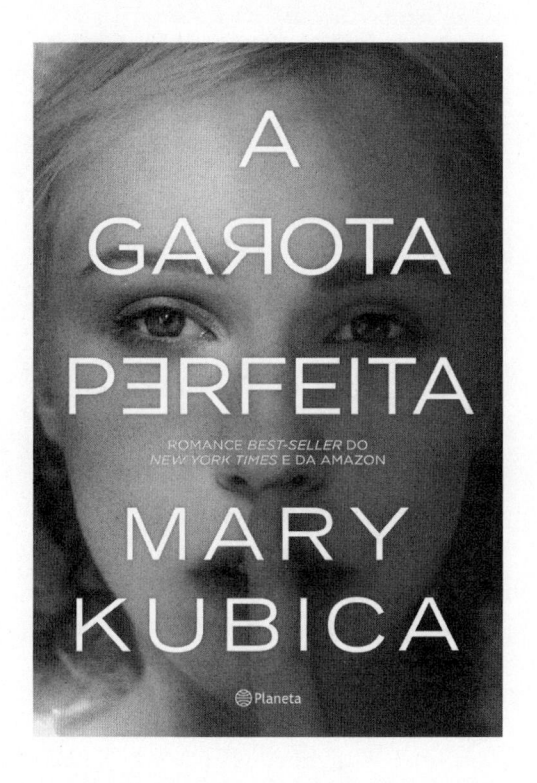

A GAROTA PERFEITA
MARY KUBICA

ROMANCE *BEST-SELLER* DO *NEW YORK TIMES* E DA AMAZON

Mia, uma professora de artes de 25 anos, é filha do proeminente juiz James Dennett de Chicago. Quando ela resolve passar a noite com o desconhecido Colin Thatcher, após levar mais um bolo do seu namorado, uma sucessão de fatos transformam completamente sua vida. Colin, o homem que conhece num bar, a sequestra e a confina numa isolada cabana, em meio a uma gelada fazenda em Minnesota. Mas, curiosamente, não manda nenhum pedido de resgate à família da garota. O obstinado detetive Gabe Hoffman é convocado para tocar as investigações sobre o paradeiro de Mia. Encontrá-la vira a sua obsessão e ele não mede esforços para isso. Quando a encontra, porém, a professora esté em choque e não consegue se lembrar de nada, nem como foi parar no seu gélido cativeiro, nem porque foi sequestrada ou mesmo quem foi o mandante. Conseguirá ela recobrar a memória e denunciar o verdadeiro vilão desta história?

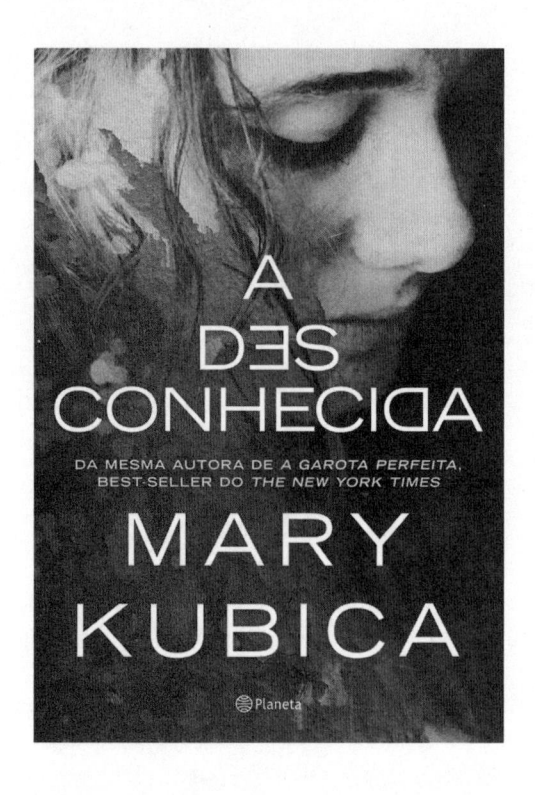

Todos os dias, a humanitária Heidi pega o trem suspenso de Chicago e se dirige ao trabalho, uma ONG que atende refugiados e pessoas com dificuldades. Em uma dessas viagens diárias ela se compadece de uma adolescente, que vive zanzando pelas estações com um bebê. É fato que as duas vivem nas ruas e estão sofrendo com a fome, a umidade e o frio intenso que castigam Chicago. Num ímpeto, Heidi resolve acolher Willow, a garota, e Ruby, a criança, em sua casa, provocando incômodo em seu marido e sua filha pré-adolescente. Arredia e taciturna, Willow não se abre e parece esconder algo sério ou estar fugindo de alguém. Mas Heidi segue alheia ao perigo de abrigar uma total estranha em casa. Porém Chris, seu marido, e Zoe, sua filha, têm plena convicção de que Willow é um foco de problemas e se mantêm alertas. Em um crescente de tensão, capítulo após capítulo a verdade é revelada e o leitor irá descobrir quem tem razão.

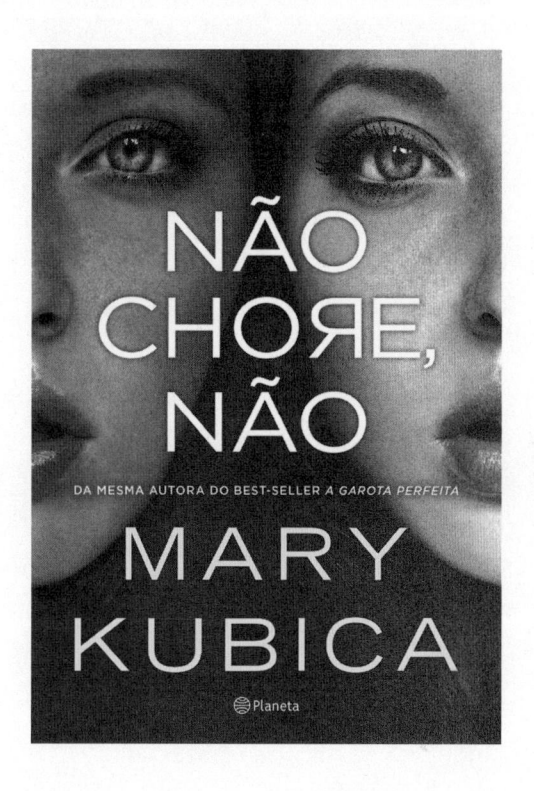

No centro de Chicago, a jovem Esther Vaughan desaparece de seu apartamento sem deixar vestígios. Uma carta sombria dirigida a "Meu bem" é achada entre seus pertences, deixando sua colega de apartamento, Quinn Collins, se perguntando onde a amiga estaria e se ela era – ou não – a pessoa que Quinn achava que conhecia.

Enquanto isso, em uma pequena cidade de porto de Michigan, uma mulher misteriosa aparece no tranquilo café onde Alex Gallo trabalha lavando pratos. Ele é atraído imediatamente pelo seu charme e beleza, mas o que começa como uma paixão inofensiva rapidamente se transforma em algo mais sinistro...

**Acreditamos
nos livros**

Este livro foi composto em Fairfield LT Std
e impresso pela Geográfica para a Editora
Planeta do Brasil em abril de 2025.